Mrs Dalloway
La señora Dalloway

Virginia Woolf

Mrs Dalloway
La señora Dalloway

Texto paralelo bilingüe
Bilingual edition

Inglés - Español
English - Spanish

texto en español, traducido del inglés por Guillermo Tirelli

ROSETTA EDU

Título original: Mrs Dalloway

Primera publicación: 1925

Segunda edición: Abril 2026

Publicado por Rosetta Edu
Londres, abril 2026
www.rosettaedu.com

ISBN: 978-1-915088-06-2

Rosetta Edu
Ediciones bilingües

Páginas enfrentadas
Páginas enfrentadas con la traducción y texto de origen en libros impresos.

Párrafos alineados
Los párrafos alineados entre los dos idiomas facilitan la comparación y la comprensión, ahorrando la necesidad de referirse constantemente al diccionario.

Integridad y fidelidad
Traducciones íntegras, fieles y no abreviadas del texto de origen.

Cuidado del vocabulario
Traducciones especiales para ediciones bilingües, con especial cuidado por la hegemonía de vocabulario utilizando glosarios en el proceso de traducción.

Contexto educativo
Ediciones enfocadas a estudiantes intermedios y avanzados del idioma de origen o del español en libros coleccionables y aptos para el contexto educativo.

Mrs. Dalloway said she would buy the flowers herself.

For Lucy had her work cut out for her. The doors would be taken off their hinges; Rumpelmayer's men were coming. And then, thought Clarissa Dalloway, what a morning — fresh as if issued to children on a beach.

What a lark! What a plunge! For so it had always seemed to her, when, with a little squeak of the hinges, which she could hear now, she had burst open the French windows and plunged at Bourton into the open air. How fresh, how calm, stiller than this of course, the air was in the early morning; like the flap of a wave; the kiss of a wave; chill and sharp and yet (for a girl of eighteen as she then was) solemn, feeling as she did, standing there at the open window, that something awful was about to happen; looking at the flowers, at the trees with the smoke winding off them and the rooks rising, falling; standing and looking until Peter Walsh said, «Musing among the vegetables?» — was that it? — «I prefer men to cauliflowers» — was that it? He must have said it at breakfast one morning when she had gone out on to the terrace — Peter Walsh. He would be back from India one of these days, June or July, she forgot which, for his letters were awfully dull; it was his sayings one remembered; his eyes, his pocket-knife, his smile, his grumpiness and, when millions of things had utterly vanished — how strange it was! — a few sayings like this about cabbages.

She stiffened a little on the kerb, waiting for Durtnall's van to pass. A charming woman, Scrope Purvis thought her (knowing her as one does know people who live next door to one in Westminster); a touch of the bird about her, of the jay, blue-green, light, vivacious, though she was over fifty, and grown very white since her illness. There she perched, never seeing him, waiting to cross, very upright.

For having lived in Westminster — how many years now? over twenty, — one feels even in the midst of the traffic, or waking at night, Clarissa was positive, a particular hush, or solemnity; an indescribable pause; a suspense (but that might be her heart, affected, they said, by influenza) before Big Ben strikes. There! Out it boomed. First a warning, musical; then the hour, irrevocable. The leaden circles

La señora Dalloway dijo que ella misma compraría las flores.

Porque Lucy tenía mucho trabajo por delante. Las puertas serían sacadas de sus goznes; los empleados de Rumpelmayer vendrían. Y además, pensó Clarissa Dalloway, qué mañana... fresca como si se diera a los niños en una playa.

¡Qué divertido! ¡Qué aventura! Porque así le había parecido siempre cuando, con un pequeño chirrido de las bisagras, que ahora podía oír, había abierto de golpe las ventanas francesas y se había aventurado en Bourton al aire libre. Qué fresco, qué tranquilo, más tranquilo que esto, por supuesto, era el aire temprano por la mañana; como el aleteo de una ola; el beso de una ola; frío y agudo y, sin embargo (para una chica de dieciocho años como ella lo era entonces), solemne, sintiendo como lo hacía, de pie allí en la ventana abierta, que algo terrible estaba a punto de suceder; mirando las flores, los árboles con el humo serpenteando de ellos y los grajos subiendo, bajando; de pie y mirando hasta que Peter Walsh dijo: «¿Musitando entre las verduras?», ¿era eso?, «Prefiero la gente a las coliflores», ¿era eso? Debió de decírselo en el desayuno una mañana, cuando ella salió a la terraza... Peter Walsh. Él volvería de la India uno de estos días, en junio o julio; ella olvidó bien cuándo, porque sus cartas eran terriblemente aburridas; lo que se recordaba eran sus dichos, sus ojos, su navaja, su sonrisa, su malhumor y, cuando millones de cosas habían desaparecido por completo —¡qué extraño era!—, algunos dichos como este sobre las coles.

Se puso un poco rígida en el bordillo, esperando a que pasara la furgoneta de Durtnall. Scrope Purvis pensó que ella era una mujer encantadora (conociéndola como se conoce a la gente que vive al lado de uno en Westminster); un toque de pájaro en ella, de arrendajo, azul verdoso, ligero, vivaz, aunque tenía más de cincuenta años y se había vuelto muy canosa desde su enfermedad. Allí se posó ella, sin verlo, esperando para cruzar, muy erguida.

Porque después de haber vivido en Westminster —¿cuántos años ya?, más de veinte—, uno siente, incluso en medio del tráfico, o al despertarse por la noche, Clarissa estaba segura, un silencio particular, o una solemnidad; una pausa indescriptible; un suspenso (pero eso podría ser su corazón, afectado, según decían, por la gripe) antes de que el Big Ben dé la señal. ¡Allí! Se oyó el estruendo. Primero un aviso... musical;

dissolved in the air. Such fools we are, she thought, crossing Victoria Street. For Heaven only knows why one loves it so, how one sees it so, making it up, building it round one, tumbling it, creating it every moment afresh; but the veriest frumps, the most dejected of miseries sitting on doorsteps (drink their downfall) do the same; can't be dealt with, she felt positive, by Acts of Parliament for that very reason: they love life. In people's eyes, in the swing, tramp, and trudge; in the bellow and the uproar; the carriages, motor cars, omnibuses, vans, sandwich men shuffling and swinging; brass bands; barrel organs; in the triumph and the jingle and the strange high singing of some aeroplane overhead was what she loved; life; London; this moment of June.

For it was the middle of June. The War was over, except for some one like Mrs. Foxcroft at the Embassy last night eating her heart out because that nice boy was killed and now the old Manor House must go to a cousin; or Lady Bexborough who opened a bazaar, they said, with the telegram in her hand, John, her favourite, killed; but it was over; thank Heaven — over. It was June. The King and Queen were at the Palace. And everywhere, though it was still so early, there was a beating, a stirring of galloping ponies, tapping of cricket bats; Lords, Ascot, Ranelagh and all the rest of it; wrapped in the soft mesh of the grey-blue morning air, which, as the day wore on, would unwind them, and set down on their lawns and pitches the bouncing ponies, whose forefeet just struck the ground and up they sprung, the whirling young men, and laughing girls in their transparent muslins who, even now, after dancing all night, were taking their absurd woolly dogs for a run; and even now, at this hour, discreet old dowagers were shooting out in their motor cars on errands of mystery; and the shopkeepers were fidgeting in their windows with their paste and diamonds, their lovely old sea-green brooches in eighteenth-century settings to tempt Americans (but one must economise, not buy things rashly for Elizabeth), and she, too, loving it as she did with an absurd and faithful passion, being part of it, since her people were courtiers once in the time of the Georges, she, too, was going that very night to kindle and illuminate; to give her party. But how strange, on entering the Park, the silence; the mist; the hum; the slow-swimming happy ducks; the pouched birds waddling; and who should be coming along

luego la hora... irrevocable. Los círculos de plomo se disolvieron en el aire. Qué tontos somos, pensó, al cruzar Victoria Street. Porque solo el cielo sabe por qué uno la ama así, cómo la ve así, inventándola, construyéndola alrededor de uno, haciéndola caer, creándola a cada momento de nuevo; pero las mujeres más despreciables, las más miserables, sentadas en los umbrales de las casas (bebiendo su perdición), hacen lo mismo; no pueden ser abordadas, estaba segura, por las leyes del parlamento por esa misma razón: aman la vida. En los ojos de la gente, en el vaivén, el vagabundeo y el trajín; en el bramido y el alboroto; los carruajes, los automóviles, los ómnibus, las furgonetas, los hombres-anuncio arrastrando los pies y balanceándose; las bandas de música; los organillos; en el triunfo y el tintineo y el extraño canto alto de algún avión sobrevolando la ciudad estaba lo que ella amaba: la vida, Londres, este momento de junio.

Porque era mediados de junio. La guerra había terminado, salvo para alguien como la señora Foxcroft, que anoche estaba en la embajada atormentada porque habían matado a ese buen chico y ahora la antigua casa solariega debía pasar a manos de un primo; o lady Bexborough, que inauguró una tómbola, según dijeron, con el telegrama en la mano, John, su favorito, muerto; pero había terminado; gracias al cielo... había terminado. Era junio. El rey y la reina estaban en el palacio. Y en todas partes, aunque todavía era muy temprano, se oía el latido, el revuelo de los ponis al galope, el golpeteo de los bates de críquet; Lords, Ascot, Ranelagh y todo lo demás; envueltos en la suave malla del aire grisáceo de la mañana que, a medida que avanzaba el día, los desenrollaba, y depositaba en sus céspedes y terrenos de juego a los ponis rebotando, cuyas patas delanteras apenas golpeaban el suelo y se levantaban, a los jóvenes que se arremolinaban y a las muchachas que reían con sus muselinas transparentes y que, incluso ahora, después de haber bailado toda la noche, sacaban a correr a sus absurdos perros lanudos; e incluso ahora, a esta hora, las viejas y discretas viudas salían a toda prisa en sus automóviles para hacer recados misteriosos; y los comerciantes se agitaban en sus escaparates con sus diamantes verdaderos y falsos, sus preciosos y antiguos broches de color verde mar en engastes del siglo XVIII para tentar a los norteamericanos (pero hay que economizar, no comprar cosas precipitadamente para Elizabeth), y ella también, amándolo como lo amaba con una absurda y fiel pasión, siendo parte de ello, ya que sus antepasados fueron cortesanos en el tiempo de los Jorges, ella también iba esa misma noche a encender e iluminar; a dar

with his back against the Government buildings, most appropriately, carrying a despatch box stamped with the Royal Arms, who but Hugh Whitbread; her old friend Hugh — the admirable Hugh!

«Good-morning to you, Clarissa!» said Hugh, rather extravagantly, for they had known each other as children. «Where are you off to?»

«I love walking in London,» said Mrs. Dalloway. «Really it's better than walking in the country.»

They had just come up — unfortunately — to see doctors. Other people came to see pictures; go to the opera; take their daughters out; the Whitbreads came «to see doctors.» Times without number Clarissa had visited Evelyn Whitbread in a nursing home. Was Evelyn ill again? Evelyn was a good deal out of sorts, said Hugh, intimating by a kind of pout or swell of his very well-covered, manly, extremely handsome, perfectly upholstered body (he was almost too well dressed always, but presumably had to be, with his little job at Court) that his wife had some internal ailment, nothing serious, which, as an old friend, Clarissa Dalloway would quite understand without requiring him to specify. Ah yes, she did of course; what a nuisance; and felt very sisterly and oddly conscious at the same time of her hat. Not the right hat for the early morning, was that it? For Hugh always made her feel, as he bustled on, raising his hat rather extravagantly and assuring her that she might be a girl of eighteen, and of course he was coming to her party to-night, Evelyn absolutely insisted, only a little late he might be after the party at the Palace to which he had to take one of Jim's boys, — she always felt a little skimpy beside Hugh; schoolgirlish; but attached to him, partly from having known him always, but she did think him a good sort in his own way, though Richard was nearly driven mad by him, and as for Peter Walsh, he had never to this day forgiven her for liking him.

She could remember scene after scene at Bourton — Peter furious; Hugh not, of course, his match in any way, but still not a positive im-

su fiesta. Pero qué extraño, al entrar en el parque, el silencio; la niebla; el zumbido; los alegres patos que nadan lentamente; los pájaros que se contonean; y quién iba a venir con la espalda pegada a los edificios del gobierno, muy apropiadamente, llevando una caja de envío estampada con las armas reales, quién sino Hugh Whitbread; su viejo amigo Hugh... ¡El admirable Hugh!

—¡Buenos días a ti, Clarissa! —dijo Hugh, con bastante extravagancia, pues se habían conocido de niños—. ¿Adónde vas?

—Me encanta pasear por Londres —dijo la señora Dalloway—. Realmente es mejor que pasear por el campo.

Acababan de llegar —desgraciadamente— para ver a los médicos. Otras personas venían a ver películas; ir a la ópera; sacar a sus hijas a pasear; los Whitbread venían «a ver médicos». Clarissa había visitado varias veces a Evelyn Whitbread en una clínica. ¿Estaba Evelyn enferma de nuevo? Evelyn estaba bastante descompuesta, dijo Hugh, dando a entender con una especie de enfurruño o hinchazón de su cuerpo muy bien cubierto, varonil, extremadamente guapo y perfectamente forrado (iba casi siempre demasiado bien vestido, pero es de suponer que tenía que estarlo, con su pequeño trabajo en la corte), que su esposa tenía alguna dolencia interna, nada grave, que, como vieja amiga, Clarissa Dalloway entendería perfectamente sin necesidad de que él la especificara. Ah, sí, lo hizo, por supuesto; qué molestia; y se sintió muy hermanada y extrañamente consciente al mismo tiempo de su sombrero. No era el sombrero adecuado para la primera hora de la mañana, ¿verdad? Porque Hugh siempre la hacía sentir, mientras avanzaba, levantando el sombrero de forma bastante extravagante y dándole la seguridad de que ella podía ser una muchacha de dieciocho años, y por supuesto que iba a ir a su fiesta esta noche. Así insistió Evelyn con toda firmeza, solo que un poco tarde, después de la fiesta en el palacio a la que tenía que llevar a uno de los chicos de Jim... Siempre se sentía un poco desaliñada al lado de Hugh; pero apegada a él, en parte por haberlo conocido siempre, pero lo consideraba un buen tipo a su manera, aunque a Richard casi lo volvía loco, y en cuanto a Peter Walsh, nunca, hasta hoy, él le había perdonado que Peter Walsh le gustara a ella.

Podía recordar una escena tras otra en Bourton... Peter, furioso; Hugh no era, por supuesto, igual a él en ningún sentido, pero aun así no era

becile as Peter made out; not a mere barber's block. When his old mother wanted him to give up shooting or to take her to Bath he did it, without a word; he was really unselfish, and as for saying, as Peter did, that he had no heart, no brain, nothing but the manners and breeding of an English gentleman, that was only her dear Peter at his worst; and he could be intolerable; he could be impossible; but adorable to walk with on a morning like this.

(June had drawn out every leaf on the trees. The mothers of Pimlico gave suck to their young. Messages were passing from the Fleet to the Admiralty. Arlington Street and Piccadilly seemed to chafe the very air in the Park and lift its leaves hotly, brilliantly, on waves of that divine vitality which Clarissa loved. To dance, to ride, she had adored all that.)

For they might be parted for hundreds of years, she and Peter; she never wrote a letter and his were dry sticks; but suddenly it would come over her, If he were with me now what would he say? — some days, some sights bringing him back to her calmly, without the old bitterness; which perhaps was the reward of having cared for people; they came back in the middle of St. James's Park on a fine morning — indeed they did. But Peter — however beautiful the day might be, and the trees and the grass, and the little girl in pink — Peter never saw a thing of all that. He would put on his spectacles, if she told him to; he would look. It was the state of the world that interested him; Wagner, Pope's poetry, people's characters eternally, and the defects of her own soul. How he scolded her! How they argued! She would marry a Prime Minister and stand at the top of a staircase; the perfect hostess he called her (she had cried over it in her bedroom), she had the makings of the perfect hostess, he said.

So she would still find herself arguing in St. James's Park, still making out that she had been right — and she had too — not to marry him. For in marriage a little licence, a little independence there must be between people living together day in day out in the same house; which Richard gave her, and she him. (Where was he this morning for instance? Some committee, she never asked what.) But with Peter everything had to be shared; everything gone into. And it was intolerable, and when it came to that scene in the little garden by the fountain, she had to break with him or they would have been destroyed,

un auténtico imbécil como Peter lo hacía ver; no era un mero adoquín. Cuando su anciana madre le pedía que dejara de cazar o que la llevara a Bath, él lo hacía sin rechistar; era realmente desinteresado, y en cuanto a decir, como hacía Peter, que no tenía corazón ni cerebro, solo los modales y la educación de un caballero inglés, eso no era más que su querido Peter en su peor momento; y él podía ser intolerable; podía ser imposible; pero adorable para pasear en una mañana como esta.

(Junio había hecho brotar cada hoja de los árboles. Las madres de Pimlico daban de mamar a sus hijos. Los mensajes pasaban de la flota al almirantazgo. Arlington Street y Piccadilly parecían rozar el mismo aire del parque y levantar sus hojas con calor, con brillo, en oleadas de esa divina vitalidad que Clarissa amaba. Bailar, cabalgar, todo eso lo había adorado ella).

Porque podían estar separados durante cientos de años, ella y Peter; ella nunca escribía una carta y las de él eran palos secos; pero de repente le venía a la mente: Si él estuviera conmigo ahora, ¿qué diría? Algunos días, algunas imágenes lo traían de vuelta a ella con calma, sin la antigua amargura, lo que tal vez era la recompensa de haber cuidado a la gente; volvían a verse en medio de St. James's Park en una buena mañana... de hecho lo hacían. Pero Peter... por muy bonito que fuera el día, y los árboles y el césped, y la niña vestida de rosa... Peter nunca vio nada de todo eso. Se ponía las gafas, si ella se lo pedía; miraba. Era el estado del mundo lo que le interesaba; Wagner, la poesía de Pope, los caracteres de la gente eternamente y los defectos de su propia alma. ¡Cómo la regañaba! ¡Cómo discutían! Ella se casaría con un primer ministro y se pondría en lo alto de una escalera; la perfecta anfitriona, la llamaba él (ella había llorado por eso en su habitación); tenía la hechura de la perfecta anfitriona, decía él.

Así que todavía se encontraría discutiendo en St. James's Park, todavía demostrando que había tenido razón —y la tenía— en no casarse con él. Porque en el matrimonio debe haber un poco de licencia, un poco de independencia entre las personas que viven juntas día tras día en la misma casa; independencia que Richard le daba a ella, y ella a él. (¿Dónde estaba él esta mañana, por ejemplo? En alguna comisión, ella nunca preguntaba cuál). Pero con Peter todo tenía que ser compartido; se metía en todo. Y era intolerable, y cuando se produjo aquella escena en el jardincito junto a la fuente, tuvo que terminar con él o se habrían des-

both of them ruined, she was convinced; though she had borne about with her for years like an arrow sticking in her heart the grief, the anguish; and then the horror of the moment when some one told her at a concert that he had married a woman met on the boat going to India! Never should she forget all that! Cold, heartless, a prude, he called her. Never could she understand how he cared. But those Indian women did presumably — silly, pretty, flimsy nincompoops. And she wasted her pity. For he was quite happy, he assured her — perfectly happy, though he had never done a thing that they talked of; his whole life had been a failure. It made her angry still.

She had reached the Park gates. She stood for a moment, looking at the omnibuses in Piccadilly.

She would not say of any one in the world now that they were this or were that. She felt very young; at the same time unspeakably aged. She sliced like a knife through everything; at the same time was outside, looking on. She had a perpetual sense, as she watched the taxi cabs, of being out, out, far out to sea and alone; she always had the feeling that it was very, very dangerous to live even one day. Not that she thought herself clever, or much out of the ordinary. How she had got through life on the few twigs of knowledge Fräulein Daniels gave them she could not think. She knew nothing; no language, no history; she scarcely read a book now, except memoirs in bed; and yet to her it was absolutely absorbing; all this; the cabs passing; and she would not say of Peter, she would not say of herself, I am this, I am that.

Her only gift was knowing people almost by instinct, she thought, walking on. If you put her in a room with some one, up went her back like a cat's; or she purred. Devonshire House, Bath House, the house with the china cockatoo, she had seen them all lit up once; and remembered Sylvia, Fred, Sally Seton — such hosts of people; and dancing all night; and the waggons plodding past to market; and driving home across the Park. She remembered once throwing a shilling into the Serpentine. But every one remembered; what she loved was this, here, now, in front of her; the fat lady in the cab. Did it matter then, she asked herself, walking towards Bond Street, did it matter that she must inevitably cease completely; all this must go on without her;

truido; ambos se habrían arruinado, estaba convencida; aunque había llevado consigo durante años, como una flecha clavada en el corazón, la pena, la angustia; y luego el horror del momento en que alguien le dijo en un concierto que él se había casado con una mujer que había conocido en el barco que iba a la India. ¡Nunca olvidaría todo eso! Fría, sin corazón, mojigata, la llamó él. Nunca pudo entender por qué le importaba. Pero esas mujeres indias sí lo hacían, presumiblemente... tontas, bonitas y endebles papanatas. Y ella podría haberse ahorrado su compasión. Porque él era muy feliz, le aseguró, perfectamente feliz, aunque nunca había hecho nada de lo que se hablara; toda su vida había sido un fracaso. Eso la enfurecía todavía.

Había llegado a las puertas del parque. Se quedó un momento mirando los ómnibus en Piccadilly.

Ahora no diría de nadie en el mundo que era esto o aquello. Se sentía muy joven y, al mismo tiempo, indeciblemente envejecida. Atravesaba todo como un cuchillo; al mismo tiempo ella estaba fuera, mirando. Tenía una sensación perpetua, mientras observaba los taxis, de estar fuera, fuera, muy lejos en el mar y sola; siempre tenía la sensación de que era muy, muy peligroso vivir siquiera un día. No es que se considerara inteligente, ni mucho menos fuera de lo común. No podía pensar en cómo se las había arreglado para vivir con las pocas briznas de conocimiento que le había dado fräulein Daniels. No sabía nada; ningún idioma, nada de historia; apenas leía un libro en estos días, excepto las memorias en la cama; y sin embargo para ella era absolutamente absorbente... todo esto; los taxis que pasaban; y no diría de Peter, no diría de sí misma, soy esto, soy aquello.

Su único don era conocer a la gente casi por instinto, pensó, y siguió caminando. Si se la colocaba en una habitación con alguien, subía su espalda como la de un gato; o ronroneaba. Devonshire House, Bath House, la casa con la cacatúa de porcelana, las había visto todas iluminadas una vez; y recordaba a Sylvia, Fred, Sally Seton... semejantes grupos de gente; y bailando toda la noche; y los carros pasando a toda velocidad hacia el mercado; y volviendo a casa a través del parque. Recordó que una vez tiró un chelín al lago Serpentine. Pero cada uno se acordaba; lo que ella amaba era esto, aquí, ahora, frente a ella; la señora gorda del taxi. ¿Importaba, entonces, se preguntó, caminando hacia Bond Street, importaba que inevitablemente ella debía cesar por completo; todo esto debía

did she resent it; or did it not become consoling to believe that death ended absolutely? but that somehow in the streets of London, on the ebb and flow of things, here, there, she survived, Peter survived, lived in each other, she being part, she was positive, of the trees at home; of the house there, ugly, rambling all to bits and pieces as it was; part of people she had never met; being laid out like a mist between the people she knew best, who lifted her on their branches as she had seen the trees lift the mist, but it spread ever so far, her life, herself. But what was she dreaming as she looked into Hatchards' shop window? What was she trying to recover? What image of white dawn in the country, as she read in the book spread open:

> *Fear no more the heat o' the sun*
> *Nor the furious winter's rages.*

This late age of the world's experience had bred in them all, all men and women, a well of tears. Tears and sorrows; courage and endurance; a perfectly upright and stoical bearing. Think, for example, of the woman she admired most, Lady Bexborough, opening the bazaar.

There were Jorrocks' *Jaunts and Jollities*; there were *Soapy Sponge* and Mrs. Asquith's *Memoirs* and *Big Game Shooting in Nigeria*, all spread open. Ever so many books there were; but none that seemed exactly right to take to Evelyn Whitbread in her nursing home. Nothing that would serve to amuse her and make that indescribably dried-up little woman look, as Clarissa came in, just for a moment cordial; before they settled down for the usual interminable talk of women's ailments. How much she wanted it — that people should look pleased as she came in, Clarissa thought and turned and walked back towards Bond Street, annoyed, because it was silly to have other reasons for doing things. Much rather would she have been one of those people like Richard who did things for themselves, whereas, she thought, waiting to cross, half the time she did things not simply, not for themselves; but to make people think this or that; perfect idiocy she knew (and now the policeman held up his hand) for no one was ever for a second taken in. Oh if she could have had her life over again! she thought, stepping on to the pavement, could have looked even differently!

continuar sin ella; lo resentía; o no se consolaba al creer que la muerte no terminaba nada?, que de alguna manera en las calles de Londres, en el flujo y reflujo de las cosas, aquí, allá, ella sobrevivía, Peter sobrevivía, vivían el uno en el otro, siendo ella parte, estaba segura, de los árboles en casa; de la casa que está allí, fea, desordenada, hecha pedazos; parte de gente que nunca había conocido; que formaba como una niebla entre la gente que conocía mejor, que se levantaba en las ramas como había visto a los árboles levantar la niebla, pero que se extendía siempre tan lejos, su vida, ella misma. ¿Pero qué estaba soñando mientras miraba el escaparate de Hatchards? ¿Qué intentaba recuperar? ¿Qué imagen del blanco amanecer en el campo?, mientras leía en el libro abierto:

No temas más el calor del sol
ni los furiosos estragos del invierno.

Esta reciente experiencia en el mundo había engendrado en todos ellos, en todos los hombres y mujeres, un pozo de lágrimas. Lágrimas y penas; valor y resistencia; un porte perfectamente erguido y estoico. Piensa, por ejemplo, en la mujer que más admiraba, lady Bexborough, inaugurando la tómbola.

Allí estaba *Jaunts and Jollities* de Jorrocks; allí *Soapy Sponge* y las *Memorias* de la señora Asquith y *Big Game Shooting in Nigeria,* todos abiertos. Había tantos libros, pero ninguno que pareciera exactamente adecuado para llevar a Evelyn Whitbread en la clínica. Nada que sirviera para divertirla y hacer que aquella mujercita indescriptiblemente reseca pareciera, al entrar Clarissa, solo por un momento, cordial; antes de que se instalaran en la interminable charla habitual sobre dolencias femeninas. Cuánto lo deseaba... que la gente pareciera complacida al entrar ella, pensó Clarissa y se dio la vuelta y volvió a caminar hacia Bond Street, molesta, porque era una tontería tener otras razones para hacer las cosas. Preferiría haber sido una de esas personas como Richard que hacían las cosas por sí mismas, mientras que, pensó, esperando para cruzar, la mitad de las veces hacía las cosas sin su simpleza, no por sí mismas, sino para hacer que la gente pensara esto o aquello; una perfecta idiotez, ella lo sabía (y ahora el policía levantó la mano), pues nadie se dejaba engañar ni por un segundo. ¡Oh, si pudiera tener su vida de nuevo!, pensó, subiendo a la acera. ¡Incluso podría haber tenido un aspecto diferente!

She would have been, in the first place, dark like Lady Bexborough, with a skin of crumpled leather and beautiful eyes. She would have been, like Lady Bexborough, slow and stately; rather large; interested in politics like a man; with a country house; very dignified, very sincere. Instead of which she had a narrow pea-stick figure; a ridiculous little face, beaked like a bird's. That she held herself well was true; and had nice hands and feet; and dressed well, considering that she spent little. But often now this body she wore (she stopped to look at a Dutch picture), this body, with all its capacities, seemed nothing — nothing at all. She had the oddest sense of being herself invisible; unseen; unknown; there being no more marrying, no more having of children now, but only this astonishing and rather solemn progress with the rest of them, up Bond Street, this being Mrs. Dalloway; not even Clarissa any more; this being Mrs. Richard Dalloway.

Bond Street fascinated her; Bond Street early in the morning in the season; its flags flying; its shops; no splash; no glitter; one roll of tweed in the shop where her father had bought his suits for fifty years; a few pearls; salmon on an iceblock.

«That is all,» she said, looking at the fishmonger's. «That is all,» she repeated, pausing for a moment at the window of a glove shop where, before the War, you could buy almost perfect gloves. And her old Uncle William used to say a lady is known by her shoes and her gloves. He had turned on his bed one morning in the middle of the War. He had said, «I have had enough.» Gloves and shoes; she had a passion for gloves; but her own daughter, her Elizabeth, cared not a straw for either of them.

Not a straw, she thought, going on up Bond Street to a shop where they kept flowers for her when she gave a party. Elizabeth really cared for her dog most of all. The whole house this morning smelt of tar. Still, better poor Grizzle than Miss Kilman; better distemper and tar and all the rest of it than sitting mewed in a stuffy bedroom with

Habría sido, en primer lugar, morena como lady Bexborough, con una piel de cuero arrugado y hermosos ojos. Habría sido, como lady Bexborough, lenta y majestuosa; bastante corpulenta; interesada en la política como un hombre; con una casa de campo; muy digna, muy sincera. En lugar de eso, tenía una figura estrecha como un palo de guisante; una cara pequeña y ridícula, con pico como el de un pájaro. Que se mantenía erguida era cierto; y que tenía manos y pies bonitos; y que se vestía bien, teniendo en cuenta que gastaba poco. Pero a menudo este cuerpo que llevaba (se detuvo para mirar un cuadro holandés), este cuerpo, con todas sus capacidades, no parecía nada... nada en absoluto. Tenía la extraña sensación de ser invisible, de no ser vista, de ser desconocida, de ya no volver a casarse, de no tener más hijos, sino solo de avanzar con el resto de ellos, asombrosamente solemne, por Bond Street, siendo ella la señora Dalloway, ni siquiera Clarissa, sino la señora de Richard Dalloway.

Bond Street la fascinaba; Bond Street a primera hora de la mañana, durante la temporada; sus banderas ondeando; sus tiendas; sin salpicaduras; sin brillo; un rollo de *tweed* en la tienda donde su padre había comprado sus trajes durante cincuenta años; unas cuantas perlas; salmón sobre un bloque de hielo.

—Eso es todo —dijo ella, mirando la pescadería—. Eso es todo —repitió, deteniéndose un momento en el escaparate de una tienda de guantes donde, antes de la guerra, se podían comprar guantes casi perfectos.

Su viejo tío William solía decir que a una dama se la conocía por sus zapatos y sus guantes. Una mañana, en plena guerra, se había dado la vuelta en la cama.

—Ya estoy harto —había dicho.

Guantes y zapatos; le apasionaban los guantes; pero a su propia hija, su Elizabeth, no le importaba un bledo ninguno de los dos.

Ni un bledo, pensó, subiendo por Bond Street hasta una tienda donde reservaban flores para ella cuando daba una fiesta. A Elizabeth le importaba sobre todo su perro. Esta mañana toda la casa olía a alquitrán. Sin embargo, mejor el pobre Grizzle que la señorita Kilman; mejor el moquillo y el alquitrán y todo lo demás que estar sentada maullando

a prayer book! Better anything, she was inclined to say. But it might be only a phase, as Richard said, such as all girls go through. It might be falling in love. But why with Miss Kilman? who had been badly treated of course; one must make allowances for that, and Richard said she was very able, had a really historical mind. Anyhow they were inseparable, and Elizabeth, her own daughter, went to Communion; and how she dressed, how she treated people who came to lunch she did not care a bit, it being her experience that the religious ecstasy made people callous (so did causes); dulled their feelings, for Miss Kilman would do anything for the Russians, starved herself for the Austrians, but in private inflicted positive torture, so insensitive was she, dressed in a green mackintosh coat. Year in year out she wore that coat; she perspired; she was never in the room five minutes without making you feel her superiority, your inferiority; how poor she was; how rich you were; how she lived in a slum without a cushion or a bed or a rug or whatever it might be, all her soul rusted with that grievance sticking in it, her dismissal from school during the War — poor embittered unfortunate creature! For it was not her one hated but the idea of her, which undoubtedly had gathered in to itself a great deal that was not Miss Kilman; had become one of those spectres with which one battles in the night; one of those spectres who stand astride us and suck up half our life-blood, dominators and tyrants; for no doubt with another throw of the dice, had the black been uppermost and not the white, she would have loved Miss Kilman! But not in this world. No.

It rasped her, though, to have stirring about in her this brutal monster! to hear twigs cracking and feel hooves planted down in the depths of that leaf-encumbered forest, the soul; never to be content quite, or quite secure, for at any moment the brute would be stirring, this hatred, which, especially since her illness, had power to make her feel scraped, hurt in her spine; gave her physical pain, and made all pleasure in beauty, in friendship, in being well, in being loved and making her home delightful rock, quiver, and bend as if indeed there were a monster grubbing at the roots, as if the whole panoply of content were nothing but self love! this hatred!

Nonsense, nonsense! she cried to herself, pushing through the

en un dormitorio sofocante con un libro de oraciones. Mejor cualquier cosa, se inclinaba a decir. Pero podría ser solo una fase, como dijo Richard, como la que pasan todas las chicas. Podría ser el enamoramiento. Pero, ¿por qué de la señorita Kilman? Que había sido maltratada... por supuesto; hay que hacer concesiones, y Richard dijo que era muy capaz, que tenía una mente realmente histórica. En cualquier caso, eran inseparables, y Elizabeth, su propia hija, comulgaba; y la forma en que se vestía y trataba a la gente que venía a comer y no le importaba en absoluto, ya que Clarissa sabía que el éxtasis religioso volvía insensible a la gente (así lo hacían las causas); embotaba sus sentimientos, ya que la señorita Kilman hacía cualquier cosa por los rusos, se moría de hambre por los austriacos, pero en privado les infligía una auténtica tortura, tan insensible era, vestida con un abrigo verde de gabardina. Año tras año llevaba ese abrigo; transpiraba; nunca estaba en la habitación cinco minutos sin hacerte sentir su superioridad, tu inferioridad; lo pobre que era ella; lo rica que eras tú; cómo vivía en un tugurio sin un cojín o una cama o una alfombra o lo que fuera, toda su alma oxidada con ese agravio clavado, su expulsión de la escuela durante la guerra... ¡Pobre criatura desafortunada, amargada! Porque no era a ella a quien odiaba, sino a la idea que tenía de ella, que sin duda había reunido en sí misma mucho de lo que no era la señorita Kilman; se había convertido en uno de esos espectros con los que se lucha en la noche; uno de esos espectros que se ponen a horcajadas sobre nosotros y chupan la mitad de nuestra sangre vital, dominadores y tiranos; porque sin duda con otro lanzamiento de los dados, si el negro hubiera estado por encima y no el blanco, habría amado a la señorita Kilman. Pero no en este mundo. No.

Sin embargo, ¡le resultaba desgarrador tener agitando en su interior a este monstruo brutal! Oír crujir las ramitas y sentir los cascos asentados en las profundidades de aquel bosque lleno de hojas, el alma; no estar nunca contenta del todo, ni segura del todo, pues en cualquier momento se agitaba el bruto, este odio, que, sobre todo desde su enfermedad, tenía el poder de hacerla sentir desgarrada, herida en la columna vertebral; le provocaba dolor físico, y hacía que todo el placer de la belleza, de la amistad, de estar bien, de ser amada y de hacer que su delicioso hogar se balanceara, se estremeciera y se inclinara como si hubiera un monstruo arrancando las raíces, como si toda la panoplia del contenido no fuera más que amor propio. ¡Este odio!

¡Tonterías, tonterías!, se gritó a sí misma, empujando la puerta girato-

swing doors of Mulberry's the florists.

She advanced, light, tall, very upright, to be greeted at once by button-faced Miss Pym, whose hands were always bright red, as if they had been stood in cold water with the flowers.

There were flowers: delphiniums, sweet peas, bunches of lilac; and carnations, masses of carnations. There were roses; there were irises. Ah yes — so she breathed in the earthy garden sweet smell as she stood talking to Miss Pym who owed her help, and thought her kind, for kind she had been years ago; very kind, but she looked older, this year, turning her head from side to side among the irises and roses and nodding tufts of lilac with her eyes half closed, snuffing in, after the street uproar, the delicious scent, the exquisite coolness. And then, opening her eyes, how fresh like frilled linen clean from a laundry laid in wicker trays the roses looked; and dark and prim the red carnations, holding their heads up; and all the sweet peas spreading in their bowls, tinged violet, snow white, pale — as if it were the evening and girls in muslin frocks came out to pick sweet peas and roses after the superb summer's day, with its almost blue-black sky, its delphiniums, its carnations, its arum lilies was over; and it was the moment between six and seven when every flower — roses, carnations, irises, lilac — glows; white, violet, red, deep orange; every flower seems to burn by itself, softly, purely in the misty beds; and how she loved the grey-white moths spinning in and out, over the cherry pie, over the evening primroses!

And as she began to go with Miss Pym from jar to jar, choosing, nonsense, nonsense, she said to herself, more and more gently, as if this beauty, this scent, this colour, and Miss Pym liking her, trusting her, were a wave which she let flow over her and surmount that hatred, that monster, surmount it all; and it lifted her up and up when — oh! a pistol shot in the street outside!

«Dear, those motor cars,» said Miss Pym, going to the window to look, and coming back and smiling apologetically with her hands full of sweet peas, as if those motor cars, those tyres of motor cars, were all *her* fault.

ria de la floristería Mulberry.

Avanzó, ligera, alta, muy erguida, para ser saludada de inmediato por la señorita Pym, de rostro bonachón, cuyas manos estaban siempre rojas y brillantes, como si hubieran estado en agua fría con las flores.

Había flores: espuelas de galán, guisantes de olor, ramos de lilas; y claveles, masas de claveles. Había rosas; había lirios. Ah, sí… Así respiró el dulce olor a tierra del jardín mientras hablaba con la señorita Pym, que debía atenderla, y la consideraba amable, pues amable había sido desde hace muchos años; muy amable, pero parecía más vieja este año, girando la cabeza de un lado a otro entre los lirios y las rosas y los mechones de lilas con los ojos medio cerrados, aspirando, más allá del alboroto de la calle, el delicioso aroma, la exquisita frescura. Y luego, al abrir los ojos, las rosas parecían frescas como ropa de cama limpia de una lavandería, colocadas en bandejas de mimbre; y los claveles rojos, oscuros y primitivos, sosteniendo sus cabezas; y todos los guisantes de olor extendidos en sus cuencos, teñidos de violeta, blanco como la nieve, pálido, como si fuera la tarde y las señoritas en vestidos de muselina salieran a recoger guisantes de olor y rosas después de que el magnífico día de verano, con su cielo casi negro azulado, sus espuelas de galán, sus claveles, sus azucenas hubiera terminado; y era el momento, entre las seis y las siete, en que todas las flores —rosas, claveles, lirios, lilas— brillan; blancas, violetas, rojas, naranja intenso; cada flor parece arder por sí misma, suavemente, puramente en los lechos de niebla; y ¡cómo le gustaban las polillas blancas y grises que entraban y salían, sobre el pastel de cerezas, sobre las prímulas vespertinas!

Y mientras empezaba a ir con la señorita Pym de jarrón en jarrón, eligiendo… tonterías, tonterías, se decía a sí misma, cada vez más suavemente, como si esta belleza, este aroma, este color, y que la señorita Pym gustara de ella, confiara en ella, fueran una ola que dejara fluir sobre ella y superara aquel odio, aquel monstruo, lo superara todo; y la levantara y la elevara cuando… ¡Oh!, ¡un disparo de pistola en la calle!

—¡Cielos, estos automóviles! —dijo la señorita Pym, yendo a la ventana para mirar, y volviendo y sonriendo, disculpándose con las manos llenas de guisantes de olor, como si esos automóviles, esos neumáticos de automóviles, fueran toda *su* culpa.

***

The violent explosion which made Mrs. Dalloway jump and Miss Pym go to the window and apologise came from a motor car which had drawn to the side of the pavement precisely opposite Mulberry's shop window. Passers-by who, of course, stopped and stared, had just time to see a face of the very greatest importance against the dove-grey upholstery, before a male hand drew the blind and there was nothing to be seen except a square of dove grey.

Yet rumours were at once in circulation from the middle of Bond Street to Oxford Street on one side, to Atkinson's scent shop on the other, passing invisibly, inaudibly, like a cloud, swift, veil-like upon hills, falling indeed with something of a cloud's sudden sobriety and stillness upon faces which a second before had been utterly disorderly. But now mystery had brushed them with her wing; they had heard the voice of authority; the spirit of religion was abroad with her eyes bandaged tight and her lips gaping wide. But nobody knew whose face had been seen. Was it the Prince of Wales's, the Queen's, the Prime Minister's? Whose face was it? Nobody knew.

Edgar J. Watkiss, with his roll of lead piping round his arm, said audibly, humorously of course: «The Proime Minister's kyar.»

Septimus Warren Smith, who found himself unable to pass, heard him.

Septimus Warren Smith, aged about thirty, pale-faced, beak-nosed, wearing brown shoes and a shabby overcoat, with hazel eyes which had that look of apprehension in them which makes complete strangers apprehensive too. The world has raised its whip; where will it descend?

Everything had come to a standstill. The throb of the motor engines sounded like a pulse irregularly drumming through an entire body. The sun became extraordinarily hot because the motor car had stopped outside Mulberry's shop window; old ladies on the tops of omni-

***

La violenta explosión que hizo que la señora Dalloway diera un salto y que la señorita Pym se acercara a la ventana para disculparse procedía de un automóvil que se había arrimado a la acera precisamente frente al escaparate de Mulberry. Los transeúntes que, por supuesto, se detuvieron y miraron, tuvieron el tiempo justo de ver un rostro de la mayor importancia contra la tapicería gris tórtola, antes de que una mano masculina bajara la persiana y no se viera nada más que un cuadrado de color gris tórtola.

Sin embargo, los rumores circularon de inmediato desde el centro de Bond Street hasta Oxford Street, por un lado, y hasta la tienda de perfumes de Atkinson, por el otro, pasando de forma invisible, inaudible, como una nube, rápida, como un velo sobre las colinas, cayendo, de hecho, con algo de la repentina sobriedad y quietud de una nube, sobre los rostros que un segundo antes habían estado totalmente desordenados. Pero ahora el misterio los había rozado con su ala; habían oído la voz de la autoridad; el espíritu de la religión estaba en el exterior con los ojos vendados y los labios abiertos de par en par. Pero nadie sabía de quién era el rostro que habían visto. ¿Era el príncipe de Gales, la reina, el primer ministro? ¿De quién era el rostro? Nadie lo sabía.

Edgar J. Watkiss, con su rollo de tubería de plomo alrededor de su brazo, dijo audiblemente, con humor, por supuesto: «El automóvil del primer ministro».

Septimus Warren Smith, que no pudo pasar, le oyó.

Septimus Warren Smith, de unos treinta años de edad, de rostro pálido, nariz aguileña, vestido con zapatos marrones y un abrigo raído, con ojos color avellana que tienen esa mirada de aprensión que hace que los desconocidos también se sientan aprensivos. El mundo ha levantado su látigo; ¿dónde bajará?

Todo se había paralizado. El latido de los motores de los automóviles sonaba como un pulso que tamborilea irregularmente por todo el cuerpo. El sol calentaba extraordinariamente porque el automóvil se había detenido frente al escaparate de Mulberry; las ancianas en la parte su-

buses spread their black parasols; here a green, here a red parasol opened with a little pop. Mrs. Dalloway, coming to the window with her arms full of sweet peas, looked out with her little pink face pursed in enquiry. Every one looked at the motor car. Septimus looked. Boys on bicycles sprang off. Traffic accumulated. And there the motor car stood, with drawn blinds, and upon them a curious pattern like a tree, Septimus thought, and this gradual drawing together of everything to one centre before his eyes, as if some horror had come almost to the surface and was about to burst into flames, terrified him. The world wavered and quivered and threatened to burst into flames. It is I who am blocking the way, he thought. Was he not being looked at and pointed at; was he not weighted there, rooted to the pavement, for a purpose? But for what purpose?

«Let us go on, Septimus,» said his wife, a little woman, with large eyes in a sallow pointed face; an Italian girl.

But Lucrezia herself could not help looking at the motor car and the tree pattern on the blinds. Was it the Queen in there — the Queen going shopping?

The chauffeur, who had been opening something, turning something, shutting something, got on to the box.

«Come on,» said Lucrezia.

But her husband, for they had been married four, five years now, jumped, started, and said, «All right!» angrily, as if she had interrupted him.

People must notice; people must see. People, she thought, looking at the crowd staring at the motor car; the English people, with their children and their horses and their clothes, which she admired in a way; but they were «people» now, because Septimus had said, «I will kill myself»; an awful thing to say. Suppose they had heard him? She looked at the crowd. Help, help! she wanted to cry out to butchers' boys and women. Help! Only last autumn she and Septimus had stood on the Embankment wrapped in the same cloak and, Septimus reading a paper instead of talking, she had snatched it from

perior de los ómnibus extendían sus sombrillas negras; aquí una verde, aquí una roja se abría con un pequeño sonido. La señora Dalloway, acercándose a la ventana con los brazos llenos de guisantes de olor, miró hacia fuera con su carita rosada fruncida en señal de interrogación. Todos miraron el automóvil. Septimus miró. Los muchachos en bicicleta se apearon rápidamente. El tráfico se acumulaba. Y allí estaba el coche, con las persianas bajadas y sobre ellas un curioso dibujo como el de un árbol, pensó Septimus, y este acercamiento gradual de todo hacia un centro, ante sus ojos, como si algún horror hubiera casi salido a la superficie y estuviera a punto de estallar en llamas, le aterrorizó. El mundo se tambaleaba y temblaba y amenazaba con estallar en llamas. Soy yo quien está bloqueando el camino, pensó. ¿Acaso no se le miraba y señalaba; no estaba plantado allí, arraigado al pavimento, con un propósito? ¿Pero qué propósito?

—Vamos, Septimus —dijo su esposa, una mujer pequeña, de ojos grandes en un rostro cetrino y puntiagudo; una italiana.

Pero la propia Lucrezia no pudo evitar mirar el automóvil y el dibujo del árbol en las persianas. ¿Era la reina la que estaba allí, la reina yendo de compras?

El chófer, que había estado abriendo algo, girando algo, cerrando algo, se sentó al volante.

—Vamos —dijo Lucrezia.

—¡Muy bien! —dijo su marido, pues ya llevaban cuatro o cinco años casados, dando un respingo, sobresaltándose, enfadado, como si ella le hubiera interrumpido.

La gente debe darse cuenta; la gente debe ver. La gente, pensó, mirando a la multitud que observaba el coche; el pueblo inglés, con sus niños y sus caballos y sus ropas, que ella admiraba en cierto modo; pero ahora eran «gente», porque Septimus había dicho: «Me voy a suicidar»; algo horrible. Supongamos que le habían oído. Miró a la multitud. ¡Ayuda, ayuda!, quería gritar a los carniceros y a las mujeres. ¡Ayuda! Incluso el otoño pasado, ella y Septimus habían estado en Embankment envueltos en la misma capa y, cuando Septimus leía un periódico en lugar de hablar, ella se lo había arrebatado y se había reído en la cara del viejo que

him and laughed in the old man's face who saw them! But failure one conceals. She must take him away into some park.

«Now we will cross,» she said.

She had a right to his arm, though it was without feeling. He would give her, who was so simple, so impulsive, only twenty-four, without friends in England, who had left Italy for his sake, a piece of bone.

The motor car with its blinds drawn and an air of inscrutable reserve proceeded towards Piccadilly, still gazed at, still ruffling the faces on both sides of the street with the same dark breath of veneration whether for Queen, Prince, or Prime Minister nobody knew. The face itself had been seen only once by three people for a few seconds. Even the sex was now in dispute. But there could be no doubt that greatness was seated within; greatness was passing, hidden, down Bond Street, removed only by a hand's-breadth from ordinary people who might now, for the first and last time, be within speaking distance of the majesty of England, of the enduring symbol of the state which will be known to curious antiquaries, sifting the ruins of time, when London is a grass-grown path and all those hurrying along the pavement this Wednesday morning are but bones with a few wedding rings mixed up in their dust and the gold stoppings of innumerable decayed teeth. The face in the motor car will then be known.

It is probably the Queen, thought Mrs. Dalloway, coming out of Mulberry's with her flowers; the Queen. And for a second she wore a look of extreme dignity standing by the flower shop in the sunlight while the car passed at a foot's pace, with its blinds drawn. The Queen going to some hospital; the Queen opening some bazaar, thought Clarissa.

The crush was terrific for the time of day. Lords, Ascot, Hurlingham, what was it? she wondered, for the street was blocked. The British middle classes sitting sideways on the tops of omnibuses with parcels and umbrellas, yes, even furs on a day like this, were, she thought, more ridiculous, more unlike anything there has ever been than one could conceive; and the Queen herself held up; the

los vio. Pero el fracaso se oculta. Ella debe llevarlo a algún parque.

—Ahora vamos a cruzar —dijo.

Ella tenía derecho a su brazo, aunque fuera sin sentimiento. Él se lo daría a ella, que era tan sencilla, tan impulsiva, con tan solo veinticuatro años, sin amigos en Inglaterra, que había dejado Italia por él, un don nadie.

El automóvil, con las persianas bajadas y un aire de inescrutable reserva, se dirigió hacia Piccadilly, sin dejar de ser contemplado, sin dejar de alterar los rostros a ambos lados de la calle con el mismo oscuro aliento de veneración; ya sea por la reina, el príncipe o el primer ministro, nadie lo sabía. El rostro en sí solo había sido visto una vez por tres personas durante unos segundos. Incluso el sexo estaba ahora en disputa. Pero no cabía duda de que la grandeza estaba sentada dentro; la grandeza pasaba, oculta, por Bond Street, alejada solo por un palmo de la gente corriente, que ahora podría, por primera y última vez, estar a una distancia de la majestuosidad de Inglaterra, del símbolo perdurable del Estado que conocerán los anticuarios curiosos, escudriñando las ruinas del tiempo, cuando Londres sea un camino de hierba y todos los que se dan prisa por la acera este miércoles por la mañana no sean más que huesos con unos pocos anillos de boda mezclados en su polvo y los arreglos de oro de innumerables dientes cariados. Entonces se conocerá el rostro del automóvil.

Probablemente sea la reina, pensó la señora Dalloway, saliendo de Mulberry's con sus flores; la reina. Y por un segundo lució una mirada de extrema dignidad de pie junto a la florería, a la luz del sol, mientras el automóvil pasaba a un paso de ella, con las persianas bajadas. La reina yendo a algún hospital; la reina inaugurando alguna tómbola, pensó Clarissa.

La aglomeración era tremenda para la hora que era. Lords, Ascot, Hurlingham, ¿qué será?, se preguntó, pues la calle estaba bloqueada. La clase media británica sentada de lado en la parte superior de los ómnibus con paquetes y paraguas, sí, incluso con pieles en un día como aquel, era, pensó ella, más ridícula, más diferente a todo lo que ha habido nunca, lo que uno podría concebir; y la propia reina detenida; la

Queen herself unable to pass. Clarissa was suspended on one side of Brook Street; Sir John Buckhurst, the old Judge on the other, with the car between them (Sir John had laid down the law for years and liked a well-dressed woman) when the chauffeur, leaning ever so slightly, said or showed something to the policeman, who saluted and raised his arm and jerked his head and moved the omnibus to the side and the car passed through. Slowly and very silently it took its way.

Clarissa guessed; Clarissa knew of course; she had seen something white, magical, circular, in the footman's hand, a disc inscribed with a name, — the Queen's, the Prince of Wales's, the Prime Minister's? — which, by force of its own lustre, burnt its way through (Clarissa saw the car diminishing, disappearing), to blaze among candelabras, glittering stars, breasts stiff with oak leaves, Hugh Whitbread and all his colleagues, the gentlemen of England, that night in Buckingham Palace. And Clarissa, too, gave a party. She stiffened a little; so she would stand at the top of her stairs.

The car had gone, but it had left a slight ripple which flowed through glove shops and hat shops and tailors' shops on both sides of Bond Street. For thirty seconds all heads were inclined the same way — to the window. Choosing a pair of gloves — should they be to the elbow or above it, lemon or pale grey? — ladies stopped; when the sentence was finished something had happened. Something so trifling in single instances that no mathematical instrument, though capable of transmitting shocks in China, could register the vibration; yet in its fulness rather formidable and in its common appeal emotional; for in all the hat shops and tailors' shops strangers looked at each other and thought of the dead; of the flag; of Empire. In a public house in a back street a Colonial insulted the House of Windsor which led to words, broken beer glasses, and a general shindy, which echoed strangely across the way in the ears of girls buying white underlinen threaded with pure white ribbon for their weddings. For the surface agitation of the passing car as it sunk grazed something very profound.

Gliding across Piccadilly, the car turned down St. James's Street. Tall men, men of robust physique, well-dressed men with their tailcoats and their white slips and their hair raked back who, for rea-

propia reina incapaz de pasar. Clarissa estaba suspendida en un lado de Brook Street; sir John Buckhurst, el viejo juez, en el otro, con el automóvil entre ellos (sir John había dictado la ley durante años y le gustaban las mujeres bien vestidas), cuando el chófer, inclinándose muy ligeramente, dijo o mostró algo al policía, que saludó y levantó el brazo e hizo un gesto con la cabeza y movió el ómnibus hacia un lado y el coche pasó. Lentamente y en silencio siguió su camino.

Clarissa lo adivinó; Clarissa lo sabía, por supuesto; había visto algo blanco, mágico, circular, en la mano del lacayo, un disco con un nombre inscrito, el de la reina, el del príncipe de Gales, el del primer ministro... que, por la fuerza de su propio brillo, se abrió paso (Clarissa vio cómo el automóvil se hacía más pequeño, desaparecía), para brillar entre candelabros, estrellas relucientes, pechos tiesos de hojas de roble, Hugh Whitbread y todos sus colegas, los caballeros de Inglaterra, aquella noche en el palacio de Buckingham. Y Clarissa también daba una fiesta. Se puso un poco rígida; así se quedaría en lo alto de la escalera.

El coche se había ido, pero había dejado una ligera onda que recorrió las guanterías, sombrererías y sastrerías de ambos lados de Bond Street. Durante treinta segundos, todas las cabezas se inclinaron en la misma dirección: hacia el escaparate. Al elegir un par de guantes —¿deberían ser hasta el codo o por encima de él, de color limón o gris pálido?—, las mujeres se detuvieron; al terminar la frase, algo había sucedido. Algo tan insignificante en casos aislados que ningún instrumento matemático, aunque fuera capaz de transmitir sacudidas en China, podría registrar la vibración; sin embargo, en su plenitud era más bien formidable y en su atractivo común, emocional; porque en todas las sombrererías y sastrerías los extraños se miraban y pensaban en los muertos, en la bandera, en el imperio. En una taberna de una calle secundaria, un hombre de las colonias insultó a la Casa de Windsor, lo que dio lugar a un intercambio de palabras, a vasos de cerveza rotos y a un jaleo generalizado, que resonó extrañamente al otro lado del camino en los oídos de las muchachas que compraban ropa interior blanca enhebrada con puro hilo blanco para sus bodas. Porque la agitación superficial del coche que pasaba al hundirse rozaba algo muy profundo.

Deslizándose por Piccadilly, el coche giró por St. James's Street. Hombres altos, hombres de complexión robusta, hombres bien vestidos con sus fracs y sus pecheras blancas y sus cabellos peinados hacia atrás

sons difficult to discriminate, were standing in the bow window of Brooks's with their hands behind the tails of their coats, looking out, perceived instinctively that greatness was passing, and the pale light of the immortal presence fell upon them as it had fallen upon Clarissa Dalloway. At once they stood even straighter, and removed their hands, and seemed ready to attend their Sovereign, if need be, to the cannon's mouth, as their ancestors had done before them. The white busts and the little tables in the background covered with copies of the *Tatler* and syphons of soda water seemed to approve; seemed to indicate the flowing corn and the manor houses of England; and to return the frail hum of the motor wheels as the walls of a whispering gallery return a single voice expanded and made sonorous by the might of a whole cathedral. Shawled Moll Pratt with her flowers on the pavement wished the dear boy well (it was the Prince of Wales for certain) and would have tossed the price of a pot of beer — a bunch of roses — into St. James's Street out of sheer light-heartedness and contempt of poverty had she not seen the constable's eye upon her, discouraging an old Irishwoman's loyalty. The sentries at St. James's saluted; Queen Alexandra's policeman approved.

A small crowd meanwhile had gathered at the gates of Buckingham Palace. Listlessly, yet confidently, poor people all of them, they waited; looked at the Palace itself with the flag flying; at Victoria, billowing on her mound, admired her shelves of running water, her geraniums; singled out from the motor cars in the Mall first this one, then that; bestowed emotion, vainly, upon commoners out for a drive; recalled their tribute to keep it unspent while this car passed and that; and all the time let rumour accumulate in their veins and thrill the nerves in their thighs at the thought of Royalty looking at them; the Queen bowing; the Prince saluting; at the thought of the heavenly life divinely bestowed upon Kings; of the equerries and deep curtsies; of the Queen's old doll's house; of Princess Mary married to an Englishman, and the Prince — ah! the Prince! who took wonderfully, they said, after old King Edward, but was ever so much slimmer. The Prince lived at St. James's; but he might come along in the morning to visit his mother.

So Sarah Bletchley said with her baby in her arms, tipping her foot

que, por razones difíciles de discriminar, estaban de pie en el escaparate con forma de ventana francesa de Brooks's, con las manos detrás de las colas de sus abrigos, mirando hacia fuera, percibieron instintivamente que la grandeza estaba pasando, y la pálida luz de la presencia inmortal cayó sobre ellos como había caído sobre Clarissa Dalloway. Enseguida se pararon aún más erguidos, retiraron las manos y parecieron dispuestos a asistir a su soberano, si era necesario, a la boca del cañón, como habían hecho sus antepasados antes que ellos. Los bustos blancos y las mesitas del fondo, cubiertas con ejemplares de *Tatler* y sifones de agua de soda, parecían aprobarlo; parecían indicar el maíz floreciente y las casas solariegas de Inglaterra; y devolver el frágil zumbido de las ruedas del automóvil como las paredes de una galería susurrante devuelven una sola voz ampliada y hecha sonora por la potencia de toda una catedral. Envuelta en su chal, Moll Pratt, con sus flores en la acera, deseó lo mejor al querido muchacho (seguro que era el príncipe de Gales) y habría ofrecido el precio de una jarra de cerveza —un ramo de rosas— en St. James's Street por pura ligereza y desprecio a la pobreza si no hubiera visto la mirada del agente sobre ella, desalentando la lealtad de una vieja irlandesa. Los centinelas de St. James saludaron; el policía en Queen Alexandra aprobó.

Mientras tanto, una pequeña multitud se había reunido a las puertas del palacio de Buckingham. Distraídos, pero con confianza, pobres personas todas ellas, esperaban; miraban el palacio con la bandera ondeando; a Victoria, hinchada en su montículo, admiraban sus caídas de agua, sus geranios; señalaban de entre los automóviles en el Mall primero este, luego aquel; prodigaban su emoción, en vano, a los simples ciudadanos que salían a dar un paseo; reservaban su tributo para mantenerlo sin gastar mientras pasaba este automóvil y aquel; y todo el tiempo dejaban que el rumor se acumulara en sus venas y estremeciera hasta los nervios de sus muslos al pensar que la realeza los miraba; que la reina se inclinaba; que el príncipe saludaba; al pensar en la vida celestial divinamente otorgada a los reyes; en las caballerizas y en las profundas reverencias; en la vieja casa de muñecas de la reina; en la princesa María casada con un inglés, y en el príncipe... ¡Ah!, el príncipe, que se parecía maravillosamente, según decían, al viejo rey Eduardo, pero que era mucho más delgado. El príncipe vivía en St. James, pero podía venir por la mañana a visitar a su madre.

Eso decía Sarah Bletchley con su bebé en brazos, inclinando el pie

up and down as though she were by her own fender in Pimlico, but keeping her eyes on the Mall, while Emily Coates ranged over the Palace windows and thought of the housemaids, the innumerable housemaids, the bedrooms, the innumerable bedrooms. Joined by an elderly gentleman with an Aberdeen terrier, by men without occupation, the crowd increased. Little Mr. Bowley, who had rooms in the Albany and was sealed with wax over the deeper sources of life but could be unsealed suddenly, inappropriately, sentimentally, by this sort of thing — poor women waiting to see the Queen go past — poor women, nice little children, orphans, widows, the War — tut-tut — actually had tears in his eyes. A breeze flaunting ever so warmly down the Mall through the thin trees, past the bronze heroes, lifted some flag flying in the British breast of Mr. Bowley and he raised his hat as the car turned into the Mall and held it high as the car approached; and let the poor mothers of Pimlico press close to him, and stood very upright. The car came on.

Suddenly Mrs. Coates looked up into the sky. The sound of an aeroplane bored ominously into the ears of the crowd. There it was coming over the trees, letting out white smoke from behind, which curled and twisted, actually writing something! making letters in the sky! Every one looked up.

Dropping dead down the aeroplane soared straight up, curved in a loop, raced, sank, rose, and whatever it did, wherever it went, out fluttered behind it a thick ruffled bar of white smoke which curled and wreathed upon the sky in letters. But what letters? A C was it? an E, then an L? Only for a moment did they lie still; then they moved and melted and were rubbed out up in the sky, and the aeroplane shot further away and again, in a fresh space of sky, began writing a K, an E, a Y perhaps?

«Glaxo,» said Mrs. Coates in a strained, awe-stricken voice, gazing straight up, and her baby, lying stiff and white in her arms, gazed straight up.

«Kreemo,» murmured Mrs. Bletchley, like a sleep-walker. With his hat held out perfectly still in his hand, Mr. Bowley gazed straight up.

hacia arriba y hacia abajo como si estuviera ante el fuego de su hogar en Pimlico, pero manteniendo la vista en el Mall, mientras Emily Coates se asomaba a las ventanas del palacio y pensaba en las criadas, en las innumerables criadas, en las habitaciones, en las innumerables habitaciones. Acompañada por un caballero anciano con un terrier de Aberdeen y por hombres sin ocupación, la multitud aumentó. El pequeño señor Bowley, que alquilaba habitaciones en el Albany y tenía selladas con cera las fuentes más profundas de la vida, que podían ser liberadas súbitamente, inapropiadamente, sentimentalmente, por este tipo de cosas —mujeres pobres que esperan ver pasar a la reina—, mujeres pobres, niños pequeños y bonitos, huérfanos, viudas, la guerra... no, no... realmente tenía lágrimas en los ojos. Una brisa que soplaba cálidamente por el Mall a través de los delgados árboles, pasando por delante de los héroes de bronce, levantó alguna bandera que ondeaba en el pecho británico del señor Bowley y este se levantó el sombrero mientras el automóvil giraba en el Mall y lo mantuvo en alto mientras el automóvil se acercaba; y dejó que las pobres madres de Pimlico se apretaran contra él, y se mantuvo muy erguido. El automóvil se acercó.

De repente, la señora Coates miró al cielo. El sonido de un avión se clavó ominosamente en los oídos de la multitud. ¡Se acercaba por encima de los árboles, soltando por detrás un humo blanco que se enroscaba y retorcía! ¡Estaba escribiendo algo! ¡Formando letras en el cielo! Todos miraron hacia arriba.

Al caer en picado, el avión se elevó en línea recta, se curvó en un bucle, se corrió, se hundió, se elevó, e hiciera lo que hiciera, fuera a donde fuera, tras él revoloteaba una espesa franja de humo blanco que se rizaba y se enroscaba en el cielo en forma de letras. ¿Pero qué letras? ¿Era una C? ¿Una E, luego una L? Solo por un momento permanecieron inmóviles; luego se movieron y se fundieron y se borraron en el cielo, y el avión salió disparado más lejos y de nuevo, en un nuevo espacio del cielo, comenzó a escribir... ¿Una K, una E, una Y quizás?

—Glaxo —dijo la señora Coates con voz tensa y asombrada, mirando hacia arriba, y su bebé, que yacía rígido y blanco en sus brazos, miró hacia arriba.

—Kreemo —murmuró la señora Bletchley, como una sonámbula. Con su sombrero perfectamente quieto en la mano, el señor Bowley miró

All down the Mall people were standing and looking up into the sky. As they looked the whole world became perfectly silent, and a flight of gulls crossed the sky, first one gull leading, then another, and in this extraordinary silence and peace, in this pallor, in this purity, bells struck eleven times, the sound fading up there among the gulls.

The aeroplane turned and raced and swooped exactly where it liked, swiftly, freely, like a skater —

«That's an E,» said Mrs. Bletchley — or a dancer —

«It's toffee,» murmured Mr. Bowley — (and the car went in at the gates and nobody looked at it), and shutting off the smoke, away and away it rushed, and the smoke faded and assembled itself round the broad white shapes of the clouds.

It had gone; it was behind the clouds. There was no sound. The clouds to which the letters E, G, or L had attached themselves moved freely, as if destined to cross from West to East on a mission of the greatest importance which would never be revealed, and yet certainly so it was — a mission of the greatest importance. Then suddenly, as a train comes out of a tunnel, the aeroplane rushed out of the clouds again, the sound boring into the ears of all people in the Mall, in the Green Park, in Piccadilly, in Regent Street, in Regent's Park, and the bar of smoke curved behind and it dropped down, and it soared up and wrote one letter after another — but what word was it writing?

Lucrezia Warren Smith, sitting by her husband's side on a seat in Regent's Park in the Broad Walk, looked up.

«Look, look, Septimus!» she cried. For Dr. Holmes had told her to make her husband (who had nothing whatever seriously the matter with him but was a little out of sorts) take an interest in things outside himself.

So, thought Septimus, looking up, they are signalling to me. Not indeed in actual words; that is, he could not read the language yet; but it was plain enough, this beauty, this exquisite beauty, and tears filled his eyes as he looked at the smoke words languishing and mel-

hacia arriba. Por todo el Mall la gente estaba de pie y miraba al cielo. Mientras miraban, el mundo entero se volvió perfectamente silencioso, y una bandada de gaviotas cruzó el cielo, primero una gaviota a la cabeza, luego otra, y en este extraordinario silencio y paz, en esta palidez, en esta pureza, las campanas tocaron once veces; el sonido se desvaneció allá arriba, entre las gaviotas.

El avión giraba y corría y se abalanzaba exactamente donde quería, velozmente, libremente, como un patinador...

—Eso es una E —dijo la señora Bletchley... O como un bailarín.

—Es «caramelo» —murmuró el señor Bowley... (y el automóvil entró por las puertas y nadie lo miró), y el humo se hizo más escaso, se alejó y se alejó, y el humo se desvaneció y se reunió alrededor de las amplias formas blancas de las nubes.

Se había ido; estaba detrás de las nubes. No había ningún sonido. Las nubes a las que se habían adherido las letras E, G o L se movían libremente, como si estuvieran destinadas a cruzar de oeste a este en una misión de la mayor importancia que nunca sería revelada, y sin embargo, ciertamente lo era: una misión de la mayor importancia. Entonces, de repente, como un tren que sale de un túnel, el avión salió de nuevo desde las nubes, con un sonido que se clavó en los oídos de toda la gente en el Mall, en Green Park, en Piccadilly, en Regent Street, en Regent's Park, y la barra de humo se curvó hacia atrás y descendió, y se elevó y escribió una letra tras otra, pero ¿qué palabra estaba escribiendo?

Lucrezia Warren Smith, sentada al lado de su marido en un asiento de Regent's Park en el sendero ancho, levantó la vista.

—¡Mira, mira, Septimus! —gritó ella. Porque el doctor Holmes le había dicho que hiciera que su marido (que no tenía nada grave, sino que estaba un poco desorientado) se interesara por cosas ajenas a él.

Así que, pensó Septimus, mirando hacia arriba, me están enviando una señal. No en palabras reales; es decir, no podía leer la palabra todavía; pero era bastante claro, esta belleza, esta exquisita belleza, y las lágrimas llenaron sus ojos mientras miraba las palabras de humo lan-

ting in the sky and bestowing upon him in their inexhaustible charity and laughing goodness one shape after another of unimaginable beauty and signalling their intention to provide him, for nothing, for ever, for looking merely, with beauty, more beauty! Tears ran down his cheeks.

It was toffee; they were advertising toffee, a nursemaid told Rezia. Together they began to spell t . . . o . . . f . . .

«K . . . R . . .» said the nursemaid, and Septimus heard her say «Kay Arr» close to his ear, deeply, softly, like a mellow organ, but with a roughness in her voice like a grasshopper's, which rasped his spine deliciously and sent running up into his brain waves of sound which, concussing, broke. A marvellous discovery indeed — that the human voice in certain atmospheric conditions (for one must be scientific, above all scientific) can quicken trees into life! Happily Rezia put her hand with a tremendous weight on his knee so that he was weighted down, transfixed, or the excitement of the elm trees rising and falling, rising and falling with all their leaves alight and the colour thinning and thickening from blue to the green of a hollow wave, like plumes on horses' heads, feathers on ladies', so proudly they rose and fell, so superbly, would have sent him mad. But he would not go mad. He would shut his eyes; he would see no more.

But they beckoned; leaves were alive; trees were alive. And the leaves being connected by millions of fibres with his own body, there on the seat, fanned it up and down; when the branch stretched he, too, made that statement. The sparrows fluttering, rising, and falling in jagged fountains were part of the pattern; the white and blue, barred with black branches. Sounds made harmonies with premeditation; the spaces between them were as significant as the sounds. A child cried. Rightly far away a horn sounded. All taken together meant the birth of a new religion —

«Septimus!» said Rezia. He started violently. People must notice.

«I am going to walk to the fountain and back,» she said.

guideciendo y derritiéndose en el cielo y otorgándole, en su inagotable caridad y risueña bondad, una forma tras otra de inimaginable belleza y señalando su intención de proporcionarle —por nada, para siempre, simplemente por mirar— belleza, ¡más belleza! Las lágrimas corrieron por sus mejillas.

Era caramelo; estaban anunciando caramelo, le dijo una niñera a Rezia. Juntas empezaron a deletrear C... A... R...

—C... R... —dijo la niñera, y Septimus la oyó decir «Cee... Er...» cerca de su oído, profundamente, suavemente, como un órgano meloso, pero con una aspereza en su voz como la de un saltamontes, que le raspó deliciosamente la columna vertebral y le hizo subir al cerebro ondas de sonido que, causando conmoción, se rompieron. Un descubrimiento maravilloso: que la voz humana, en ciertas condiciones atmosféricas (porque hay que ser científico, ante todo científico), puede hacer que los árboles cobren vida. Afortunadamente, Rezia le puso la mano con un peso tremendo en la rodilla, de modo que quedó lastrado, traspasado, o la emoción de los olmos subiendo y bajando, subiendo y bajando con todas sus hojas encendidas y el color adelgazándose y espesándose desde el azul hasta el verde de una ola hueca, como los penachos de las cabezas de los caballos, las plumas de las damas, tan orgullosamente subían y bajaban, tan soberbiamente, le habría vuelto loco. Pero no se volvería loco. Cerraría los ojos; no vería más.

Pero le llamaban; las hojas estaban vivas; los árboles estaban vivos. Y las hojas, al estar conectadas por millones de fibras con su propio cuerpo, allí en el asiento, lo abanicaban, hacia arriba y hacia abajo; cuando la rama se estiraba, él también se expresaba de la misma manera. Los gorriones revoloteando, subiendo y bajando en fuentes melladas, formaban parte del patrón: el blanco y el azul, barrados con ramas negras. Los sonidos formaban armonías premeditadas; los espacios entre ellos eran tan significativos como los sonidos. Un niño lloró. A lo lejos sonó un cuerno. Todo junto significaba el nacimiento de una nueva religión...

—¡Septimus! —dijo Rezia. Él se sobresaltó violentamente. La gente debía darse cuenta.

—Voy a caminar hasta la fuente y volver —dijo ella.

For she could stand it no longer. Dr. Holmes might say there was nothing the matter. Far rather would she that he were dead! She could not sit beside him when he stared so and did not see her and made everything terrible; sky and tree, children playing, dragging carts, blowing whistles, falling down; all were terrible. And he would not kill himself; and she could tell no one. «Septimus has been working too hard» — that was all she could say to her own mother. To love makes one solitary, she thought. She could tell nobody, not even Septimus now, and looking back, she saw him sitting in his shabby overcoat alone, on the seat, hunched up, staring. And it was cowardly for a man to say he would kill himself, but Septimus had fought; he was brave; he was not Septimus now. She put on her lace collar. She put on her new hat and he never noticed; and he was happy without her. Nothing could make her happy without him! Nothing! He was selfish. So men are. For he was not ill. Dr. Holmes said there was nothing the matter with him. She spread her hand before her. Look! Her wedding ring slipped — she had grown so thin. It was she who suffered — but she had nobody to tell.

Far was Italy and the white houses and the room where her sisters sat making hats, and the streets crowded every evening with people walking, laughing out loud, not half alive like people here, huddled up in Bath chairs, looking at a few ugly flowers stuck in pots!

«For you should see the Milan gardens,» she said aloud. But to whom?

There was nobody. Her words faded. So a rocket fades. Its sparks, having grazed their way into the night, surrender to it, dark descends, pours over the outlines of houses and towers; bleak hillsides soften and fall in. But though they are gone, the night is full of them; robbed of colour, blank of windows, they exist more ponderously, give out what the frank daylight fails to transmit — the trouble and suspense of things conglomerated there in the darkness; huddled together in the darkness; reft of the relief which dawn brings when, washing the walls white and grey, spotting each window-pane, lifting the mist from the fields, showing the red-brown cows peacefully grazing, all is once more decked out to the eye; exists again. I am alone; I am alone! she cried, by the fountain in Regent's Park (staring at the

Porque ella no podía soportar más. El doctor Holmes podría decir que no pasaba nada. ¡Pero ella preferiría que él estuviera muerto! No podía sentarse a su lado cuando él miraba fijamente y no la veía, y hacía que todo fuera terrible: el cielo y los árboles, los niños jugando, arrastrando carros, soplando silbatos, cayendo; todo era terrible. Y él no se mataría; y ella no podía decírselo a nadie. «Septimus ha trabajado demasiado», era todo lo que podía decir a su propia madre. Amar lo hace a una solitaria, pensó. No podía decírselo a nadie, ni siquiera a Septimus ahora, y mirando hacia atrás, lo vio sentado con su raído abrigo, solo, en el asiento, encorvado, mirando fijamente. Era cobarde que un hombre dijera que se suicidaría, pero Septimus había luchado; era valiente; ahora no era Septimus. Ella se colocó el cuello de encaje. Se puso su nuevo sombrero y él nunca lo notó; y fue feliz sin ella. ¡Nada podía hacerla feliz sin él! Nada. Él era egoísta. Así son los hombres. Porque no estaba enfermo. El doctor Holmes dijo que no le pasaba nada. Extendió la mano ante ella. ¡Mira! Su anillo de bodas se resbaló... había adelgazado tanto. Era ella la que sufría... pero no tenía a nadie a quien contárselo.

Lejos quedaba Italia y las casas blancas y la sala donde sus hermanas se sentaban a hacer sombreros, y las calles abarrotadas cada tarde de gente paseando, riendo a carcajadas, ¡no medio viva como la gente de aquí, acurrucada en sillas tristes, mirando unas feas flores plantadas en macetas!

—Porque tendrías que ver los jardines de Milán —dijo en voz alta. ¿Pero a quién?

No había nadie. Sus palabras se desvanecieron. Así se desvanece un cohete. Sus chispas, habiendo rozado su camino en la noche, se rinden a ella; la oscuridad desciende, se derrama sobre los contornos de las casas y las torres; las sombrías laderas se suavizan y caen. Pero aunque se hayan ido, la noche está llena de ellas; desprovistas de color, sin ventanas, existen más pesadamente, dan lo que la franca luz del día no transmite: el problema y el suspenso de las cosas conglomeradas allí en la oscuridad; apiñadas en la oscuridad; desprovistas del alivio que trae el amanecer cuando, lavando las paredes blancas y grises, manchando cada cristal de la ventana, levantando la niebla de los campos, mostrando las vacas de color marrón rojizo pastando pacíficamente, todo se engalana una vez más a la vista; existe de nuevo. ¡Estoy sola, estoy sola!,

Indian and his cross), as perhaps at midnight, when all boundaries are lost, the country reverts to its ancient shape, as the Romans saw it, lying cloudy, when they landed, and the hills had no names and rivers wound they knew not where — such was her darkness; when suddenly, as if a shelf were shot forth and she stood on it, she said how she was his wife, married years ago in Milan, his wife, and would never, never tell that he was mad! Turning, the shelf fell; down, down she dropped. For he was gone, she thought — gone, as he threatened, to kill himself — to throw himself under a cart! But no; there he was; still sitting alone on the seat, in his shabby overcoat, his legs crossed, staring, talking aloud.

Men must not cut down trees. There is a God. (He noted such revelations on the backs of envelopes.) Change the world. No one kills from hatred. Make it known (he wrote it down). He waited. He listened. A sparrow perched on the railing opposite chirped Septimus, Septimus, four or five times over and went on, drawing its notes out, to sing freshly and piercingly in Greek words how there is no crime and, joined by another sparrow, they sang in voices prolonged and piercing in Greek words, from trees in the meadow of life beyond a river where the dead walk, how there is no death.

There was his hand; there the dead. White things were assembling behind the railings opposite. But he dared not look. Evans was behind the railings!

«What are you saying?» said Rezia suddenly, sitting down by him.

Interrupted again! She was always interrupting.

Away from people — they must get away from people, he said (jumping up), right away over there, where there were chairs beneath a tree and the long slope of the park dipped like a length of green stuff with a ceiling cloth of blue and pink smoke high above, and there was a rampart of far irregular houses hazed in smoke, the traffic hummed in a circle, and on the right, dun-coloured animals stretched long necks over the Zoo palings, barking, howling. There they sat down under a tree.

gritó, junto a la fuente de Regent's Park (mirando fijamente al indio y su cruz), como tal vez a medianoche, cuando se pierden todos los límites, la región vuelve a su forma antigua, como lo vieron los romanos, bajo el cielo nublado, cuando desembarcaron, y las colinas no tenían nombres y los ríos serpenteaban no sabían dónde... tal era su oscuridad; cuando de repente, como si hubiera una plataforma y ella se colocara sobre ella, dijo que era su esposa, casada hace años en Milán, su esposa, y que nunca, nunca diría que estaba loco. Al girar, la plataforma cayó; abajo, abajo se dejó caer. Pensó que él se había ido... se había ido, como amenazó, a suicidarse... a tirarse debajo de un carro. Pero no; allí estaba él, todavía sentado solo en el asiento, con su raído abrigo, las piernas cruzadas, mirando fijamente, hablando en voz alta.

Los hombres no deben cortar los árboles. Existe un Dios. (Anotaba tales revelaciones en el reverso de los sobres). Cambia el mundo. Nadie mata por odio. Hazlo saber (lo anotó). Esperó. Escuchó. Un gorrión posado en la barandilla de enfrente gorjeó «Septimus, Septimus», cuatro o cinco veces y continuó, desgranando sus notas, para cantar fresca y penetrantemente en palabras griegas cómo no hay crimen y, unido a otro gorrión, cantaron con voces prolongadas y penetrantes en palabras griegas, desde los árboles de la pradera, sobre la vida más allá de un río donde caminan los muertos, cómo no hay muerte.

Allí estaba su mano; allí los muertos. Detrás de la barandilla de enfrente se reunían cosas blancas. Pero no se atrevió a mirar. Evans estaba detrás de la barandilla.

—¿Qué estás diciendo? —dijo Rezia de repente, sentándose a su lado.

¡Otra vez interrumpido! Ella siempre interrumpía.

Lejos de la gente... deben alejarse de la gente, dijo él (saltando), allí mismo, donde había sillas bajo un árbol y la larga pendiente del parque se sumergía como una longitud de materia verde con un paño, techando de humo azul y rosa en lo alto, y había una muralla de casas lejanas e irregulares envueltas en humo; el tráfico zumbaba en círculo, y a la derecha, animales de color pardo estiraban sus largos cuellos por encima del empalizado del zoológico, ladrando, aullando. Allí se sentaron bajo un árbol.

«Look,» she implored him, pointing at a little troop of boys carrying cricket stumps, and one shuffled, spun round on his heel and shuffled, as if he were acting a clown at the music hall.

«Look,» she implored him, for Dr. Holmes had told her to make him notice real things, go to a music hall, play cricket — that was the very game, Dr. Holmes said, a nice out-of-door game, the very game for her husband.

«Look,» she repeated.

Look the unseen bade him, the voice which now communicated with him who was the greatest of mankind, Septimus, lately taken from life to death, the Lord who had come to renew society, who lay like a coverlet, a snow blanket smitten only by the sun, for ever unwasted, suffering for ever, the scapegoat, the eternal sufferer, but he did not want it, he moaned, putting from him with a wave of his hand that eternal suffering, that eternal loneliness.

«Look,» she repeated, for he must not talk aloud to himself out of doors.

«Oh look,» she implored him. But what was there to look at? A few sheep. That was all.

The way to Regent's Park Tube station — could they tell her the way to Regent's Park Tube station — Maisie Johnson wanted to know. She was only up from Edinburgh two days ago.

«Not this way — over there!» Rezia exclaimed, waving her aside, lest she should see Septimus.

Both seemed queer, Maisie Johnson thought. Everything seemed very queer. In London for the first time, come to take up a post at her uncle's in Leadenhall Street, and now walking through Regent's Park in the morning, this couple on the chairs gave her quite a turn; the young woman seeming foreign, the man looking queer; so that should she be very old she would still remember and make it jangle again among her memories how she had walked through Regent's Park on a fine summer's morning fifty years ago. For she was only

—Mira —le imploró ella, señalando a un grupito de chicos que llevaban palos de críquet, y uno de ellos arrastró los pies, giró sobre sus talones y arrastró los pies, como si estuviera haciendo de payaso en el *music-hall.*

»Mira —le imploró ella, pues el doctor Holmes le había dicho que le hiciera remarcar cosas reales, que fuera a un *music-hall,* que jugara al críquet... ese era el juego, dijo el doctor Holmes, un juego agradable al aire libre, el juego ideal para su marido.

»Mira —repitió ella.

Mira lo que le ordenó lo invisible, la voz que ahora se comunicaba con quien era el más grande de la humanidad, Septimus, últimamente arrebatado de la vida a la muerte, el Señor que había venido a renovar la sociedad, que yacía como una colcha, una manta de nieve golpeada solo por el sol, para siempre sin gastar, sufriendo para siempre, el chivo expiatorio, el eterno sufriente, pero no la quiso, gimió, apartando de él con un movimiento de la mano ese eterno sufrimiento, esa eterna soledad.

—Mira —repitió ella, pues él no debía hablar en voz alta consigo mismo fuera de casa.

»Oh, mira —le imploró ella. ¿Pero qué había para mirar? Unas cuantas ovejas. Eso era todo.

El camino a la estación de metro de Regent's Park... ¿Podrían indicarle el camino a la estación de metro de Regent's Park? Maisie Johnson quería saber. Hacía solo dos días que había llegado de Edimburgo.

—Por aquí no... ¡Por allí! —exclamó Rezia, haciéndole un gesto para que no viera a Septimus.

Ambos parecían raros, pensó Maisie Johnson. Todo parecía muy extraño. En Londres, por primera vez, para ocupar un puesto en la casa de su tío en Leadenhall Street, y ahora caminando por Regent's Park por la mañana, esta pareja en las sillas la hizo sentir un poco extraña; la joven mujer parecía extranjera, el hombre parecía raro; tanto así que cuando fuera muy vieja todavía recordaría y repetiría entre sus recuerdos cómo había caminado por Regent's Park en una hermosa mañana de verano hace cincuenta años. Porque solo tenía diecinueve años y por fin había

nineteen and had got her way at last, to come to London; and now how queer it was, this couple she had asked the way of, and the girl started and jerked her hand, and the man — he seemed awfully odd; quarrelling, perhaps; parting for ever, perhaps; something was up, she knew; and now all these people (for she returned to the Broad Walk), the stone basins, the prim flowers, the old men and women, invalids most of them in Bath chairs — all seemed, after Edinburgh, so queer. And Maisie Johnson, as she joined that gently trudging, vaguely gazing, breeze-kissed company — squirrels perching and preening, sparrow fountains fluttering for crumbs, dogs busy with the railings, busy with each other, while the soft warm air washed over them and lent to the fixed unsurprised gaze with which they received life something whimsical and mollified — Maisie Johnson positively felt she must cry Oh! (for that young man on the seat had given her quite a turn. Something was up, she knew.)

Horror! horror! she wanted to cry. (She had left her people; they had warned her what would happen.)

Why hadn't she stayed at home? she cried, twisting the knob of the iron railing.

That girl, thought Mrs. Dempster (who saved crusts for the squirrels and often ate her lunch in Regent's Park), don't know a thing yet; and really it seemed to her better to be a little stout, a little slack, a little moderate in one's expectations. Percy drank. Well, better to have a son, thought Mrs. Dempster. She had had a hard time of it, and couldn't help smiling at a girl like that. You'll get married, for you're pretty enough, thought Mrs. Dempster. Get married, she thought, and then you'll know. Oh, the cooks, and so on. Every man has his ways. But whether I'd have chosen quite like that if I could have known, thought Mrs. Dempster, and could not help wishing to whisper a word to Maisie Johnson; to feel on the creased pouch of her worn old face the kiss of pity. For it's been a hard life, thought Mrs. Dempster. What hadn't she given to it? Roses; figure; her feet too. (She drew the knobbed lumps beneath her skirt.)

Roses, she thought sardonically. All trash, m'dear. For really, what with eating, drinking, and mating, the bad days and good, life had been no mere matter of roses, and what was more, let me tell you,

conseguido venir a Londres; y ahora, qué extraño era esta pareja a la que había preguntado por el camino, y la muchacha se sobresaltó y dio un tirón con la mano, y el hombre... parecía terriblemente extraño; estaban peleándose, tal vez; y ahora toda esa gente (porque ella volvió al sendero ancho), los lavabos de piedra, las flores primitivas, los ancianos y las ancianas, inválidos la mayoría de ellos en sillas de reposo, todo parecía, después de Edimburgo, tan extraño. Y Maisie Johnson, mientras se unía a aquella compañía que caminaba suavemente, miraba vagamente y besaba la brisa —las ardillas se posaban y acicalaban, los gorriones revoloteaban en busca de migajas, los perros se entretenían en las barandillas, se ocupaban los unos de los otros, mientras el aire suave y cálido los bañaba y prestaba a la mirada fija y sin sorpresa con la que recibían la vida algo caprichoso y apacible—, Maisie Johnson sintió sinceramente que debía gritar «¡Oh!» (porque aquel joven en el asiento la había puesto muy nerviosa. Ella sabía que algo pasaba).

¡Horror, horror! Quería llorar. (Había dejado a su gente; le habían advertido que eso pasaría).

¿Por qué no se había quedado en casa?, gritó, retorciendo el pomo de la barandilla de hierro.

Esa chica, pensó la señora Dempster (que guardaba costras para las ardillas y a menudo almorzaba en Regent's Park), no sabe nada todavía; y en realidad le parecía mejor ser un poco robusta, un poco desprolija, un poco moderada en cuanto a las expectativas. Percy bebió. Bueno, mejor tener un hijo, pensó la señora Dempster. Lo había pasado mal, y no podía evitar sonreír ante una chica así. Te casarás, pues eres bastante guapa, pensó la señora Dempster. Cásate, pensó, y entonces sabrás. Oh, las cocineras y todo lo demás. Cada hombre tiene sus costumbres. Pero no sé si hubiera elegido esto, de haberlo sabido, pensó la señora Dempster, y no pudo evitar el deseo de susurrar una palabra a Maisie Johnson; de sentir en la piel arrugada de su viejo y gastado rostro el beso de la compasión. Porque ha sido una vida dura, pensó la señora Dempster. ¿Qué no le había dado ella a la vida? Rosas; la figura; sus pies también. (Escondió los pies nudosos bajo la falda).

Rosas, pensó sardónicamente. Todo basura, querida. Porque, en realidad, con la comida, la bebida y el apareamiento, los días malos y los buenos, la vida no había sido un mero asunto de rosas, y lo que es más,

Carrie Dempster had no wish to change her lot with any woman's in Kentish Town! But, she implored, pity. Pity, for the loss of roses. Pity she asked of Maisie Johnson, standing by the hyacinth beds.

Ah, but that aeroplane! Hadn't Mrs. Dempster always longed to see foreign parts? She had a nephew, a missionary. It soared and shot. She always went on the sea at Margate, not out o' sight of land, but she had no patience with women who were afraid of water. It swept and fell. Her stomach was in her mouth. Up again. There's a fine young feller aboard of it, Mrs. Dempster wagered, and away and away it went, fast and fading, away and away the aeroplane shot; soaring over Greenwich and all the masts; over the little island of grey churches, St. Paul's and the rest till, on either side of London, fields spread out and dark brown woods where adventurous thrushes hopping boldly, glancing quickly, snatched the snail and tapped him on a stone, once, twice, thrice.

Away and away the aeroplane shot, till it was nothing but a bright spark; an aspiration; a concentration; a symbol (so it seemed to Mr. Bentley, vigorously rolling his strip of turf at Greenwich) of man's soul; of his determination, thought Mr. Bentley, sweeping round the cedar tree, to get outside his body, beyond his house, by means of thought, Einstein, speculation, mathematics, the Mendelian theory — away the aeroplane shot.

Then, while a seedy-looking nondescript man carrying a leather bag stood on the steps of St. Paul's Cathedral, and hesitated, for within was what balm, how great a welcome, how many tombs with banners waving over them, tokens of victories not over armies, but over, he thought, that plaguy spirit of truth seeking which leaves me at present without a situation, and more than that, the cathedral offers company, he thought, invites you to membership of a society; great men belong to it; martyrs have died for it; why not enter in, he thought, put this leather bag stuffed with pamphlets before an altar, a cross, the symbol of something which has soared beyond seeking and questing and knocking of words together and has become all spirit, disembodied, ghostly — why not enter in? he thought and while he hesitated out flew the aeroplane over Ludgate Circus.

¡permítame decirle que Carrie Dempster no deseaba cambiar su suerte por la de ninguna otra mujer de Kentish Town! Pero, imploró, piedad. Piedad por la pérdida de las rosas. Piedad le pidió a Maisie Johnson, de pie junto a los parterres de jacintos.

¡Ah, pero ese avión! ¿No había anhelado siempre la señora Dempster ver lugares en el extranjero? Tenía un sobrino, un misionero. El aeroplano se elevó y disparó. Siempre iba por el mar en Margate, sin perder de vista la tierra, pero no tenía paciencia con las mujeres que le tenían miedo al agua. Barrió y cayó. Tenía el estómago en la boca. De nuevo hacia arriba. Hay un buen joven a bordo —apostó la señora Dempster—, y se alejó y se alejó, rápido y apagándose, alejándose y disparando el avión; sobrevolando Greenwich y todos los mástiles; sobre la pequeña isla de iglesias grises, San Pablo y el resto, hasta que, a ambos lados de Londres, se extienden los campos y los bosques de color marrón oscuro donde los aventureros tordos saltan audazmente, echando una rápida mirada, cogen el caracol y lo golpean con una piedra, una, dos, tres veces.

El avión se fue alejando, hasta que no fue más que una chispa brillante; una aspiración; una concentración; un símbolo (así le pareció al señor Bentley, segando vigorosamente su franja de césped en Greenwich) del alma del hombre; de su determinación, pensó el señor Bentley, barriendo alrededor del cedro; de salir de su cuerpo, más allá de su casa, por medio del pensamiento; de Einstein; de la especulación; de las matemáticas; de la teoría mendeliana... Veloz, se alejó el avión.

Entonces, mientras un hombre anodino de aspecto sórdido que llevaba una bolsa de cuero se paraba en la escalinata de la catedral de San Pablo, vacilaba, pues qué bálsamo había dentro, qué gran acogida, cuántas tumbas con estandartes ondeando sobre ellas, señales de victorias, no sobre los ejércitos, sino sobre, pensó, ese plagio de búsqueda de la verdad que me deja en este momento en esta situación, y más que eso, la catedral ofrece compañía, pensó, te invita a ser miembro de una sociedad; grandes hombres pertenecen a ella; mártires han muerto por ella; por qué no entrar, pensó, poner esta bolsa de cuero llena de folletos ante un altar, una cruz, el símbolo de algo que se ha elevado más allá de la búsqueda y la persecución y el golpeteo de palabras juntas y se ha convertido en todo espíritu, incorpóreo, fantasmal... ¿Por qué no entrar?, pensó, y mientras dudaba, el avión sobrevoló Ludgate Circus.

It was strange; it was still. Not a sound was to be heard above the traffic. Unguided it seemed; sped of its own free will. And now, curving up and up, straight up, like something mounting in ecstasy, in pure delight, out from behind poured white smoke looping, writing a T, an O, an F.

***

«What are they looking at?» said Clarissa Dalloway to the maid who opened her door.

The hall of the house was cool as a vault. Mrs. Dalloway raised her hand to her eyes, and, as the maid shut the door to, and she heard the swish of Lucy's skirts, she felt like a nun who has left the world and feels fold round her the familiar veils and the response to old devotions. The cook whistled in the kitchen. She heard the click of the typewriter. It was her life, and, bending her head over the hall table, she bowed beneath the influence, felt blessed and purified, saying to herself, as she took the pad with the telephone message on it, how moments like this are buds on the tree of life, flowers of darkness they are, she thought (as if some lovely rose had blossomed for her eyes only); not for a moment did she believe in God; but all the more, she thought, taking up the pad, must one repay in daily life to servants, yes, to dogs and canaries, above all to Richard her husband, who was the foundation of it — of the gay sounds, of the green lights, of the cook even whistling, for Mrs. Walker was Irish and whistled all day long — one must pay back from this secret deposit of exquisite moments, she thought, lifting the pad, while Lucy stood by her, trying to explain how

«Mr. Dalloway, ma'am» —

Clarissa read on the telephone pad, «Lady Bruton wishes to know if Mr. Dalloway will lunch with her to-day.»

«Mr. Dalloway, ma'am, told me to tell you he would be lunching out.»

«Dear!» said Clarissa, and Lucy shared as she meant her to her disappointment (but not the pang); felt the concord between them;

Era extraño; todo estaba quieto. No se oía ningún ruido por encima del tráfico. Parecía no estar guiado, sino que se movía por su propia voluntad. Y ahora, curvándose hacia arriba y hacia arriba, en línea recta, como algo que sube en éxtasis, en puro deleite, por detrás brotó un humo blanco en bucle, escribiendo una C, una A, una R.

****

—¿Qué miran? —dijo Clarissa Dalloway a la criada que le abrió la puerta.

El vestíbulo de la casa estaba fresco como una bóveda. La señora Dalloway se llevó la mano a los ojos y, cuando la criada cerró la puerta para... y oyó el batir de las faldas de Lucy, se sintió como una monja que ha abandonado el mundo y siente plegarse a su alrededor los velos familiares y la respuesta a antiguas devociones. La cocinera silbaba en la cocina. Oyó el clic de la máquina de escribir. Era su vida, y bajando la cabeza sobre la mesa del salón, se inclinó bajo la influencia, se sintió bendecida y purificada, diciéndose a sí misma, mientras tomaba el bloc con el mensaje telefónico, cómo momentos como este son brotes en el árbol de la vida, flores de la oscuridad son, pensó (como si alguna hermosa rosa hubiera florecido solo para sus ojos); ni por un momento creyó en Dios; pero tanto más, pensó, tomando el bloc, debe uno pagar en la vida diaria a los sirvientes, sí, a los perros y a los canarios, sobre todo a Richard, su marido, que era la base de todo esto —de los sonidos alegres, de las luces verdes, incluso del silbido de la cocinera, pues la señora Walker era irlandesa y silbaba todo el día—, uno debe pagar de este depósito secreto de momentos exquisitos, pensó, levantando el bloc, mientras Lucy estaba a su lado, tratando de explicar cómo...

—El señor Dalloway, señora...

Clarissa leyó en la almohadilla del teléfono: «Lady Bruton desea saber si el señor Dalloway puede almorzar con ella hoy».

—El señor Dalloway, señora, me dijo que le dijera que él no almorzará en casa.

—¡Vaya! —dijo Clarissa, y Lucy, tal como Clarissa lo deseaba, compartió con ella su decepción (pero no la punzada); sintió la concordia entre

took the hint; thought how the gentry love; gilded her own future with calm; and, taking Mrs. Dalloway's parasol, handled it like a sacred weapon which a Goddess, having acquitted herself honourably in the field of battle, sheds, and placed it in the umbrella stand.

«Fear no more,» said Clarissa. Fear no more the heat o' the sun; for the shock of Lady Bruton asking Richard to lunch without her made the moment in which she had stood shiver, as a plant on the river-bed feels the shock of a passing oar and shivers: so she rocked: so she shivered.

Millicent Bruton, whose lunch parties were said to be extraordinarily amusing, had not asked her. No vulgar jealousy could separate her from Richard. But she feared time itself, and read on Lady Bruton's face, as if it had been a dial cut in impassive stone, the dwindling of life; how year by year her share was sliced; how little the margin that remained was capable any longer of stretching, of absorbing, as in the youthful years, the colours, salts, tones of existence, so that she filled the room she entered, and felt often as she stood hesitating one moment on the threshold of her drawing-room, an exquisite suspense, such as might stay a diver before plunging while the sea darkens and brightens beneath him, and the waves which threaten to break, but only gently split their surface, roll and conceal and encrust as they just turn over the weeds with pearl.

She put the pad on the hall table. She began to go slowly upstairs, with her hand on the bannisters, as if she had left a party, where now this friend now that had flashed back her face, her voice; had shut the door and gone out and stood alone, a single figure against the appalling night, or rather, to be accurate, against the stare of this matter-of-fact June morning; soft with the glow of rose petals for some, she knew, and felt it, as she paused by the open staircase window which let in blinds flapping, dogs barking, let in, she thought, feeling herself suddenly shrivelled, aged, breastless, the grinding, blowing, flowering of the day, out of doors, out of the window, out of her body and brain which now failed, since Lady Bruton, whose lunch parties were said to be extraordinarily amusing, had not asked her.

ellas; captó la indirecta; pensó en cómo ama la alta burguesía, dorando su futuro con tranquilidad, y, tomando la sombrilla de la señora Dalloway, la llevó como si fuera un arma sagrada de la que se desprende una diosa luego de haberse comportado con honor en el campo de batalla, y la colocó en el paragüero.

—No temas más —dijo Clarissa. No temas más el calor del sol; porque la conmoción de que lady Bruton pidiera a Richard que almorzara sin ella hizo que se estremeciera en ese momento, como una planta en el lecho del río siente el impacto de un remo que pasa y se estremece: así se meció, así se estremeció.

Millicent Bruton, de quien se decía que sus almuerzos eran extraordinariamente divertidos, no la había invitado. Ningún tipo de celos vulgares podría separarla de Richard. Pero temía al propio tiempo, y leía en el rostro de lady Bruton, como si fuera un dial tallado en piedra impasible, el menguar de la vida; cómo año tras año se iba reduciendo su parte; qué poco margen le quedaba para estirarse, para absorber, como en los años de juventud, los colores, las sales, los tonos de la existencia, de modo que llenaba la habitación en la que entraba, y sentía a menudo, mientras dudaba un momento en el umbral de su salón, un suspenso exquisito, como el que podría retener a un buceador antes de zambullirse mientras el mar se oscurece y se aclara bajo él, y las olas que amenazan con romper, pero que solo parten suavemente su superficie, se revuelven y ocultan y se incrustan tal como acaban de tornar sobre las algas con perlas.

Puso el bloc en la mesa del vestíbulo. Empezó a subir las escaleras lentamente, con la mano en las barandillas, como si estuviera yéndose de una fiesta, en la que ahora esta amiga, ahora aquella, le había devuelto su rostro, su voz; había cerrado la puerta y había salido y se había quedado sola, una sola figura frente a la espantosa noche, o más bien, para ser exactos, frente a la mirada de esta mañana de junio, tan realista; suave con el brillo de los pétalos de rosa para algunos, lo sabía, y lo sentía, mientras se detenía junto a la ventana abierta de la escalera que dejaba percibir el aleteo de las persianas, los ladridos de los perros, dejaba percibir, pensó —sintiéndose repentinamente arrugada, envejecida, asfixiada—, el rechinar, el soplar, el florecimiento del día, fuera de las puertas, fuera de la ventana, fuera de su cuerpo y de su cerebro que ahora fallaban, ya que lady Bruton, cuyos almuerzos se decían extraor-

Like a nun withdrawing, or a child exploring a tower, she went upstairs, paused at the window, came to the bathroom. There was the green linoleum and a tap dripping. There was an emptiness about the heart of life; an attic room. Women must put off their rich apparel. At midday they must disrobe. She pierced the pincushion and laid her feathered yellow hat on the bed. The sheets were clean, tight stretched in a broad white band from side to side. Narrower and narrower would her bed be. The candle was half burnt down and she had read deep in Baron Marbot's *Memoirs*. She had read late at night of the retreat from Moscow. For the House sat so long that Richard insisted, after her illness, that she must sleep undisturbed. And really she preferred to read of the retreat from Moscow. He knew it. So the room was an attic; the bed narrow; and lying there reading, for she slept badly, she could not dispel a virginity preserved through childbirth which clung to her like a sheet. Lovely in girlhood, suddenly there came a moment — for example on the river beneath the woods at Clieveden — when, through some contraction of this cold spirit, she had failed him. And then at Constantinople, and again and again. She could see what she lacked. It was not beauty; it was not mind. It was something central which permeated; something warm which broke up surfaces and rippled the cold contact of man and woman, or of women together. For *that* she could dimly perceive. She resented it, had a scruple picked up Heaven knows where, or, as she felt, sent by Nature (who is invariably wise); yet she could not resist sometimes yielding to the charm of a woman, not a girl, of a woman confessing, as to her they often did, some scrape, some folly. And whether it was pity, or their beauty, or that she was older, or some accident — like a faint scent, or a violin next door (so strange is the power of sounds at certain moments), she did undoubtedly then feel what men felt. Only for a moment; but it was enough. It was a sudden revelation, a tinge like a blush which one tried to check and then, as it spread, one yielded to its expansion, and rushed to the farthest verge and there quivered and felt the world come closer, swollen with some astonishing significance, some pressure of rapture, which split its thin skin and gushed and poured with an extraordinary alleviation over the cracks and sores! Then, for that moment, she had seen an illumination; a match burning in a crocus; an inner meaning almost expressed. But the close withdrew; the hard softened. It was over — the

dinariamente divertidos, no la había invitado.

Como una monja que se retira, o un niño que explora una torre, subió las escaleras, se detuvo en la ventana, llegó al baño. Allí estaba el linóleo verde y un grifo que goteaba. Había un vacío en el corazón de la vida; una habitación abuhardillada. Las mujeres deben despojarse de sus ricas vestimentas. A mediodía deben desvestirse. Ella pinchó el alfiletero y depositó su sombrero amarillo de plumas sobre la cama. Las sábanas estaban limpias, tensas, estiradas en una amplia banda blanca de lado a lado. Cada vez más estrecha sería su cama. La vela estaba medio quemada y ella había leído, profundamente inmersa, las *Memorias* del barón Marbot. Había leído hasta altas horas de la noche sobre la retirada de Moscú. Porque la cámara deliberaba hasta tan tarde que Richard insistió, después de la enfermedad, que debía dormir sin ser molestada. Y realmente ella prefería leer sobre la retirada de Moscú. Él lo sabía. Así que la habitación era una buhardilla; la cama, estrecha; y tumbada allí leyendo, pues dormía mal, no podía disipar una virginidad conservada a través de los partos que se aferraba a ella como una sábana. Encantadora de joven, de pronto llegó un momento —por ejemplo, en el río, bajo el bosque de Clieveden— en que, por alguna contracción de este frío espíritu, ella le falló. Y luego en Constantinopla, y una y otra vez. Podía ver lo que le faltaba. No era belleza; no era espíritu. Era algo central que impregnaba; algo cálido que rompía las superficies y ondulaba el frío contacto del hombre y la mujer, o de las mujeres juntas. *Eso* era lo que ella percibía vagamente. Lo resentía, tenía un escrúpulo recogido de Dios sabe dónde, o, como ella sentía, enviado por la Naturaleza (que es invariablemente sabia); sin embargo, no podía resistirse a ceder a veces al encanto de una mujer, no de una joven, de una mujer que confesaba, como a ella le ocurría a menudo, algún rasguño, alguna locura. Y ya sea por lástima, o por su belleza, o porque era mayor, o por algún accidente... como un leve aroma, o un violín en la casa vecina (tan extraño es el poder de los sonidos en ciertos momentos), sin duda sintió entonces lo que los hombres sentían. Solo por un momento, pero fue suficiente. Fue una súbita revelación, un matiz como el de un rubor que uno intentaba frenar y luego, a medida que se extendía, uno cedía a su expansión y se precipitaba hacia el borde más lejano y allí se estremecía y sentía que el mundo se acercaba, hinchado con algún significado asombroso, alguna presión de arrebato, que partía su fina piel y brotaba y se derramaba con un alivio extraordinario sobre las grietas y las llagas. Entonces, por ese momento, había visto una iluminación, una cerilla ardiendo en una

moment. Against such moments (with women too) there contrasted (as she laid her hat down) the bed and Baron Marbot and the candle half-burnt. Lying awake, the floor creaked; the lit house was suddenly darkened, and if she raised her head she could just hear the click of the handle released as gently as possible by Richard, who slipped upstairs in his socks and then, as often as not, dropped his hot-water bottle and swore! How she laughed!

But this question of love (she thought, putting her coat away), this falling in love with women. Take Sally Seton; her relation in the old days with Sally Seton. Had not that, after all, been love?

She sat on the floor — that was her first impression of Sally — she sat on the floor with her arms round her knees, smoking a cigarette. Where could it have been? The Mannings? The Kinloch-Jones's? At some party (where, she could not be certain), for she had a distinct recollection of saying to the man she was with, «Who is *that*?» And he had told her, and said that Sally's parents did not get on (how that shocked her — that one's parents should quarrel!). But all that evening she could not take her eyes off Sally. It was an extraordinary beauty of the kind she most admired, dark, large-eyed, with that quality which, since she hadn't got it herself, she always envied — a sort of abandonment, as if she could say anything, do anything; a quality much commoner in foreigners than in Englishwomen. Sally always said she had French blood in her veins, an ancestor had been with Marie Antoinette, had his head cut off, left a ruby ring. Perhaps that summer she came to stay at Bourton, walking in quite unexpectedly without a penny in her pocket, one night after dinner, and upsetting poor Aunt Helena to such an extent that she never forgave her. There had been some quarrel at home. She literally hadn't a penny that night when she came to them — had pawned a brooch to come down. She had rushed off in a passion. They sat up till all hours of the night talking. Sally it was who made her feel, for the first time, how sheltered the life at Bourton was. She knew nothing about sex — nothing about social problems. She had once seen an old man who had dropped dead in a field — she had seen cows just after their calves were born. But Aunt Helena never liked discussion of anything (when

planta de azafrán; un significado interior casi expresado. Pero la cercanía se retiraba; la dureza se suavizaba. Había terminado... el momento. Frente a esos momentos (también con las mujeres) contrastaban (al dejar el sombrero) la cama y el barón Marbot y la vela medio consumida. Al estar despierta, el suelo crujía; la casa iluminada se oscurecía de repente, y si levantaba la cabeza, podía oír el chasquido de la manilla soltada con la mayor suavidad posible por Richard, que se deslizaba escaleras arriba en calcetines y luego, la mayoría de las veces, dejaba caer su bolsa de agua caliente y maldecía. ¡Cómo se reía ella!

Pero esta cuestión del amor (pensó, guardando su abrigo), este enamoramiento de las mujeres. Por ejemplo, Sally Seton; su relación en los viejos tiempos con Sally Seton. ¿No había sido eso, después de todo, amor?

Estaba sentada en el suelo —esa fue su primera impresión de Sally—, sentada en el suelo con los brazos alrededor de las rodillas, fumando un cigarrillo. ¿Dónde podría haber sido? ¿En lo de los Manning? ¿En casa de los Kinloch-Jones? En alguna fiesta (dónde, no estaba segura), pues tenía un claro recuerdo de haberle dicho al hombre con el que estaba: «¿Quién es *esa?*». Y él se lo había contado y le había dicho que los padres de Sally no se llevaban bien (¡cómo le chocaba eso, que los padres de uno se pelearan!). Pero durante toda aquella tarde no pudo apartar los ojos de Sally. Era una belleza extraordinaria del tipo que ella más admiraba, morena, de ojos grandes, con esa cualidad que, al no tenerla ella misma, siempre envidiaba: una especie de abandono, como si pudiera decir cualquier cosa, hacer cualquier cosa; una cualidad mucho más común en las extranjeras que en las inglesas. Sally siempre decía que tenía sangre francesa en las venas, que un antepasado había estado con María Antonieta, que le habían cortado la cabeza y que había dejado un anillo de rubí. Tal vez aquel verano vino a quedarse en Bourton, llegando inesperadamente sin un penique en el bolsillo, una noche después de la cena, y perturbando a la pobre tía Helena hasta tal punto que esta nunca la perdonó. Había habido alguna disputa en casa. Aquella noche no tenía ni un penique cuando vino a verlos; había empeñado un broche para venir. Se había apresurado a salir, apasionadamente. Se sentaban a hablar hasta altas horas de la noche. Sally fue quien le hizo sentir, por primera vez, lo resguardada que era la vida en Bourton. No sabía nada de sexo, nada de problemas sociales. Ella, una vez, había visto a un anciano que había caído muerto en un campo; había visto a las vacas justo

Sally gave her William Morris, it had to be wrapped in brown paper). There they sat, hour after hour, talking in her bedroom at the top of the house, talking about life, how they were to reform the world. They meant to found a society to abolish private property, and actually had a letter written, though not sent out. The ideas were Sally's, of course — but very soon she was just as excited — read Plato in bed before breakfast; read Morris; read Shelley by the hour.

Sally's power was amazing, her gift, her personality. There was her way with flowers, for instance. At Bourton they always had stiff little vases all the way down the table. Sally went out, picked hollyhocks, dahlias — all sorts of flowers that had never been seen together — cut their heads off, and made them swim on the top of water in bowls. The effect was extraordinary — coming in to dinner in the sunset. (Of course Aunt Helena thought it wicked to treat flowers like that.) Then she forgot her sponge, and ran along the passage naked. That grim old housemaid, Ellen Atkins, went about grumbling — «Suppose any of the gentlemen had seen?» Indeed she did shock people. She was untidy, Papa said.

The strange thing, on looking back, was the purity, the integrity, of her feeling for Sally. It was not like one's feeling for a man. It was completely disinterested, and besides, it had a quality which could only exist between women, between women just grown up. It was protective, on her side; sprang from a sense of being in league together, a presentiment of something that was bound to part them (they spoke of marriage always as a catastrophe), which led to this chivalry, this protective feeling which was much more on her side than Sally's. For in those days she was completely reckless; did the most idiotic things out of bravado; bicycled round the parapet on the terrace; smoked cigars. Absurd, she was — very absurd. But the charm was overpowering, to her at least, so that she could remember standing in her bedroom at the top of the house holding the hot-water can in her hands and saying aloud, «She is beneath this roof. . . . She is beneath this roof!»

No, the words meant absolutely nothing to her now. She could not

después de que nacieran sus terneros. Pero a la tía Helena no le gustaban las discusiones, de cualquier tema que fuere (cuando Sally le regaló William Morris, tenía que estar envuelto en papel de estraza). Allí se sentaban, hora tras hora, hablando en su dormitorio en la parte superior de la casa, hablando de la vida, de cómo iban a reformar el mundo. Tenían la intención de fundar una sociedad para abolir la propiedad privada, y de hecho tenían una carta escrita, aunque no enviada. Las ideas eran de Sally, por supuesto, pero muy pronto ella estaba igual de entusiasmada: leía a Platón en la cama antes del desayuno; leía a Morris; leía a Shelley durante horas.

El poder de Sally era sorprendente, su don, su personalidad. Por ejemplo, su manera de arreglar las flores. En Bourton siempre tenían pequeños jarrones rectos a lo largo de la mesa. Sally salía, recogía malvarrosas, dalias —todo tipo de flores que nunca se habían visto juntas—; les cortaba la cabeza y las hacía nadar sobre el agua en cuencos. El efecto era extraordinario... al llegar a la cena al atardecer. (Por supuesto, a la tía Helena le parecía lamentable tratar así a las flores). Y entonces Sally olvidó su esponja y corrió desnuda por el pasillo. Aquella vieja y sombría criada, Ellen Atkins, iba por ahí refunfuñando: «Suponga que alguno de los caballeros la hubiera visto». En efecto, ella escandalizaba a la gente. Era desordenada, decía papá.

Lo extraño, al mirar atrás, era la pureza, la integridad, de su sentimiento por Sally. No era como el sentimiento por un hombre. Era completamente desinteresado y, además, tenía una cualidad que solo podía existir entre mujeres, entre mujeres recién desarrolladas. Era protector, por parte de ella; surgía de una sensación de estar unidas, de un presentimiento de algo que estaba destinado a separarlas (hablaban del matrimonio siempre como una catástrofe), lo que llevaba a esta caballerosidad, a este sentimiento protector que estaba mucho más de su parte que de la de Sally. Porque en aquellos días era completamente imprudente; hacía las cosas más idiotas por valentía; iba en bicicleta alrededor del parapeto de la terraza; fumaba puros. Era absurda, muy absurda. Pero el encanto era abrumador, al menos para ella, de modo que podía recordar que estaba en su dormitorio, en la parte superior de la casa, sosteniendo el bidón de agua caliente en sus manos y diciendo en voz alta: «Ella está bajo este techo... Ella está bajo este techo».

No, las palabras no significaban absolutamente nada para ella aho-

even get an echo of her old emotion. But she could remember going cold with excitement, and doing her hair in a kind of ecstasy (now the old feeling began to come back to her, as she took out her hairpins, laid them on the dressing-table, began to do her hair), with the rooks flaunting up and down in the pink evening light, and dressing, and going downstairs, and feeling as she crossed the hall «if it were now to die 'twere now to be most happy.» That was her feeling — Othello's feeling, and she felt it, she was convinced, as strongly as Shakespeare meant Othello to feel it, all because she was coming down to dinner in a white frock to meet Sally Seton!

She was wearing pink gauze — was that possible? She *seemed*, anyhow, all light, glowing, like some bird or air ball that has flown in, attached itself for a moment to a bramble. But nothing is so strange when one is in love (and what was this except being in love?) as the complete indifference of other people. Aunt Helena just wandered off after dinner; Papa read the paper. Peter Walsh might have been there, and old Miss Cummings; Joseph Breitkopf certainly was, for he came every summer, poor old man, for weeks and weeks, and pretended to read German with her, but really played the piano and sang Brahms without any voice.

All this was only a background for Sally. She stood by the fireplace talking, in that beautiful voice which made everything she said sound like a caress, to Papa, who had begun to be attracted rather against his will (he never got over lending her one of his books and finding it soaked on the terrace), when suddenly she said, «What a shame to sit indoors!» and they all went out on to the terrace and walked up and down. Peter Walsh and Joseph Breitkopf went on about Wagner. She and Sally fell a little behind. Then came the most exquisite moment of her whole life passing a stone urn with flowers in it. Sally stopped; picked a flower; kissed her on the lips. The whole world might have turned upside down! The others disappeared; there she was alone with Sally. And she felt that she had been given a present, wrapped up, and told just to keep it, not to look at it — a diamond, something infinitely precious, wrapped up, which, as they walked (up and down, up and down), she uncovered, or the radiance burnt through, the revelation, the religious feeling! — when old Joseph and Peter faced them:

ra. Ni siquiera pudo obtener un eco de su antigua emoción. Pero podía recordar que el entusiasmo la dejaba helada y que se peinaba en una especie de éxtasis (ahora la antigua sensación volvía a ella, mientras sacaba las horquillas, las ponía en el tocador y empezaba a peinarse), con los grajos ondeando arriba y abajo a la luz rosada del atardecer, y que se vestía y bajaba las escaleras y sentía, mientras cruzaba el vestíbulo, que «si ahora fuera a morir, sería muy feliz». Ese era su sentimiento, el de Otelo, y lo sentía, estaba convencida, con la misma intensidad con la que Shakespeare quería que Otelo lo sintiera, ¡y todo porque bajaba a cenar con un vestido blanco para encontrarse con Sally Seton!

Llevaba una gasa rosa… ¿Era posible? *Parecía,* en cualquier caso, toda luz, resplandeciente, como un pájaro o un plumón que ha volado y se ha pegado por un momento a una zarza. Pero nada es tan extraño, cuando una está enamorada (¿y qué era esto sino estar enamorada?), como la completa indiferencia de los demás. La tía Helena se alejó después de la cena; papá leyó el periódico. Peter Walsh podría haber estado allí, y la vieja señorita Cummings; Joseph Breitkopf ciertamente estaba, pues venía todos los veranos, pobre viejo, durante semanas y semanas, y fingía enseñarle alemán, pero en realidad tocaba el piano y cantaba Brahms sin voz.

Todo esto no era más que un telón de fondo para Sally. Estaba de pie junto a la chimenea, hablando, con esa hermosa voz que hacía que todo lo que decía sonara como una caricia, con papá, que había empezado a sentirse atraído más bien en contra de su voluntad (nunca superó el hecho de prestarle uno de sus libros y encontrarlo empapado en la terraza), cuando de repente ella dijo: «¡Qué pena sentarse dentro!» y todos salieron a la terraza y caminaron arriba y abajo. Peter Walsh y Joseph Breitkopf siguieron hablando de Wagner. Ella y Sally se quedaron un poco atrás. Entonces llegó el momento más exquisito de toda su vida al pasar por una urna de piedra con flores. Sally se detuvo, cogió una flor y la besó a ella en los labios. El mundo entero podría haber dado un vuelco. Los demás desaparecieron; allí estaba ella sola con Sally. Y sintió que le habían dado un regalo, envuelto, y que le habían dicho que lo guardara, que no lo mirara: un diamante, algo infinitamente precioso, envuelto, que, mientras caminaban (arriba y abajo, arriba y abajo), desenvolvió, o el resplandor quemó, la revelación, el sentimiento religioso… cuando el viejo Joseph y Peter llegaron frente a ellas.

«Star-gazing?» said Peter.

It was like running one's face against a granite wall in the darkness! It was shocking; it was horrible!

Not for herself. She felt only how Sally was being mauled already, maltreated; she felt his hostility; his jealousy; his determination to break into their companionship. All this she saw as one sees a landscape in a flash of lightning — and Sally (never had she admired her so much!) gallantly taking her way unvanquished. She laughed. She made old Joseph tell her the names of the stars, which he liked doing very seriously. She stood there: she listened. She heard the names of the stars.

«Oh this horror!» she said to herself, as if she had known all along that something would interrupt, would embitter her moment of happiness.

Yet, after all, how much she owed to him later. Always when she thought of him she thought of their quarrels for some reason — because she wanted his good opinion so much, perhaps. She owed him words: «sentimental,» «civilised»; they started up every day of her life as if he guarded her. A book was sentimental; an attitude to life sentimental. «Sentimental,» perhaps she was to be thinking of the past. What would he think, she wondered, when he came back?

That she had grown older? Would he say that, or would she see him thinking when he came back, that she had grown older? It was true. Since her illness she had turned almost white.

Laying her brooch on the table, she had a sudden spasm, as if, while she mused, the icy claws had had the chance to fix in her. She was not old yet. She had just broken into her fifty-second year. Months and months of it were still untouched. June, July, August! Each still remained almost whole, and, as if to catch the falling drop, Clarissa (crossing to the dressing-table) plunged into the very heart of the moment, transfixed it, there — the moment of this June morning on which was the pressure of all the other mornings, seeing the glass, the dressing-table, and all the bottles afresh, collecting the whole of her at one point (as she looked into the glass), seeing the delicate

—¿Observando las estrellas? —dijo Peter.

Era como golpearse la cara contra una pared de granito en la oscuridad. ¡Era impactante; era horrible!

No por ella misma. Solo sintió cómo Sally ya estaba siendo maltratada; sintió la hostilidad de él, sus celos, su determinación de irrumpir en su compañía. Todo esto lo vio como se ve un paisaje en un relámpago, y Sally (¡nunca la había admirado tanto!) siguiendo galantemente su camino sin ser vencida. Se reía. Hizo que el viejo Joseph le dijera los nombres de las estrellas, cosa que a él le gustaba hacer muy seriamente. Ella se quedó allí: escuchó. Escuchó los nombres de las estrellas.

«¡Oh, qué horror!», se dijo a sí misma, como si hubiera sabido todo el tiempo que algo interrumpiría, que amargaría su momento de felicidad.

Sin embargo, después de todo, cuánto le debía a él más tarde. Siempre que pensaba en él, se acordaba de sus peleas por alguna razón: porque quería tanto que él tuviera una buena opinión de ella, tal vez. Le debía palabras: «sentimental», «civilizado»; surgían todos los días de su vida como si él la protegiera. Un libro era sentimental; una actitud ante la vida, sentimental. «Sentimental», tal vez ella debía pensar en el pasado. ¿Qué pensaría él?, se preguntaba ella, cuando él volviera.

¿Que ella se había hecho mayor? ¿Diría él eso, o lo vería ella pensando, cuando volviera, que ella se había hecho mayor? Era cierto. Desde su enfermedad, su cabello se había vuelto casi blanco.

Al dejar el broche sobre la mesa, tuvo un repentino espasmo, como si, mientras reflexionaba, las gélidas garras hubieran tenido la oportunidad de fijarse en ella. Todavía no era vieja. Acababa de entrar en su quincuagésimo segundo año. Meses y meses aún no habían sido tocados. ¡Junio, julio, agosto! Cada uno de ellos seguía casi entero y, como si quisiera atrapar la gota que caía, Clarissa (cruzando hacia el tocador) se sumergió en el corazón mismo del momento, lo traspasó, allí... el momento de esta mañana de junio en el que estaba la presión de todas las demás mañanas, viendo el vaso, el tocador y todas las botellas de nuevo, recogiendo todo de ella en un punto (mientras miraba el vaso), viendo el

pink face of the woman who was that very night to give a party; of Clarissa Dalloway; of herself.

How many million times she had seen her face, and always with the same imperceptible contraction! She pursed her lips when she looked in the glass. It was to give her face point. That was her self — pointed; dartlike; definite. That was her self when some effort, some call on her to be her self, drew the parts together, she alone knew how different, how incompatible and composed so for the world only into one centre, one diamond, one woman who sat in her drawing-room and made a meeting-point, a radiancy no doubt in some dull lives, a refuge for the lonely to come to, perhaps; she had helped young people, who were grateful to her; had tried to be the same always, never showing a sign of all the other sides of her — faults, jealousies, vanities, suspicions, like this of Lady Bruton not asking her to lunch; which, she thought (combing her hair finally), is utterly base! Now, where was her dress?

Her evening dresses hung in the cupboard. Clarissa, plunging her hand into the softness, gently detached the green dress and carried it to the window. She had torn it. Some one had trod on the skirt. She had felt it give at the Embassy party at the top among the folds. By artificial light the green shone, but lost its colour now in the sun. She would mend it. Her maids had too much to do. She would wear it to-night. She would take her silks, her scissors, her — what was it? — her thimble, of course, down into the drawing-room, for she must also write, and see that things generally were more or less in order.

Strange, she thought, pausing on the landing, and assembling that diamond shape, that single person, strange how a mistress knows the very moment, the very temper of her house! Faint sounds rose in spirals up the well of the stairs; the swish of a mop; tapping; knocking; a loudness when the front door opened; a voice repeating a message in the basement; the chink of silver on a tray; clean silver for the party. All was for the party.

(And Lucy, coming into the drawing-room with her tray held out, put the giant candlesticks on the mantelpiece, the silver casket in the middle, turned the crystal dolphin towards the clock. They would

delicado rostro rosado de la mujer que esa misma noche iba a dar una fiesta; de Clarissa Dalloway; de ella misma.

¡Cuántos millones de veces había visto su rostro, y siempre con la misma imperceptible contracción! Fruncía los labios cuando se miraba en el cristal. Era para darle a su rostro esa forma puntiaguda. Así era ella: puntiaguda, como un dardo, definida. Esa era su persona cuando algún esfuerzo, alguna llamada a ser ella misma, unía las partes; solo ella sabía cuán diferentes, cuán incompatibles y compuestas para el mundo eran esas partes, solo en un centro, un diamante, una mujer que se sentaba en su salón y se convertía en un punto de encuentro, un resplandor sin duda en algunas vidas aburridas, un refugio para que los solitarios acudieran, tal vez; había ayudado a los jóvenes, que le estaban agradecidos; había tratado de ser siempre la misma, sin mostrar nunca una señal de todas sus otras facetas: faltas, celos, vanidades, sospechas, como la de que lady Bruton no la invitara a almorzar; lo cual, pensó (peinándose por fin), ¡es totalmente vil! Ahora bien, ¿dónde estaba su vestido?

Sus vestidos de noche colgaban en el armario. Clarissa, hundiendo la mano en la suavidad, desprendió suavemente el vestido verde y lo llevó a la ventana. Lo había roto. Alguien había pisado la falda. Había sentido que cedía en la fiesta de la embajada, en la parte superior, entre los pliegues. A la luz artificial el verde brillaba, pero perdía su color ahora al sol. Ella lo arreglaría. Sus criadas tenían mucho que hacer. Se lo pondría esta noche. Llevaría sus sedas, sus tijeras, su… ¿Qué era? Su dedal, por supuesto, al salón, pues también debía escribir y ver que las cosas en general estuvieran más o menos en orden.

Extraño, pensó ella, deteniéndose en el rellano y reuniendo aquella forma de diamante, aquella sola persona. ¡Extraño cómo un ama conoce el momento mismo, el temperamento mismo de su casa! Los débiles sonidos subían en espiral por el pozo de la escalera: el murmullo de un paño en el suelo, martilleos, golpes, un estruendo cuando se abrió la puerta principal, una voz que repetía un mensaje en el sótano, el tintineo de la plata en una bandeja, plata limpia para la fiesta. Todo era para la fiesta.

(Y Lucy, entrando en el salón sosteniendo la bandeja, puso los candelabros gigantes en la repisa de la chimenea, el cofre de plata en el centro, giró el delfín de cristal hacia el reloj. Vendrían; se pondrían de pie;

come; they would stand; they would talk in the mincing tones which she could imitate, ladies and gentlemen. Of all, her mistress was loveliest — mistress of silver, of linen, of china, for the sun, the silver, doors off their hinges, Rumpelmayer's men, gave her a sense, as she laid the paper-knife on the inlaid table, of something achieved. Behold! Behold! she said, speaking to her old friends in the baker's shop, where she had first seen service at Caterham, prying into the glass. She was Lady Angela, attending Princess Mary, when in came Mrs. Dalloway.)

«Oh Lucy,» she said, «the silver does look nice!»

«And how,» she said, turning the crystal dolphin to stand straight, «how did you enjoy the play last night?» «Oh, they had to go before the end!» she said. «They had to be back at ten!» she said. «So they don't know what happened,» she said. «That does seem hard luck,» she said (for her servants stayed later, if they asked her). «That does seem rather a shame,» she said, taking the old bald-looking cushion in the middle of the sofa and putting it in Lucy's arms, and giving her a little push, and crying:

«Take it away! Give it to Mrs. Walker with my compliments! Take it away!» she cried.

And Lucy stopped at the drawing-room door, holding the cushion, and said, very shyly, turning a little pink, Couldn't she help to mend that dress?

But, said Mrs. Dalloway, she had enough on her hands already, quite enough of her own to do without that.

«But, thank you, Lucy, oh, thank you,» said Mrs. Dalloway, and thank you, thank you, she went on saying (sitting down on the sofa with her dress over her knees, her scissors, her silks), thank you, thank you, she went on saying in gratitude to her servants generally for helping her to be like this, to be what she wanted, gentle, generous-hearted.

hablarían en los tonos pulidos que ella podía imitar, damas y caballeros. De todos, su señora era la más encantadora, la señora de la plata, del lino, de la porcelana; porque el sol, la plata, las puertas fuera de sus goznes, los empleados de Rumpelmayer le daban una sensación, mientras ponía el cortapapeles sobre la mesa de marquetería, de algo logrado. ¡He aquí! ¡He aquí!, dijo, dirigiéndose a sus viejos amigos de la panadería, donde había prestado servicio por primera vez en Caterham, curioseando en el cristal. Ella era lady Angela atendiendo a la princesa Mary... cuando entró la señora Dalloway).

—Oh, Lucy —dijo—, ¡la plata se ve bien!

—¡Y cómo! —dijo ella, girando el delfín de cristal para que se mantuviera erguido.

—¿Disfrutaron de la obra anoche...? ¡Oh, tuvieron que irse antes del final! —dijo ella.

»¡Tenían que volver a las diez! —dijo ella.

»Así que no saben lo que pasó —dijo ella—. Eso sí que es mala suerte —dijo ella (porque sus sirvientes podían llegar más tarde si pedían permiso)—. Eso sí que parece una pena —dijo, cogiendo el viejo cojín de aspecto calvo que había en el centro del sofá y poniéndolo en los brazos de Lucy, y dándole un pequeño empujón, y gritando—: Lléveselo. Déselo a la señora Walker junto con mis saludos. Lléveselo —gritó.

Y Lucy se detuvo en la puerta del salón, sosteniendo el cojín, y dijo, muy tímidamente, poniéndose un poco rosada:

—¿No podría ayudar a arreglar ese vestido?

Pero, dijo la señora Dalloway, ella ya tenía bastante con lo suyo, lo suficiente como para prescindir de eso.

—Pero, gracias, Lucy, oh, gracias —dijo la señora Dalloway, y gracias, gracias, siguió diciendo (sentada en el sofá con su vestido sobre las rodillas, sus tijeras, sus sedas), gracias, gracias, siguió diciendo en agradecimiento a sus sirvientes en general por ayudarla a ser así, a ser lo que ella quería, gentil, de corazón generoso. Sus sirvientes la querían. Y luego

Her servants liked her. And then this dress of hers — where was the tear? and now her needle to be threaded. This was a favourite dress, one of Sally Parker's, the last almost she ever made, alas, for Sally had now retired, living at Ealing, and if ever I have a moment, thought Clarissa (but never would she have a moment any more), I shall go and see her at Ealing. For she was a character, thought Clarissa, a real artist. She thought of little out-of-the-way things; yet her dresses were never queer. You could wear them at Hatfield; at Buckingham Palace. She had worn them at Hatfield; at Buckingham Palace.

Quiet descended on her, calm, content, as her needle, drawing the silk smoothly to its gentle pause, collected the green folds together and attached them, very lightly, to the belt. So on a summer's day waves collect, overbalance, and fall; collect and fall; and the whole world seems to be saying «that is all» more and more ponderously, until even the heart in the body which lies in the sun on the beach says too, That is all. Fear no more, says the heart. Fear no more, says the heart, committing its burden to some sea, which sighs collectively for all sorrows, and renews, begins, collects, lets fall. And the body alone listens to the passing bee; the wave breaking; the dog barking, far away barking and barking.

«Heavens, the front-door bell!» exclaimed Clarissa, staying her needle. Roused, she listened.

«Mrs. Dalloway will see me,» said the elderly man in the hall. «Oh yes, she will see *me*,» he repeated, putting Lucy aside very benevolently, and running upstairs ever so quickly. «Yes, yes, yes,» he muttered as he ran upstairs. «She will see me. After five years in India, Clarissa will see me.»

«Who can — what can,» asked Mrs. Dalloway (thinking it was outrageous to be interrupted at eleven o'clock on the morning of the day she was giving a party), hearing a step on the stairs. She heard a hand upon the door. She made to hide her dress, like a virgin protecting chastity, respecting privacy. Now the brass knob slipped. Now the door opened, and in came — for a single second she could not remember what he was called! so surprised she was to see him, so glad, so shy, so utterly taken aback to have Peter Walsh come to her unexpectedly in the morning! (She had not read his letter.)

este vestido suyo... ¿Dónde estaba el desgarro? Y ahora su aguja para enhebrar. Este era uno de sus vestidos favoritos, uno de Sally Parker, el último que hizo, por desgracia, ya que Sally se había retirado y vivía en Ealing, y si alguna vez tengo un momento, pensó Clarissa (pero ya nunca tendría un momento), iré a verla a Ealing. Porque era un personaje, pensó Clarissa, una verdadera artista. Pensaba en pequeñas cosas fuera de lo común; sin embargo, sus vestidos nunca eran extraños. Podía usarlos en Hatfield; en el palacio de Buckingham. Ella los había usado en Hatfield; en el palacio de Buckingham.

La calma descendió sobre ella, tranquila, contenta, mientras su aguja, arrastrando la seda suavemente hasta su elegante caída, recogía los verdes pliegues y los unía, muy ligeramente, a la cintura. Así, en un día de verano, las olas se juntan, se desequilibran y caen; se juntan y caen; y el mundo entero parece decir «eso es todo» cada vez más pesadamente, hasta que incluso el corazón del cuerpo que yace al sol en la playa dice también: eso es todo. No temas más, dice el corazón. No temas más, dice el corazón, encomendando su carga a algún mar, que suspira colectivamente por todas las penas, y renueva, comienza, recoge, deja caer. Y el cuerpo solo escucha la abeja que pasa; la ola que rompe; el perro que ladra, lejos, ladrando y ladrando.

—¡Cielos, el timbre de la puerta de entrada! —exclamó Clarissa, deteniendo su aguja. Animada, escuchó.

—La señora Dalloway me recibirá —dijo el hombre de mediana edad en el vestíbulo—. Oh, sí, *me* recibirá —repitió, haciendo a un lado a Lucy con mucha gentileza y corriendo escaleras arriba muy rápidamente—. Sí, sí, sí —murmuró mientras corría escaleras arriba—. Ella me verá. Después de cinco años en la India, Clarissa me verá.

—¿Quién puede... qué puede? —preguntó la señora Dalloway (pensando que era indignante que la interrumpieran a las once de la mañana del día en que daba una fiesta), al oír pasos en la escalera. Oyó una llamada en la puerta. Hizo lo posible por ocultar su vestido, como una virgen que protege la castidad, respetando la intimidad. El pomo de bronce giró. Ahora se abrió la puerta y entró... durante un solo segundo no pudo recordar cómo se llamaba... ¡Tan sorprendida estaba de verle, tan contenta, tan tímida, tan completamente sorprendida de que Peter Walsh viniera a verla inesperadamente por la mañana! (Ella no había

«And how are you?» said Peter Walsh, positively trembling; taking both her hands; kissing both her hands. She's grown older, he thought, sitting down. I shan't tell her anything about it, he thought, for she's grown older. She's looking at me, he thought, a sudden embarrassment coming over him, though he had kissed her hands. Putting his hand into his pocket, he took out a large pocket-knife and half opened the blade.

Exactly the same, thought Clarissa; the same queer look; the same check suit; a little out of the straight his face is, a little thinner, dryer, perhaps, but he looks awfully well, and just the same.

«How heavenly it is to see you again!» she exclaimed. He had his knife out. That's so like him, she thought.

He had only reached town last night, he said; would have to go down into the country at once; and how was everything, how was everybody — Richard? Elizabeth?

«And what's all this?» he said, tilting his pen-knife towards her green dress.

He's very well dressed, thought Clarissa; yet he always criticises *me*.

Here she is mending her dress; mending her dress as usual, he thought; here she's been sitting all the time I've been in India; mending her dress; playing about; going to parties; running to the House and back and all that, he thought, growing more and more irritated, more and more agitated, for there's nothing in the world so bad for some women as marriage, he thought; and politics; and having a Conservative husband, like the admirable Richard. So it is, so it is, he thought, shutting his knife with a snap.

«Richard's very well. Richard's at a Committee,» said Clarissa.

And she opened her scissors, and said, did he mind her just fini-

leído su carta).

—¿Y cómo estás tú? —dijo Peter Walsh, realmente tembloroso; tomando ambas manos; besando ambas manos. Ella ha envejecido, pensó él, sentándose. No le diré nada al respecto, pensó, porque ha envejecido. Me está mirando, pensó él, con una repentina vergüenza, aunque le había besado las manos. Metiendo la mano en el bolsillo, sacó una gran navaja y abrió a medias la hoja.

Exactamente igual, pensó Clarissa; el mismo aspecto extraño; el mismo traje a cuadros; la cara un poco desencajada, un poco más delgada, más seca, tal vez, pero el aspecto es terriblemente bueno, y está igual que antes.

—¡Qué maravilloso es volver a verte! —exclamó ella. Él tenía su navaja fuera. Así es él, pensó ella.

Dijo que solo había llegado a la ciudad anoche; tendría que ir al campo de inmediato; y cómo estaba todo, cómo estaban todos... ¿Richard? ¿Elizabeth?

—¿Y qué es todo esto? —dijo él, inclinando su navaja hacia su vestido verde.

Está muy bien vestido, pensó Clarissa; sin embargo, siempre *me* critica.

Aquí está ella arreglando su vestido; arreglando su vestido como de costumbre, pensó; aquí ha estado sentada todo el tiempo que he estado en la India; arreglando su vestido; jugando; yendo a fiestas; corriendo a la cámara y de vuelta y todo eso, pensó, irritándose cada vez más, agitándose cada vez más, porque no hay nada en el mundo tan malo para algunas mujeres como el matrimonio, pensó; y la política; y tener un marido del partido conservador, como el admirable Richard. Así es, así es, pensó, cerrando su navaja con un chasquido.

—Richard está muy bien. Richard está en un comité —dijo Clarissa.

Y ella abrió sus tijeras, y dijo: ¿le importaba que terminara lo que esta-

shing what she was doing to her dress, for they had a party that night?

«Which I shan't ask you to,» she said. «My dear Peter!» she said.

But it was delicious to hear her say that — my dear Peter! Indeed, it was all so delicious — the silver, the chairs; all so delicious!

Why wouldn't she ask him to her party? he asked.

Now of course, thought Clarissa, he's enchanting! perfectly enchanting! Now I remember how impossible it was ever to make up my mind — and why did I make up my mind — not to marry him? she wondered, that awful summer?

«But it's so extraordinary that you should have come this morning!» she cried, putting her hands, one on top of another, down on her dress.

«Do you remember,» she said, «how the blinds used to flap at Bourton?»

«They did,» he said; and he remembered breakfasting alone, very awkwardly, with her father; who had died; and he had not written to Clarissa. But he had never got on well with old Parry, that querulous, weak-kneed old man, Clarissa's father, Justin Parry.

«I often wish I'd got on better with your father,» he said.

«But he never liked any one who — our friends,» said Clarissa; and could have bitten her tongue for thus reminding Peter that he had wanted to marry her.

Of course I did, thought Peter; it almost broke my heart too, he thought; and was overcome with his own grief, which rose like a moon looked at from a terrace, ghastly beautiful with light from the sunken day. I was more unhappy than I've ever been since, he thought. And as if in truth he were sitting there on the terrace he edged a little towards Clarissa; put his hand out; raised it; let it fall. There above them it hung, that moon. She too seemed to be sitting with him on the

ba haciendo con su vestido, pues tenían una fiesta esa noche?

—A la cual no te invitaré —dijo ella—. ¡Mi querido Peter! —dijo ella.

Pero era delicioso oírla decir eso… ¡Mi querido Peter! De hecho, todo era tan delicioso: la plata, las sillas; ¡todo tan delicioso!

¿Por qué no le invitaría a su fiesta?, se preguntó él.

Ahora bien, por supuesto, pensó Clarissa, ¡él es encantador!, ¡perfectamente encantador! Ahora recuerdo lo imposible que fue decidirme… ¿Y por qué me decidí… a no casarme con él?, se preguntó ella, aquel horrible verano.

—¡Pero es tan extraordinario que hayas venido esta mañana! —gritó ella, poniendo las manos, una sobre otra, sobre su vestido.

»¿Recuerdas —dijo ella—, cómo se agitaban las persianas en Bourton?

—Es cierto —dijo él; y recordó que había desayunado a solas, de forma muy incómoda, con el padre de ella; que había muerto; y que no había escrito a Clarissa. Pero nunca se había llevado bien con el viejo Parry, aquel anciano quejoso y de rodillas débiles, el padre de Clarissa, Justin Parry.

»A menudo desearía haberme llevado mejor con tu padre —dijo él.

—Pero nunca le gustó nadie que… nuestros amigos —dijo Clarissa; y podría haberse mordido la lengua por recordarle de esta manera a Peter que había querido casarse con ella.

Por supuesto que así fue, pensó Peter; casi se me rompe el corazón también, pensó; y se sintió abrumado por su propia pena, que se elevaba como una luna contemplada desde una terraza, espantosamente bella con la luz del día naufragando. Fui más infeliz que nunca, pensó. Y como si en verdad estuviera sentado allí en la terraza, se acercó un poco a Clarissa; extendió la mano; la levantó; la dejó caer. Allí, sobre ellos, colgaba aquella luna. Ella también parecía estar sentada con él en

terrace, in the moonlight.

«Herbert has it now,» she said. «I never go there now,» she said.

Then, just as happens on a terrace in the moonlight, when one person begins to feel ashamed that he is already bored, and yet as the other sits silent, very quiet, sadly looking at the moon, does not like to speak, moves his foot, clears his throat, notices some iron scroll on a table leg, stirs a leaf, but says nothing — so Peter Walsh did now. For why go back like this to the past? he thought. Why make him think of it again? Why make him suffer, when she had tortured him so infernally? Why?

«Do you remember the lake?» she said, in an abrupt voice, under the pressure of an emotion which caught her heart, made the muscles of her throat stiff, and contracted her lips in a spasm as she said «lake.» For she was a child, throwing bread to the ducks, between her parents, and at the same time a grown woman coming to her parents who stood by the lake, holding her life in her arms which, as she neared them, grew larger and larger in her arms, until it became a whole life, a complete life, which she put down by them and said, «This is what I have made of it! This!» And what had she made of it? What, indeed? sitting there sewing this morning with Peter.

She looked at Peter Walsh; her look, passing through all that time and that emotion, reached him doubtfully; settled on him tearfully; and rose and fluttered away, as a bird touches a branch and rises and flutters away. Quite simply she wiped her eyes.

«Yes,» said Peter. «Yes, yes, yes,» he said, as if she drew up to the surface something which positively hurt him as it rose. Stop! Stop! he wanted to cry. For he was not old; his life was not over; not by any means. He was only just past fifty. Shall I tell her, he thought, or not? He would like to make a clean breast of it all. But she is too cold, he thought; sewing, with her scissors; Daisy would look ordinary beside Clarissa. And she would think me a failure, which I am in their sense, he thought; in the Dalloways' sense. Oh yes, he had no doubt about that; he was a failure, compared with all this — the inlaid table, the mounted paper-knife, the dolphin and the candlesticks, the chair-co-

la terraza, a la luz de la luna.

—Herbert la tiene ahora —dijo ella—. Ahora nunca voy allí —dijo ella.

Entonces, igual que ocurre en una terraza a la luz de la luna, cuando una persona empieza a avergonzarse de que ya está aburrida y, sin embargo, mientras la otra está sentada en silencio, muy callada, mirando tristemente a la luna, no quiere hablar, mueve el pie, se aclara la garganta, se fija en algún rollo de hierro en la pata de una mesa, agita una hoja, pero no dice nada… así hizo ahora Peter Walsh. ¿Por qué volver así al pasado?, pensó. ¿Por qué hacerle pensar de nuevo en ello? ¿Por qué hacerle sufrir, cuando ella le había torturado de forma tan infernal? ¿Por qué?

—¿Te acuerdas del lago? —dijo ella, con voz brusca, bajo la presión de una emoción que le atenazaba el corazón, le ponía rígidos los músculos de la garganta y le contraía los labios en un espasmo al decir «lago». Porque era una niña que arrojaba pan a los patos, entre sus padres, y al mismo tiempo una mujer adulta que se acercaba a sus padres, que estaban junto al lago, sosteniendo en sus brazos su vida, que, a medida que se acercaba a ellos, se agrandaba cada vez más en sus brazos, hasta convertirse en una vida entera, una vida completa, que ella depositaba junto a ellos y decía: «¡Esto es lo que he hecho de ella! ¡Esto!». ¿Y qué había hecho con ella? ¿Qué, de hecho? Sentada allí cosiendo esta mañana con Peter.

Miró a Peter Walsh; su mirada, atravesando todo aquel tiempo y aquella emoción, llegó a él dubitativa; se posó en él con lágrimas en los ojos; y se elevó y aleteó, como un pájaro toca una rama y se eleva y aletea. Ella simplemente se enjugó los ojos.

—Sí —dijo Peter—. Sí, sí, sí —dijo, como si ella sacara a la superficie algo que le dolía profundamente al subir. ¡Para!, ¡para!, quería gritar. Porque él no era viejo; su vida no había terminado, ni mucho menos. Acababa de pasar los cincuenta años. ¿Debo decírselo?, pensó, ¿o no? Le gustaría hacer borrón y cuenta nueva. Pero ella es demasiado fría, pensó; cosiendo, con sus tijeras; Daisy parecería ordinaria al lado de Clarissa. Y ella me consideraría un fracaso, lo que soy en su sentido, pensó; en el sentido de los Dalloway. Oh, sí, no tenía ninguna duda al respecto; era un fracaso, comparado con todo aquello (la mesa con incrustaciones, el cortapapeles ornamental, el delfín y los candelabros, las fundas de las

vers and the old valuable English tinted prints — he was a failure! I detest the smugness of the whole affair, he thought; Richard's doing, not Clarissa's; save that she married him. (Here Lucy came into the room, carrying silver, more silver, but charming, slender, graceful she looked, he thought, as she stooped to put it down.) And this has been going on all the time! he thought; week after week; Clarissa's life; while I — he thought; and at once everything seemed to radiate from him; journeys; rides; quarrels; adventures; bridge parties; love affairs; work; work, work! and he took out his knife quite openly — his old horn-handled knife which Clarissa could swear he had had these thirty years — and clenched his fist upon it.

What an extraordinary habit that was, Clarissa thought; always playing with a knife. Always making one feel, too, frivolous; empty-minded; a mere silly chatterbox, as he used. But I too, she thought, and, taking up her needle, summoned, like a Queen whose guards have fallen asleep and left her unprotected (she had been quite taken aback by this visit — it had upset her) so that any one can stroll in and have a look at her where she lies with the brambles curving over her, summoned to her help the things she did; the things she liked; her husband; Elizabeth; her self, in short, which Peter hardly knew now, all to come about her and beat off the enemy.

«Well, and what's happened to you?» she said. So before a battle begins, the horses paw the ground; toss their heads; the light shines on their flanks; their necks curve. So Peter Walsh and Clarissa, sitting side by side on the blue sofa, challenged each other. His powers chafed and tossed in him. He assembled from different quarters all sorts of things; praise; his career at Oxford; his marriage, which she knew nothing whatever about; how he had loved; and altogether done his job.

«Millions of things!» he exclaimed, and, urged by the assembly of powers which were now charging this way and that and giving him the feeling at once frightening and extremely exhilarating of being rushed through the air on the shoulders of people he could no longer see, he raised his hands to his forehead.

Clarissa sat very upright; drew in her breath.

sillas y los viejos y valiosos grabados ingleses tintados), ¡era un fracaso! Detesto la petulancia de todo este asunto, pensó; obra de Richard, no de Clarissa; salvo que ella se casó con él. (Aquí entró Lucy en la habitación, trayendo platería, más platería, pero encantadora, esbelta, agraciada se veía, pensó él, mientras se inclinaba para dejarla). ¡Y esto ha estado sucediendo todo el tiempo!, pensó; semana tras semana; la vida de Clarissa; mientras yo... pensó; y al mismo tiempo todo parecía irradiar de él; viajes; paseos; peleas; aventuras; partidas de bridge; amoríos; ¡trabajo, trabajo, trabajo!, y sacó su navaja abiertamente (su vieja navaja con mango de cuerno que Clarissa podía jurar que había tenido todos estos treinta años) y apretó el puño sobre ella.

Qué hábito tan extraordinario, pensó Clarissa; siempre jugando con una navaja. Siempre haciéndole sentir a una, además, frívola; con la mente vacía; una mera charlatana, como él solía hacer. Pero yo también, pensó, y, tomando su aguja, convocó, como una reina cuyos guardias se han dormido y la han dejado desprotegida —estaba bastante desconcertada por esta visita; la había trastornado—, haciendo que cualquiera pueda pasearse y echarle un vistazo allí donde se encuentra con las zarzas curvadas sobre ella. Convocó en su ayuda las cosas que hacía; las cosas que le gustaban; a su marido; a Elizabeth; a ella misma, en fin, que Peter apenas conocía ahora, para que todos vinieran en torno a ella y vencieran al enemigo.

—Bueno, ¿y qué has hecho estos años? —dijo ella. Así, antes de que comience una batalla, los caballos patean el suelo; agitan la cabeza; la luz brilla en sus flancos; sus cuellos se curvan. Así, Peter Walsh y Clarissa, sentados uno al lado del otro en el sofá azul, se desafiaron. Sus poderes se agitaron y sacudieron en él. Reunió de distintas partes todo tipo de cosas: elogios, su carrera en Oxford, su matrimonio, del que ella no sabía nada, cómo había amado y, en suma, cómo había hecho su trabajo.

—¡Millones de cosas! —exclamó él, y, apremiado por la asamblea de poderes que ahora cargaban de un lado a otro y le daban la sensación, a la vez aterradora y extremadamente estimulante, de ser arrastrado por el aire a hombros de personas que ya no podía ver, levantó las manos hacia su frente.

Clarissa se sentó muy erguida; tomó aire.

«I am in love,» he said, not to her however, but to some one raised up in the dark so that you could not touch her but must lay your garland down on the grass in the dark.

«In love,» he repeated, now speaking rather dryly to Clarissa Dalloway; «in love with a girl in India.» He had deposited his garland. Clarissa could make what she would of it.

«In love!» she said. That he at his age should be sucked under in his little bow-tie by that monster! And there's no flesh on his neck; his hands are red; and he's six months older than I am! her eye flashed back to her; but in her heart she felt, all the same, he is in love. He has that, she felt; he is in love.

But the indomitable egotism which for ever rides down the hosts opposed to it, the river which says on, on, on; even though, it admits, there may be no goal for us whatever, still on, on; this indomitable egotism charged her cheeks with colour; made her look very young; very pink; very bright-eyed as she sat with her dress upon her knee, and her needle held to the end of green silk, trembling a little. He was in love! Not with her. With some younger woman, of course.

«And who is she?» she asked.

Now this statue must be brought from its height and set down between them.

«A married woman, unfortunately,» he said; «the wife of a Major in the Indian Army.»

And with a curious ironical sweetness he smiled as he placed her in this ridiculous way before Clarissa.

(All the same, he is in love, thought Clarissa.)

«She has,» he continued, very reasonably, «two small children; a boy and a girl; and I have come over to see my lawyers about the divorce.»

—Estoy enamorado —dijo él, pero no a ella, sino a alguien situado en la oscuridad, de modo que no podía tocarla, sino que debía depositar su guirnalda en el césped, en la oscuridad.

»Enamorado —repitió, hablando ahora más bien secamente a Clarissa Dalloway—; enamorado de una muchacha en la India. —Había depositado su guirnalda. Clarissa podía hacer lo que quisiera con ella.

—¡Enamorado! —dijo ella. ¡Que a su edad, con su corbata de lazo, se deje absorber por ese monstruo! Y no tiene carne en el cuello; sus manos están rojas; ¡y es seis meses mayor que yo! Su mirada destellante volvió a ella; pero en su corazón ella sintió, de todos modos, que él estaba enamorado. Eso es lo que tiene, sintió ella; está enamorado.

Pero el indomable egoísmo que siempre derriba a las huestes que se le oponen, el río que dice adelante, adelante, adelante; aunque, admite, no haya meta alguna para nosotros, todavía adelante, adelante; este indomable egoísmo cargó las mejillas de ella de color; la hizo parecer muy joven, muy rosada, de ojos muy brillantes, mientras estaba sentada con su vestido sobre la rodilla, con su aguja sujeta al extremo de la seda verde, temblando un poco. Él estaba enamorado. No de ella. De alguna mujer más joven, por supuesto.

—¿Y quién es ella? —preguntó.

Ahora esta estatua debe ser bajada de su altura y colocada entre ellos.

—Una mujer casada, por desgracia —dijo él—; la esposa de un comandante del ejército en la India.

Y con una curiosa e irónica dulzura sonrió mientras la colocaba de esta ridícula manera ante Clarissa.

(De todos modos, está enamorado, pensó Clarissa).

—Ella tiene —continuó él, muy razonablemente—, dos hijos pequeños; un niño y una niña; y yo he venido a ver a mis abogados por el divorcio.

There they are! he thought. Do what you like with them, Clarissa! There they are! And second by second it seemed to him that the wife of the Major in the Indian Army (his Daisy) and her two small children became more and more lovely as Clarissa looked at them; as if he had set light to a grey pellet on a plate and there had risen up a lovely tree in the brisk sea-salted air of their intimacy (for in some ways no one understood him, felt with him, as Clarissa did) — their exquisite intimacy.

She flattered him; she fooled him, thought Clarissa; shaping the woman, the wife of the Major in the Indian Army, with three strokes of a knife. What a waste! What a folly! All his life long Peter had been fooled like that; first getting sent down from Oxford; next marrying the girl on the boat going out to India; now the wife of a Major in the Indian Army — thank Heaven she had refused to marry him! Still, he was in love; her old friend, her dear Peter, he was in love.

«But what are you going to do?» she asked him. Oh the lawyers and solicitors, Messrs. Hooper and Grateley of Lincoln's Inn, they were going to do it, he said. And he actually pared his nails with his pocket-knife.

For Heaven's sake, leave your knife alone! she cried to herself in irrepressible irritation; it was his silly unconventionality, his weakness; his lack of the ghost of a notion what any one else was feeling that annoyed her, had always annoyed her; and now at his age, how silly!

I know all that, Peter thought; I know what I'm up against, he thought, running his finger along the blade of his knife, Clarissa and Dalloway and all the rest of them; but I'll show Clarissa — and then to his utter surprise, suddenly thrown by those uncontrollable forces thrown through the air, he burst into tears; wept; wept without the least shame, sitting on the sofa, the tears running down his cheeks.

And Clarissa had leant forward, taken his hand, drawn him to her, kissed him, — actually had felt his face on hers before she could down the brandishing of silver flashing — plumes like pampas grass in a tropic gale in her breast, which, subsiding, left her holding his hand,

¡Ahí están!, pensó. ¡Haz lo que quieras con ellos, Clarissa! ¡Ahí están! Y segundo tras segundo le pareció que la esposa del comandante del ejército en la India (su Daisy) y sus dos hijos pequeños se volvían más y más encantadores a medida que Clarissa los miraba; como si hubiera puesto luz a una bolita gris en un plato y se hubiera levantado un árbol encantador en el aire fresco y salado del mar de su intimidad (porque en cierto modo nadie le entendía, nadie sentía junto a él como Clarissa)... su exquisita intimidad.

Ella le halagó; ella le engañó, pensó Clarissa, dando forma a la mujer, la esposa del comandante del ejército en la India, con tres golpes de navaja. ¡Qué desperdicio! ¡Qué locura! Durante toda su vida, Peter había sido engañado de esa manera; primero tuvo que dejar Oxford; luego se casó con aquella chica en el barco que iba a la India; ahora la esposa de un comandante del ejército en la India... ¡Gracias a Dios que se había negado a casarse con él! Sin embargo, él estaba enamorado; su viejo amigo, su querido Peter, estaba enamorado.

—¿Pero qué vas a hacer? —le preguntó ella. Oh, los abogados y procuradores, los señores Hooper y Grateley de Lincoln's Inn, iban a hacerlo, dijo. Y realmente se recortó las uñas con su navaja.

¡Por el amor de Dios, deja tu navaja en paz!, gritó para ella misma con una irritación irreprimible; era su tonta falta de convencionalismo, su debilidad; su falta de la más mínima noción de lo que sentía cualquier otra persona lo que la molestaba a ella, siempre la había molestado; y ahora, a su edad, ¡qué tontería!

Ya sé todo eso, pensó Peter. Ya sé a qué me enfrento, pensó, pasando el dedo por la hoja de su navaja, a Clarissa y a Dalloway y a todos los demás; pero se lo enseñaré a Clarissa... y entonces, para su total sorpresa, arrojado de repente por esas fuerzas incontrolables lanzadas por el aire, él se echó a llorar; lloró; lloró sin la menor vergüenza, sentado en el sofá, con las lágrimas corriendo por sus mejillas.

Y Clarissa se había inclinado hacia delante, le había cogido la mano, lo había atraído hacia ella, lo había besado... En realidad, ella había sentido el rostro de él sobre el suyo antes de que pudiera aquietar el batir de plumas con destellos de plata... como el césped de las pampas en un ven-

patting his knee and, feeling as she sat back extraordinarily at her ease with him and light-hearted, all in a clap it came over her, If I had married him, this gaiety would have been mine all day!

It was all over for her. The sheet was stretched and the bed narrow. She had gone up into the tower alone and left them blackberrying in the sun. The door had shut, and there among the dust of fallen plaster and the litter of birds' nests how distant the view had looked, and the sounds came thin and chill (once on Leith Hill, she remembered), and Richard, Richard! she cried, as a sleeper in the night starts and stretches a hand in the dark for help. Lunching with Lady Bruton, it came back to her. He has left me; I am alone for ever, she thought, folding her hands upon her knee.

Peter Walsh had got up and crossed to the window and stood with his back to her, flicking a bandanna handkerchief from side to side. Masterly and dry and desolate he looked, his thin shoulder-blades lifting his coat slightly; blowing his nose violently. Take me with you, Clarissa thought impulsively, as if he were starting directly upon some great voyage; and then, next moment, it was as if the five acts of a play that had been very exciting and moving were now over and she had lived a lifetime in them and had run away, had lived with Peter, and it was now over.

Now it was time to move, and, as a woman gathers her things together, her cloak, her gloves, her opera-glasses, and gets up to go out of the theatre into the street, she rose from the sofa and went to Peter.

And it was awfully strange, he thought, how she still had the power, as she came tinkling, rustling, still had the power as she came across the room, to make the moon, which he detested, rise at Bourton on the terrace in the summer sky.

«Tell me,» he said, seizing her by the shoulders. «Are you happy, Clarissa? Does Richard — »

The door opened.

daval tropical era su pecho, que, al amainar, la dejó cogida de la mano, dándole palmadas en la rodilla y, sintiéndose extraordinariamente a gusto con él y alegre; todo de repente se le vino encima: ¡Si me hubiera casado con él, esta alegría habría sido mía todo el día!

Todo había terminado para ella. La sábana estaba estirada y la cama era estrecha. Había subido sola a la torre y había dejado a los demás tomando sol. La puerta se había cerrado, y allí, entre el polvo del yeso caído y la hojarasca de los nidos de pájaros, qué lejana se había visto la vista, y los sonidos llegaban finos y fríos (una vez en Leith Hill, recordó), y ¡Richard, Richard!, gritó, como quien duerme en la noche, se sobresalta y estira una mano en la oscuridad para pedir ayuda. Almorzando con lady Bruton, volvió a recordar. Me ha dejado; estoy sola para siempre, pensó, cruzando las manos sobre la rodilla.

Peter Walsh se había levantado, había cruzado hasta la ventana y estaba de espaldas a ella, agitando un pañuelo de lado a lado. Tenía un aspecto magistral, seco y desolado, con sus delgados hombros levantando ligeramente el abrigo y sonándose violentamente la nariz. Llévame contigo, pensó Clarissa impulsivamente, como si él partiera directamente hacia algún gran viaje; y luego, al momento siguiente, fue como si los cinco actos de una obra de teatro que había sido muy emocionante y conmovedora hubieran terminado y ella hubiera vivido toda una vida en ellos y se hubiera escapado, hubiera vivido con Peter, y ahora todo hubiera terminado.

Ahora era el momento de moverse y, como una mujer recoge sus cosas, su capa, sus guantes, sus gafas de ópera, y se levanta para salir del teatro a la calle, se levantó del sofá y se dirigió a Peter.

Y era terriblemente extraño, pensó, cómo ella todavía tenía el poder, mientras venía tintineando, susurrando, todavía tenía el poder mientras venía a través de la habitación, de hacer que la luna, que él detestaba, saliera en Bourton, en la terraza, en el cielo de verano.

—Dime —dijo él, tomándola por los hombros—. ¿Eres feliz, Clarissa? ¿Richard...?

La puerta se abrió.

«Here is my Elizabeth,» said Clarissa, emotionally, histrionically, perhaps.

«How d'y do?» said Elizabeth coming forward.

The sound of Big Ben striking the half-hour struck out between them with extraordinary vigour, as if a young man, strong, indifferent, inconsiderate, were swinging dumb-bells this way and that.

«Hullo, Elizabeth!» cried Peter, stuffing his handkerchief into his pocket, going quickly to her, saying «Good-bye, Clarissa» without looking at her, leaving the room quickly, and running downstairs and opening the hall door.

«Peter! Peter!» cried Clarissa, following him out on to the landing. «My party to-night! Remember my party to-night!» she cried, having to raise her voice against the roar of the open air, and, overwhelmed by the traffic and the sound of all the clocks striking, her voice crying «Remember my party to-night!» sounded frail and thin and very far away as Peter Walsh shut the door.

***

Remember my party, remember my party, said Peter Walsh as he stepped down the street, speaking to himself rhythmically, in time with the flow of the sound, the direct downright sound of Big Ben striking the half-hour. (The leaden circles dissolved in the air.) Oh these parties, he thought; Clarissa's parties. Why does she give these parties, he thought. Not that he blamed her or this effigy of a man in a tail-coat with a carnation in his buttonhole coming towards him. Only one person in the world could be as he was, in love. And there he was, this fortunate man, himself, reflected in the plate-glass window of a motor-car manufacturer in Victoria Street. All India lay behind him; plains, mountains; epidemics of cholera; a district twice as big as Ireland; decisions he had come to alone — he, Peter Walsh; who was now really for the first time in his life, in love. Clarissa had grown hard, he thought; and a trifle sentimental into the bargain, he suspected, looking at the great motor-cars capable of doing — how many miles on how many gallons? For he had a turn for mechanics; had invented a plough in his district, had ordered wheel-barrows from En-

—Aquí está mi Elizabeth —dijo Clarissa, emocionada, histriónicamente, tal vez.

—¿Cómo está? —dijo Elizabeth acercándose.

El sonido del Big Ben marcando la media hora sonó entre ellos con un vigor extraordinario, como si un joven, fuerte, indiferente, desconsiderado, estuviera balanceando las campanas de un lado a otro.

—¡Hola, Elizabeth! —gritó Peter, metiendo su pañuelo en el bolsillo, yendo rápidamente hacia ella, diciendo «Adiós, Clarissa» sin mirarla, saliendo rápidamente de la habitación, y corriendo escaleras abajo y abriendo la puerta del vestíbulo.

—¡Peter! ¡Peter! —gritó Clarissa, siguiéndolo hasta el rellano—. ¡Mi fiesta esta noche: acuérdate de mi fiesta esta noche! —gritó, teniendo que levantar la voz contra el estruendo del aire libre, y, abrumada por el tráfico y el sonido de todos los relojes, su voz gritando «¡Acuérdate de mi fiesta esta noche!» sonó frágil y delgada y muy lejana cuando Peter Walsh cerró la puerta.

***

Acuérdate de mi fiesta, acuérdate de mi fiesta, dijo Peter Walsh mientras bajaba a la calle, hablando consigo mismo rítmicamente, al compás del sonido, el sonido directo del Big Ben dando la media hora. (Los círculos de plomo se disolvieron en el aire). Oh, estas fiestas, pensó; las fiestas de Clarissa. ¿Por qué da estas fiestas?, pensó. No es que la culpara a ella o a esa efigie de hombre con frac y un clavel en el ojal que se acercaba a él. Solo una persona en el mundo podía estar como él, enamorado. Y allí estaba, este hombre afortunado, él mismo, reflejado en la ventana de cristal de un fabricante de automóviles en Victoria Street. Toda la India quedaba atrás: llanuras, montañas, epidemias de cólera, un distrito dos veces más grande que Irlanda, decisiones a las que había llegado solo: él, Peter Walsh, que ahora estaba realmente, por primera vez en su vida, enamorado. Clarissa se había endurecido, pensó; y sospechaba que era un poco sentimental al ver los grandes automóviles capaces de hacer... ¿Cuántos kilómetros con cuántos galones? Porque a él le gustaba la mecánica; había inventado un arado en su distrito, había pedido carretillas a Inglaterra, pero los culis se negaban a usarlas, y de

gland, but the coolies wouldn't use them, all of which Clarissa knew nothing whatever about.

The way she said «Here is my Elizabeth!» — that annoyed him. Why not «Here's Elizabeth» simply? It was insincere. And Elizabeth didn't like it either. (Still the last tremors of the great booming voice shook the air round him; the half-hour; still early; only half-past eleven still.) For he understood young people; he liked them. There was always something cold in Clarissa, he thought. She had always, even as a girl, a sort of timidity, which in middle age becomes conventionality, and then it's all up, it's all up, he thought, looking rather drearily into the glassy depths, and wondering whether by calling at that hour he had annoyed her; overcome with shame suddenly at having been a fool; wept; been emotional; told her everything, as usual, as usual.

As a cloud crosses the sun, silence falls on London; and falls on the mind. Effort ceases. Time flaps on the mast. There we stop; there we stand. Rigid, the skeleton of habit alone upholds the human frame. Where there is nothing, Peter Walsh said to himself; feeling hollowed out, utterly empty within. Clarissa refused me, he thought. He stood there thinking, Clarissa refused me.

Ah, said St. Margaret's, like a hostess who comes into her drawing-room on the very stroke of the hour and finds her guests there already. I am not late. No, it is precisely half-past eleven, she says. Yet, though she is perfectly right, her voice, being the voice of the hostess, is reluctant to inflict its individuality. Some grief for the past holds it back; some concern for the present. It is half-past eleven, she says, and the sound of St. Margaret's glides into the recesses of the heart and buries itself in ring after ring of sound, like something alive which wants to confide itself, to disperse itself, to be, with a tremor of delight, at rest — like Clarissa herself, thought Peter Walsh, coming down the stairs on the stroke of the hour in white. It is Clarissa herself, he thought, with a deep emotion, and an extraordinarily clear, yet puzzling, recollection of her, as if this bell had come into the room years ago, where they sat at some moment of great intimacy, and had gone from one to the other and had left, like a bee with honey, laden with the moment. But what room? What moment? And why had he been so profoundly happy when the clock was striking? Then, as

todo eso Clarissa no sabía nada.

La forma en que ella dijo «¡Aquí está mi Elizabeth!»... eso le molestó. ¿Por qué no «Aquí está Elizabeth», simplemente? Era poco sincero. Y a Elizabeth tampoco le gustaba. (Todavía los últimos temblores de la gran voz retumbante sacudían el aire a su alrededor; la media hora; todavía era temprano; solo las once y media todavía). Porque él entendía a los jóvenes; le gustaban. Siempre hubo algo frío en Clarissa, pensó. Siempre tuvo, incluso de niña, una especie de timidez, que en la edad madura se convierte en convencionalismo, y entonces se acabó, se acabó, pensó él, mirando más bien lúgubremente a las profundidades vidriosas, y preguntándose si al llamar a esa hora la había molestado; vencido por la vergüenza de repente por haber sido un tonto; llorado; haberse emocionado; contándole todo, como siempre, como siempre.

Como una nube cruza el sol, el silencio cae sobre Londres; y cae sobre la mente. El esfuerzo cesa. El tiempo aletea en el mástil. Ahí nos detenemos; ahí nos quedamos. Rígido, el esqueleto de la costumbre es lo único que sostiene el armazón humano. Donde no hay nada, se dijo Peter Walsh, sintiéndose hueco, completamente vacío por dentro. Clarissa me rechazó, pensó. Se quedó pensando: Clarissa me rechazó.

Ah, dijo St. Margaret's, como una anfitriona que entra en su salón al filo de la hora y encuentra ya a sus invitados. No llego tarde. No, son precisamente las once y media, dice ella. Sin embargo, aunque tiene toda la razón, su voz, siendo la voz de la anfitriona, se resiste a infligir su individualidad. Algo de pena por el pasado la retiene; algo de preocupación por el presente. Son las once y media, dice ella, y el sonido de St. Margaret's se desliza hacia los recovecos del corazón y se entierra en anillo tras anillo de sonido, como algo vivo que quiere confiarse, dispersarse, estar, con un temblor de deleite, en reposo... como la propia Clarissa, pensó Peter Walsh, bajando las escaleras al son de la hora, vestida de blanco. Es la propia Clarissa, pensó, con una profunda emoción, y un recuerdo extraordinariamente claro, aunque desconcertante, de ella, como si esta campana hubiera entrado en la habitación hace años, cuando estaban sentados en algún momento de gran intimidad, y hubiera pasado de uno a otro y se hubiera marchado, como una abeja con miel, cargada del momento. ¿Pero en qué habitación? ¿En qué momento? ¿Y por qué se había sentido tan profundamente feliz cuando sonó el

the sound of St. Margaret's languished, he thought, She has been ill, and the sound expressed languor and suffering. It was her heart, he remembered; and the sudden loudness of the final stroke tolled for death that surprised in the midst of life, Clarissa falling where she stood, in her drawing-room. No! No! he cried. She is not dead! I am not old, he cried, and marched up Whitehall, as if there rolled down to him, vigorous, unending, his future.

He was not old, or set, or dried in the least. As for caring what they said of him — the Dalloways, the Whitbreads, and their set, he cared not a straw — not a straw (though it was true he would have, some time or other, to see whether Richard couldn't help him to some job). Striding, staring, he glared at the statue of the Duke of Cambridge. He had been sent down from Oxford — true. He had been a Socialist, in some sense a failure — true. Still the future of civilisation lies, he thought, in the hands of young men like that; of young men such as he was, thirty years ago; with their love of abstract principles; getting books sent out to them all the way from London to a peak in the Himalayas; reading science; reading philosophy. The future lies in the hands of young men like that, he thought.

A patter like the patter of leaves in a wood came from behind, and with it a rustling, regular thudding sound, which as it overtook him drummed his thoughts, strict in step, up Whitehall, without his doing. Boys in uniform, carrying guns, marched with their eyes ahead of them, marched, their arms stiff, and on their faces an expression like the letters of a legend written round the base of a statue praising duty, gratitude, fidelity, love of England.

It is, thought Peter Walsh, beginning to keep step with them, a very fine training. But they did not look robust. They were weedy for the most part, boys of sixteen, who might, to-morrow, stand behind bowls of rice, cakes of soap on counters. Now they wore on them un-mixed with sensual pleasure or daily preoccupations the solemnity of the wreath which they had fetched from Finsbury Pavement to the empty tomb. They had taken their vow. The traffic respected it; vans were stopped.

I can't keep up with them, Peter Walsh thought, as they marched up

reloj? Entonces, mientras el sonido de St. Margaret's languidecía, pensó: Ha estado enferma, y el sonido expresaba languidez y sufrimiento. Era su corazón, recordó; y la súbita sonoridad de la última campanada anunciaba la muerte, sorprendiendo en medio de la vida, Clarissa cayendo donde estaba, en su salón. ¡No! ¡No!, gritó él. ¡No está muerta! No soy viejo, gritó, y marchó hacia Whitehall, como si allí rodara hacia él, vigoroso, interminable, su futuro.

No era viejo, ni estaba establecido, ni estaba seco en lo más mínimo. En cuanto a la importancia de lo que decían de él, los Dalloway, los Whitbread y ese grupo, no le importaba ni una pizca... ni una pizca (aunque era cierto que tendría que ver, en algún momento, si Richard podía ayudarle dándole algún trabajo). Caminando, con la mirada fija, observó la estatua del duque de Cambridge. Lo habían echado de Oxford, es cierto. Había sido un socialista, en cierto sentido un fracasado, cierto. El futuro de la civilización sigue estando, pensó, en manos de jóvenes como él; de jóvenes como él, hace treinta años; con su amor por los principios abstractos; haciendo que le envíen libros desde Londres hasta una cima del Himalaya; leyendo ciencia; leyendo filosofía. El futuro está en manos de jóvenes así, pensó.

Un repiqueteo como el de las hojas en un bosque llegó desde atrás, y con él un crujido, un sonido regular y sordo, que al alcanzarlo tamborileó sus pensamientos, estrictos al paso, hasta Whitehall, sin que él quisiera. Muchachos uniformados, portando armas, marchaban con la vista al frente, marchaban con los brazos rígidos, y en sus rostros una expresión como las letras de una leyenda escrita alrededor de la base de una estatua alabando el deber, la gratitud, la fidelidad, el amor a Inglaterra.

Es, pensó Peter Walsh, empezando a seguirles el paso, un entrenamiento muy fino. Pero no parecían robustos. Eran en su mayoría muchachos de dieciséis años, que mañana podrían estar detrás de tazones de arroz y porciones de jabón en los mostradores. Ahora llevaban sobre ellos, sin mezclarse con el placer sensual o las preocupaciones cotidianas, la solemnidad de la corona de flores que habían traído desde Finsbury Pavement hasta la tumba vacía. Habían prestado juramento. El tráfico lo respetó; las furgonetas se detuvieron.

No puedo seguirles el ritmo, pensó Peter Walsh, mientras subían por

Whitehall, and sure enough, on they marched, past him, past every one, in their steady way, as if one will worked legs and arms uniformly, and life, with its varieties, its irreticences, had been laid under a pavement of monuments and wreaths and drugged into a stiff yet staring corpse by discipline. One had to respect it; one might laugh; but one had to respect it, he thought. There they go, thought Peter Walsh, pausing at the edge of the pavement; and all the exalted statues, Nelson, Gordon, Havelock, the black, the spectacular images of great soldiers stood looking ahead of them, as if they too had made the same renunciation (Peter Walsh felt he too had made it, the great renunciation), trampled under the same temptations, and achieved at length a marble stare. But the stare Peter Walsh did not want for himself in the least; though he could respect it in others. He could respect it in boys. They don't know the troubles of the flesh yet, he thought, as the marching boys disappeared in the direction of the Strand — all that I've been through, he thought, crossing the road, and standing under Gordon's statue, Gordon whom as a boy he had worshipped; Gordon standing lonely with one leg raised and his arms crossed, — poor Gordon, he thought.

And just because nobody yet knew he was in London, except Clarissa, and the earth, after the voyage, still seemed an island to him, the strangeness of standing alone, alive, unknown, at half-past eleven in Trafalgar Square overcame him. What is it? Where am I? And why, after all, does one do it? he thought, the divorce seeming all moonshine. And down his mind went flat as a marsh, and three great emotions bowled over him; understanding; a vast philanthropy; and finally, as if the result of the others, an irrepressible, exquisite delight; as if inside his brain by another hand strings were pulled, shutters moved, and he, having nothing to do with it, yet stood at the opening of endless avenues, down which if he chose he might wander. He had not felt so young for years.

He had escaped! was utterly free — as happens in the downfall of habit when the mind, like an unguarded flame, bows and bends and seems about to blow from its holding. I haven't felt so young for years! thought Peter, escaping (only of course for an hour or so) from being precisely what he was, and feeling like a child who runs out of doors, and sees, as he runs, his old nurse waving at the wrong window. But

Whitehall, y, efectivamente, seguían avanzando, pasando por delante de él, por delante de todos, a su manera constante, como si una sola voluntad guiara las piernas y los brazos de manera uniforme, y la vida, con sus variedades, sus irreticencias, hubiera sido depositada bajo un pavimento de monumentos y coronas de flores y drogada hasta convertirse en un cadáver rígido, pero vidente, por la disciplina. Había que respetarlo; uno podía reírse, pero había que respetarlo, pensó. Ahí van, pensó Peter Walsh, deteniéndose en el borde del pavimento; y todas las estatuas elevadas, Nelson, Gordon, Havelock, las negras y espectaculares imágenes de grandes soldados, estaban mirando delante de ellos, como si ellos también hubieran hecho la misma renuncia (Peter Walsh sintió que él también la había hecho, la gran renuncia), pisoteados bajo las mismas tentaciones, y logrado al final una mirada de mármol. Pero Peter Walsh no quería esa mirada para sí mismo en lo más mínimo, aunque podía respetarla en otros. Podía respetarla en los muchachos. Todavía no conocen los problemas de la carne, pensó, mientras los chicos que marchaban desaparecían en dirección a Strand... todo lo que he pasado, pensó, al cruzar la calle y situarse bajo la estatua de Gordon, Gordon a quien de niño había adorado; Gordon de pie, solitario, con una pierna levantada y los brazos cruzados... pobre Gordon, pensó.

Y como nadie sabía aún que él estaba en Londres, excepto Clarissa, y la tierra, después del viaje, le seguía pareciendo una isla, la extrañeza de estar solo, vivo, desconocido, a las once y media en Trafalgar Square le invadió. ¿Qué es esto? ¿Dónde estoy? ¿Y por qué, después de todo, uno lo hace?, pensó, mientras el divorcio parecía fuera de este mundo. Y su mente se volvió plana como un pantano, y tres grandes emociones se apoderaron de él: comprensión; una vasta filantropía; y finalmente, como si fuera el resultado de las otras, un irreprimible y exquisito deleite; como si dentro de su cerebro, por otra mano, se movieran los hilos, los postigos, y él, sin tener nada que ver con ello, se encontrara en la apertura de interminables avenidas, por las cuales, si lo deseaba, podía vagar. Hacía años que no se sentía tan joven.

¡Se había escapado! Era completamente libre, como sucede al escapar la costumbre, cuando la mente, como una llama desprotegida, se inclina y se dobla y parece estar a punto de estallar. ¡No me he sentido tan joven desde hace años!, pensó Peter, escapando (solo, por supuesto, durante una hora más o menos) de ser precisamente lo que era, y sintiéndose como un niño que sale corriendo y ve, mientras corre, a su vieja niñera

she's extraordinarily attractive, he thought, as, walking across Trafalgar Square in the direction of the Haymarket, came a young woman
who, as she passed Gordon's statue, seemed, Peter Walsh thought
(susceptible as he was), to shed veil after veil, until she became the
very woman he had always had in mind; young, but stately; merry,
but discreet; black, but enchanting.

Straightening himself and stealthily fingering his pocket-knife he
started after her to follow this woman, this excitement, which seemed even with its back turned to shed on him a light which connected them, which singled him out, as if the random uproar of the traffic had whispered through hollowed hands his name, not Peter, but
his private name which he called himself in his own thoughts. «You,»
she said, only «you,» saying it with her white gloves and her shoulders. Then the thin long cloak which the wind stirred as she walked past Dent's shop in Cockspur Street blew out with an enveloping
kindness, a mournful tenderness, as of arms that would open and
take the tired —

But she's not married; she's young; quite young, thought Peter, the
red carnation he had seen her wear as she came across Trafalgar
Square burning again in his eyes and making her lips red. But she
waited at the kerbstone. There was a dignity about her. She was not
worldly, like Clarissa; not rich, like Clarissa. Was she, he wondered as
she moved, respectable? Witty, with a lizard's flickering tongue, he
thought (for one must invent, must allow oneself a little diversion), a
cool waiting wit, a darting wit; not noisy.

She moved; she crossed; he followed her. To embarrass her was
the last thing he wished. Still if she stopped he would say «Come and
have an ice,» he would say, and she would answer, perfectly simply,
«Oh yes.»

But other people got between them in the street, obstructing him,
blotting her out. He pursued; she changed. There was colour in her
cheeks; mockery in her eyes; he was an adventurer, reckless, he
thought, swift, daring, indeed (landed as he was last night from India) a romantic buccaneer, careless of all these damned proprieties,
yellow dressing-gowns, pipes, fishing-rods, in the shop windows;

saludando en la ventana equivocada. Pero ella es extraordinariamente atractiva, pensó, mientras, atravesando Trafalgar Square en dirección a Haymarket, venía una joven que, al pasar junto a la estatua de Gordon, parecía, pensó Peter Walsh (susceptible, como lo estaba), despojarse de un velo tras otro, hasta convertirse en la mujer que él siempre había tenido en mente; joven, pero señorial; alegre, pero discreta; negra, pero encantadora.

Enderezándose y empuñando sigilosamente su navaja, comenzó a seguir a esta mujer, a esta excitación, que parecía, incluso de espaldas, arrojar sobre él una luz que los conectaba, que lo distinguía, como si el alboroto aleatorio del tráfico hubiera susurrado a través de manos huecas su nombre, no el de Peter, sino su nombre privado con el que se llamaba a sí mismo en sus propios pensamientos. «Tú», dijo ella, solo «tú», diciéndolo con sus guantes blancos y sus hombros. Entonces la fina y larga capa que el viento agitaba al pasar por delante de Dent's, en Cockspur Street, sopló con una bondad envolvente, una lúgubre ternura, como de brazos que se abrieran y acogieran a los cansados…

Pero no está casada; es joven; bastante joven, pensó Peter, el clavel rojo que la había visto llevar al cruzar Trafalgar Square ardiendo de nuevo en sus ojos y enrojeciendo sus labios. Pero ella esperaba en la acera. Había una dignidad en ella. No era mundana, como Clarissa; no era rica, como Clarissa. Él se preguntó, mientras ella se movía, si era respetable. Ingeniosa, con la lengua de una lagartija, pensó él (porque hay que inventar, hay que permitirse un poco de diversión), un ingenio frío y expectante, un ingenio escurridizo; no ruidoso.

Ella se movió; cruzó; él la siguió. Intimidarla era lo último que deseaba. Aun así, si ella se detenía, él le diría: «Ven a tomar un helado», y ella respondería, con total sencillez: «Oh, sí».

Pero otras personas se interpusieron entre ellos en la calle, obstruyéndolo a él, borrándola a ella. Él la persiguió; ella cambió. Había color en sus mejillas; burla en sus ojos; él era un aventurero, temerario, pensó él, rápido, atrevido, de hecho (desembarcado como lo había hecho la noche anterior de la India): un bucanero romántico, sin preocuparse de todas estas malditas formalidades: batas amarillas, pipas, cañas de pes-

and respectability and evening parties and spruce old men wearing white slips beneath their waistcoats. He was a buccaneer. On and on she went, across Piccadilly, and up Regent Street, ahead of him, her cloak, her gloves, her shoulders combining with the fringes and the laces and the feather boas in the windows to make the spirit of finery and whimsy which dwindled out of the shops on to the pavement, as the light of a lamp goes wavering at night over hedges in the darkness.

Laughing and delightful, she had crossed Oxford Street and Great Portland Street and turned down one of the little streets, and now, and now, the great moment was approaching, for now she slackened, opened her bag, and with one look in his direction, but not at him, one look that bade farewell, summed up the whole situation and dismissed it triumphantly, for ever, had fitted her key, opened the door, and gone! Clarissa's voice saying, Remember my party, Remember my party, sang in his ears. The house was one of those flat red houses with hanging flower-baskets of vague impropriety. It was over.

Well, I've had my fun; I've had it, he thought, looking up at the swinging baskets of pale geraniums. And it was smashed to atoms — his fun, for it was half made up, as he knew very well; invented, this escapade with the girl; made up, as one makes up the better part of life, he thought — making oneself up; making her up; creating an exquisite amusement, and something more. But odd it was, and quite true; all this one could never share — it smashed to atoms.

He turned; went up the street, thinking to find somewhere to sit, till it was time for Lincoln's Inn — for Messrs. Hooper and Grateley. Where should he go? No matter. Up the street, then, towards Regent's Park. His boots on the pavement struck out «no matter»; for it was early, still very early.

It was a splendid morning too. Like the pulse of a perfect heart, life struck straight through the streets. There was no fumbling — no hesitation. Sweeping and swerving, accurately, punctually, noiselessly, there, precisely at the right instant, the motor-car stopped at the door. The girl, silk-stockinged, feathered, evanescent, but not to him particularly attractive (for he had had his fling), alighted. Admirable butlers, tawny chow dogs, halls laid in black and white lozenges with

car en los escaparates y de la respetabilidad y de las fiestas nocturnas y de los ancianos acicalados que llevaban camisetas blancas bajo sus chalecos. Era un bucanero. Ella siguió avanzando, cruzando Piccadilly y subiendo por Regent Street, delante de él, con su capa, sus guantes y sus hombros, combinados con los flecos, los encajes y las boas de plumas de los escaparates, formando el espíritu de las galas y los caprichos que salían de las tiendas y llegaban a la acera, como la luz de una lámpara que vacila de noche sobre los setos en la oscuridad.

Riendo y encantadora, había cruzado Oxford Street y Great Portland Street y doblado por una de las callecitas, y ahora, y ahora, se acercaba el gran momento, porque ahora se detenía, abría su bolso y con una mirada en su dirección, pero no hacia él, una mirada de despedida, resumía toda la situación y la dejaba ir triunfalmente, para siempre; ella había encajado su llave, abierto la puerta y se había ido. La voz de Clarissa diciendo «Recuerda mi fiesta, recuerda mi fiesta» cantó en sus oídos. La casa era uno de esos edificios rojos con cestas de flores colgantes vagamente incongruentes. Se había terminado.

Bueno, tuve mi diversión; la tuve, pensó, mirando las cestas de geranios pálidos que se balanceaban. Y se hizo añicos su diversión, porque era medio inventada, como él sabía muy bien; inventada, esta escapada con la muchacha; inventada, como se inventa la mejor parte de la vida, pensó, inventándose a sí mismo, inventándola a ella, creando una diversión exquisita, y algo más. Pero era extraño, y muy cierto; todo esto no se podía compartir... se hizo añicos.

Se dio la vuelta; subió a la calle, pensando en encontrar un lugar donde sentarse, hasta que llegara la hora de ir a Lincoln's Inn... para ver a los señores Hooper y Grateley. ¿Adónde debía ir? No importaba. Subió la calle, entonces, hacia Regent's Park. Sus botas en el pavimento le dijeron «no importa»; porque era temprano, todavía muy temprano.

También era una mañana espléndida. Como el pulso de un corazón perfecto, la vida golpeaba directamente en las calles. No había tanteos ni vacilaciones. Barriendo y girando, con precisión, puntualmente, sin ruido, allí, precisamente en el instante preciso, el automóvil se detuvo en la puerta. La muchacha, con medias de seda, con plumas, evanescente, pero no especialmente atractiva para él (pues ya había tenido su aventura), se apeó. Admirables mayordomos, perros chinos leonados,

white blinds blowing, Peter saw through the opened door and approved of. A splendid achievement in its own way, after all, London; the season; civilisation. Coming as he did from a respectable Anglo-Indian family which for at least three generations had administered the affairs of a continent (it's strange, he thought, what a sentiment I have about that, disliking India, and empire, and army as he did), there were moments when civilisation, even of this sort, seemed dear to him as a personal possession; moments of pride in England; in butlers; chow dogs; girls in their security. Ridiculous enough, still there it is, he thought. And the doctors and men of business and capable women all going about their business, punctual, alert, robust, seemed to him wholly admirable, good fellows, to whom one would entrust one's life, companions in the art of living, who would see one through. What with one thing and another, the show was really very tolerable; and he would sit down in the shade and smoke.

There was Regent's Park. Yes. As a child he had walked in Regent's Park — odd, he thought, how the thought of childhood keeps coming back to me — the result of seeing Clarissa, perhaps; for women live much more in the past than we do, he thought. They attach themselves to places; and their fathers — a woman's always proud of her father. Bourton was a nice place, a very nice place, but I could never get on with the old man, he thought. There was quite a scene one night — an argument about something or other, what, he could not remember. Politics presumably.

Yes, he remembered Regent's Park; the long straight walk; the little house where one bought air-balls to the left; an absurd statue with an inscription somewhere or other. He looked for an empty seat. He did not want to be bothered (feeling a little drowsy as he did) by people asking him the time. An elderly grey nurse, with a baby asleep in its perambulator — that was the best he could do for himself; sit down at the far end of the seat by that nurse.

She's a queer-looking girl, he thought, suddenly remembering Elizabeth as she came into the room and stood by her mother. Grown big; quite grown-up, not exactly pretty; handsome rather; and she can't be more than eighteen. Probably she doesn't get on with Claris-

salones con losas en rombos blancos y negros con persianas blancas al viento, Peter vio a través de la puerta abierta y lo aprobó. Un logro espléndido a su manera, después de todo, Londres; la temporada, la civilización. Viniendo como venía él de una respetable familia anglo-india que durante al menos tres generaciones había administrado los asuntos de un continente (es extraño, pensó, el sentimiento que tengo al respecto, despreciando la India, el imperio y el ejército como lo hacía), había momentos en los que la civilización, incluso de este tipo, le parecía querida, como una posesión personal; momentos de orgullo por Inglaterra, por los mayordomos, por los perros chinos, por las muchachas en su seguridad. Bastante ridículo, pero ahí está, pensó. Y los médicos y los hombres de negocios y las mujeres capaces que se dedicaban a sus negocios, puntuales, alertas, robustos, le parecían totalmente admirables, buenos compañeros, a los que uno confiaría su vida, compañeros en el arte de vivir que le ayudarían a salir adelante. Con una cosa y otra, el espectáculo era realmente muy tolerable; y se sentaría a la sombra a fumar.

Allí estaba Regent's Park. Sí. Cuando era niño había paseado por Regent's Park... Curioso, pensó, cómo el pensamiento de la infancia sigue volviendo a mí... el resultado de ver a Clarissa, tal vez; porque las mujeres viven mucho más en el pasado que nosotros, pensó. Se apegan a los lugares y a sus padres... Una mujer siempre está orgullosa de su padre. Bourton era un lugar bonito, muy bonito, pero nunca pude llevarme bien con el viejo, pensó. Una noche hubo una gran escena: una discusión sobre algo, no podía recordar qué. Política, seguramente.

Sí, recordaba Regent's Park; el largo y recto paseo; la casita donde se compraban globos a la izquierda; una absurda estatua con una inscripción en algún lugar. Buscó un asiento vacío. No quería ser molestado (sintiéndose un poco somnoliento mientras lo hacía) por la gente que le preguntaba la hora. Una niñera anciana y gris, con un bebé dormido en su cochecito, era lo mejor que podía hacer: sentarse en el extremo del asiento junto a esa niñera.

Es una chica de aspecto extraño, pensó, recordando de repente a Elizabeth cuando entró en la habitación y se puso al lado de su madre. Ya es grande; bastante crecida, no precisamente bonita; más bien guapa; y no puede tener más de dieciocho años. Probablemente no se lleve bien

sa. «There's my Elizabeth» — that sort of thing — why not «Here's Elizabeth» simply? — trying to make out, like most mothers, that things are what they're not. She trusts to her charm too much, he thought. She overdoes it.

The rich benignant cigar smoke eddied coolly down his throat; he puffed it out again in rings which breasted the air bravely for a moment; blue, circular — I shall try and get a word alone with Elizabeth to-night, he thought — then began to wobble into hour-glass shapes and taper away; odd shapes they take, he thought. Suddenly he closed his eyes, raised his hand with an effort, and threw away the heavy end of his cigar. A great brush swept smooth across his mind, sweeping across it moving branches, children's voices, the shuffle of feet, and people passing, and humming traffic, rising and falling traffic. Down, down he sank into the plumes and feathers of sleep, sank, and was muffled over.

****

The grey nurse resumed her knitting as Peter Walsh, on the hot seat beside her, began snoring. In her grey dress, moving her hands indefatigably yet quietly, she seemed like the champion of the rights of sleepers, like one of those spectral presences which rise in twilight in woods made of sky and branches. The solitary traveller, haunter of lanes, disturber of ferns, and devastator of great hemlock plants, looking up, suddenly sees the giant figure at the end of the ride.

By conviction an atheist perhaps, he is taken by surprise with moments of extraordinary exaltation. Nothing exists outside us except a state of mind, he thinks; a desire for solace, for relief, for something outside these miserable pigmies, these feeble, these ugly, these craven men and women. But if he can conceive of her, then in some sort she exists, he thinks, and advancing down the path with his eyes upon sky and branches he rapidly endows them with womanhood; sees with amazement how grave they become; how majestically, as the breeze stirs them, they dispense with a dark flutter of the leaves charity, comprehension, absolution, and then, flinging themselves suddenly aloft, confound the piety of their aspect with a wild carouse.

con Clarissa. «Aquí está mi Elizabeth», ese tipo de cosas, ¿por qué no «Aquí está Elizabeth» simplemente?, intentando hacer ver, como la mayoría de las madres, que las cosas son lo que no son. Pensó que confiaba demasiado en su encanto. Exagera.

El humo del cigarro, rico y benigno, se deslizó con frialdad por su garganta; él lo expulsó de nuevo en anillos que se elevaron en el aire con valentía durante un momento: azules, circulares —intentaré hablar a solas con Elizabeth esta noche, pensó—, y luego empezaron a adoptar formas de reloj de arena y a disminuir; formas extrañas, pensó. De repente cerró los ojos, levantó la mano con un esfuerzo y tiró la pesada punta de su cigarro. Un gran cepillo barrió suavemente su mente, barriendo a través de ella ramas en movimiento, voces de niños, el arrastre de pies y gente pasando y el zumbido del tráfico, tráfico que sube y baja. Abajo, abajo se hundió en los penachos y las plumas del sueño, se hundió y quedó envuelto en el silencio.

***

La enfermera gris reanudó su labor de punto cuando Peter Walsh, en el asiento caliente a su lado, empezó a roncar. Con su vestido gris, moviendo las manos infatigablemente pero en silencio, parecía la defensora de los derechos de los durmientes, como una de esas presencias espectrales que se alzan en el crepúsculo en los bosques hechos de cielo y ramas. El viajero solitario, acechador de los senderos, perturbador de los helechos y devastador de las grandes plantas de cicuta, al levantar la vista, ve de pronto la gigantesca figura al final del recorrido.

Por convicción un ateo, quizás, él es tomado por sorpresa por momentos de extraordinaria exaltación. Nada existe fuera de nosotros excepto un estado de ánimo, piensa él; un deseo de consuelo, de alivio, de algo fuera de estos miserables pigmeos, estos débiles, estos feos hombres y mujeres cobardes. Pero si puede concebirla, entonces en cierto modo ella existe, piensa, y avanzando por el sendero con los ojos puestos en el cielo y en las ramas, dotándole rápidamente la feminidad, ve con asombro cómo se vuelven graves, cómo majestuosamente, al agitarlas la brisa, dispensan con un oscuro aleteo de las hojas la caridad, la comprensión, la absolución, y luego, arrojándose súbitamente a lo alto, confunden la piedad de su aspecto con una salvaje juerga.

Such are the visions which proffer great cornucopias full of fruit to the solitary traveller, or murmur in his ear like sirens lolloping away on the green sea waves, or are dashed in his face like bunches of roses, or rise to the surface like pale faces which fishermen flounder through floods to embrace.

Such are the visions which ceaselessly float up, pace beside, put their faces in front of, the actual thing; often overpowering the solitary traveller and taking away from him the sense of the earth, the wish to return, and giving him for substitute a general peace, as if (so he thinks as he advances down the forest ride) all this fever of living were simplicity itself; and myriads of things merged in one thing; and this figure, made of sky and branches as it is, had risen from the troubled sea (he is elderly, past fifty now) as a shape might be sucked up out of the waves to shower down from her magnificent hands compassion, comprehension, absolution. So, he thinks, may I never go back to the lamplight; to the sitting-room; never finish my book; never knock out my pipe; never ring for Mrs. Turner to clear away; rather let me walk straight on to this great figure, who will, with a toss of her head, mount me on her streamers and let me blow to nothingness with the rest.

Such are the visions. The solitary traveller is soon beyond the wood; and there, coming to the door with shaded eyes, possibly to look for his return, with hands raised, with white apron blowing, is an elderly woman who seems (so powerful is this infirmity) to seek, over a desert, a lost son; to search for a rider destroyed; to be the figure of the mother whose sons have been killed in the battles of the world. So, as the solitary traveller advances down the village street where the women stand knitting and the men dig in the garden, the evening seems ominous; the figures still; as if some august fate, known to them, awaited without fear, were about to sweep them into complete annihilation.

Indoors among ordinary things, the cupboard, the table, the window-sill with its geraniums, suddenly the outline of the landlady, bending to remove the cloth, becomes soft with light, an adorable emblem which only the recollection of cold human contacts forbids us to embrace. She takes the marmalade; she shuts it in the cupboard.

Tales son las visiones que ofrecen grandes cornucopias llenas de frutos al viajero solitario, o que murmuran en su oído como sirenas que se alejan en las verdes olas del mar, o que se le arrojan a la cara como ramos de rosas, o que suben a la superficie como rostros pálidos, que los pescadores se hunden por abrazar a través de las mareas.

Tales son las visiones que flotan incesantemente, que caminan al lado de la realidad, que ponen sus rostros frente a ella; a menudo dominan al viajero solitario y le quitan el sentido de la tierra, el deseo de regresar, y le dan como sustituto una paz general, como si (así piensa mientras avanza por el sendero del bosque) toda esta fiebre de vivir fuera la simplicidad misma; y miríadas de cosas se fundieran en una sola cosa; y esta figura, hecha de cielo y ramas como es, se hubiera levantado del mar agitado (él es mayor, ya ha pasado los cincuenta) como una forma que podría ser aspirada de las olas para derramar de sus magníficas manos compasión, comprensión, absolución. Así, piensa él, que nunca vuelva a la luz de la lámpara; a la sala de estar; que nunca termine mi libro; que nunca apague mi pipa; que nunca llame a la señora Turner para que levante la mesa; que más bien me permita caminar directamente hacia esta gran figura, que, con un movimiento de su cabeza, me montará en sus corrientes y me dejará volar hacia la nada con el resto.

Así son las visiones. El viajero solitario se encuentra pronto más allá del bosque; y allí, acercándose a la puerta con los ojos entornados, posiblemente para buscar su regreso, con las manos alzadas, con el delantal blanco agitado por el viento, se encuentra una anciana que parece (tan poderosa es esta dolencia) buscar, sobre un desierto, a un hijo perdido; buscar a un jinete destruido; ser la figura de la madre cuyos hijos han muerto en las batallas del mundo. Así, mientras el viajero solitario avanza por la calle del pueblo, donde las mujeres hacen punto y los hombres cavan en el jardín, la noche parece ominosa; las figuras, inmóviles; como si un destino augusto, conocido por ellos, esperado sin temor, estuviera a punto de arrastrarlos a la aniquilación completa.

En el interior, entre las cosas ordinarias, la alacena, la mesa, el alféizar de la ventana con sus geranios, de repente la silueta de la casera, que se inclina para quitar el paño, se vuelve suave con la luz, un emblema adorable que solo el recuerdo de los fríos contactos humanos nos prohíbe abrazar. Ella toma la mermelada; la guarda en el armario.

«There is nothing more to-night, sir?»

But to whom does the solitary traveller make reply?

***

So the elderly nurse knitted over the sleeping baby in Regent's Park. So Peter Walsh snored.

He woke with extreme suddenness, saying to himself, «The death of the soul.»

«Lord, Lord!» he said to himself out loud, stretching and opening his eyes. «The death of the soul.» The words attached themselves to some scene, to some room, to some past he had been dreaming of. It became clearer; the scene, the room, the past he had been dreaming of.

It was at Bourton that summer, early in the 'nineties, when he was so passionately in love with Clarissa. There were a great many people there, laughing and talking, sitting round a table after tea and the room was bathed in yellow light and full of cigarette smoke. They were talking about a man who had married his housemaid, one of the neighbouring squires, he had forgotten his name. He had married his housemaid, and she had been brought to Bourton to call — an awful visit it had been. She was absurdly over-dressed, «like a cockatoo,» Clarissa had said, imitating her, and she never stopped talking. On and on she went, on and on. Clarissa imitated her. Then somebody said — Sally Seton it was — did it make any real difference to one's feelings to know that before they'd married she had had a baby? (In those days, in mixed company, it was a bold thing to say.) He could see Clarissa now, turning bright pink; somehow contracting; and saying, «Oh, I shall never be able to speak to her again!» Whereupon the whole party sitting round the tea-table seemed to wobble. It was very uncomfortable.

He hadn't blamed her for minding the fact, since in those days a girl brought up as she was, knew nothing, but it was her manner that annoyed him; timid; hard; something arrogant; unimaginative; prudish. «The death of the soul.» He had said that instinctively, ticketing

—¿Nada más por esta noche, señor?

¿Pero a quién responde el viajero solitario?

***

Así la anciana enfermera tejió sobre el bebé dormido en Regent's Park. Así Peter Walsh roncó.

Él se despertó con extrema brusquedad, diciéndose a sí mismo: «La muerte del alma».

—¡Señor, Señor! —se dijo en voz alta, estirándose y abriendo los ojos. «La muerte del alma». Las palabras se vincularon a alguna escena, a alguna habitación, a algún pasado que él había estado soñando. La escena, la habitación, el pasado que había soñado se hicieron más claros.

Fue en Bourton aquel verano, a principios de los noventa, cuando él estaba tan apasionadamente enamorado de Clarissa. Había mucha gente allí, riendo y hablando, sentados alrededor de una mesa después del té, y la habitación estaba bañada en luz amarilla y llena de humo de cigarrillos. Hablaban de un hombre que se había casado con su criada; uno de los caballeros vecinos... había olvidado su nombre. Se había casado con su criada y la habían traído a Bourton de visita, una visita horrible. Iba absurdamente vestida, «como una cacatúa», había dicho Clarissa, imitándola, y no paraba de hablar. Siguió y siguió, más y más. Clarissa la imitó. Entonces, alguien preguntó —Sally Seton— si era importante para los sentimientos de alguno de los presentes saber que antes de casarse ella había tenido un bebé. (En aquellos días, en compañía mixta, era atrevido decir una cosa así). Podía ver a Clarissa como si fuera ahora, poniéndose de color rosa brillante, de alguna manera contrayéndose y diciendo: «¡Oh, nunca podré hablar con ella nuevamente!». En ese momento, todo el grupo sentado alrededor de la mesa de té pareció tambalearse. Fue muy incómodo.

No la había culpado por importarle el hecho, ya que en aquellos días una chica educada como ella no sabía nada, pero lo que le molestaba era su forma de ser: tímida, dura, algo arrogante, poco imaginativa, mojigata. «La muerte del alma». Lo había dicho instintivamente, marcando el

the moment as he used to do — the death of her soul.

Every one wobbled; every one seemed to bow, as she spoke, and then to stand up different. He could see Sally Seton, like a child who has been in mischief, leaning forward, rather flushed, wanting to talk, but afraid, and Clarissa did frighten people. (She was Clarissa's greatest friend, always about the place, totally unlike her, an attractive creature, handsome, dark, with the reputation in those days of great daring and he used to give her cigars, which she smoked in her bedroom. She had either been engaged to somebody or quarrelled with her family and old Parry disliked them both equally, which was a great bond.) Then Clarissa, still with an air of being offended with them all, got up, made some excuse, and went off, alone. As she opened the door, in came that great shaggy dog which ran after sheep. She flung herself upon him, went into raptures. It was as if she said to Peter — it was all aimed at him, he knew — «I know you thought me absurd about that woman just now; but see how extraordinarily sympathetic I am; see how I love my Rob!»

They had always this queer power of communicating without words. She knew directly he criticised her. Then she would do something quite obvious to defend herself, like this fuss with the dog — but it never took him in, he always saw through Clarissa. Not that he said anything, of course; just sat looking glum. It was the way their quarrels often began.

She shut the door. At once he became extremely depressed. It all seemed useless — going on being in love; going on quarrelling; going on making it up, and he wandered off alone, among outhouses, stables, looking at the horses. (The place was quite a humble one; the Parrys were never very well off; but there were always grooms and stable-boys about — Clarissa loved riding — and an old coachman — what was his name? — an old nurse, old Moody, old Goody, some such name they called her, whom one was taken to visit in a little room with lots of photographs, lots of bird-cages.)

It was an awful evening! He grew more and more gloomy, not about that only; about everything. And he couldn't see her; couldn't explain to her; couldn't have it out. There were always people about — she'd go on as if nothing had happened. That was the devilish part of her

momento como solía hacerlo... la muerte del alma de ella.

Todos se tambalearon; todos parecían inclinarse, mientras ella hablaba, y luego se levantaron de forma diferente. Pudo ver a Sally Seton, como una niña que ha hecho una travesura, inclinada hacia delante, bastante sonrojada, con ganas de hablar, pero asustada, y Clarissa sí que asustaba a la gente. (Era la mejor amiga de Clarissa, siempre por allí, totalmente distinta a ella, una criatura atractiva, guapa, morena, con fama en aquellos días de ser muy atrevida y solía regalarle puros, que fumaba en su dormitorio. Se había comprometido con alguien o se había peleado con su familia y al viejo Parry le disgustaban ambos por igual, lo que constituía un gran vínculo). Entonces Clarissa, todavía con aire de estar ofendida con todos ellos, se levantó, puso alguna excusa y se fue, sola. Cuando abrió la puerta, entró aquel gran perro peludo que corría detrás de las ovejas. Ella se echó encima de él, y lo cubrió de caricias. Era como si le dijera a Peter —todo iba dirigido a él, él lo sabía—: «Sé que hace un momento te parecí absurda con respecto a esa mujer; pero mira qué extraordinariamente comprensiva soy; ¡mira cómo quiero a mi Rob!».

Siempre tuvieron ese extraño poder para comunicarse sin palabras. Ella sabía inmediatamente cuándo él la criticaba. En ese momento, ella hacía algo bastante obvio para defenderse, como ese alboroto con el perro... pero él nunca se daba cuenta, siempre veía a través de Clarissa. No es que dijera nada, por supuesto; solo se sentaba con la mirada perdida. Así era como solían empezar sus peleas.

Ella cerró la puerta. Enseguida él se deprimió mucho. Todo le parecía inútil: seguir enamorado, seguir discutiendo, seguir haciendo las paces, y se paseaba solo, entre las dependencias, los establos, mirando los caballos. (El lugar era bastante humilde; los Parry nunca fueron muy adinerados; pero siempre había mozos de cuadra y caballerizos... a Clarissa le encantaba montar a caballo... y un viejo cochero... ¿Cómo se llamaba...? Y una vieja niñera, la vieja Moody, la vieja Goody, algo así la llamaban, a la que llevaban a uno a visitar en una pequeña habitación con muchas fotografías, muchas jaulas de pájaros).

¡Fue una noche horrible! Cada vez estaba más triste, no solo por eso, sino por todo. Y no podía verla; no podía explicárselo; no podía sacarlo. Siempre había gente alrededor... Ella seguía como si nada hubiera pasado. Esa era la parte diabólica de ella: esa frialdad, esa levedad, algo muy

— this coldness, this woodenness, something very profound in her, which he had felt again this morning talking to her; an impenetrability. Yet Heaven knows he loved her. She had some queer power of fiddling on one's nerves, turning one's nerves to fiddle-strings, yes.

He had gone in to dinner rather late, from some idiotic idea of making himself felt, and had sat down by old Miss Parry — Aunt Helena — Mr. Parry's sister, who was supposed to preside. There she sat in her white Cashmere shawl, with her head against the window — a formidable old lady, but kind to him, for he had found her some rare flower, and she was a great botanist, marching off in thick boots with a black collecting-box slung between her shoulders. He sat down beside her, and couldn't speak. Everything seemed to race past him; he just sat there, eating. And then half-way through dinner he made himself look across at Clarissa for the first time. She was talking to a young man on her right. He had a sudden revelation. «She will marry that man,» he said to himself. He didn't even know his name.

For of course it was that afternoon, that very afternoon, that Dalloway had come over; and Clarissa called him «Wickham»; that was the beginning of it all. Somebody had brought him over; and Clarissa got his name wrong. She introduced him to everybody as Wickham. At last he said «My name is Dalloway!» — that was his first view of Richard — a fair young man, rather awkward, sitting on a deck-chair, and blurting out «My name is Dalloway!» Sally got hold of it; always after that she called him «My name is Dalloway!»

He was a prey to revelations at that time. This one — that she would marry Dalloway — was blinding — overwhelming at the moment. There was a sort of — how could he put it? — a sort of ease in her manner to him; something maternal; something gentle. They were talking about politics. All through dinner he tried to hear what they were saying.

Afterwards he could remember standing by old Miss Parry's chair in the drawing-room. Clarissa came up, with her perfect manners, like a real hostess, and wanted to introduce him to some one — spoke as if they had never met before, which enraged him. Yet even then he admired her for it. He admired her courage; her social instinct; he admired her power of carrying things through. «The perfect hos-

profundo en ella, que él había vuelto a sentir esta mañana hablando con ella; una impenetrabilidad. Sin embargo, Dios sabe que él la amaba. Ella tenía un extraño poder de tocar los nervios, de convertir los nervios en cuerdas de violín, sí.

Él había llegado a la cena bastante tarde, por alguna idea idiota de hacerse notar, y se había sentado junto a la vieja señorita Parry —la tía Helena—, la hermana del señor Parry, que se supone que presidía. Allí estaba sentada con su chal blanco de cachemira, con la cabeza apoyada en la ventana; una anciana formidable, pero amable con él, porque él le había encontrado alguna flor rara, y ella era una gran aficionada a la botánica; ella marchaba con gruesas botas y una caja negra de recolección colgada entre los hombros. Se sentó a su lado y no pudo hablar. Todo parecía pasarle de largo; solo se sentó allí, comiendo. Y a mitad de la cena se obligó a mirar a Clarissa por primera vez. Ella estaba hablando con un joven a su derecha. Tuvo una repentina revelación. «Se casará con ese hombre», se dijo. Ni siquiera sabía su nombre.

Porque, por supuesto, fue esa tarde, esa misma tarde, cuando Dalloway había llegado; y Clarissa lo llamó «Wickham»; ese fue el comienzo de todo. Alguien lo había traído, y Clarissa se equivocó de nombre. Lo presentó a todo el mundo como Wickham. Por fin él dijo: «¡Me llamo Dalloway!»; esa fue la primera vez que vio a Richard: un joven rubio, bastante torpe, sentado en una butaca, y que exclamó: «¡Me llamo Dalloway!». Sally lo captó; siempre después de eso lo llamó «¡Me llamo Dalloway!».

Él era presa de revelaciones en esa época. Esta —que ella se casaría con Dalloway— fue cegadora, abrumadora en ese momento. Había una especie de —¿cómo decirlo?— una especie de facilidad en su trato con él; algo maternal, algo suave. Estaban hablando de política. Durante toda la cena él trató de escuchar lo que decían.

Después pudo recordar que estaba junto a la silla de la vieja señorita Parry en el salón. Clarissa se acercó, con sus perfectos modales, como una verdadera anfitriona, y quiso presentarle a alguien... Habló como si nunca se hubieran visto antes, lo que le enfureció. Sin embargo, incluso entonces la admiró por ello. Admiraba su valor, su instinto social, su capacidad para llevar a cabo las cosas. «La perfecta anfitriona», le

tess,» he said to her, whereupon she winced all over. But he meant her to feel it. He would have done anything to hurt her after seeing her with Dalloway. So she left him. And he had a feeling that they were all gathered together in a conspiracy against him — laughing and talking — behind his back. There he stood by Miss Parry's chair as though he had been cut out of wood, he talking about wild flowers. Never, never had he suffered so infernally! He must have forgotten even to pretend to listen; at last he woke up; he saw Miss Parry looking rather disturbed, rather indignant, with her prominent eyes fixed. He almost cried out that he couldn't attend because he was in Hell! People began going out of the room. He heard them talking about fetching cloaks; about its being cold on the water, and so on. They were going boating on the lake by moonlight — one of Sally's mad ideas. He could hear her describing the moon. And they all went out. He was left quite alone.

«Don't you want to go with them?» said Aunt Helena — old Miss Parry! — she had guessed. And he turned round and there was Clarissa again. She had come back to fetch him. He was overcome by her generosity — her goodness.

«Come along,» she said. «They're waiting.» He had never felt so happy in the whole of his life! Without a word they made it up. They walked down to the lake. He had twenty minutes of perfect happiness. Her voice, her laugh, her dress (something floating, white, crimson), her spirit, her adventurousness; she made them all disembark and explore the island; she startled a hen; she laughed; she sang. And all the time, he knew perfectly well, Dalloway was falling in love with her; she was falling in love with Dalloway; but it didn't seem to matter. Nothing mattered. They sat on the ground and talked — he and Clarissa. They went in and out of each other's minds without any effort. And then in a second it was over. He said to himself as they were getting into the boat, «She will marry that man,» dully, without any resentment; but it was an obvious thing. Dalloway would marry Clarissa.

Dalloway rowed them in. He said nothing. But somehow as they watched him start, jumping on to his bicycle to ride twenty miles through the woods, wobbling off down the drive, waving his hand and disappearing, he obviously did feel, instinctively, tremendously,

dijo, y ella se estremeció. Pero él quería que lo sintiera. Él habría hecho cualquier cosa para herirla después de verla con Dalloway. Así que ella lo dejó. Y tuvo la sensación de que todos estaban reunidos en una conspiración contra él, riendo y hablando, a sus espaldas. Allí estaba, junto a la silla de la señorita Parry, como si hubiera estado hecho de cartón, hablando de flores silvestres. ¡Nunca, nunca había sufrido tan infernalmente! Debió de olvidarse incluso de fingir que escuchaba; por fin se despabiló; vio a la señorita Parry con un aspecto bastante perturbado, bastante indignado, con sus prominentes ojos fijos. Casi gritó que no podía prestar atención porque estaba en el infierno. La gente empezó a salir de la sala. Los oyó hablar de buscar capas, de que hacía frío en el agua, etc. Iban a dar un paseo en barco por el lago a la luz de la luna, una de las locas ideas de Sally. La oyó describir la luna. Y todos salieron. Él se quedó solo.

—¿No quiere ir con ellos? —dijo la tía Helena (¡la vieja señorita Parry!); se había dado cuenta. Y él se dio la vuelta y allí estaba Clarissa de nuevo. Había vuelto a buscarlo. Se sintió abrumado por su generosidad... su bondad.

—Vamos —dijo ella—. Están esperando. —¡Nunca se había sentido tan feliz en toda su vida! Sin mediar palabra, se arreglaron. Bajaron hasta el lago. Él tuvo veinte minutos de perfecta felicidad. Su voz, su risa, su vestido (algo flotante, blanco, carmesí), su espíritu, tan aventurero; ella les hizo desembarcar a todos y explorar la isla, asustó a una gallina, rio, cantó. Y todo el tiempo, él lo sabía perfectamente; Dalloway se estaba enamorando de ella; ella se estaba enamorando de Dalloway; pero no parecía importar. Nada importaba. Se sentaron en el suelo y hablaron: él y Clarissa. Cada uno entraba y salía de la mente del otro sin ningún esfuerzo. Y en un segundo se acabó. Se dijo a sí mismo, mientras subían al barco: «Se casará con ese hombre», con dulzura, sin ningún resentimiento; pero era algo obvio. Dalloway se casaría con Clarissa.

Dalloway remó la barca hasta la costa. No dijo nada. Pero de alguna manera, mientras lo veían alejarse, subirse a su bicicleta para recorrer treinta kilómetros a través del bosque, irse tambaleándose por el camino, agitar la mano y desaparecer, obviamente sintió, instintiva, tremen-

strongly, all that; the night; the romance; Clarissa. He deserved to have her.

For himself, he was absurd. His demands upon Clarissa (he could see it now) were absurd. He asked impossible things. He made terrible scenes. She would have accepted him still, perhaps, if he had been less absurd. Sally thought so. She wrote him all that summer long letters; how they had talked of him; how she had praised him, how Clarissa burst into tears! It was an extraordinary summer — all letters, scenes, telegrams — arriving at Bourton early in the morning, hanging about till the servants were up; appalling *tête-à-têtes* with old Mr. Parry at breakfast; Aunt Helena formidable but kind; Sally sweeping him off for talks in the vegetable garden; Clarissa in bed with headaches.

The final scene, the terrible scene which he believed had mattered more than anything in the whole of his life (it might be an exaggeration — but still so it did seem now) happened at three o'clock in the afternoon of a very hot day. It was a trifle that led up to it — Sally at lunch saying something about Dalloway, and calling him «My name is Dalloway»; whereupon Clarissa suddenly stiffened, coloured, in a way she had, and rapped out sharply, «We've had enough of that feeble joke.» That was all; but for him it was precisely as if she had said, «I'm only amusing myself with you; I've an understanding with Richard Dalloway.» So he took it. He had not slept for nights. «It's got to be finished one way or the other,» he said to himself. He sent a note to her by Sally asking her to meet him by the fountain at three. «Something very important has happened,» he scribbled at the end of it.

The fountain was in the middle of a little shrubbery, far from the house, with shrubs and trees all round it. There she came, even before the time, and they stood with the fountain between them, the spout (it was broken) dribbling water incessantly. How sights fix themselves upon the mind! For example, the vivid green moss.

She did not move. «Tell me the truth, tell me the truth,» he kept on saying. He felt as if his forehead would burst. She seemed contracted, petrified. She did not move. «Tell me the truth,» he repeated, when suddenly that old man Breitkopf popped his head in carrying *The*

da, fuertemente, todo eso; la noche, el romance, Clarissa. Él merecía tenerla.

Para sí mismo, era absurdo. Las exigencias que tenía con Clarissa (ahora podía verlo) eran absurdas. Pedía cosas imposibles. Hacía escenas terribles. Ella lo habría aceptado aún, tal vez, si él hubiera sido menos absurdo. Sally así lo creía. Le escribió durante todo aquel verano largas cartas; ¡cómo habían hablado de él, cómo lo había elogiado, cómo Clarissa se echaba a llorar! Fue un verano extraordinario: todas las cartas, escenas, telegramas... llegando a Bourton por la mañana temprano, esperando a que los criados se levantaran; terribles *tête-à-têtes* con el viejo Parry en el desayuno; la tía Helena, formidable pero amable; Sally llevándolo a charlar al huerto; Clarissa en la cama con dolores de cabeza.

La escena final, la terrible escena que él creía que había importado más que cualquier otra cosa en toda su vida (puede ser una exageración... pero aun así, incluso ahora le parecía así), ocurrió a las tres de la tarde de un día muy caluroso. Fue una nimiedad lo que condujo a ello: Sally, durante el almuerzo, dijo algo sobre Dalloway y lo llamó «Mi nombre es Dalloway», ante lo cual Clarissa se puso repentinamente rígida, tomó color, a su manera, y exclamó, bruscamente, «Ya hemos tenido suficiente de esa bromita». Eso fue todo; pero para él fue precisamente como si ella hubiera dicho: «Solo me estoy divirtiendo contigo; tengo un compromiso con Richard Dalloway». Así que lo aceptó. Llevaba noches sin dormir. «Tiene que terminar de una forma u otra», se dijo. Le envió una nota por medio de Sally pidiéndole que se reuniera con él junto a la fuente a las tres. «Ha ocurrido algo muy importante», garabateó al final de la misma.

La fuente estaba en medio de una pequeña arboleda, lejos de la casa, con arbustos y árboles a su alrededor. Allí llegó ella, incluso antes de tiempo, y allí se quedaron, con la fuente entre ellos, el caño (estaba roto) brotando agua sin cesar. ¡Cómo se fijan las imágenes en la mente! Por ejemplo, el musgo verde y vivo.

Ella no se movió.

—Dime la verdad, dime la verdad —repetía él. Sentía como si la frente le fuera a estallar. Ella parecía contraída, petrificada. Ella no se movía.

Times; stared at them; gaped; and went away. They neither of them moved. «Tell me the truth,» he repeated. He felt that he was grinding against something physically hard; she was unyielding. She was like iron, like flint, rigid up the backbone. And when she said, «It's no use. It's no use. This is the end» — after he had spoken for hours, it seemed, with the tears running down his cheeks — it was as if she had hit him in the face. She turned, she left him, went away.

«Clarissa!» he cried. «Clarissa!» But she never came back. It was over. He went away that night. He never saw her again.

***

It was awful, he cried, awful, awful!

Still, the sun was hot. Still, one got over things. Still, life had a way of adding day to day. Still, he thought, yawning and beginning to take notice — Regent's Park had changed very little since he was a boy, except for the squirrels — still, presumably there were compensations — when little Elise Mitchell, who had been picking up pebbles to add to the pebble collection which she and her brother were making on the nursery mantelpiece, plumped her handful down on the nurse's knee and scudded off again full tilt into a lady's legs. Peter Walsh laughed out.

But Lucrezia Warren Smith was saying to herself, It's wicked; why should I suffer? she was asking, as she walked down the broad path. No; I can't stand it any longer, she was saying, having left Septimus, who wasn't Septimus any longer, to say hard, cruel, wicked things, to talk to himself, to talk to a dead man, on the seat over there; when the child ran full tilt into her, fell flat, and burst out crying.

That was comforting rather. She stood her upright, dusted her frock, kissed her.

»Dime la verdad —repitió él, cuando de repente el viejo Breitkopf asomó la cabeza llevando el *Times*, los miró fijamente, se quedó boquiabierto y se fue. Ninguno de los dos se movió.

»Dime la verdad —repitió. Sintió que estaba chocando con algo físicamente duro; ella era inflexible. Era como el hierro, como el pedernal, rígida hasta la columna vertebral.

—Es inútil. Es inútil. Este es el fin —dijo ella, y cuando lo dijo, después de que él hubiera hablado durante horas, o así parecía, con las lágrimas corriendo por sus mejillas, fue como si ella le hubiera golpeado en la cara. Ella se dio la vuelta, lo dejó, se fue.

—¡Clarissa! —gritó él—. ¡Clarissa! —Pero ella nunca se dio vuelta. Se acabó. Él se fue esa noche. Nunca la volvió a ver.

***

Fue horrible, gritó él, ¡horrible, horrible!

Aun así, el sol calentaba. Aun así, uno se sobrepone a las cosas. Aun así, la vida tenía una forma de añadir un día a un día. Aun así, pensó, bostezando y comenzando a darse cuenta —Regent's Park había cambiado muy poco desde que él era niño, excepto por las ardillas—, aun así, es de suponer que hubo compensaciones... y ahora, cuando la pequeña Elise Mitchell, que había estado recogiendo guijarros para añadirlos a la colección de guijarros que ella y su hermano tenían en la repisa de la habitación de juegos, dejó su puñado sobre las rodillas de la niñera, salió corriendo de nuevo a toda velocidad, chocando con las piernas de una señora. Peter Walsh se echó a reír.

Pero Lucrecia Warren Smith se decía a sí misma: «Es perverso; ¿por qué debo sufrir?», así se preguntaba mientras caminaba por el sendero ancho. «No; no puedo soportarlo más», se decía, habiendo dejado a Septimus, que ya no era Septimus, decir cosas duras, crueles, perversas, hablar consigo mismo, hablar con un muerto, en ese asiento; cuando la niña corrió de lleno hacia ella, cayó de bruces y rompió a llorar.

Eso fue más bien reconfortante. Ella la puso de pie, le quitó el polvo a su vestido y la besó.

But for herself she had done nothing wrong; she had loved Septimus; she had been happy; she had had a beautiful home, and there her sisters lived still, making hats. Why should she suffer?

The child ran straight back to its nurse, and Rezia saw her scolded, comforted, taken up by the nurse who put down her knitting, and the kind-looking man gave her his watch to blow open to comfort her — but why should she be exposed? Why not left in Milan? Why tortured? Why?

Slightly waved by tears the broad path, the nurse, the man in grey, the perambulator, rose and fell before her eyes. To be rocked by this malignant torturer was her lot. But why? She was like a bird sheltering under the thin hollow of a leaf, who blinks at the sun when the leaf moves; starts at the crack of a dry twig. She was exposed; she was surrounded by the enormous trees, vast clouds of an indifferent world, exposed; tortured; and why should she suffer? Why?

She frowned; she stamped her foot. She must go back again to Septimus since it was almost time for them to be going to Sir William Bradshaw. She must go back and tell him, go back to him sitting there on the green chair under the tree, talking to himself, or to that dead man Evans, whom she had only seen once for a moment in the shop. He had seemed a nice quiet man; a great friend of Septimus's, and he had been killed in the War. But such things happen to every one. Every one has friends who were killed in the War. Every one gives up something when they marry. She had given up her home. She had come to live here, in this awful city. But Septimus let himself think about horrible things, as she could too, if she tried. He had grown stranger and stranger. He said people were talking behind the bedroom walls. Mrs. Filmer thought it odd. He saw things too — he had seen an old woman's head in the middle of a fern. Yet he could be happy when he chose. They went to Hampton Court on top of a bus, and they were perfectly happy. All the little red and yellow flowers were out on the grass, like floating lamps he said, and talked and chattered and laughed, making up stories. Suddenly he said, «Now we will kill ourselves,» when they were standing by the river, and he looked at it with a look which she had seen in his eyes when a train went by, or an omnibus — a look as if something fascinated him; and she felt he

Pero para ella no había hecho nada malo: había amado a Septimus, había sido feliz, había tenido una hermosa casa, y allí vivían todavía sus hermanas, haciendo sombreros. ¿Por qué iba a sufrir?

La niña corrió directamente hacia su niñera, y Rezia la vio regañada, consolada, tomada en los brazos por la niñera que dejó su tejido, y el hombre de aspecto amable le dio su reloj para que lo abriera y se consolara... pero ¿por qué tenía que estar expuesta? ¿Por qué no quedarse en Milán? ¿Por qué torturada? ¿Por qué?

Levemente agitados por las lágrimas, el sendero ancho, la enfermera, el hombre de gris, el cochecito se elevaban y caían ante sus ojos. Ser sacudida por este maligno torturador era su suerte. ¿Pero por qué? Ella era como un pájaro que se refugia bajo el fino hueco de una hoja, que parpadea al sol cuando la hoja se mueve; se arranca al crujido de una ramita seca. Estaba expuesta; estaba rodeada por los enormes árboles, vastas nubes de un mundo indiferente, expuesta, torturada; y ¿por qué debía sufrir? ¿Por qué?

Frunció el ceño; dio un pisotón. Debía volver a ver a Septimus, ya que era casi la hora de ir a ver a sir William Bradshaw. Debía volver y decírselo, volver a verlo sentado en la silla verde bajo el árbol, hablando consigo mismo o con ese hombre muerto, Evans, al que solo había visto una vez por un momento en la tienda. Parecía un hombre tranquilo y agradable; un gran amigo de Septimus, y lo habían matado en la guerra. Pero esas cosas le pasan a todo el mundo. Todo el mundo tiene amigos que murieron en la guerra. Todos renuncian a algo cuando se casan. Ella había renunciado a su hogar. Había venido a vivir aquí, en esta horrible ciudad. Pero Septimus se permitía pensar en cosas horribles, como ella también podía hacerlo, si lo intentaba. Se había vuelto cada vez más extraño. Decía que la gente hablaba detrás de las paredes del dormitorio. A la señora Filmer le pareció extraño. Además, veía cosas: él había visto la cabeza de una anciana en medio de un helecho. Sin embargo, podía ser feliz cuando lo deseaba. Fueron a Hampton Court en un autobús, y fueron perfectamente felices. En el césped habían salido todas las florecillas rojas y amarillas, como lámparas flotantes, dijo, y hablaron y charlaron y rieron, inventando historias. De repente él dijo: «Ahora nos mataremos», cuando estaban junto al río, y él miró el río con una mirada que ella había visto en sus ojos cuando pasaba un tren o un ómnibus... una mirada como si algo lo fascinara; y ella sintió que él se alejaba de

was going from her and she caught him by the arm. But going home he was perfectly quiet — perfectly reasonable. He would argue with her about killing themselves; and explain how wicked people were; how he could see them making up lies as they passed in the street. He knew all their thoughts, he said; he knew everything. He knew the meaning of the world, he said.

Then when they got back he could hardly walk. He lay on the sofa and made her hold his hand to prevent him from falling down, down, he cried, into the flames! and saw faces laughing at him, calling him horrible disgusting names, from the walls, and hands pointing round the screen. Yet they were quite alone. But he began to talk aloud, answering people, arguing, laughing, crying, getting very excited and making her write things down. Perfect nonsense it was; about death; about Miss Isabel Pole. She could stand it no longer. She would go back.

She was close to him now, could see him staring at the sky, muttering, clasping his hands. Yet Dr. Holmes said there was nothing the matter with him. What then had happened — why had he gone, then, why, when she sat by him, did he start, frown at her, move away, and point at her hand, take her hand, look at it terrified?

Was it that she had taken off her wedding ring? «My hand has grown so thin,» she said. «I have put it in my purse,» she told him.

He dropped her hand. Their marriage was over, he thought, with agony, with relief. The rope was cut; he mounted; he was free, as it was decreed that he, Septimus, the lord of men, should be free; alone (since his wife had thrown away her wedding ring; since she had left him), he, Septimus, was alone, called forth in advance of the mass of men to hear the truth, to learn the meaning, which now at last, after all the toils of civilisation — Greeks, Romans, Shakespeare, Darwin, and now himself — was to be given whole to. . . . «To whom?» he asked aloud. «To the Prime Minister,» the voices which rustled above his head replied. The supreme secret must be told to the Cabinet; first that trees are alive; next there is no crime; next love, universal love, he muttered, gasping, trembling, painfully drawing out these

ella y lo agarró del brazo. Pero al volver a casa él estaba perfectamente tranquilo... perfectamente razonable. Discutía con ella sobre el suicidio; y le explicaba lo malvada que era la gente; cómo podía verlos inventando mentiras al pasar por la calle. Él conocía todos sus pensamientos, decía; lo sabía todo. Conocía el sentido del mundo, decía.

Luego, cuando volvieron, él apenas si podía caminar. Se tumbó en el sofá y la obligó a cogerle de la mano para evitar que se cayera, que se cayera, gritó, a las llamas, y vio caras que se reían de él, que le ponían nombres horribles y repugnantes, desde las paredes, y manos que apuntaban alrededor del biombo. Sin embargo, estaban completamente solos. Pero él empezó a hablar en voz alta, contestando a la gente, discutiendo, riendo, llorando, excitándose mucho y haciéndole escribir cosas a ella. Eran perfectas tonterías; sobre la muerte; sobre la señorita Isabel Pole. Ella no podía aguantar más. Regresaría.

Ella estaba ahora cerca de él; podía verlo mirando al cielo, murmurando, juntando las manos. Sin embargo, el doctor Holmes dijo que no le ocurría nada. ¿Qué había sucedido entonces...? ¿Por qué se había ido? ¿Por qué, cuando ella se sentó a su lado, se sobresaltó, frunció el ceño, se apartó y le señaló la mano, la cogió y la miró aterrorizado?

¿Es que se había quitado la alianza?

—Mi mano ha adelgazado mucho —dijo ella—. La he metido en el bolso —le dijo.

Dejó caer su mano. Su matrimonio estaba terminado, pensó, con agonía, con alivio. La cuerda se cortó; él se elevaba; era libre, como se decretó que él, Septimus, el señor de los hombres, debía ser libre; solo (dado que su esposa había tirado su anillo de bodas; dado que ella lo había abandonado), él, Septimus, estaba solo, llamado a adelantarse a la masa de los hombres para escuchar la verdad, para aprender el significado, que ahora, por fin, después de todos los trabajos de la civilización —griegos, romanos, Shakespeare, Darwin, y ahora él mismo— iba a ser dado por completo a... «¿A quién?», preguntó en voz alta. «Al primer ministro», respondieron las voces que susurraban sobre su cabeza. El secreto supremo debe ser dicho al gabinete: primero que los árboles están vivos; después que no hay crimen; después el amor, el amor uni-

profound truths which needed, so deep were they, so difficult, an immense effort to speak out, but the world was entirely changed by them for ever.

No crime; love; he repeated, fumbling for his card and pencil, when a Skye terrier snuffed his trousers and he started in an agony of fear. It was turning into a man! He could not watch it happen! It was horrible, terrible to see a dog become a man! At once the dog trotted away.

Heaven was divinely merciful, infinitely benignant. It spared him, pardoned his weakness. But what was the scientific explanation (for one must be scientific above all things)? Why could he see through bodies, see into the future, when dogs will become men? It was the heat wave presumably, operating upon a brain made sensitive by eons of evolution. Scientifically speaking, the flesh was melted off the world. His body was macerated until only the nerve fibres were left. It was spread like a veil upon a rock.

He lay back in his chair, exhausted but upheld. He lay resting, waiting, before he again interpreted, with effort, with agony, to mankind. He lay very high, on the back of the world. The earth thrilled beneath him. Red flowers grew through his flesh; their stiff leaves rustled by his head. Music began clanging against the rocks up here. It is a motor horn down in the street, he muttered; but up here it cannoned from rock to rock, divided, met in shocks of sound which rose in smooth columns (that music should be visible was a discovery) and became an anthem, an anthem twined round now by a shepherd boy's piping (That's an old man playing a penny whistle by the public-house, he muttered) which, as the boy stood still came bubbling from his pipe, and then, as he climbed higher, made its exquisite plaint while the traffic passed beneath. This boy's elegy is played among the traffic, thought Septimus. Now he withdraws up into the snows, and roses hang about him — the thick red roses which grow on my bedroom wall, he reminded himself. The music stopped. He has his penny, he reasoned it out, and has gone on to the next public-house.

versal, murmuró, jadeando, temblando, sacando dolorosamente estas profundas verdades que necesitaban, tan profundas eran, tan difíciles, un inmenso esfuerzo para ser dichas, pero el mundo sería cambiado por ellas, para siempre.

Ningún delito; amor; así lo repitió, buscando a tientas una tarjeta de visita y un lápiz, cuando un terrier Skye le olfateó los pantalones y él se sobresaltó, con un terror angustioso. ¡Se estaba convirtiendo en un hombre! No podía ver cómo ocurría. Era horrible, terrible, ver cómo un perro se convertía en un hombre. Al instante, el perro se alejó trotando.

El cielo fue divinamente misericordioso, infinitamente benigno. Lo perdonó, perdonó su debilidad. Pero, ¿cuál era la explicación científica (pues hay que ser científico sobre todas las cosas)? ¿Por qué podía ver a través de los cuerpos, ver en el futuro, el momento en que los perros se convertirán en hombres? Era la ola de calor, presumiblemente, operando sobre un cerebro sensibilizado por eones de evolución. Científicamente hablando, la carne se desprendió del mundo. Su cuerpo fue macerado hasta que solo quedaron las fibras nerviosas. Se extendió como un velo sobre una roca.

Se recostó en su silla, exhausto, pero entero. Yacía, descansando, esperando, antes de volver a interpretar, con esfuerzo, con agonía, a la humanidad. Yacía muy alto, sobre la espalda del mundo. La tierra se estremecía bajo él. Las flores rojas crecían a través de su carne; sus hojas rígidas crujían junto a su cabeza. La música comenzó a repicar contra las rocas, aquí arriba. Es una bocina de automóvil en la calle, murmuró; pero aquí arriba se disparaba de roca en roca, se dividía, se reunía en choques de sonido que se elevaban en suaves columnas (que la música fuera visible era un descubrimiento) y se convertía en un himno, un himno enroscado ahora por el canto de un pastorcillo (es un viejo tocando una flauta junto a la taberna, murmuró), canto que, cuando el muchacho se quedaba quieto, salía burbujeante de su pipa y luego, cuando subía más alto, emitía su exquisito lamento mientras el tráfico pasaba por debajo. La elegía de este muchacho se reproduce en el tráfico, pensó Septimus. Ahora se retira a las nieves, y las rosas cuelgan a su alrededor... las gruesas rosas rojas que crecen en la pared de mi habitación, se recordó a sí mismo. La música se detuvo. Él ya ha recogido su penique, razonó él, y se ha ido a la siguiente taberna.

But he himself remained high on his rock, like a drowned sailor on a rock. I leant over the edge of the boat and fell down, he thought. I went under the sea. I have been dead, and yet am now alive, but let me rest still; he begged (he was talking to himself again — it was awful, awful!); and as, before waking, the voices of birds and the sound of wheels chime and chatter in a queer harmony, grow louder and louder and the sleeper feels himself drawing to the shores of life, so he felt himself drawing towards life, the sun growing hotter, cries sounding louder, something tremendous about to happen.

He had only to open his eyes; but a weight was on them; a fear. He strained; he pushed; he looked; he saw Regent's Park before him. Long streamers of sunlight fawned at his feet. The trees waved, brandished. We welcome, the world seemed to say; we accept; we create. Beauty, the world seemed to say. And as if to prove it (scientifically) wherever he looked at the houses, at the railings, at the antelopes stretching over the palings, beauty sprang instantly. To watch a leaf quivering in the rush of air was an exquisite joy. Up in the sky swallows swooping, swerving, flinging themselves in and out, round and round, yet always with perfect control as if elastics held them; and the flies rising and falling; and the sun spotting now this leaf, now that, in mockery, dazzling it with soft gold in pure good temper; and now and again some chime (it might be a motor horn) tinkling divinely on the grass stalks — all of this, calm and reasonable as it was, made out of ordinary things as it was, was the truth now; beauty, that was the truth now. Beauty was everywhere.

«It is time,» said Rezia.

The word «time» split its husk; poured its riches over him; and from his lips fell like shells, like shavings from a plane, without his making them, hard, white, imperishable words, and flew to attach themselves to their places in an ode to Time; an immortal ode to Time. He sang. Evans answered from behind the tree. The dead were in Thessaly, Evans sang, among the orchids. There they waited till the War was over, and now the dead, now Evans himself —

Pero él mismo permaneció en lo alto de su roca, como un marinero ahogado permanece sobre una roca. Me incliné sobre el borde del barco y caí, pensó. Me sumergí en el mar. He estado muerto, y sin embargo ahora estoy vivo, pero déjame descansar todavía, suplicó (estaba hablando consigo mismo otra vez... ¡Era horrible, horrible!); y así como antes de despertar las voces de los pájaros y el sonido de las ruedas repiquetean y parlotean en una extraña armonía, se hacen más y más fuertes y el durmiente siente que se acerca a las orillas de la vida, así sintió que se acercaba a la vida, que el sol calentaba más, que los gritos sonaban más fuertes, que algo tremendo estaba a punto de suceder.

Solo tenía que abrir los ojos; pero había un peso en ellos, un miedo. Se esforzó, empujó, miró, vio Regent's Park ante él. Largos haces de luz del sol adornaban sus pies. Los árboles se agitaban, se blandían. Damos la bienvenida, parecía decir el mundo, aceptamos, creamos. Belleza, parecía decir el mundo. Y como para demostrarlo (científicamente), allí, donde mirara, las casas, las barandillas, los antílopes que se estiraban sobre las empalizadas, la belleza surgía al instante. Contemplar el temblor de una hoja en la corriente de aire era una alegría exquisita. En el cielo, las golondrinas se abalanzaban, se desviaban, se lanzaban hacia dentro y hacia fuera, daban vueltas y vueltas, pero siempre con un control perfecto, como si unos elásticos las sostuvieran; y las moscas que subían y bajaban; y el sol que ahora manchaba esta hoja, ahora aquella, burlándose, deslumbrándola con un oro suave de puro buen humor; y de vez en cuando alguna campanilla (podría ser una bocina de automóvil) tintineando divinamente en los tallos de la hierba... Todo esto, tranquilo y razonable como era, hecho de cosas ordinarias como era, era la verdad ahora; la belleza, esa era la verdad ahora. La belleza estaba en todas partes.

—Tenemos poco tiempo —dijo Rezia.

La palabra «tiempo» rompió su cáscara; derramó sus riquezas sobre él; y de sus labios cayeron como conchas, como virutas de un cepillo de carpintero, sin que él las produjera, palabras duras, blancas, imperecederas, y volaron para fijarse en sus lugares en una oda al Tiempo; una oda inmortal al Tiempo. Él cantó. Evans respondió desde detrás del árbol. Los muertos estaban en Tesalia, cantó Evans, entre las orquídeas. Allí esperaban hasta que la guerra terminara, y ahora los muertos, ahora el propio Evans...

«For God's sake don't come!» Septimus cried out. For he could not look upon the dead.

But the branches parted. A man in grey was actually walking towards them. It was Evans! But no mud was on him; no wounds; he was not changed. I must tell the whole world, Septimus cried, raising his hand (as the dead man in the grey suit came nearer), raising his hand like some colossal figure who has lamented the fate of man for ages in the desert alone with his hands pressed to his forehead, furrows of despair on his cheeks, and now sees light on the desert's edge which broadens and strikes the iron-black figure (and Septimus half rose from his chair), and with legions of men prostrate behind him he, the giant mourner, receives for one moment on his face the whole —

«But I am so unhappy, Septimus,» said Rezia trying to make him sit down.

The millions lamented; for ages they had sorrowed. He would turn round, he would tell them in a few moments, only a few moments more, of this relief, of this joy, of this astonishing revelation —

«The time, Septimus,» Rezia repeated. «What is the time?»

He was talking, he was starting, this man must notice him. He was looking at them.

«I will tell you the time,» said Septimus, very slowly, very drowsily, smiling mysteriously. As he sat smiling at the dead man in the grey suit the quarter struck — the quarter to twelve.

And that is being young, Peter Walsh thought as he passed them. To be having an awful scene — the poor girl looked absolutely desperate — in the middle of the morning. But what was it about, he wondered, what had the young man in the overcoat been saying to her to make her look like that; what awful fix had they got themselves into, both to look so desperate as that on a fine summer morning? The amusing thing about coming back to England, after five years, was the way it made, anyhow the first days, things stand out as if one had

—¡Por el amor de Dios, no vengas! —gritó Septimus. Porque no podía mirar a los muertos.

Pero las ramas se separaron. Un hombre vestido de gris caminaba hacia ellos. Era Evans. Pero no estaba embarrado, no tenía heridas, no había cambiado. Debo decírselo a todo el mundo, gritó Septimus, levantando la mano (mientras el hombre muerto, de traje gris, se acercaba), levantando la mano como una figura colosal que ha lamentado el destino del hombre durante siglos en el desierto solo con las manos apretadas contra la frente, con surcos de desesperación en sus mejillas, y ahora ve la luz en el borde del desierto que se ensancha y golpea la figura negra como el hierro (y Septimus se levantó a medias de su silla), y con legiones de hombres postrados detrás de él, él, el gigante doliente, recibe por un momento en su rostro toda la...

—Pero soy tan infeliz, Septimus —dijo Rezia intentando que él se sentara.

Las millones de personas se lamentaban; durante siglos se habían lamentado. Él volvería a ellas, les hablaría en unos momentos, en solo unos momentos más, de este alivio, de esta alegría, de esta asombrosa revelación...

—La hora, Septimus —repitió Rezia—. ¿Qué hora es?

Estaba hablando, estaba avanzando; este hombre debía advertir su presencia. Los estaba mirando.

—Te diré la hora —dijo Septimus, muy lentamente, muy somnoliento, sonriendo misteriosamente. Mientras sonreía al hombre muerto de traje gris, sonó el cuarto de hora... sonaron las doce menos cuarto.

Y eso es ser joven, pensó Peter Walsh al pasar junto a ellos. Tener una escena horrible —la pobre chica parecía absolutamente desesperada— a media mañana. Pero se preguntó de qué se trataba, qué le había dicho el joven del abrigo para que ella se pusiera así; ¿en qué terrible aprieto se habían metido para parecer tan desesperados en una hermosa mañana de verano? Lo interesante de volver a Inglaterra, después de cinco años, era la forma en que hacía que, aunque sea por los primeros días, las cosas resaltaran como si uno nunca las hubiera visto antes: los amantes

never seen them before; lovers squabbling under a tree; the domestic family life of the parks. Never had he seen London look so enchanting — the softness of the distances; the richness; the greenness; the civilisation, after India, he thought, strolling across the grass.

This susceptibility to impressions had been his undoing no doubt. Still at his age he had, like a boy or a girl even, these alternations of mood; good days, bad days, for no reason whatever, happiness from a pretty face, downright misery at the sight of a frump. After India of course one fell in love with every woman one met. There was a freshness about them; even the poorest dressed better than five years ago surely; and to his eye the fashions had never been so becoming; the long black cloaks; the slimness; the elegance; and then the delicious and apparently universal habit of paint. Every woman, even the most respectable, had roses blooming under glass; lips cut with a knife; curls of Indian ink; there was design, art, everywhere; a change of some sort had undoubtedly taken place. What did the young people think about? Peter Walsh asked himself.

Those five years — 1918 to 1923 — had been, he suspected, somehow very important. People looked different. Newspapers seemed different. Now for instance there was a man writing quite openly in one of the respectable weeklies about water-closets. That you couldn't have done ten years ago — written quite openly about water-closets in a respectable weekly. And then this taking out a stick of rouge, or a powder-puff and making up in public. On board ship coming home there were lots of young men and girls — Betty and Bertie he remembered in particular — carrying on quite openly; the old mother sitting and watching them with her knitting, cool as a cucumber. The girl would stand still and powder her nose in front of every one. And they weren't engaged; just having a good time; no feelings hurt on either side. As hard as nails she was — Betty What'shername — ; but a thorough good sort. She would make a very good wife at thirty — she would marry when it suited her to marry; marry some rich man and live in a large house near Manchester.

Who was it now who had done that? Peter Walsh asked himself, turning into the Broad Walk, — married a rich man and lived in a large house near Manchester? Somebody who had written him a long, gushing letter quite lately about «blue hydrangeas.» It was seeing

riñendo bajo un árbol, la vida familiar doméstica de los parques. Nunca había visto Londres con tanto encanto... la suavidad de las distancias; la riqueza; el verdor; la civilización, después de la India, pensó, paseando por el césped.

Esta susceptibilidad a las impresiones había sido sin duda su perdición. A su edad, sin embargo, tenía, como un niño o una niña, estas alternancias de humor: días buenos, días malos, sin ninguna razón, felicidad por una cara bonita, franca miseria al ver una vieja desaliñada. Después de la India, por supuesto, uno se enamoraba de todas las mujeres que conocía. Había una frescura en ellas; incluso las más pobres vestían mejor que hace cinco años, sin duda; y a sus ojos la moda nunca había sido tan atractiva; las largas capas negras, la esbeltez, la elegancia, y luego el delicioso y aparentemente universal hábito de pintarse. Todas las mujeres, incluso las más respetables, tenían rosas floreciendo bajo el cristal; labios cortados con cuchillo; rizos de tinta china; había diseño, arte, por todas partes; sin duda se había producido un cambio de algún tipo. ¿En qué pensaban los jóvenes?, se preguntó Peter Walsh.

Esos cinco años —1918 a 1923— habían sido, sospechaba, de alguna manera muy importantes. La gente parecía diferente. Los periódicos parecían diferentes. Ahora, por ejemplo, había alguien que escribía abiertamente en uno de los respetables semanarios sobre los inodoros. Eso no se podía hacer hace diez años... escribir abiertamente sobre los inodoros en un semanario respetable. Y luego esto de sacar una barra de colorete o una polvera y maquillarse en público. A bordo del barco que volvía a casa había un montón de jóvenes y de chicas —Betty y Bertie, según recordaba él, en particular— que se divertían abiertamente; la anciana madre se sentaba y los observaba con su tejido de punto, fría como un pepino. La chica se quedaba quieta y se empolvaba la nariz delante de todos. Y no estaban comprometidos; solo se divertían, sin herir los sentimientos de ninguna de las partes. Era tan dura como un clavo —Betty Fulana—; pero una buena persona. Sería una muy buena esposa a los treinta años... Se casaría cuando le conviniera casarse; se casaría con algún hombre rico y viviría en una gran casa cerca de Manchester.

Ahora bien, ¿quién era la que había hecho eso?, se preguntó Peter Walsh, al girar hacia el sendero ancho... ¿Se casó con un hombre rico y vivió en una gran casa cerca de Manchester? Alguien que le había escrito últimamente una larga y efusiva carta sobre «hortensias azules».

blue hydrangeas that made her think of him and the old days — Sally Seton, of course! It was Sally Seton — the last person in the world one would have expected to marry a rich man and live in a large house near Manchester, the wild, the daring, the romantic Sally!

But of all that ancient lot, Clarissa's friends — Whitbreads, Kinderleys, Cunninghams, Kinloch-Jones's — Sally was probably the best. She tried to get hold of things by the right end anyhow. She saw through Hugh Whitbread anyhow — the admirable Hugh — when Clarissa and the rest were at his feet.

«The Whitbreads?» he could hear her saying. «Who are the Whitbreads? Coal merchants. Respectable tradespeople.»

Hugh she detested for some reason. He thought of nothing but his own appearance, she said. He ought to have been a Duke. He would be certain to marry one of the Royal Princesses. And of course Hugh had the most extraordinary, the most natural, the most sublime respect for the British aristocracy of any human being he had ever come across. Even Clarissa had to own that. Oh, but he was such a dear, so unselfish, gave up shooting to please his old mother — remembered his aunts' birthdays, and so on.

Sally, to do her justice, saw through all that. One of the things he remembered best was an argument one Sunday morning at Bourton about women's rights (that antediluvian topic), when Sally suddenly lost her temper, flared up, and told Hugh that he represented all that was most detestable in British middle-class life. She told him that she considered him responsible for the state of «those poor girls in Piccadilly» — Hugh, the perfect gentleman, poor Hugh! — never did a man look more horrified! She did it on purpose she said afterwards (for they used to get together in the vegetable garden and compare notes). «He's read nothing, thought nothing, felt nothing,» he could hear her saying in that very emphatic voice which carried so much farther than she knew. The stable boys had more life in them than Hugh, she said. He was a perfect specimen of the public school type, she said. No country but England could have produced him. She was really spiteful, for some reason; had some grudge against him. Something had happened — he forgot what — in the smoking-room. He had in-

Fue ver hortensias azules lo que le hizo pensar en él y en los viejos tiempos... ¡Sally Seton, por supuesto! Era Sally Seton... la última persona del mundo que uno habría esperado que se casara con un hombre rico y viviera en una gran casa cerca de Manchester, la salvaje, la atrevida, la romántica Sally.

Pero de todo aquel viejo lote, los amigos de Clarissa —los Whitbread, los Kinderley, los Cunningham, los Kinloch-Jones—, Sally era probablemente la mejor. Intentaba tomar las cosas por el lado correcto de todos modos. En cualquier caso, ella vio a través de Hugh Whitbread —el admirable Hugh— cuando Clarissa y el resto estaban a sus pies.

«¿Los Whitbread?», podía oírle decir. «¿Quiénes son los Whitbread? Comerciantes de carbón. Gente de negocios respetable».

Ella detestaba a Hugh por alguna razón. No pensaba más que en su propia apariencia, decía ella. Debería haber sido un duque. Seguramente se casaría con una de las princesas reales. Y, por supuesto, Hugh tenía el más extraordinario, el más natural, el más sublime respeto por la aristocracia británica de todos los seres humanos que había conocido. Incluso Clarissa tenía que reconocerlo. Oh, pero era tan entrañable, tan desinteresado, renunció a la caza para complacer a su anciana madre... recordaba los cumpleaños de sus tías, etc.

Sally, para hacerle justicia, se dio cuenta de todo eso. Una de las cosas que él recordaba patentemente era una discusión un domingo por la mañana, en Bourton, sobre los derechos de la mujer (ese tema antediluviano), cuando Sally perdió repentinamente los estribos, se enfureció y le dijo a Hugh que él representaba todo lo que era más detestable en la vida de la clase media británica. Le dijo que le consideraba responsable del estado de «esas pobres chicas de Piccadilly» —¡Hugh, el perfecto caballero, el pobre Hugh!—, ¡nunca un hombre pareció más horrorizado! Ella lo hizo a propósito, así dijo después (porque solían reunirse en el huerto y comparar sus impresiones). «No ha leído nada, no ha pensado nada, no ha sentido nada», podía oírla decir con esa voz tan enfática que llegaba mucho más lejos de lo que ella creía. Los mozos de cuadra tenían más vida que Hugh, decía ella. Era un espécimen perfecto del tipo de escuela privada, dijo. Ningún otro país que no fuera Inglaterra podría haberlo producido. Ella era realmente rencorosa, por alguna razón; tenía algún rencor contra él. Algo había sucedido —olvidó el motivo— en

sulted her — kissed her? Incredible! Nobody believed a word against Hugh of course. Who could? Kissing Sally in the smoking-room! If it had been some Honourable Edith or Lady Violet, perhaps; but not that ragamuffin Sally without a penny to her name, and a father or a mother gambling at Monte Carlo. For of all the people he had ever met Hugh was the greatest snob — the most obsequious — no, he didn't cringe exactly. He was too much of a prig for that. A first-rate valet was the obvious comparison — somebody who walked behind carrying suit cases; could be trusted to send telegrams — indispensable to hostesses. And he'd found his job — married his Honourable Evelyn; got some little post at Court, looked after the King's cellars, polished the Imperial shoe-buckles, went about in knee-breeches and lace ruffles. How remorseless life is! A little job at Court!

He had married this lady, the Honourable Evelyn, and they lived hereabouts, so he thought (looking at the pompous houses overlooking the Park), for he had lunched there once in a house which had, like all Hugh's possessions, something that no other house could possibly have — linen cupboards it might have been. You had to go and look at them — you had to spend a great deal of time always admiring whatever it was — linen cupboards, pillow-cases, old oak furniture, pictures, which Hugh had picked up for an old song. But Mrs. Hugh sometimes gave the show away. She was one of those obscure mouse-like little women who admire big men. She was almost negligible. Then suddenly she would say something quite unexpected — something sharp. She had the relics of the grand manner perhaps. The steam coal was a little too strong for her — it made the atmosphere thick. And so there they lived, with their linen cupboards and their old masters and their pillow-cases fringed with real lace at the rate of five or ten thousand a year presumably, while he, who was two years older than Hugh, cadged for a job.

At fifty-three he had to come and ask them to put him into some secretary's office, to find him some usher's job teaching little boys Latin, at the beck and call of some mandarin in an office, something that brought in five hundred a year; for if he married Daisy, even with his pension, they could never do on less. Whitbread could do it presumably; or Dalloway. He didn't mind what he asked Dalloway. He was

la sala de fumadores. Él la había insultado... ¿La había besado? ¡Increíble! Nadie creyó una palabra contra Hugh, por supuesto. ¿Quién podría hacerlo? ¡Besar a Sally en la sala de fumadores! Si hubiera sido alguna honorable Edith o lady Violet, tal vez; pero no esa piltrafa de Sally, sin un céntimo y con un padre o una madre jugando en Montecarlo. Porque de todas las personas que había conocido, Hugh era el más esnob... el más obsequioso... no, no se arrastraba exactamente. Era demasiado mojigato como para eso. Un valet de primera clase era la comparación obvia... alguien que caminaba detrás llevando maletas; en quien se podía confiar para enviar telegramas... indispensable para las anfitrionas. Y había encontrado su trabajo, se había casado con la honorable Evelyn, había conseguido un pequeño puesto en la corte, cuidaba de las bodegas del rey, lustraba las hebillas de los zapatos imperiales, iba de un lado a otro con calzas hasta la rodilla y pechera de encaje. ¡Qué despiadada es la vida! ¡Un pequeño trabajo en la corte!

Se había casado con esta dama, la honorable Evelyn, y vivían por aquí, así lo creía él (mirando las pomposas casas que daban al parque), pues había almorzado allí una vez en una casa que tenía, como todas las posesiones de Hugh, algo que ninguna otra casa podría tener... armarios repletos con ropa de lino, tal vez. Uno debía verlos... debía pasar mucho tiempo admirando siempre lo que fuera... armarios con ropa de lino, fundas de almohada, muebles de roble viejo, cuadros, que Hugh había conseguido a precio de ganga. Pero la señora de Hugh a veces estropeaba el espectáculo. Era una de esas oscuras mujeres pequeñas, como ratones, que admiran a los hombres corpulentos. Era casi insignificante. Y entonces, de repente, decía algo bastante inesperado... algo agudo. Ella poseía aún las reliquias de la gran manera, tal vez. La calefacción central era un poco demasiado fuerte para ella: hacía que la atmósfera fuera espesa. Y así vivían ellos, con sus armarios con lino y sus cuadros de antiguos maestros y sus fundas de almohada ribeteadas con encaje real a razón de cinco o diez mil libras al año, presumiblemente, mientras él, que era dos años mayor que Hugh, buscaba trabajo.

A los cincuenta y tres años tenía que pedir que le dieran un puesto en algún ministerio, que le encontraran algún trabajo de ujier enseñando latín a los niños pequeños, a las órdenes de algún jerarca en una oficina, algo que le reportara quinientas libras al año; porque si se casaba con Daisy, incluso con su pensión, nunca podrían vivir con menos. Whitbread podría hacerlo presumiblemente; o Dalloway. No le importaba lo

a thorough good sort; a bit limited; a bit thick in the head; yes; but a thorough good sort. Whatever he took up he did in the same matter-of-fact sensible way; without a touch of imagination, without a spark of brilliancy, but with the inexplicable niceness of his type. He ought to have been a country gentleman — he was wasted on politics. He was at his best out of doors, with horses and dogs — how good he was, for instance, when that great shaggy dog of Clarissa's got caught in a trap and had its paw half torn off, and Clarissa turned faint and Dalloway did the whole thing; bandaged, made splints; told Clarissa not to be a fool. That was what she liked him for perhaps — that was what she needed. «Now, my dear, don't be a fool. Hold this — fetch that,» all the time talking to the dog as if it were a human being.

But how could she swallow all that stuff about poetry? How could she let him hold forth about Shakespeare? Seriously and solemnly Richard Dalloway got on his hind legs and said that no decent man ought to read Shakespeare's sonnets because it was like listening at keyholes (besides the relationship was not one that he approved). No decent man ought to let his wife visit a deceased wife's sister. Incredible! The only thing to do was to pelt him with sugared almonds — it was at dinner. But Clarissa sucked it all in; thought it so honest of him; so independent of him; Heaven knows if she didn't think him the most original mind she'd ever met!

That was one of the bonds between Sally and himself. There was a garden where they used to walk, a walled-in place, with rose-bushes and giant cauliflowers — he could remember Sally tearing off a rose, stopping to exclaim at the beauty of the cabbage leaves in the moonlight (it was extraordinary how vividly it all came back to him, things he hadn't thought of for years,) while she implored him, half laughing of course, to carry off Clarissa, to save her from the Hughs and the Dalloways and all the other «perfect gentlemen» who would «stifle her soul» (she wrote reams of poetry in those days), make a mere hostess of her, encourage her worldliness. But one must do Clarissa justice. She wasn't going to marry Hugh anyhow. She had a perfectly clear notion of what she wanted. Her emotions were all on the surface. Beneath, she was very shrewd — a far better judge of character than Sally, for instance, and with it all, purely feminine; with that extraordinary gift, that woman's gift, of making a world of her own wherever she happened to be. She came into a room; she stood, as he had

que le pidiera a Dalloway. Era un buen tipo, un poco limitado, un poco tonto, sí, pero un buen tipo. Todo lo que emprendía lo hacía de la misma manera sensata, sin un toque de imaginación, sin una chispa de brillantez, pero con la inexplicable amabilidad de su clase. Tendría que haber sido un señor campestre... Estaba desperdiciado en la política. Lo mejor que hacía era estar fuera de casa, con los caballos y los perros; qué bien lo hizo, por ejemplo, cuando aquel gran perro peludo de Clarissa cayó en una trampa y casi se arrancó la pata, y Clarissa se desmayó y Dalloway se encargó de todo: vendó, entablilló y le dijo a Clarissa que no fuera una tonta. Eso era lo que a ella le gustaba, tal vez... eso era lo que ella necesitaba. «Ahora, querida, no seas tonta. Sostén esto... trae aquello», todo el tiempo hablándole al perro como si fuera un ser humano.

Pero, ¿cómo pudo tragarse todo eso de la poesía? ¿Cómo podía dejarle hablar de Shakespeare? Serio, y de forma solemne, Richard Dalloway se alzó en sus patas traseras y dijo que ningún hombre decente debería leer los sonetos de Shakespeare porque era como escuchar por el ojo de la cerradura (además, la relación no era de las que él aprobaba). Ningún hombre decente debería dejar que su mujer visitara a la hermana de su difunta esposa. ¡Increíble! Lo único que se podía hacer era acribillarlo con almendras garrapiñadas... Fue durante la cena. Pero Clarissa se lo tragó todo; le pareció tan honesto, tan independiente en su criterio; ¡sabe Dios si no le pareció la mente más original que había conocido!

Ese era uno de los vínculos entre Sally y él. Había un jardín por el que solían pasear, un lugar amurallado, con rosales y coliflores gigantes... Podía recordar a Sally arrancando una rosa, deteniéndose para exclamar la belleza de las hojas de col a la luz de la luna (era extraordinario lo vívido que le resultaba todo aquello, cosas en las que no había pensado durante años...) mientras le imploraba, riendo a medias, por supuesto, que se llevara a Clarissa, que la salvara de los Hugh y los Dalloway y de todos los demás «perfectos caballeros» que «sofocarían su alma» (ella escribía resmas de poesía en aquellos días), que la convertirían en una mera anfitriona, que fomentarían su mundanidad. Pero hay que ser justos con Clarissa. De todos modos, ella no iba a casarse con Hugh. Ella tenía una noción perfectamente clara de lo que quería. Sus emociones estaban a flor de piel. En el fondo, era muy astuta... Juzgaba mucho mejor el carácter que Sally, por ejemplo, y con todo ello, era puramente femenina; con ese extraordinario don, ese don de mujer, de crear un mundo propio dondequiera que se encontrara. Ella entraba en una habitación,

often seen her, in a doorway with lots of people round her. But it was Clarissa one remembered. Not that she was striking; not beautiful at all; there was nothing picturesque about her; she never said anything specially clever; there she was, however; there she was.

No, no, no! He was not in love with her any more! He only felt, after seeing her that morning, among her scissors and silks, making ready for the party, unable to get away from the thought of her; she kept coming back and back like a sleeper jolting against him in a railway carriage; which was not being in love, of course; it was thinking of her, criticising her, starting again, after thirty years, trying to explain her. The obvious thing to say of her was that she was worldly; cared too much for rank and society and getting on in the world — which was true in a sense; she had admitted it to him. (You could always get her to own up if you took the trouble; she was honest.) What she would say was that she hated frumps, fogies, failures, like himself presumably; thought people had no right to slouch about with their hands in their pockets; must do something, be something; and these great swells, these Duchesses, these hoary old Countesses one met in her drawing-room, unspeakably remote as he felt them to be from anything that mattered a straw, stood for something real to her. Lady Bexborough, she said once, held herself upright (so did Clarissa her-self; she never lounged in any sense of the word; she was straight as a dart, a little rigid in fact). She said they had a kind of courage which the older she grew the more she respected. In all this there was a great deal of Dalloway, of course; a great deal of the public-spi-rited, British Empire, tariff-reform, governing-class spirit, which had grown on her, as it tends to do. With twice his wits, she had to see things through his eyes — one of the tragedies of married life. With a mind of her own, she must always be quoting Richard — as if one couldn't know to a tittle what Richard thought by reading the *Morning Post* of a morning! These parties for example were all for him, or for her idea of him (to do Richard justice he would have been happier farming in Norfolk). She made her drawing-room a sort of meeting-place; she had a genius for it. Over and over again he had seen her take some raw youth, twist him, turn him, wake him up; set him going. Infinite numbers of dull people conglomerated round her of course. But odd unexpected people turned up; an artist sometimes; sometimes a writer; queer fish in that atmosphere. And behind it

se quedaba de pie, como él la había visto a menudo, bajo un dintel, con mucha gente a su alrededor. Pero era Clarissa a quien uno recordaba. No es que fuera llamativa; no era nada bella; no había nada pintoresco en ella; nunca decía nada especialmente inteligente; sin embargo, allí estaba; allí estaba.

¡No, no, no! ¡Ya no estaba enamorado de ella! Solo se sentía —después de haberla visto aquella mañana, entre sus tijeras y sedas, preparándose para la fiesta— incapaz de alejarla de su pensamiento; ella volvía una y otra vez como un viajero dormido que se recuesta contra él en un vagón de tren; lo cual no era estar enamorado, por supuesto; era pensar en ella, criticarla, empezar de nuevo, después de treinta años, y tratar de explicarla. Lo más obvio que se podía decir de ella era que era mundana, que se preocupaba demasiado por el rango y la sociedad y por seguir en el mundo... lo cual era cierto en cierto sentido; ella lo había admitido ante él. (Siempre se podía conseguir que lo admitiera si uno se tomaba la molestia; era honesta). Lo que ella decía era que odiaba a los tontos, a los necios, a los fracasados, como él mismo, presumiblemente; creía que la gente no tenía derecho a quedarse con las manos en los bolsillos, que debía hacer algo, ser algo; y que esas grandes personalidades, esas duquesas, esas viejas condesas que uno encontraba en su salón, tan indeciblemente alejadas como él las consideraba de todo lo que importaba un bledo, representaban algo real para ella. Lady Bexborough, ella dijo una vez, sabía mantenerse erguida (así lo hacía la propia Clarissa; nunca se relajaba en ningún sentido de la palabra; se mantenía recta como un dardo, un poco rígida, de hecho). Decía que tenían una especie de coraje que, a medida que se hacía mayor, más respetaba. En todo esto había mucho de Dalloway, por supuesto; mucho del espíritu público, del Imperio británico, de la reforma arancelaria, del espíritu de la clase gobernante, que había crecido en ella, como tiende a hacerlo. Con el doble de ingenio que él, ella tenía que ver las cosas a través de sus ojos... una de las tragedias de la vida matrimonial. Con una mente propia, siempre debía estar citando a Richard... ¡Como si no se pudiera saber hasta el más mínimo detalle de lo que Richard pensaba leyendo el *Morning Post* una mañana! Estas fiestas, por ejemplo, eran todas para él, o para la idea que ella tenía de él (para ser justo con Richard, él habría sido más feliz trabajando como agricultor en Norfolk). Ella hacía de su salón una especie de lugar de reunión; tenía un genio para ello. Una y otra vez la había visto tomar a algún joven en bruto, retorcerlo, hacerlo girar, despertarlo, ponerlo en marcha. Infinidad de personas aburridas

all was that network of visiting, leaving cards, being kind to people; running about with bunches of flowers, little presents; So-and-so was going to France — must have an air-cushion; a real drain on her strength; all that interminable traffic that women of her sort keep up; but she did it genuinely, from a natural instinct.

Oddly enough, she was one of the most thoroughgoing sceptics he had ever met, and possibly (this was a theory he used to make up to account for her, so transparent in some ways, so inscrutable in others), possibly she said to herself, As we are a doomed race, chained to a sinking ship (her favourite reading as a girl was Huxley and Tyndall, and they were fond of these nautical metaphors), as the whole thing is a bad joke, let us, at any rate, do our part; mitigate the sufferings of our fellow-prisoners (Huxley again); decorate the dungeon with flowers and air-cushions; be as decent as we possibly can. Those ruffians, the Gods, shan't have it all their own way, — her notion being that the Gods, who never lost a chance of hurting, thwarting and spoiling human lives were seriously put out if, all the same, you behaved like a lady. That phase came directly after Sylvia's death — that horrible affair. To see your own sister killed by a falling tree (all Justin Parry's fault — all his carelessness) before your very eyes, a girl too on the verge of life, the most gifted of them, Clarissa always said, was enough to turn one bitter. Later she wasn't so positive perhaps; she thought there were no Gods; no one was to blame; and so she evolved this atheist's religion of doing good for the sake of goodness.

And of course she enjoyed life immensely. It was her nature to enjoy (though goodness only knows, she had her reserves; it was a mere sketch, he often felt, that even he, after all these years, could make of Clarissa). Anyhow there was no bitterness in her; none of that sense of moral virtue which is so repulsive in good women. She enjoyed practically everything. If you walked with her in Hyde Park now it was a bed of tulips, now a child in a perambulator, now some absurd little drama she made up on the spur of the moment. (Very likely, she would have talked to those lovers, if she had thought them unhappy.) She had a sense of comedy that was really exquisite, but she needed

se congregaban en torno a ella, por supuesto. Pero aparecían personas extrañas e inesperadas; a veces un artista; a veces un escritor; peces raros en esa atmósfera. Y detrás de todo ello estaba esa red de visitas, de dejar tarjetas, de ser amable con la gente; de correr de un lado a otro con ramos de flores, pequeños regalos; Fulano se iba a Francia... debía encontrarle una almohadilla; un verdadero desgaste de sus fuerzas; todo ese interminable tráfico que mantienen las mujeres de su clase; pero ella lo hacía genuinamente, por un instinto natural.

Curiosamente, ella era una de las personas más escépticas que él había conocido, y posiblemente (esta era una teoría que él solía inventar para explicarla, tan transparente en algunos aspectos, tan inescrutable en otros), posiblemente se decía a sí misma: Ya que somos una raza condenada, encadenada a un barco que se hunde (sus lecturas favoritas de niña eran Huxley y Tyndall, y le gustaban estas metáforas náuticas), ya que todo esto es una broma pesada, hagamos, en todo caso, nuestra parte: mitigar el sufrimiento de nuestros compañeros de prisión (Huxley de nuevo), decorar el calabozo con flores y almohadillas, ser tan decentes como podamos. Esos rufianes, los dioses, no se saldrán con la suya... Su idea era que los dioses, que nunca perdían la oportunidad de herir, frustrar y estropear la vida de los humanos, apagaban su fuego si, a pesar de todo, te comportabas como una dama. Esa fase llegó directamente después de la muerte de Sylvia... ese horrible asunto. Ver a tu propia hermana muerta por la caída de un árbol (todo por culpa de Justin Parry... todo por su descuido) ante tus propios ojos, una chica también en lo mejor de la vida, la más dotada de ellas, decía siempre Clarissa, era suficiente para amargarle a una. Más tarde, tal vez no fuera tan positiva; pensaba que no había dioses, que nadie tenía la culpa, y así evolucionó esa religión atea de hacer el bien por el bien mismo.

Y, por supuesto, disfrutaba enormemente de la vida. Disfrutar era su naturaleza (aunque solo Dios sabe que tenía sus reservas; era un mero esbozo, le parecía a menudo, que incluso él, después de todos estos años, podía hacer de Clarissa). En cualquier caso, no había amargura en ella, ni ese sentido de la virtud moral que resulta tan repulsivo en las buenas mujeres. Disfrutaba prácticamente de todo: si paseabas con ella por Hyde Park, se tratara de un parterre de tulipanes, de un niño en un cochecito, de algún pequeño drama absurdo que se inventaba en el momento. (Muy probablemente, ella habría hablado con esos amantes si los hubiera considerado infelices). Tenía un sentido de la come-

people, always people, to bring it out, with the inevitable result that she frittered her time away, lunching, dining, giving these incessant parties of hers, talking nonsense, sayings things she didn't mean, blunting the edge of her mind, losing her discrimination. There she would sit at the head of the table taking infinite pains with some old buffer who might be useful to Dalloway — they knew the most appalling bores in Europe — or in came Elizabeth and everything must give way to *her*. She was at a High School, at the inarticulate stage last time he was over, a round-eyed, pale-faced girl, with nothing of her mother in her, a silent stolid creature, who took it all as a matter of course, let her mother make a fuss of her, and then said «May I go now?» like a child of four; going off, Clarissa explained, with that mixture of amusement and pride which Dalloway himself seemed to rouse in her, to play hockey. And now Elizabeth was «out,» presumably; thought him an old fogy, laughed at her mother's friends. Ah well, so be it. The compensation of growing old, Peter Walsh thought, coming out of Regent's Park, and holding his hat in hand, was simply this; that the passions remain as strong as ever, but one has gained — at last! — the power which adds the supreme flavour to existence, — the power of taking hold of experience, of turning it round, slowly, in the light.

A terrible confession it was (he put his hat on again), but now, at the age of fifty-three one scarcely needed people any more. Life itself, every moment of it, every drop of it, here, this instant, now, in the sun, in Regent's Park, was enough. Too much indeed. A whole lifetime was too short to bring out, now that one had acquired the power, the full flavour; to extract every ounce of pleasure, every shade of meaning; which both were so much more solid than they used to be, so much less personal. It was impossible that he should ever suffer again as Clarissa had made him suffer. For hours at a time (pray God that one might say these things without being overheard!), for hours and days he never thought of Daisy.

Could it be that he was in love with her then, remembering the misery, the torture, the extraordinary passion of those days? It was a different thing altogether — a much pleasanter thing — the truth being, of course, that now she was in love with *him*. And that perhaps was the reason why, when the ship actually sailed, he felt an extraor-

dia realmente exquisito, pero necesitaba a la gente, siempre a la gente, para sacarlo a relucir, con el resultado inevitable de que desperdiciaba su tiempo, almorzando, cenando, dando esas incesantes fiestas suyas, hablando tonterías, diciendo cosas que no quería decir, embotando el filo de su mente, perdiendo su poder para discernir. Allí se sentaba en la cabecera de la mesa tomándose infinitas molestias con algún viejo bufón que podía serle útil a Dalloway —conocía a las personas más espantosamente aburridas de Europa— o entraba Elizabeth y todo debía ceder ante *ella*. Ella estaba en la escuela secundaria, en la etapa inexpresiva, la última vez que él pasó por allí, una niña de ojos redondos y rostro pálido, sin nada de su madre, una criatura silenciosa y estólida, que lo tomaba todo como algo natural, dejaba que su madre la mimara y luego decía «¿Puedo irme ya?», como un niño de cuatro años; se iba, explicó Clarissa, con esa mezcla de diversión y orgullo que el propio Dalloway parecía despertar en ella, a jugar *hockey*. Y ahora Elizabeth estaba «fuera», presumiblemente; lo consideraría un viejo chocho, se reiría de los amigos de su madre. Bueno, que así sea. La compensación de envejecer, pensó Peter Walsh al salir de Regent's Park, y con el sombrero en la mano, era simplemente esta: que las pasiones siguen siendo tan fuertes como siempre, pero uno ha ganado —¡por fin!— el poder que añade el sabor supremo a la existencia, el poder de apoderarse de la experiencia, de darle la vuelta, lentamente, a la luz.

Era una confesión terrible (volvió a ponerse el sombrero), pero ahora, a los cincuenta y tres años, uno ya no necesita a la gente. La vida misma, cada momento de ella, cada gota de ella, aquí, en este instante, ahora, bajo el sol, en Regent's Park, era suficiente. Demasiado, de hecho. Toda una vida era demasiado corta para obtener, ahora que uno había adquirido el poder, todo el sabor, para extraer cada onza de placer, cada matiz de significado; que ambos eran mucho más sólidos que antes, mucho menos personales. Era imposible que volviera a sufrir como Clarissa le había hecho sufrir. Pasaba horas (¡quiera Dios que uno pueda decir estas cosas sin que lo escuchen!), pasaba horas e incluso días sin pensar en Daisy.

¿Cabía decir que él estuviera enamorado de ella entonces, recordando la miseria, la tortura, la extraordinaria pasión de aquellos días? Era una cosa totalmente distinta… mucho más agradable… siendo la verdad, por supuesto, que ahora ella estaba enamorada de *él*. Y tal vez esa fuera la razón por la que, cuando el barco zarpó, él sintió un extraordinario ali-

dinary relief, wanted nothing so much as to be alone; was annoyed to find all her little attentions — cigars, notes, a rug for the voyage — in his cabin. Every one if they were honest would say the same; one doesn't want people after fifty; one doesn't want to go on telling women they are pretty; that's what most men of fifty would say, Peter Walsh thought, if they were honest.

But then these astonishing accesses of emotion — bursting into tears this morning, what was all that about? What could Clarissa have thought of him? thought him a fool presumably, not for the first time. It was jealousy that was at the bottom of it — jealousy which survives every other passion of mankind, Peter Walsh thought, holding his pocket-knife at arm's length. She had been meeting Major Orde, Daisy said in her last letter; said it on purpose he knew; said it to make him jealous; he could see her wrinkling her forehead as she wrote, wondering what she could say to hurt him; and yet it made no difference; he was furious! All this pother of coming to England and seeing lawyers wasn't to marry her, but to prevent her from marrying anybody else. That was what tortured him, that was what came over him when he saw Clarissa so calm, so cold, so intent on her dress or whatever it was; realising what she might have spared him, what she had reduced him to — a whimpering, snivelling old ass. But women, he thought, shutting his pocket-knife, don't know what passion is. They don't know the meaning of it to men. Clarissa was as cold as an icicle. There she would sit on the sofa by his side, let him take her hand, give him one kiss — Here he was at the crossing.

A sound interrupted him; a frail quivering sound, a voice bubbling up without direction, vigour, beginning or end, running weakly and shrilly and with an absence of all human meaning into

> *ee um fah um so*
> *foo swee too eem oo —*

the voice of no age or sex, the voice of an ancient spring spouting from the earth; which issued, just opposite Regent's Park Tube station from a tall quivering shape, like a funnel, like a rusty pump, like a wind-beaten tree for ever barren of leaves which lets the wind run up and down its branches singing

vio; no deseaba otra cosa que estar solo. Se sintió molesto al encontrar en su camarote todas sus pequeñas atenciones: cigarros, billetes, una alfombra para el viaje. Todos, si fueran honestos, dirían lo mismo; uno no quiere a la gente después de los cincuenta; uno no quiere seguir diciéndole a las mujeres que son bonitas; eso es lo que dirían la mayoría de los hombres de cincuenta años, pensó Peter Walsh, si fueran honestos.

Pero entonces esos sorprendentes accesos de emoción... estallar en lágrimas esta mañana, ¿a qué se debía todo eso? ¿Qué podía pensar Clarissa de él? Pensó que era un tonto, presumiblemente, y no por primera vez. En el fondo se trataba de celos... celos que sobreviven a cualquier otra pasión de la humanidad, pensó Peter Walsh, sosteniendo su navaja abierta. Daisy dijo en su última carta que había quedado con el comandante Orde; lo dijo a propósito, él lo sabía; lo dijo para ponerlo celoso, pudo ver cómo arrugaba la frente mientras escribía, preguntándose qué podría decir para herirlo; y, sin embargo, no importaba; ¡él estaba furioso! Todo este lío de venir a Inglaterra y ver a los abogados no era para casarse con ella, sino para evitar que ella se casara con otro. Eso era lo que le torturaba, eso era lo que le invadía cuando veía a Clarissa tan tranquila, tan fría, tan concentrada en su vestido o en lo que fuera; darse cuenta de lo que podría haberle ahorrado, de que le había reducido a... un viejo asno llorón y quejumbroso. Pero las mujeres, pensó, cerrando su navaja, no saben lo que es la pasión. No saben lo que significa para los hombres. Clarissa era tan fría como un carámbano. Allí se sentaba en el sofá a su lado, dejaba que él le tomara la mano, le daba un beso... Allí estaba él, en el cruce de la calle.

Un sonido le interrumpió; un sonido frágil y tembloroso, una voz burbujeante sin dirección, vigor, principio ni fin, que corría débil y estridente y con ausencia de todo sentido humano, diciendo:

> *i um fa um so*
> *fu sui tu im o...*

La voz sin edad ni sexo, la voz de un antiguo manantial que brotaba de la tierra; emitida, justo enfrente de la estación de metro de Regent's Park, desde una forma alta y temblorosa, como un embudo, como una bomba oxidada, como un árbol azotado por el viento y siempre desprovisto de hojas que deja que el viento suba y baje por sus ramas cantando:

> *ee um fah um so*
> *foo swee too eem oo —*

and rocks and creaks and moans in the eternal breeze.

Through all ages — when the pavement was grass, when it was swamp, through the age of tusk and mammoth, through the age of silent sunrise, the battered woman — for she wore a skirt — with her right hand exposed, her left clutching at her side, stood singing of love — love which has lasted a million years, she sang, love which prevails, and millions of years ago, her lover, who had been dead these centuries, had walked, she crooned, with her in May; but in the course of ages, long as summer days, and flaming, she remembered, with nothing but red asters, he had gone; death's enormous sickle had swept those tremendous hills, and when at last she laid her hoary and immensely aged head on the earth, now become a mere cinder of ice, she implored the Gods to lay by her side a bunch of purple-heather, there on her high burial place which the last rays of the last sun caressed; for then the pageant of the universe would be over.

As the ancient song bubbled up opposite Regent's Park Tube station still the earth seemed green and flowery; still, though it issued from so rude a mouth, a mere hole in the earth, muddy too, matted with root fibres and tangled grasses, still the old bubbling burbling song, soaking through the knotted roots of infinite ages, and skeletons and treasure, streamed away in rivulets over the pavement and all along the Marylebone Road, and down towards Euston, fertilising, leaving a damp stain.

Still remembering how once in some primeval May she had walked with her lover, this rusty pump, this battered old woman with one hand exposed for coppers the other clutching her side, would still be there in ten million years, remembering how once she had walked in May, where the sea flows now, with whom it did not matter — he was a man, oh yes, a man who had loved her. But the passage of ages had blurred the clarity of that ancient May day; the bright petalled flowers were hoar and silver frosted; and she no longer saw, when she implored him (as she did now quite clearly) «look in my eyes with

i um fa um so
fu sui tu im o...

y rocas y crujidos y gemidos en la brisa eterna.

A través de todas las edades... cuando el pavimento era hierba, cuando era pantano, a través de la edad del colmillo y del mamut, a través de la edad del amanecer silencioso, la mujer zaparrastrosa —llevaba una falda—, con la mano derecha expuesta, la izquierda agarrada a su costado, se tenía de pie, cantando al amor... el amor que ha durado un millón de años, cantaba, al amor que prevalece, y millones de años atrás, su amante, que había estado muerto todos estos siglos, había caminado, cantó, con ella en mayo; pero en el transcurso de los siglos, largos como los días de verano, y llameantes, según recordaba ella, desnudos salvo por los asteres rojos, él se había ido; la enorme hoz de la muerte había barrido aquellas tremendas colinas, y cuando por fin ella depositó su cabeza canosa e inmensamente envejecida sobre la tierra, convertida ya en una mera ceniza helada, imploró a los dioses que pusieran a su lado un ramo de brezo púrpura, allí, en su alta sepultura, que los últimos rayos del último sol acariciaban; pues entonces el desfile del universo habría terminado.

Mientras la antigua canción burbujeaba frente a la estación de metro de Regent's Park, la tierra aún parecía verde y florida; aunque salía de una boca tan ruda, un mero agujero en la tierra, fangoso incluso, enmarañado con las fibras de las raíces y las hierbas enredadas, todavía la vieja canción burbujeante, empapando las raíces anudadas de infinitas edades y los esqueletos y el tesoro, se derramaba en riachuelos sobre el pavimento y a lo largo de Marylebone Road, bajando hacia Euston, fertilizando, dejando una mancha húmeda.

Todavía recordando cómo una vez en algún mayo primigenio había caminado con su amante, esta bomba oxidada, esta vieja maltratada con una mano expuesta pidiendo unos cobres y la otra agarrada a su costado, seguiría allí dentro de diez millones de años, recordando cómo una vez había caminado en mayo, donde ahora fluye el mar... ¿Con quién? No importaba... Era un hombre —oh, sí—, un hombre que la había amado. Pero el paso de los años había desdibujado la claridad de aquel antiguo día de mayo; las flores de pétalos brillantes estaban ahora escarchadas y plateadas; y ella ya no veía, cuando le imploraba (como lo

thy sweet eyes intently,» she no longer saw brown eyes, black whiskers or sunburnt face but only a looming shape, a shadow shape, to which, with the bird-like freshness of the very aged she still twittered «give me your hand and let me press it gently» (Peter Walsh couldn't help giving the poor creature a coin as he stepped into his taxi), «and if some one should see, what matter they?» she demanded; and her fist clutched at her side, and she smiled, pocketing her shilling, and all peering inquisitive eyes seemed blotted out, and the passing generations — the pavement was crowded with bustling middle-class people — vanished, like leaves, to be trodden under, to be soaked and steeped and made mould of by that eternal spring —

> *ee um fah um so*
> *foo swee too eem oo —*

«Poor old woman,» said Rezia Warren Smith, waiting to cross.

Oh poor old wretch!

Suppose it was a wet night? Suppose one's father, or somebody who had known one in better days had happened to pass, and saw one standing there in the gutter? And where did she sleep at night?

Cheerfully, almost gaily, the invincible thread of sound wound up into the air like the smoke from a cottage chimney, winding up clean beech trees and issuing in a tuft of blue smoke among the topmost leaves. «And if some one should see, what matter they?»

Since she was so unhappy, for weeks and weeks now, Rezia had given meanings to things that happened, almost felt sometimes that she must stop people in the street, if they looked good, kind people, just to say to them «I am unhappy»; and this old woman singing in the street «if some one should see, what matter they?» made her suddenly quite sure that everything was going to be right. They were going to Sir William Bradshaw; she thought his name sounded nice; he would cure Septimus at once. And then there was a brewer's cart, and the grey horses had upright bristles of straw in their tails; there were newspaper placards. It was a silly, silly dream, being unhappy.

hacía ahora con toda claridad) «mírame a los ojos con tus dulces ojos», ya no veía los ojos castaños, las patillas negras o el rostro quemado por el sol, sino solo una forma que se asomaba, una forma de sombra, a la que, con la frescura de pájaro propia a los ancianos, todavía piaba «dame tu mano y déjame apretarla suavemente» (Peter Walsh no pudo evitar darle a la pobre criatura una moneda mientras subía a su taxi), «y si alguien nos ve, ¿qué importa?», preguntó ella; y su puño se apretó en su costado, y sonrió, embolsando su chelín, y todos los ojos de mirar inquisitivo parecían borrados y las generaciones que pasaban —la acera estaba atestada de gente de clase media bulliciosa— desaparecieron, como las hojas, para ser pisoteadas, para ser empapadas y sumergidas y convertidas en moho por esa eterna primavera...

> *i um fa um so*
> *fu sui tu im o...*

—Pobre anciana —dijo Rezia Warren Smith, esperando para cruzar.

¡Oh, pobre vieja desdichada!

Supongamos que fuera una noche de lluvia. Supongamos que el padre de uno, o alguien que la hubiera conocido en mejores tiempos, pasara por allí y la hubiera visto de pie en la cuneta. ¿Y dónde dormía por la noche?

Alegremente, casi alegremente, el invencible hilo de sonido subía por el aire como el humo de la chimenea de una casa de campo, subiendo por las limpias hayas y emergiendo en un penacho de humo azul entre las hojas más altas. «Y si alguien nos ve, ¿qué importa?».

Dado que era tan infeliz, durante semanas y semanas, Rezia había atribuido significados a las cosas que sucedían; casi sentía a veces que debía parar a la gente por la calle, si parecían buenas personas, amables, solo para decirles «soy infeliz»; y esta anciana que cantaba en la calle «si alguien nos ve, ¿qué importa?» la hizo, de repente, estar muy segura de que todo iba a salir bien. Iban a ver a sir William Bradshaw; le pareció que su nombre sonaba bien; él curaría a Septimus de inmediato. Y luego había un carro de una cervecería, y en las colas de los caballos grises sobresalían briznas de paja; había carteles de periódicos. Era un sueño tonto, tonto, ser infeliz.

So they crossed, Mr. and Mrs. Septimus Warren Smith, and was there, after all, anything to draw attention to them, anything to make a passer-by suspect here is a young man who carries in him the greatest message in the world, and is, moreover, the happiest man in the world, and the most miserable? Perhaps they walked more slowly than other people, and there was something hesitating, trailing, in the man's walk, but what more natural for a clerk, who has not been in the West End on a weekday at this hour for years, than to keep looking at the sky, looking at this, that and the other, as if Portland Place were a room he had come into when the family are away, the chandeliers being hung in holland bags, and the caretaker, as she lets in long shafts of dusty light upon deserted, queer-looking armchairs, lifting one corner of the long blinds, explains to the visitors what a wonderful place it is; how wonderful, but at the same time, he thinks, as he looks at chairs and tables, how strange.

To look at, he might have been a clerk, but of the better sort; for he wore brown boots; his hands were educated; so, too, his profile — his angular, big-nosed, intelligent, sensitive profile; but not his lips altogether, for they were loose; and his eyes (as eyes tend to be), eyes merely; hazel, large; so that he was, on the whole, a border case, neither one thing nor the other, might end with a house at Purley and a motor car, or continue renting apartments in back streets all his life; one of those half-educated, self-educated men whose education is all learnt from books borrowed from public libraries, read in the evening after the day's work, on the advice of well-known authors consulted by letter.

As for the other experiences, the solitary ones, which people go through alone, in their bedrooms, in their offices, walking the fields and the streets of London, he had them; had left home, a mere boy, because of his mother; she lied; because he came down to tea for the fiftieth time with his hands unwashed; because he could see no future for a poet in Stroud; and so, making a confidant of his little sister, had gone to London leaving an absurd note behind him, such as great men have written, and the world has read later when the story of their struggles has become famous.

London has swallowed up many millions of young men called

Así que cruzaron, el señor Septimus Warren Smith y su señora, y ¿había, después de todo, algo que llamara la atención sobre ellos, algo que hiciera sospechar a un transeúnte que aquí hay un joven que lleva en él el mayor mensaje del mundo, y que es, además, el hombre más feliz del mundo, y el más miserable? Tal vez caminaban más despacio que otras personas, y había algo vacilante, a la zaga, en el andar del hombre, pero ¿qué más natural para un oficinista, que no ha estado en el West End un día de semana a esta hora desde hace años, que seguir mirando al cielo, mirando esto, aquello y lo otro, como si Portland Place fuera una habitación en la que ha entrado cuando la familia está fuera, las lámparas con forma de araña cubiertas en gasa, y el ama de llaves, mientras deja entrar largos haces de luz polvorienta sobre sillones desiertos y de aspecto extraño, levantando una esquina de las cortinas, explica a los visitantes lo maravilloso que es el lugar; qué maravilloso, pero al mismo tiempo, piensa, mientras mira las sillas y las mesas, qué extraño?

Por su aspecto, podría haber sido un oficinista, pero de la mejor clase; porque llevaba botas marrones; sus manos eran educadas; lo mismo que su perfil: su perfil anguloso, narigudo, inteligente y sensible; pero sus labios no eran completamente así, porque eran flojos; y sus ojos (como suelen ser los ojos), ojos simplemente; avellanados, grandes; de modo que era, en general, un caso límite, ni una cosa ni la otra, podría terminar con una casa en Purley y un automóvil, o seguir alquilando apartamentos en calles secundarias toda su vida; uno de esos hombres instruidos a medias, autodidactas, cuya educación proviene en su totalidad de libros tomados en préstamo de las bibliotecas públicas, leídos por la noche después del día de trabajo, por consejo de autores conocidos consultados por correspondencia.

En cuanto a las otras experiencias, las solitarias, por las que la gente pasa sola, en sus dormitorios, en sus oficinas, recorriendo los campos y las calles de Londres, él las tenía; se había marchado de casa, siendo un mero muchacho, por culpa de su madre; ella mentía; porque él bajó a tomar el té por quincuagésima vez con las manos sin lavar; porque no podía ver ningún futuro para un poeta en Stroud; y así, confiando en su hermana pequeña, se había ido a Londres dejando una nota absurda tras de sí, como las que han escrito los grandes hombres y el mundo ha leído después, cuando la historia de sus luchas se ha hecho famosa.

Londres ha engullido a muchos millones de jóvenes llamados Smith,

Smith; thought nothing of fantastic Christian names like Septimus with which their parents have thought to distinguish them. Lodging off the Euston Road, there were experiences, again experiences, such as change a face in two years from a pink innocent oval to a face lean, contracted, hostile. But of all this what could the most observant of friends have said except what a gardener says when he opens the conservatory door in the morning and finds a new blossom on his plant: — It has flowered; flowered from vanity, ambition, idealism, passion, loneliness, courage, laziness, the usual seeds, which all muddled up (in a room off the Euston Road), made him shy, and stammering, made him anxious to improve himself, made him fall in love with Miss Isabel Pole, lecturing in the Waterloo Road upon Shakespeare.

Was he not like Keats? she asked; and reflected how she might give him a taste of *Antony and Cleopatra* and the rest; lent him books; wrote him scraps of letters; and lit in him such a fire as burns only once in a lifetime, without heat, flickering a red gold flame infinitely ethereal and insubstantial over Miss Pole; *Antony and Cleopatra*; and the Waterloo Road. He thought her beautiful, believed her impeccably wise; dreamed of her, wrote poems to her, which, ignoring the subject, she corrected in red ink; he saw her, one summer evening, walking in a green dress in a square. «It has flowered,» the gardener might have said, had he opened the door; had he come in, that is to say, any night about this time, and found him writing; found him tearing up his writing; found him finishing a masterpiece at three o'clock in the morning and running out to pace the streets, and visiting churches, and fasting one day, drinking another, devouring Shakespeare, Darwin, *The History of Civilisation*, and Bernard Shaw.

Something was up, Mr. Brewer knew; Mr. Brewer, managing clerk at Sibleys and Arrowsmiths, auctioneers, valuers, land and estate agents; something was up, he thought, and, being paternal with his young men, and thinking very highly of Smith's abilities, and prophesying that he would, in ten or fifteen years, succeed to the leather arm-chair in the inner room under the skylight with the deed-boxes round him, «if he keeps his health,» said Mr. Brewer, and that was the danger — he looked weakly; advised football, invited him to supper and was seeing his way to consider recommending a rise of salary, when something happened which threw out many of Mr.

sin remarcar fantásticos nombres de pila como Septimus con los que sus padres han pensado distinguirlos. Alojándose en la calle Euston, hubo experiencias, nuevamente experiencias, tales como cambiar un rostro en dos años de un óvalo rosado e inocente a un rostro delgado, contraído, hostil. Pero de todo esto, ¿qué podría haber dicho el más observador de los amigos, sino lo que dice un jardinero cuando abre la puerta del invernadero por la mañana y encuentra una nueva flor en su planta? Ha florecido; floreció de la vanidad, la ambición, el idealismo, la pasión, la soledad, el coraje, la pereza, las semillas habituales, que se mezclaron (en una habitación de Euston Road), lo hicieron tímido y tartamudo, lo hicieron ansioso por mejorar, lo hicieron enamorarse de la señorita Isabel Pole, que daba conferencias sobre Shakespeare en Waterloo Road.

¿No era él como Keats?, preguntó ella; y reflexionó sobre cómo ella podría darle a probar *Antonio y Cleopatra* y el resto; le prestó libros; le escribió retazos de cartas; y encendió en él ese fuego que solo arde una vez en la vida, sin calor, parpadeando una llama de oro rojo infinitamente etérea e insustancial sobre la señorita Pole; *Antonio y Cleopatra;* y Waterloo Road. Él la consideraba hermosa, la creía impecablemente sabia; soñaba con ella, le escribía poemas que, ignorando el tema, ella corregía con tinta roja; la vio, una noche de verano, paseando con un vestido verde por una plaza. «Ha florecido», podría haber dicho el jardinero, si hubiera abierto la puerta; si hubiera entrado, es decir, cualquier noche a esa hora, y lo hubiera encontrado escribiendo; lo hubiera encontrado rompiendo sus escritos; lo hubiera encontrado terminando una obra maestra a las tres de la mañana y corriendo a recorrer las calles, y visitando iglesias, y ayunando un día, bebiendo otro, devorando a Shakespeare, a Darwin, *La historia de la civilización* y a Bernard Shaw.

El señor Brewer sabía que algo ocurría; el señor Brewer, gerente de Sibleys y Arrowsmiths, subastadores, tasadores y agentes de propiedad inmobiliaria, pensó que algo ocurría, y, siendo paternal con sus jóvenes, y pensando muy favorablemente sobre las habilidades de Smith, y profetizando que, en diez o quince años, le sucedería en el sillón de cuero de la habitación interior, bajo la claraboya, con las cajas de escrituras a su alrededor, «si mantiene su salud», dijo el señor Brewer, y ese era el peligro... parecía débil; le aconsejó jugar al fútbol, le invitó a cenar y estaba viendo la forma de considerar la posibilidad de recomendar un aumento de sueldo, cuando ocurrió algo que echó por tierra muchos

Brewer's calculations, took away his ablest young fellows, and eventually, so prying and insidious were the fingers of the European War, smashed a plaster cast of Ceres, ploughed a hole in the geranium beds, and utterly ruined the cook's nerves at Mr. Brewer's establishment at Muswell Hill.

Septimus was one of the first to volunteer. He went to France to save an England which consisted almost entirely of Shakespeare's plays and Miss Isabel Pole in a green dress walking in a square. There in the trenches the change which Mr. Brewer desired when he advised football was produced instantly; he developed manliness; he was promoted; he drew the attention, indeed the affection of his officer, Evans by name. It was a case of two dogs playing on a hearth-rug; one worrying a paper screw, snarling, snapping, giving a pinch, now and then, at the old dog's ear; the other lying somnolent, blinking at the fire, raising a paw, turning and growling good-temperedly. They had to be together, share with each other, fight with each other, quarrel with each other. But when Evans (Rezia who had only seen him once called him «a quiet man,» a sturdy red-haired man, undemonstrative in the company of women), when Evans was killed, just before the Armistice, in Italy, Septimus, far from showing any emotion or recognising that here was the end of a friendship, congratulated himself upon feeling very little and very reasonably. The War had taught him. It was sublime. He had gone through the whole show, friendship, European War, death, had won promotion, was still under thirty and was bound to survive. He was right there. The last shells missed him. He watched them explode with indifference. When peace came he was in Milan, billeted in the house of an innkeeper with a courtyard, flowers in tubs, little tables in the open, daughters making hats, and to Lucrezia, the younger daughter, he became engaged one evening when the panic was on him — that he could not feel.

For now that it was all over, truce signed, and the dead buried, he had, especially in the evening, these sudden thunder-claps of fear. He could not feel. As he opened the door of the room where the Italian girls sat making hats, he could see them; could hear them; they were rubbing wires among coloured beads in saucers; they were turning buckram shapes this way and that; the table was all strewn with feathers, spangles, silks, ribbons; scissors were rapping on the

de los cálculos del señor Brewer, se llevó a sus jóvenes más hábiles y, finalmente —tan indiscretos e insidiosos fueron los dedos de la guerra europea— destrozó un molde de yeso de Ceres, hizo un agujero en los parterres de geranios y arruinó por completo los nervios del cocinero del establecimiento del señor Brewer en Muswell Hill.

Septimus fue uno de los primeros en ofrecerse como voluntario. Fue a Francia para salvar a una Inglaterra que consistía casi exclusivamente en las obras de Shakespeare y en la señorita Isabel Pole con un vestido verde paseando por una plaza. Allí, en las trincheras, el cambio que el señor Brewer deseaba cuando aconsejaba jugar al fútbol se produjo al instante: desarrolló la hombría; fue ascendido; atrajo la atención, incluso el afecto de su oficial, Evans, de apellido. Eran como dos perros que juegan en la alfombra de la chimenea; uno preocupándose por un papel, gruñendo, chasqueando, dando un mordisco, de vez en cuando, en la oreja del perro viejo; el otro, tumbado y somnoliento, parpadeando ante el fuego, levantando una pata, girando y gruñendo de buen humor. Tenían que estar juntos, compartir con el otro, pelear con el otro, reñir con el otro. Pero cuando Evans (Rezia, que solo lo había visto una vez, lo calificó de un «hombre tranquilo», un robusto pelirrojo, poco demostrativo en compañía de las mujeres)... cuando Evans fue abatido, justo antes del armisticio, en Italia, Septimus, lejos de mostrar alguna emoción o de reconocer que se trataba del fin de una amistad, se felicitó por sentir muy poco y ser muy razonable. La guerra le había enseñado. Era sublime. Había pasado por todo el espectáculo, la amistad, la guerra europea, la muerte; había ganado la promoción, todavía tenía menos de treinta años y estaba obligado a sobrevivir. Estaba allí mismo. Los últimos proyectiles no le alcanzaron. Los vio explotar con indiferencia. Cuando llegó la paz, estaba en Milán, alojado en la casa de un posadero, con patio, flores en macetas, mesitas al aire libre, las hijas haciendo sombreros, y con Lucrezia, la hija menor, se comprometió una noche en la que el pánico se apoderó de él... que él no podía sentir.

Porque ahora que todo había terminado, que se había firmado la tregua y que se había enterrado a los muertos, tenía, sobre todo por la noche, esos repentinos estallidos de miedo. No podía sentir. Al abrir la puerta de la habitación donde las chicas italianas se sentaban a hacer sombreros, podía verlas; podía oírlas; estaban pasando alambres entre cuentas de colores con formas de platillos; estaban dando vueltas a formas de bucarán de un lado a otro; la mesa estaba toda sembrada de

table; but something failed him; he could not feel. Still, scissors rapping, girls laughing, hats being made protected him; he was assured of safety; he had a refuge. But he could not sit there all night. There were moments of waking in the early morning. The bed was falling; he was falling. Oh for the scissors and the lamplight and the buckram shapes! He asked Lucrezia to marry him, the younger of the two, the gay, the frivolous, with those little artist's fingers that she would hold up and say «It is all in them.» Silk, feathers, what not were alive to them.

«It is the hat that matters most,» she would say, when they walked out together. Every hat that passed, she would examine; and the cloak and the dress and the way the woman held herself. Ill-dressing, over-dressing she stigmatised, not savagely, rather with impatient movements of the hands, like those of a painter who puts from him some obvious well-meant glaring imposture; and then, generously, but always critically, she would welcome a shopgirl who had turned her little bit of stuff gallantly, or praise, wholly, with enthusiastic and professional understanding, a French lady descending from her carriage, in chinchilla, robes, pearls.

«Beautiful!» she would murmur, nudging Septimus, that he might see. But beauty was behind a pane of glass. Even taste (Rezia liked ices, chocolates, sweet things) had no relish to him. He put down his cup on the little marble table. He looked at people outside; happy they seemed, collecting in the middle of the street, shouting, laughing, squabbling over nothing. But he could not taste, he could not feel. In the tea-shop among the tables and the chattering waiters the appalling fear came over him — he could not feel. He could reason; he could read, Dante for example, quite easily («Septimus, do put down your book,» said Rezia, gently shutting the *Inferno*), he could add up his bill; his brain was perfect; it must be the fault of the world then — that he could not feel.

«The English are so silent,» Rezia said. She liked it, she said. She respected these Englishmen, and wanted to see London, and the English horses, and the tailor-made suits, and could remember hearing how wonderful the shops were, from an Aunt who had married and lived in Soho.

plumas, lentejuelas, sedas, cintas; las tijeras golpeaban la mesa; pero algo le fallaba; no podía sentir. Sin embargo, el golpeteo de las tijeras, las risas de las chicas y la confección de sombreros le protegían; estaba seguro; tenía un refugio. Pero no podía quedarse allí toda la noche. Hubo momentos en los que se despertó de madrugada. La cama se caía; él se caía. ¡Oh, las tijeras, la luz de la lámpara y las formas de bucarán! Le pidió matrimonio a Lucrezia, la más joven de las dos, la alegre, la frívola, con esos deditos de artista que ella levantaba y decía «todo se debe a ellos». Daban vida a la seda, las plumas y a todo lo demás.

—Lo que más importa es el sombrero —decía ella cuando salían juntos. Examinaba todos los sombreros que pasaban, así como la capa, el vestido y la forma en que la mujer se comportaba. El mal vestir, el exceso al vestir, lo estigmatizaba, no salvajemente, más bien con movimientos impacientes de las manos, como los de un pintor que aparta de sí alguna impostura evidente y bien intencionada; y luego, generosa, pero siempre críticamente, daba la bienvenida a una vendedora que había hecho girar un poco de la tela con gallardía, o elogiaba, enteramente, con comprensión entusiasta y profesional, a una dama francesa que descendía de su carruaje, con chinchilla, vestidos y perlas.

—¡Hermoso! —murmuraba, dando un codazo a Septimus, para que lo viera. Pero la belleza estaba detrás de un cristal. Incluso el sabor (a Rezia le gustaban los helados, los chocolates, las cosas dulces) no le resultaba agradable. Apoyó la taza sobre la mesita de mármol. Miró a la gente de fuera; parecían felices, reuniéndose en medio de la calle, gritando, riendo, discutiendo por nada. Pero no podía saborear, no podía sentir. En el salón de té, entre las mesas y los camareros parlanchines, se apoderó de él un miedo atroz... no podía sentir. Podía razonar; podía leer, por ejemplo, a Dante, con bastante facilidad («Septimus, deja tu libro», decía Rezia, cerrando suavemente el *Inferno);* podía sumar su cuenta; su cerebro estaba perfecto; debía ser culpa del mundo, entonces... que él no podía sentir.

—Los ingleses son tan silenciosos —dijo Rezia. A ella le gustaba, decía. Respetaba a esos ingleses, y quería ver Londres, y los caballos ingleses, y los trajes a medida, y recordaba haber oído lo maravillosas que eran las tiendas de una tía que se había casado y vivía en el Soho.

It might be possible, Septimus thought, looking at England from the train window, as they left Newhaven; it might be possible that the world itself is without meaning.

At the office they advanced him to a post of considerable responsibility. They were proud of him; he had won crosses. «You have done your duty; it is up to us — » began Mr. Brewer; and could not finish, so pleasurable was his emotion. They took admirable lodgings off the Tottenham Court Road.

Here he opened Shakespeare once more. That boy's business of the intoxication of language — *Antony and Cleopatra* — had shrivelled utterly. How Shakespeare loathed humanity — the putting on of clothes, the getting of children, the sordidity of the mouth and the belly! This was now revealed to Septimus; the message hidden in the beauty of words. The secret signal which one generation passes, under disguise, to the next is loathing, hatred, despair. Dante the same. Aeschylus (translated) the same. There Rezia sat at the table trimming hats. She trimmed hats for Mrs. Filmer's friends; she trimmed hats by the hour. She looked pale, mysterious, like a lily, drowned, under water, he thought.

«The English are so serious,» she would say, putting her arms round Septimus, her cheek against his.

Love between man and woman was repulsive to Shakespeare. The business of copulation was filth to him before the end. But, Rezia said, she must have children. They had been married five years.

They went to the Tower together; to the Victoria and Albert Museum; stood in the crowd to see the King open Parliament. And there were the shops — hat shops, dress shops, shops with leather bags in the window, where she would stand staring. But she must have a boy.

She must have a son like Septimus, she said. But nobody could be like Septimus; so gentle; so serious; so clever. Could she not read Shakespeare too? Was Shakespeare a difficult author? she asked.

Podría ser posible, pensó Septimus, mirando a Inglaterra desde la ventanilla del tren mientras salían de Newhaven; podría ser posible que el propio mundo careciera de sentido.

En la oficina lo ascendieron a un puesto de considerable responsabilidad. Estaban orgullosos de él; había ganado cruces.

—Has cumplido con tu deber; ahora nos toca a nosotros... —comenzó el señor Brewer; y no pudo terminar, tan placentera era su emoción. Tomaron un alojamiento admirable en Tottenham Court Road.

Aquí abrió Shakespeare una vez más. El asunto de aquel muchacho, sobre la intoxicación del lenguaje —*Antonio y Cleopatra*— se había marchitado por completo. Cómo detestaba Shakespeare la humanidad: el vestirse, el tener hijos, la sordidez de la boca y del vientre. Esto le fue revelado a Septimus: el mensaje oculto en la belleza de las palabras. La señal secreta que una generación transmite, con disimulo, a la siguiente es el odio, la desesperación. Dante lo mismo. Esquilo (traducido) lo mismo. Allí estaba Rezia sentada en la mesa recortando sombreros. Recortaba sombreros para las amigas de la señora Filmer; recortaba sombreros todo el tiempo. Parecía pálida, misteriosa, como un lirio ahogado bajo el agua, pensó él.

—Los ingleses son tan serios —decía ella, rodeando con sus brazos a Septimus, apoyando su mejilla contra la de él.

El amor entre el hombre y la mujer era repulsivo para Shakespeare. El asunto de la cópula le pareció, antes del fin, una inmundicia. Pero, decía Rezia, ella debía tener hijos. Llevaban cinco años casados.

Fueron juntos a la Torre de Londres, al Victoria and Albert Museum, se pararon entre la multitud para ver al rey abrir el Parlamento. Y allí estaban las tiendas: sombrererías, tiendas de vestidos, tiendas con bolsos de cuero en el escaparate, donde ella se quedaba mirando. Pero ella debía tener un niño.

Debía tener un hijo como Septimus, decía ella. Pero nadie podría ser como Septimus; tan gentil; tan serio; tan inteligente. ¿No podía ella leer también a Shakespeare? ¿Era Shakespeare un autor difícil?, preguntó ella.

One cannot bring children into a world like this. One cannot perpetuate suffering, or increase the breed of these lustful animals, who have no lasting emotions, but only whims and vanities, eddying them now this way, now that.

He watched her snip, shape, as one watches a bird hop, flit in the grass, without daring to move a finger. For the truth is (let her ignore it) that human beings have neither kindness, nor faith, nor charity beyond what serves to increase the pleasure of the moment. They hunt in packs. Their packs scour the desert and vanish screaming into the wilderness. They desert the fallen. They are plastered over with grimaces. There was Brewer at the office, with his waxed moustache, coral tie-pin, white slip, and pleasurable emotions — all coldness and clamminess within, — his geraniums ruined in the War — his cook's nerves destroyed; or Amelia What'shername, handing round cups of tea punctually at five — a leering, sneering obscene little harpy; and the Toms and Berties in their starched shirt fronts oozing thick drops of vice. They never saw him drawing pictures of them naked at their antics in his notebook. In the street, vans roared past him; brutality blared out on placards; men were trapped in mines; women burnt alive; and once a maimed file of lunatics being exercised or displayed for the diversion of the populace (who laughed aloud), ambled and nodded and grinned past him, in the Tottenham Court Road, each half apologetically, yet triumphantly, inflicting his hopeless woe. And would *he* go mad?

At tea Rezia told him that Mrs. Filmer's daughter was expecting a baby. *She* could not grow old and have no children! She was very lonely, she was very unhappy! She cried for the first time since they were married. Far away he heard her sobbing; he heard it accurately, he noticed it distinctly; he compared it to a piston thumping. But he felt nothing.

His wife was crying, and he felt nothing; only each time she sobbed in this profound, this silent, this hopeless way, he descended another step into the pit.

At last, with a melodramatic gesture which he assumed mechani-

No se puede traer niños a un mundo así. No se puede perpetuar el sufrimiento, ni hacer crecer la raza de estos animales lujuriosos, que no tienen emociones duraderas, sino solo caprichos y vanidades que les hacen tambalearse ahora hacia aquí, ahora hacia allá.

Él la observaba recortar, dar forma, como se observa a un pájaro saltar, revolotear en la hierba, sin atreverse a mover un dedo. Porque la verdad es (que ella la ignore) que los seres humanos no tienen ni bondad, ni fe, ni caridad más allá de lo que sirve para aumentar el placer del momento. Cazan en manada. Sus jaurías recorren el desierto y desaparecen gritando en la naturaleza. Abandonan a los caídos. Se cubren de muecas. Allí estaba Brewer en la oficina, con su bigote encerado, su alfiler de corbata de coral, su camisa blanca y sus emociones placenteras... toda la frialdad y la humedad en su interior... sus geranios arruinados en la guerra, los nervios de su cocinero destruidos; o Amelia Nosequé, repartiendo tazas de té puntualmente a las cinco, una pequeña arpía obscena, lasciva y burlona; y los Toms y Berties con sus frentes de camisa almidonadas rezumando gruesas gotas de vicio. Nunca le vieron hacer dibujos de ellos desnudos en sus payasadas en su cuaderno. En la calle, las furgonetas pasaban rugiendo junto a él; la brutalidad resonaba en las pancartas; los hombres quedaban atrapados en las minas; las mujeres eran quemadas vivas; y una vez una fila de lunáticos mutilados que se ejercitaban o se exhibían para la diversión del populacho (que se reía a carcajadas) pasaba deambulando y asintiendo y sonriendo junto a él, en Tottenham Court Road, cada uno de ellos medio disculpándose, pero triunfalmente, infligiendo su desesperada desdicha. ¿Y *él* se volvería loco?

Durante el té, Rezia le dijo que la hija de la señora Filmer estaba esperando un bebé. *Ella* no podía envejecer y no tener hijos. Se sentía muy sola, era muy infeliz. Lloró por primera vez desde que se casaron. A lo lejos él oyó sus sollozos; los oyó con precisión, los notó claramente; los comparó con el golpeteo de un pistón. Pero no sintió nada.

Su mujer lloraba, y él no sentía nada; solo que cada vez que ella sollozaba de esta manera tan profunda, tan silenciosa, tan desesperada, él descendía otro peldaño hacia el pozo.

Por fin, con un gesto melodramático que asumió mecánicamente y

cally and with complete consciousness of its insincerity, he dropped his head on his hands. Now he had surrendered; now other people must help him. People must be sent for. He gave in.

Nothing could rouse him. Rezia put him to bed. She sent for a doctor — Mrs. Filmer's Dr. Holmes. Dr. Holmes examined him. There was nothing whatever the matter, said Dr. Holmes. Oh, what a relief! What a kind man, what a good man! thought Rezia. When he felt like that he went to the Music Hall, said Dr. Holmes. He took a day off with his wife and played golf. Why not try two tabloids of bromide dissolved in a glass of water at bedtime? These old Bloomsbury houses, said Dr. Holmes, tapping the wall, are often full of very fine panelling, which the landlords have the folly to paper over. Only the other day, visiting a patient, Sir Somebody Something in Bedford Square —

So there was no excuse; nothing whatever the matter, except the sin for which human nature had condemned him to death; that he did not feel. He had not cared when Evans was killed; that was worst; but all the other crimes raised their heads and shook their fingers and jeered and sneered over the rail of the bed in the early hours of the morning at the prostrate body which lay realising its degradation; how he had married his wife without loving her; had lied to her; seduced her; outraged Miss Isabel Pole, and was so pocked and marked with vice that women shuddered when they saw him in the street. The verdict of human nature on such a wretch was death.

Dr. Holmes came again. Large, fresh coloured, handsome, flicking his boots, looking in the glass, he brushed it all aside — headaches, sleeplessness, fears, dreams — nerve symptoms and nothing more, he said. If Dr. Holmes found himself even half a pound below eleven stone six, he asked his wife for another plate of porridge at breakfast. (Rezia would learn to cook porridge.) But, he continued, health is largely a matter in our own control. Throw yourself into outside interests; take up some hobby. He opened Shakespeare — *Antony and Cleopatra*; pushed Shakespeare aside. Some hobby, said Dr. Holmes, for did he not owe his own excellent health (and he worked as hard as any man in London) to the fact that he could always switch off from

con plena conciencia de su falta de sinceridad, dejó caer la cabeza sobre las manos. Se había rendido; ahora otras personas debían ayudarle. Había que mandar a buscar gente. Se rindió.

Nada pudo reanimarlo. Rezia lo acostó. Mandó llamar a un médico, el doctor Holmes, que atiende a la señora Filmer. El doctor Holmes lo examinó. No le pasaba nada en absoluto, dijo el doctor Holmes. ¡Oh, qué alivio! ¡Qué hombre tan amable, qué hombre tan bueno!, pensó Rezia. Cuando él se sintió así, fue al *music-hall,* dijo el doctor Holmes. Se tomó un día libre con su mujer y jugó al golf. ¿Por qué no probar dos tabletas de bromuro disueltas en un vaso de agua a la hora de acostarse? Estas viejas casas de Bloomsbury —dijo el doctor Holmes, dando golpecitos en la pared— suelen estar plagadas de revestimientos muy finos, que los propietarios tienen la insensatez de empapelar. El otro día, visitando a un paciente, sir Fulano de Tal en Bedford Square...

Así que no había excusa; no sucedía nada, excepto el pecado por el que la naturaleza humana le había condenado a muerte; que no sentía. No le había importado que abatieran a Evans; eso era lo peor; pero todos los demás crímenes levantaban la cabeza y sacudían los dedos y se burlaban y se mofaban por encima de la barandilla de la cama, en las primeras horas de la mañana, del cuerpo postrado que yacía dándose cuenta de su degradación; de cómo se había casado con su mujer sin amarla; de cómo le había mentido; de cómo la había seducido; de cómo había ultrajado a la señorita Isabel Pole, y de cómo estaba tan manchado y marcado por el vicio que las mujeres se estremecían cuando lo veían por la calle. El veredicto de la naturaleza humana sobre semejante desgraciado era la muerte.

El doctor Holmes vino de nuevo. Grande, lozano, guapo, con botas relucientes, mirando el espejo, lo desechó todo: dolores de cabeza, insomnio, miedos, sueños... síntomas nerviosos y nada más, dijo. Si el doctor Holmes se encontraba aunque fuera unos 250 gramos por debajo de los ochenta kilogramos que pesaba, le pedía a su mujer otro plato de gachas en el desayuno (Rezia aprendería a cocinar gachas). Pero, continuó, la salud es en gran medida una cuestión que está bajo nuestro control. Dedíquese a intereses externos; tome algún pasatiempo. Abrió Shakespeare... *Antonio y Cleopatra;* apartó a Shakespeare. Algún pasatiempo, dijo el doctor Holmes, pues ¿no debía su excelente salud (y trabajaba tan duro como cualquier hombre en Londres) al hecho de que siempre

his patients on to old furniture? And what a very pretty comb, if he might say so, Mrs. Warren Smith was wearing!

When the damned fool came again, Septimus refused to see him. Did he indeed? said Dr. Holmes, smiling agreeably. Really he had to give that charming little lady, Mrs. Smith, a friendly push before he could get past her into her husband's bedroom.

«So you're in a funk,» he said agreeably, sitting down by his patient's side. He had actually talked of killing himself to his wife, quite a girl, a foreigner, wasn't she? Didn't that give her a very odd idea of English husbands? Didn't one owe perhaps a duty to one's wife? Wouldn't it be better to do something instead of lying in bed? For he had had forty years' experience behind him; and Septimus could take Dr. Holmes's word for it — there was nothing whatever the matter with him. And next time Dr. Holmes came he hoped to find Smith out of bed and not making that charming little lady his wife anxious about him.

Human nature, in short, was on him — the repulsive brute, with the blood-red nostrils. Holmes was on him. Dr. Holmes came quite regularly every day. Once you stumble, Septimus wrote on the back of a postcard, human nature is on you. Holmes is on you. Their only chance was to escape, without letting Holmes know; to Italy — anywhere, anywhere, away from Dr. Holmes.

But Rezia could not understand him. Dr. Holmes was such a kind man. He was so interested in Septimus. He only wanted to help them, he said. He had four little children and he had asked her to tea, she told Septimus.

So he was deserted. The whole world was clamouring: Kill yourself, kill yourself, for our sakes. But why should he kill himself for their sakes? Food was pleasant; the sun hot; and this killing oneself, how does one set about it, with a table knife, uglily, with floods of blood, — by sucking a gaspipe? He was too weak; he could scarcely raise his hand. Besides, now that he was quite alone, condemned, deserted, as those who are about to die are alone, there was a luxury in it, an isolation full of sublimity; a freedom which the attached can never know.

podía pasar de sus pacientes a los muebles antiguos? ¡Y qué peineta tan bonita, si se le permitía decirlo, llevaba la señora Warren Smith!

Cuando el maldito tonto volvió a venir, Septimus se negó a verlo. ¿De veras?, dijo el doctor Holmes, sonriendo agradablemente. La verdad es que tuvo que dar un empujón amistoso a esa encantadora dama, la señora Smith, antes de poder pasar a la habitación de su marido.

—Así que está decaído —dijo agradablemente, sentándose al lado de su paciente. En realidad, había hablado de suicidarse con su mujer, una chica bastante buena, una extranjera, ¿no? ¿No le daba eso a ella una idea muy extraña de los maridos ingleses? ¿No tenía uno tal vez un deber con su esposa? ¿No sería mejor hacer algo en lugar de estar en la cama? Porque él tenía cuarenta años de experiencia a sus espaldas; y Septimus podía creer en la palabra del doctor Holmes: no le pasaba nada. Y la próxima vez que el doctor Holmes viniera, esperaba encontrar a Smith fuera de la cama y sin hacer que aquella encantadora dama, su esposa, se preocupara por él.

La naturaleza humana, en resumen, estaba sobre él: el bruto repulsivo, con las fosas nasales rojas como la sangre. Holmes estaba sobre él. El doctor Holmes venía con bastante regularidad, todos los días. Una vez que tropiezas, escribió Septimus en el reverso de una postal, la naturaleza humana está sobre ti. Holmes está sobre ti. Su única oportunidad era escapar, sin que Holmes lo supiera; a Italia… a cualquier lugar, lejos del doctor Holmes.

Pero Rezia no podía entenderlo. El doctor Holmes era un hombre tan amable. Estaba tan interesado en Septimus. Solo quería ayudarlos, dijo. Tenía cuatro hijos pequeños y la había invitado a tomar el té, le dijo a Septimus.

Así que fue abandonado. El mundo entero clamaba: «Mátate, mátate, por nuestro bien». Pero, ¿por qué iba a matarse por el bien de ellos? La comida era agradable, el sol cálido; y esto de matarse, ¿cómo se hace, con un cuchillo de mesa, horrible, con riadas de sangre, aspirando del tubo de gas? Estaba demasiado débil; apenas podía alzar la mano. Además, ahora que estaba completamente solo, condenado, abandonado, como están solos los que van a morir, había un lujo en ello, un aislamiento lleno de sublimidad; una libertad que los apegados nunca po-

Holmes had won of course; the brute with the red nostrils had won. But even Holmes himself could not touch this last relic straying on the edge of the world, this outcast, who gazed back at the inhabited regions, who lay, like a drowned sailor, on the shore of the world.

It was at that moment (Rezia gone shopping) that the great revelation took place. A voice spoke from behind the screen. Evans was speaking. The dead were with him.

«Evans, Evans!» he cried.

Mr. Smith was talking aloud to himself, Agnes the servant girl cried to Mrs. Filmer in the kitchen. «Evans, Evans,» he had said as she brought in the tray. She jumped, she did. She scuttled downstairs.

And Rezia came in, with her flowers, and walked across the room, and put the roses in a vase, upon which the sun struck directly, and it went laughing, leaping round the room.

She had had to buy the roses, Rezia said, from a poor man in the street. But they were almost dead already, she said, arranging the roses.

So there was a man outside; Evans presumably; and the roses, which Rezia said were half dead, had been picked by him in the fields of Greece. «Communication is health; communication is happiness, communication — » he muttered.

«What are you saying, Septimus?» Rezia asked, wild with terror, for he was talking to himself.

She sent Agnes running for Dr. Holmes. Her husband, she said, was mad. He scarcely knew her.

«You brute! You brute!» cried Septimus, seeing human nature, that is Dr. Holmes, enter the room.

drán conocer. Holmes había ganado, por supuesto; el bruto de las fosas nasales rojas había ganado. Pero ni siquiera el propio Holmes podía tocar esta última reliquia extraviada en el borde del mundo, este paria, que miraba hacia las regiones habitadas, que yacía, como un marinero ahogado, en la orilla del mundo.

Fue en ese momento (Rezia se había ido de compras) cuando se produjo la gran revelación. Una voz habló desde detrás del biombo. Evans estaba hablando. Los muertos estaban con él.

—¡Evans, Evans! —gritó.

El señor Smith hablaba en voz alta consigo mismo; Agnes, la sirvienta, gritaba a la señora Filmer en la cocina. «Evans, Evans», había dicho él mientras ella traía la bandeja. Ella saltó, lo hizo. Se escabulló escaleras abajo.

Y Rezia entró, con sus flores, y atravesó la habitación, y puso las rosas en un jarrón, sobre el que el sol dio directamente, y se fue riendo, saltando alrededor de la habitación.

Había tenido que comprar las rosas, dijo Rezia, a un pobre hombre en la calle. Pero ya estaban casi muertas, dijo, arreglando las rosas.

Así que había un hombre fuera; Evans, presumiblemente; y las rosas, que según Rezia estaban medio muertas, habían sido recogidas por él en los campos de Grecia.

—La comunicación es salud; la comunicación es felicidad; la comunicación... —murmuró.

—¿Qué estás diciendo, Septimus? —preguntó Rezia, aterrorizada, porque estaba hablando solo.

Envió a Agnes, corriendo, a buscar al doctor Holmes. Su marido, dijo, estaba loco. Apenas la conocía.

—¡Bruto! ¡Bruto! —gritó Septimus, al ver que la naturaleza humana, es decir, el doctor Holmes, entraba en la habitación.

«Now what's all this about?» said Dr. Holmes in the most amiable way in the world. «Talking nonsense to frighten your wife?» But he would give him something to make him sleep. And if they were rich people, said Dr. Holmes, looking ironically round the room, by all means let them go to Harley Street; if they had no confidence in him, said Dr. Holmes, looking not quite so kind.

***

It was precisely twelve o'clock; twelve by Big Ben; whose stroke was wafted over the northern part of London; blent with that of other clocks, mixed in a thin ethereal way with the clouds and wisps of smoke, and died up there among the seagulls — twelve o'clock struck as Clarissa Dalloway laid her green dress on her bed, and the Warren Smiths walked down Harley Street. Twelve was the hour of their appointment. Probably, Rezia thought, that was Sir William Bradshaw's house with the grey motor car in front of it. The leaden circles dissolved in the air.

Indeed it was — Sir William Bradshaw's motor car; low, powerful, grey with plain initials' interlocked on the panel, as if the pomps of heraldry were incongruous, this man being the ghostly helper, the priest of science; and, as the motor car was grey, so to match its sober suavity, grey furs, silver grey rugs were heaped in it, to keep her ladyship warm while she waited. For often Sir William would travel sixty miles or more down into the country to visit the rich, the afflicted, who could afford the very large fee which Sir William very properly charged for his advice. Her ladyship waited with the rugs about her knees an hour or more, leaning back, thinking sometimes of the patient, sometimes, excusably, of the wall of gold, mounting minute by minute while she waited; the wall of gold that was mounting between them and all shifts and anxieties (she had borne them bravely; they had had their struggles) until she felt wedged on a calm ocean, where only spice winds blow; respected, admired, envied, with scarcely anything left to wish for, though she regretted her stoutness; large dinner-parties every Thursday night to the profession; an occasional bazaar to be opened; Royalty greeted; too little time, alas, with her husband, whose work grew and grew; a boy doing well at Eton; she would have liked a daughter too; interests she had, however, in plenty; child welfare; the after-care of the epileptic,

—¿A qué viene todo esto? —dijo el doctor Holmes de la manera más amable del mundo—. ¿Diciendo tonterías para asustar a su esposa? —Pero le iba a dar algo para que se durmiera. Y si eran personas ricas, dijo el doctor Holmes, mirando irónicamente a la habitación, por supuesto que deberían ir a Harley Street; si no tenían confianza en él, dijo el doctor Holmes, con una mirada no tan amable.

***

Eran las doce en punto; las doce según el Big Ben, cuyas campanadas se extendían por la parte norte de Londres, se fundían con las de otros relojes, se mezclaban de forma etérea con las nubes y las volutas de humo, y morían allí arriba entre las gaviotas... Daban las doce en el momento en que Clarissa Dalloway depositaba su vestido verde en la cama, y los Warren Smith bajaban por Harley Street. Las doce; era la hora de su cita. Probablemente, pensó Rezia, esa era la casa de sir William Bradshaw, con el automóvil gris delante. Los círculos de plomo se disolvieron en el aire.

En efecto, era el automóvil de sir William Bradshaw; bajo, potente, gris, con las sencillas iniciales entrelazadas en el panel, como si las pompas de la heráldica fueran incongruentes, siendo este hombre el ayudante espiritual, el sacerdote de la ciencia; y, como el automóvil era gris, a juego con su sobria suavidad, se amontonaban en él pieles grises, alfombras grises plateadas, para mantener a su dama abrigada mientras esperaba. Porque a menudo sir William viajaba sesenta millas o más hacia el interior del país para visitar a los ricos, a los afligidos, que podían permitirse los elevados honorarios que sir William cobraba muy adecuadamente por sus consejos. La dama esperaba con las pieles sobre sus rodillas una hora o más, recostada, pensando a veces en el paciente, a veces, justificadamente, en el muro de oro, que aumentaba minuto a minuto mientras ella esperaba; el muro de oro que se interponía entre ellos y todos los cambios y ansiedades (ella los había soportado con valentía; ellos habían tenido sus luchas) hasta que se sentía apresada en un océano tranquilo, donde solo soplan vientos de especias; respetada, admirada, envidiada, sin apenas nada que desear, aunque lamentaba ser corpulenta; grandes cenas todos los jueves por la noche para la profesión; una tómbola ocasional que había que inaugurar; saludar a la realeza; demasiado poco tiempo, por desgracia, con su marido, cuyo trabajo aumentaba y aumentaba; un niño al que le iba

and photography, so that if there was a church building, or a church decaying, she bribed the sexton, got the key and took photographs, which were scarcely to be distinguished from the work of professionals, while she waited.

Sir William himself was no longer young. He had worked very hard; he had won his position by sheer ability (being the son of a shopkeeper); loved his profession; made a fine figurehead at ceremonies and spoke well — all of which had by the time he was knighted given him a heavy look, a weary look (the stream of patients being so incessant, the responsibilities and privileges of his profession so onerous), which weariness, together with his grey hairs, increased the extraordinary distinction of his presence and gave him the reputation (of the utmost importance in dealing with nerve cases) not merely of lightning skill, and almost infallible accuracy in diagnosis but of sympathy; tact; understanding of the human soul. He could see the first moment they came into the room (the Warren Smiths they were called); he was certain directly he saw the man; it was a case of extreme gravity. It was a case of complete breakdown — complete physical and nervous breakdown, with every symptom in an advanced stage, he ascertained in two or three minutes (writing answers to questions, murmured discreetly, on a pink card).

How long had Dr. Holmes been attending him?

Six weeks.

Prescribed a little bromide? Said there was nothing the matter? Ah yes (those general practitioners! thought Sir William. It took half his time to undo their blunders. Some were irreparable).

«You served with great distinction in the War?»

The patient repeated the word «war» interrogatively.

He was attaching meanings to words of a symbolical kind. A serious symptom, to be noted on the card.

bien en Eton; le hubiera gustado tener también una hija; intereses, tenía, sin embargo, en abundancia; el bienestar de los niños; el cuidado de los epilépticos, y la fotografía, de modo que si había una iglesia en construcción, o una iglesia en decadencia, ella sobornaba al sacristán, conseguía la llave y tomaba fotografías que apenas se distinguían del trabajo de los profesionales, mientras esperaba.

El propio sir William ya no era joven. Había trabajado muy duro; se había ganado su posición solo por su competencia (siendo el hijo de un comerciante); amaba su profesión; esto hacía que él presidiera ceremonias; hablaba bien… todo esto le había dado, en el momento en que fue hecho caballero, un aspecto pesado, un aspecto cansado (el flujo de pacientes era tan incesante, las responsabilidades y los privilegios de su profesión tan onerosos), cansancio que, junto a sus canas, aumentaba la extraordinaria distinción de su presencia y le daba la reputación (de suma importancia en el tratamiento de los casos nerviosos) no solo de una habilidad fulgurante, y de una precisión casi infalible en el diagnóstico, sino de simpatía, tacto y comprensión del alma humana. Pudo ver el primer momento en que entraron en la habitación (los Warren Smith se llamaban); estaba seguro de ver directamente a través del hombre; era un caso de extrema gravedad. Se trataba de un caso de colapso completo, de un colapso físico y nervioso completo, con todos los síntomas en un estado avanzado, que comprobó en dos o tres minutos (escribiendo las respuestas a las preguntas, murmuradas discretamente, en una tarjeta rosa).

¿Cuánto tiempo llevaba el doctor Holmes atendiéndolo?

Seis semanas.

¿Le recetó un poco de bromuro? ¿Dijo que no había ningún problema? Ah, sí (¡esos médicos de cabecera!, pensó sir William. Le llevaba la mitad de su tiempo deshacer sus errores. Algunos eran irreparables).

—¿Sirvió con gran distinción en la guerra?

El paciente repitió la palabra «guerra» de forma interrogativa.

Estaba atribuyendo significados a las palabras de tipo simbólico. Un síntoma grave, que hay que anotar en la ficha.

«The War?» the patient asked. The European War — that little shindy of schoolboys with gunpowder? Had he served with distinction? He really forgot. In the War itself he had failed.

«Yes, he served with the greatest distinction,» Rezia assured the doctor; «he was promoted.»

«And they have the very highest opinion of you at your office?» Sir William murmured, glancing at Mr. Brewer's very generously worded letter. «So that you have nothing to worry you, no financial anxiety, nothing?»

He had committed an appalling crime and been condemned to death by human nature.

«I have — I have,» he began, «committed a crime — »

«He has done nothing wrong whatever,» Rezia assured the doctor. If Mr. Smith would wait, said Sir William, he would speak to Mrs. Smith in the next room. Her husband was very seriously ill, Sir William said. Did he threaten to kill himself?

Oh, he did, she cried. But he did not mean it, she said. Of course not. It was merely a question of rest, said Sir William; of rest, rest, rest; a long rest in bed. There was a delightful home down in the country where her husband would be perfectly looked after. Away from her? she asked. Unfortunately, yes; the people we care for most are not good for us when we are ill. But he was not mad, was he? Sir William said he never spoke of «madness»; he called it not having a sense of proportion. But her husband did not like doctors. He would refuse to go there. Shortly and kindly Sir William explained to her the state of the case. He had threatened to kill himself. There was no alternative. It was a question of law. He would lie in bed in a beautiful house in the country. The nurses were admirable. Sir William would visit him once a week. If Mrs. Warren Smith was quite sure she had no more questions to ask — he never hurried his patients — they would return to her husband. She had nothing more to ask — not of Sir William.

So they returned to the most exalted of mankind; the criminal who

—¿La guerra? —preguntó el paciente. La guerra europea... ¿Esa pequeña chiquillada de colegiales con pólvora? ¿Había servido con distinción? Realmente lo había olvidado. En la guerra misma había fracasado.

—Sí, sirvió con la mayor distinción —aseguró Rezia al doctor—; fue ascendido.

—¿Y tienen la mejor opinión de usted en su oficina? —murmuró sir William, echando un vistazo a la carta del señor Brewer, muy generosamente redactada—. ¿Así que no tiene nada que le preocupe, ninguna ansiedad financiera, nada?

Había cometido un crimen atroz y había sido condenado a muerte por la naturaleza humana.

—He... he —comenzó—, cometido un crimen...

—No ha hecho nada malo —aseguró Rezia al doctor. Si el señor Smith quisiera esperar, dijo sir William, hablaría con la señora Smith en la habitación de al lado. Su marido estaba muy enfermo, dijo sir William. ¿Amenazó con suicidarse?

Oh, lo hizo, gritó ella. Pero no lo dijo en serio, dijo ella. Por supuesto que no. Era solo una cuestión de descanso, dijo sir William; de descanso, descanso, descanso; un largo descanso en la cama. Había una encantadora casa en el campo donde su marido estaría perfectamente atendido. ¿Lejos de ella? preguntó ella. Desgraciadamente, sí; las personas que más queremos no son buenas para nosotros cuando estamos enfermos. Pero no estaba loco, ¿verdad? Sir William decía que nunca hablaba de «locura»; lo llamaba no tener sentido de la proporción. Pero a su marido no le gustaban los médicos. Se resistiría a ir allí. Breve y amablemente, sir William le explicó el estado del caso. Había amenazado con suicidarse. No había alternativa. Era una cuestión legal. Se quedaría en la cama en una hermosa casa en el campo. Las enfermeras eran admirables. Sir William le visitaría una vez a la semana. Si la señora Warren Smith estaba segura de que no tenía más preguntas que hacer —él nunca apresuraba a sus pacientes— volverían con su marido. Ella no tenía nada más que preguntar... no a sir William.

Así que volvieron a lo más excelso de la humanidad: al criminal que se

faced his judges; the victim exposed on the heights; the fugitive; the drowned sailor; the poet of the immortal ode; the Lord who had gone from life to death; to Septimus Warren Smith, who sat in the armchair under the skylight staring at a photograph of Lady Bradshaw in Court dress, muttering messages about beauty.

«We have had our little talk,» said Sir William.

«He says you are very, very ill,» Rezia cried.

«We have been arranging that you should go into a home,» said Sir William.

«One of Holmes's homes?» sneered Septimus.

The fellow made a distasteful impression. For there was in Sir William, whose father had been a tradesman, a natural respect for breeding and clothing, which shabbiness nettled; again, more profoundly, there was in Sir William, who had never had time for reading, a grudge, deeply buried, against cultivated people who came into his room and intimated that doctors, whose profession is a constant strain upon all the highest faculties, are not educated men.

«One of *my* homes, Mr. Warren Smith,» he said, «where we will teach you to rest.»

And there was just one thing more.

He was quite certain that when Mr. Warren Smith was well he was the last man in the world to frighten his wife. But he had talked of killing himself.

«We all have our moments of depression,» said Sir William.

Once you fall, Septimus repeated to himself, human nature is on you. Holmes and Bradshaw are on you. They scour the desert. They fly screaming into the wilderness. The rack and the thumbscrew are applied. Human nature is remorseless.

enfrentaba a sus jueces; a la víctima expuesta en las alturas; al fugitivo; al marinero ahogado; al poeta de la oda inmortal; al Señor que ha pasado de la vida a la muerte; a Septimus Warren Smith, que estaba sentado en el sillón bajo la claraboya mirando una fotografía de lady Bradshaw vestida para la corte, murmurando mensajes sobre la belleza.

—Hemos tenido nuestra pequeña charla —dijo sir William.

—Dice que estás muy, muy enfermo —gritó Rezia.

—Hemos dispuesto que vayas a un hogar —dijo sir William.

—¿Una de los hogares de Holmes? —se burló Septimus.

El sujeto causó una impresión desagradable. Porque había en sir William, cuyo padre había sido comerciante, un respeto natural por la educación y la vestimenta, que el desaliño irritaba; además, más profundamente, había en sir William, que nunca había tenido tiempo para leer, un rencor, profundamente enterrado, contra las personas cultas que entraban en su habitación e insinuaban que los médicos, cuya profesión es una tensión constante sobre todas las facultades más elevadas, no son hombres educados.

—Uno de *mis* hogares, señor Warren Smith —dijo—, donde le enseñaremos a descansar.

Y había una cosa más.

Estaba muy seguro de que, cuando el señor Warren Smith estuviera bien, sería el último hombre del mundo en atemorizar a su esposa. Pero había hablado de suicidarse.

—Todos tenemos nuestros momentos de depresión —dijo sir William.

Una vez que caes, se repitió Septimus, la naturaleza humana está sobre ti. Holmes y Bradshaw están sobre ti. Recorren el desierto. Vuelan gritando por la selva. Aplican el potro de tortura y el tornillo de mariposa. La naturaleza humana es implacable.

«Impulses came upon him sometimes?» Sir William asked, with his pencil on a pink card.

That was his own affair, said Septimus.

«Nobody lives for himself alone,» said Sir William, glancing at the photograph of his wife in Court dress.

«And you have a brilliant career before you,» said Sir William. There was Mr. Brewer's letter on the table. «An exceptionally brilliant career.»

But if he confessed? If he communicated? Would they let him off then, his torturers?

«I — I — » he stammered.

But what was his crime? He could not remember it.

«Yes?» Sir William encouraged him. (But it was growing late.)

Love, trees, there is no crime — what was his message?

He could not remember it.

«I — I — » Septimus stammered.

«Try to think as little about yourself as possible,» said Sir William kindly. Really, he was not fit to be about.

Was there anything else they wished to ask him? Sir William would make all arrangements (he murmured to Rezia) and he would let her know between five and six that evening he murmured.

«Trust everything to me,» he said, and dismissed them.

Never, never had Rezia felt such agony in her life! She had asked for help and been deserted! He had failed them! Sir William Bradshaw was not a nice man.

—¿Hay impulsos que le sobrevienen a veces? —preguntó sir William, con su lápiz sobre una tarjeta rosa.

Eso era cosa suya, dijo Septimus.

—Nadie vive solo, para sí mismo —dijo sir William, mirando la fotografía de su esposa vestida para la corte.

—Y usted tiene una brillante carrera por delante —dijo sir William. La carta del señor Brewer estaba sobre la mesa—. Una carrera excepcionalmente brillante.

¿Pero si confesaba? ¿Si se comunicaba? Entonces, ¿lo dejarían libre sus torturadores?

—Yo... yo... —tartamudeó.

Pero, ¿cuál era su crimen? No podía recordarlo.

—¿Sí? —sir William le animó. (Pero se hacía tarde.)

El amor, los árboles, no es un crimen... ¿Cuál era su mensaje?

No podía recordarlo.

—Yo... Yo... —Septimus tartamudeó.

—Trate de pensar lo menos posible en usted —dijo sir William amablemente. En realidad, no estaba en condiciones de andar por ahí.

¿Había algo más que quisieran preguntarle? Sir William haría todos los arreglos (murmuró a Rezia) y se lo haría saber entre las cinco y las seis de la tarde, murmuró.

—Déjelo todo en mis manos —dijo, y los despidió.

¡Nunca, nunca había sentido Rezia tal agonía en su vida! ¡Había pedido ayuda y la habían abandonado! ¡Les había fallado! Sir William Bradshaw no era un hombre agradable.

The upkeep of that motor car alone must cost him quite a lot, said Septimus, when they got out into the street.

She clung to his arm. They had been deserted.

But what more did she want?

To his patients he gave three-quarters of an hour; and if in this exacting science which has to do with what, after all, we know nothing about — the nervous system, the human brain — a doctor loses his sense of proportion, as a doctor he fails. Health we must have; and health is proportion; so that when a man comes into your room and says he is Christ (a common delusion), and has a message, as they mostly have, and threatens, as they often do, to kill himself, you invoke proportion; order rest in bed; rest in solitude; silence and rest; rest without friends, without books, without messages; six months' rest; until a man who went in weighing seven stone six comes out weighing twelve.

Proportion, divine proportion, Sir William's goddess, was acquired by Sir William walking hospitals, catching salmon, begetting one son in Harley Street by Lady Bradshaw, who caught salmon herself and took photographs scarcely to be distinguished from the work of professionals. Worshipping proportion, Sir William not only prospered himself but made England prosper, secluded her lunatics, forbade childbirth, penalised despair, made it impossible for the unfit to propagate their views until they, too, shared his sense of proportion — his, if they were men, Lady Bradshaw's if they were women (she embroidered, knitted, spent four nights out of seven at home with her son), so that not only did his colleagues respect him, his subordinates fear him, but the friends and relations of his patients felt for him the keenest gratitude for insisting that these prophetic Christs and Christesses, who prophesied the end of the world, or the advent of God, should drink milk in bed, as Sir William ordered; Sir William with his thirty years' experience of these kinds of cases, and his infallible instinct, this is madness, this sense; in fact, his sense of proportion.

But Proportion has a sister, less smiling, more formidable, a Goddess even now engaged — in the heat and sands of India, the mud and

Tan solo el mantenimiento de ese automóvil debe costarle mucho dinero, dijo Septimus, cuando salieron a la calle.

Ella se aferró a su brazo. Los habían abandonado.

¿Pero qué más quería ella?

A sus pacientes les dedicaba tres cuartos de hora; y si en esta ciencia exigente que tiene que ver con aquello sobre lo que, después de todo, no sabemos nada —el sistema nervioso, el cerebro humano— un médico pierde su sentido de la proporción, fracasa como médico. Debemos tener salud; y la salud es proporción; de modo que cuando un hombre entra en tu habitación y dice que es Cristo (un delirio común), y tiene un mensaje, como casi siempre lo tienen, y amenaza, como a menudo lo hacen, con suicidarse, invocas la proporción; ordenas reposo en la cama; reposo en soledad; silencio y reposo; reposo sin amigos, sin libros, sin mensajes; seis meses de reposo; hasta que un hombre que entró pesando cuarenta y siete kilogramos sale pesando setenta y seis.

La proporción, la divina proporción, la diosa de sir William, fue adquirida por sir William recorriendo hospitales, pescando salmones, engendrando un hijo en Harley Street con lady Bradshaw, que pescaba salmones ella misma y tomaba fotografías que apenas se distinguían del trabajo de los profesionales. Adorando la proporción, sir William no solo prosperó él mismo, sino que hizo prosperar a Inglaterra, recluyó a sus lunáticos, prohibió partos, penalizó la desesperación, imposibilitó que los inadaptados propagaran sus opiniones hasta que ellos también compartieran su sentido de la proporción: el suyo, si eran hombres, el de lady Bradshaw si eran mujeres (ella bordaba, tejía, pasaba cuatro noches de cada siete en casa con su hijo), de modo que no solo sus colegas le respetaban, sus subordinados le temían, sino que los amigos y parientes de sus pacientes sentían por él la más viva gratitud por insistir en que esos proféticos Cristos y Cristas, que profetizaban el fin del mundo, o el advenimiento de Dios, debían beber leche en la cama, como ordenaba sir William; sir William con sus treinta años de experiencia en este tipo de casos, y su infalible instinto, esto es locura, esto es cordura; de hecho, su sentido de la proporción.

Pero la Proporción tiene una hermana, menos sonriente, más formidable, una diosa que, incluso ahora, se dedica —en el calor y las arenas

swamp of Africa, the purlieus of London, wherever in short the climate or the devil tempts men to fall from the true belief which is her own — is even now engaged in dashing down shrines, smashing idols, and setting up in their place her own stern countenance. Conversion is her name and she feasts on the wills of the weakly, loving to impress, to impose, adoring her own features stamped on the face of the populace. At Hyde Park Corner on a tub she stands preaching; shrouds herself in white and walks penitentially disguised as brotherly love through factories and parliaments; offers help, but desires power; smites out of her way roughly the dissentient, or dissatisfied; bestows her blessing on those who, looking upward, catch submissively from her eyes the light of their own. This lady too (Rezia Warren Smith divined it) had her dwelling in Sir William's heart, though concealed, as she mostly is, under some plausible disguise; some venerable name; love, duty, self sacrifice. How he would work — how toil to raise funds, propagate reforms, initiate institutions! But conversion, fastidious Goddess, loves blood better than brick, and feasts most subtly on the human will. For example, Lady Bradshaw. Fifteen years ago she had gone under. It was nothing you could put your finger on; there had been no scene, no snap; only the slow sinking, water-logged, of her will into his. Sweet was her smile, swift her submission; dinner in Harley Street, numbering eight or nine courses, feeding ten or fifteen guests of the professional classes, was smooth and urbane. Only as the evening wore on a very slight dulness, or uneasiness perhaps, a nervous twitch, fumble, stumble and confusion indicated, what it was really painful to believe — that the poor lady lied. Once, long ago, she had caught salmon freely: now, quick to minister to the craving which lit her husband's eye so oilily for dominion, for power, she cramped, squeezed, pared, pruned, drew back, peeped through; so that without knowing precisely what made the evening disagreeable, and caused this pressure on the top of the head (which might well be imputed to the professional conversation, or the fatigue of a great doctor whose life, Lady Bradshaw said, «is not his own but his patients'») disagreeable it was: so that guests, when the clock struck ten, breathed in the air of Harley Street even with rapture; which relief, however, was denied to his patients.

There in the grey room, with the pictures on the wall, and the

de la India, en el barro y el pantano de África, en los suburbios de Londres, dondequiera que, en resumen, el clima o el diablo tienten a los hombres a abandonar la verdadera creencia que es la suya— a derribar santuarios, a destrozar ídolos y a colocar en su lugar su propio rostro severo. Su nombre es Conversión y se deleita con las voluntades de los débiles, amando impresionar, imponer, adorando sus propios rasgos estampados en el rostro del populacho. En Hyde Park Corner, sobre un barril, se pone a predicar; se viste de blanco y camina como una penitente, disfrazada de amor fraternal por las fábricas y los parlamentos; ofrece ayuda, pero desea el poder; aparta de su camino con rudeza a los disidentes o insatisfechos; otorga su bendición a quienes, mirando hacia arriba, captan sumisamente de sus ojos la luz de los suyos. También esta dama (Rezia Warren Smith lo adivinó) tenía su morada en el corazón de sir William, aunque oculta, como casi siempre, bajo algún disfraz plausible; algún nombre venerable; amor, deber, sacrificio propio. Cómo trabajaría él, cómo se esforzaría por recaudar fondos, propagar reformas, iniciar instituciones. Pero la conversión, diosa fastidiosa, ama la sangre más que el ladrillo, y se deleita sutilmente en la voluntad humana. Por ejemplo, lady Bradshaw. Hace quince años se había hundido. No fue nada que se pudiera explicar con precisión; no hubo ninguna escena, ningún chasquido; solo el lento hundimiento, anegado, de la voluntad de ella en la de él. Su sonrisa era dulce, su sumisión rápida; la cena en Harley Street, que constaba de ocho o nueve platos, para diez o quince invitados de la clase profesional, se desarrolló sin problemas y con urbanidad. Solo a medida que avanzaba la velada, una ligera torpeza, o tal vez un malestar, un tic nervioso, una vacilación, un tropiezo y una confusión indicaban lo que era realmente doloroso creer: que la pobre dama mentía. Una vez, hace mucho tiempo, ella había pescado salmón libremente: ahora, rápida para atender el anhelo que encendía el ojo de su marido tan aceitadamente por el dominio, por el poder, acalambraba, apretaba, recortaba, podaba, retrocedía, espiaba; de modo que, sin saber exactamente qué era lo que hacía desagradable la velada, y causaba esta presión en la parte superior de la cabeza (que bien podría imputarse a la conversación profesional, o a la fatiga de un gran médico cuya vida, decía lady Bradshaw, «no es suya sino de sus pacientes»), desagradable era: de modo que los invitados, cuando el reloj daba las diez, respiraron el aire de Harley Street incluso con arrebato; alivio que, sin embargo, fue negado a sus pacientes.

Allí, en la sala gris, con los cuadros en las paredes y los valiosos mue-

valuable furniture, under the ground glass skylight, they learnt the extent of their transgressions; huddled up in arm-chairs, they watched him go through, for their benefit, a curious exercise with the arms, which he shot out, brought sharply back to his hip, to prove (if the patient was obstinate) that Sir William was master of his own actions, which the patient was not. There some weakly broke down; sobbed, submitted; others, inspired by Heaven knows what intemperate madness, called Sir William to his face a damnable humbug; questioned, even more impiously, life itself. Why live? they demanded. Sir William replied that life was good. Certainly Lady Bradshaw in ostrich feathers hung over the mantelpiece, and as for his income it was quite twelve thousand a year. But to us, they protested, life has given no such bounty. He acquiesced. They lacked a sense of proportion. And perhaps, after all, there is no God? He shrugged his shoulders. In short, this living or not living is an affair of our own? But there they were mistaken. Sir William had a friend in Surrey where they taught, what Sir William frankly admitted was a difficult art — a sense of proportion. There were, moreover, family affection; honour; courage; and a brilliant career. All of these had in Sir William a resolute champion. If they failed him, he had to support police and the good of society, which, he remarked very quietly, would take care, down in Surrey, that these unsocial impulses, bred more than anything by the lack of good blood, were held in control. And then stole out from her hiding-place and mounted her throne that Goddess whose lust is to override opposition, to stamp indelibly in the sanctuaries of others the image of herself. Naked, defenceless, the exhausted, the friendless received the impress of Sir William's will. He swooped; he devoured. He shut people up. It was this combination of decision and humanity that endeared Sir William so greatly to the relations of his victims.

But Rezia Warren Smith cried, walking down Harley Street, that she did not like that man.

Shredding and slicing, dividing and subdividing, the clocks of Harley Street nibbled at the June day, counselled submission, upheld authority, and pointed out in chorus the supreme advantages of a sense of proportion, until the mound of time was so far diminished that a commercial clock, suspended above a shop in Oxford Street, announced, genially and fraternally, as if it were a pleasure to Messrs.

bles, bajo el tragaluz de cristal, se enteraron de la magnitud de sus transgresiones; acurrucados en los sillones, le vieron realizar, en su beneficio, un curioso ejercicio con los brazos, que sacó con fuerza, llevándolos de nuevo a la cadera, para demostrar (si el paciente se obstinaba) que sir William era dueño de sus propios actos, cosa que el paciente no era. Allí algunos se derrumbaron débilmente; sollozaron, se sometieron; otros, inspirados por Dios sabe qué locura destemplada, llamaron a sir William en su cara una maldita patraña; cuestionaron, aún más impíamente, la vida misma. ¿Por qué vivir?, preguntaron. Sir William respondió que la vida era buena. Ciertamente, lady Bradshaw, vestida con plumas de avestruz, colgaba sobre la repisa de la chimenea y, en cuanto a sus ingresos, eran de unas doce mil libras al año. Pero a nosotros, protestaron, la vida no nos ha dado semejante recompensa. Él aceptó. Les faltaba el sentido de la proporción. ¿Y acaso, después de todo, no existe Dios? Se encogió de hombros. En resumen, ¿este vivir o no vivir es un asunto nuestro? Pero ahí se equivocaban. Sir William tenía un amigo en Surrey donde enseñaban, lo que sir William admitía francamente que era un arte difícil, el sentido de la proporción. Había, además, afecto familiar; honor; valor; y una brillante carrera. Todo ello tenía en sir William un decidido defensor. Si le fallaban, tenía que apoyar a la policía y el bien de la sociedad, que, comentó en voz baja, se encargaría, en Surrey, de mantener bajo control esos impulsos poco sociales, engendrados, más que nada, por la falta de buena sangre. Y entonces salió de su escondite y subió a su trono esa diosa cuya lujuria es anular la oposición, para estampar indeleblemente en los santuarios de los demás la imagen de sí misma. Desnudos, indefensos, los exhaustos, los sin amigos recibieron la impresión de la voluntad de sir William. Se abalanzó; devoró. Hizo callar a la gente. Fue esta combinación de decisión y humanidad lo que hizo que sir William se ganara el cariño de los parientes de sus víctimas.

Pero Rezia Warren Smith gritaba, caminando por Harley Street, que no le gustaba ese hombre.

Desmenuzando y rebanando, dividiendo y subdividiendo, los relojes de Harley Street mordisqueaban el día de junio, aconsejaban sumisión, sostenían la autoridad y señalaban a coro las ventajas supremas del sentido de la proporción, hasta que el montículo de tiempo disminuyó tanto que un reloj comercial, suspendido sobre una tienda de Oxford Street, anunció, genial y fraternalmente, como si fuera un placer para

Rigby and Lowndes to give the information gratis, that it was half-past one.

Looking up, it appeared that each letter of their names stood for one of the hours; subconsciously one was grateful to Rigby and Lowndes for giving one time ratified by Greenwich; and this gratitude (so Hugh Whitbread ruminated, dallying there in front of the shop window), naturally took the form later of buying off Rigby and Lowndes socks or shoes. So he ruminated. It was his habit. He did not go deeply. He brushed surfaces; the dead languages, the living, life in Constantinople, Paris, Rome; riding, shooting, tennis, it had been once. The malicious asserted that he now kept guard at Buckingham Palace, dressed in silk stockings and knee-breeches, over what nobody knew. But he did it extremely efficiently. He had been afloat on the cream of English society for fifty-five years. He had known Prime Ministers. His affections were understood to be deep. And if it were true that he had not taken part in any of the great movements of the time or held important office, one or two humble reforms stood to his credit; an improvement in public shelters was one; the protection of owls in Norfolk another; servant girls had reason to be grateful to him; and his name at the end of letters to *The Times*, asking for funds, appealing to the public to protect, to preserve, to clear up litter, to abate smoke, and stamp out immorality in parks, commanded respect.

A magnificent figure he cut too, pausing for a moment (as the sound of the half hour died away) to look critically, magisterially, at socks and shoes; impeccable, substantial, as if he beheld the world from a certain eminence, and dressed to match; but realised the obligations which size, wealth, health, entail, and observed punctiliously even when not absolutely necessary, little courtesies, old-fashioned ceremonies which gave a quality to his manner, something to imitate, something to remember him by, for he would never lunch, for example, with Lady Bruton, whom he had known these twenty years, without bringing her in his outstretched hand a bunch of carnations and asking Miss Brush, Lady Bruton's secretary, after her brother in South Africa, which, for some reason, Miss Brush, deficient though she was in every attribute of female charm, so much resented that she said «Thank you, he's doing very well in South Africa,» when, for half a dozen years, he had been doing badly in Portsmouth.

los señores Rigby y Lowndes dar la información gratuitamente, que era la una y media.

Mirando hacia arriba, parecía que cada letra de sus nombres representaba una de las horas; subconscientemente, uno estaba agradecido a Rigby y Lowndes por haber dado una hora ratificada por Greenwich; y esta gratitud (así lo rumiaba Hugh Whitbread, entreteniéndose allí frente al escaparate) naturalmente tomaba, más tarde, como forma la adquisición a Rigby y Lowndes de calcetines o zapatos. Así lo rumiaba. Era su costumbre. No profundizaba. Cepillaba superficies: las lenguas muertas, las vivas, la vida en Constantinopla, París, Roma; la equitación, el tiro, el tenis habían sido una vez. Los maliciosos afirmaban que ahora hacía guardia en el palacio de Buckingham, vestido con medias de seda y pantalones hasta la rodilla, sobre qué, nadie lo sabía. Pero lo hacía con gran eficacia. Llevaba cincuenta y cinco años en la flor y nata de la sociedad inglesa. Había conocido a primeros ministros. Se sabía que sus afectos eran profundos. Y si bien es cierto que no había tomado parte en ninguno de los grandes movimientos de la época ni había ocupado cargos importantes, una o dos humildes reformas le honraban; una de ellas era la mejora de los refugios públicos; otra, la protección de las lechuzas en Norfolk; las sirvientas tenían motivos para estarle agradecidas; y su nombre al final de las cartas al *Times,* pidiendo fondos, apelando al público para proteger, preservar, limpiar la basura, reducir el humo y acabar con la inmoralidad en los parques, infundía respeto.

También su estampa era magnífica, que se detenía un momento (cuando el sonido de la media hora se extinguía) para mirar de forma crítica y magistral los calcetines y los zapatos; impecable, sustancial, como si contemplara el mundo desde una cierta altura eminente y se vistiera para hacer juego; pero se daba cuenta de las obligaciones que el tamaño, la riqueza, la salud, conllevan, y observaba puntillosamente, incluso cuando no era absolutamente necesario, pequeñas cortesías, ceremonias anticuadas que daban una cualidad a su forma de ser, algo que imitar, algo por lo que recordarle, ya que nunca almorzaría, por ejemplo, con lady Bruton, a quien había conocido estos veinte años, sin llevarle en su mano, con el brazo extendido, un ramo de claveles y preguntarle a la señorita Brush, la secretaria de lady Bruton, por su hermano en Sudáfrica, lo que, por alguna razón, a la señorita Brush, deficiente como era en todos los atributos del encanto femenino, le molestaba tanto, que decía «Gracias, a él le va muy bien en Sudáfrica», cuando, duran-

Lady Bruton herself preferred Richard Dalloway, who arrived at the next moment. Indeed they met on the doorstep.

Lady Bruton preferred Richard Dalloway of course. He was made of much finer material. But she wouldn't let them run down her poor dear Hugh. She could never forget his kindness — he had been really remarkably kind — she forgot precisely upon what occasion. But he had been — remarkably kind. Anyhow, the difference between one man and another does not amount to much. She had never seen the sense of cutting people up, as Clarissa Dalloway did — cutting them up and sticking them together again; not at any rate when one was sixty-two. She took Hugh's carnations with her angular grim smile. There was nobody else coming, she said. She had got them there on false pretences, to help her out of a difficulty —

«But let us eat first,» she said.

And so there began a soundless and exquisite passing to and fro through swing doors of aproned white-capped maids, handmaidens not of necessity, but adepts in a mystery or grand deception practised by hostesses in Mayfair from one-thirty to two, when, with a wave of the hand, the traffic ceases, and there rises instead this profound illusion in the first place about the food — how it is not paid for; and then that the table spreads itself voluntarily with glass and silver, little mats, saucers of red fruit; films of brown cream mask turbot; in casseroles severed chickens swim; coloured, undomestic, the fire burns; and with the wine and the coffee (not paid for) rise jocund visions before musing eyes; gently speculative eyes; eyes to whom life appears musical, mysterious; eyes now kindled to observe genially the beauty of the red carnations which Lady Bruton (whose movements were always angular) had laid beside her plate, so that Hugh Whitbread, feeling at peace with the entire universe and at the same time completely sure of his standing, said, resting his fork,

«Wouldn't they look charming against your lace?»

Miss Brush resented this familiarity intensely. She thought him an

te media docena de años, le había ido mal en Portsmouth.

La propia lady Bruton prefería a Richard Dalloway, que llegó al momento siguiente. En efecto, se encontraron en la puerta.

Lady Bruton prefería a Richard Dalloway, por supuesto. Estaba hecho de un material mucho más fino. Pero ella no permitiría que atropellaran a su pobre y querido Hugh. Ella nunca podría olvidar su amabilidad... él había sido notablemente amable... olvidó exactamente en qué ocasión. Pero había sido... notablemente amable. De todos modos, la diferencia entre un hombre y otro no es mucha. Nunca había visto el sentido de recortar a la gente, como hacía Clarissa Dalloway, cortarla y pegarla nuevamente; no al menos cuando una tiene sesenta y dos años. Cogió los claveles de Hugh con su angulosa sonrisa. No iba a venir nadie más, dijo. Los había traído allí con falsos pretextos, para ayudarla a salir de una dificultad...

—Pero comamos primero —dijo.

Y así comenzó un insonoro y exquisito ir y venir a través de las puertas batientes de sirvientas con delantal y cofia blanca, sirvientas no por necesidad, sino adeptas a un misterio o gran engaño practicado por las anfitrionas en Mayfair de la una y media a las dos, cuando, con un gesto de la mano, el tráfico cesa, y se levanta en su lugar esta profunda ilusión en primer lugar sobre la comida... que no se paga; y luego la mesa se extiende voluntariamente con cristal y plata, pequeños tapetes, platillos de frutos rojos; películas de crema marrón enmascaran el rodaballo; en las cazuelas nadan pollos cortados; el fuego, de colores, poco doméstico, arde; y con el vino y el café (no pagados) se alzan visiones jocundas ante los ojos que reflexionan; ojos suavemente especulativos; ojos a los que la vida les parece musical, misteriosa; ojos ahora encendidos para observar genialmente la belleza de los claveles rojos que lady Bruton (cuyos movimientos eran siempre angulosos) había colocado junto a su plato, de modo que Hugh Whitbread, sintiéndose en paz con todo el universo y al mismo tiempo completamente seguro de su posición, dijo, apoyando su tenedor:

—¿No se verían encantadores contra su encaje?

La señorita Brush resentía intensamente esta familiaridad. Le pare-

underbred fellow. She made Lady Bruton laugh.

Lady Bruton raised the carnations, holding them rather stiffly with much the same attitude with which the General held the scroll in the picture behind her; she remained fixed, tranced. Which was she now, the General's great-grand-daughter? great-great-grand-daughter? Richard Dalloway asked himself. Sir Roderick, Sir Miles, Sir Talbot — that was it. It was remarkable how in that family the likeness persisted in the women. She should have been a general of dragoons herself. And Richard would have served under her, cheerfully; he had the greatest respect for her; he cherished these romantic views about well-set-up old women of pedigree, and would have liked, in his good-humoured way, to bring some young hot-heads of his acquaintance to lunch with her; as if a type like hers could be bred of amiable tea-drinking enthusiasts! He knew her country. He knew her people. There was a vine, still bearing, which either Lovelace or Herrick — she never read a word poetry of herself, but so the story ran — had sat under. Better wait to put before them the question that bothered her (about making an appeal to the public; if so, in what terms and so on), better wait until they have had their coffee, Lady Bruton thought; and so laid the carnations down beside her plate.

«How's Clarissa?» she asked abruptly.

Clarissa always said that Lady Bruton did not like her. Indeed, Lady Bruton had the reputation of being more interested in politics than people; of talking like a man; of having had a finger in some notorious intrigue of the eighties, which was now beginning to be mentioned in memoirs. Certainly there was an alcove in her drawing-room, and a table in that alcove, and a photograph upon that table of General Sir Talbot Moore, now deceased, who had written there (one evening in the eighties) in Lady Bruton's presence, with her cognisance, perhaps advice, a telegram ordering the British troops to advance upon an historical occasion. (She kept the pen and told the story.) Thus, when she said in her offhand way «How's Clarissa?» husbands had difficulty in persuading their wives and indeed, however devoted, were secretly doubtful themselves, of her interest in women who often got in their husbands' way, prevented them from accepting posts abroad, and had to be taken to the seaside in the middle of the session to recover from influenza. Nevertheless her inquiry,

cía propio de una persona poco educada. Hizo reír a lady Bruton.

Lady Bruton levantó los claveles, sosteniéndolos con bastante rigidez, con una actitud muy parecida a la que tenía el general con el pergamino en el cuadro que había detrás de ella; permaneció fija, en trance. ¿Qué era ella, la bisnieta del general? ¿La tataranieta? ¿La tátara-tataranieta?, se preguntó Richard Dalloway. Sir Roderick, sir Miles, sir Talbot… eso era todo. Era notable cómo en esa familia el parecido persistía en las mujeres. Ella debería haber sido una general de dragones. Y Richard habría servido bajo su mando, alegremente; sentía el mayor respeto por ella; abrigaba esas opiniones románticas sobre las viejas mujeres de pedigrí bien establecidas, y le habría gustado, a su manera bienhumorada, llevar a comer con ella a algunos jóvenes extremistas conocidos suyos; ¡como si personas como ella pudieran ser criadas entre amables entusiastas que beben té! Él conocía la tierra de ella. Él conocía a la gente de ella. Había una viña, aún en pie, bajo la cual se había sentado Lovelace o bien Herrick… Ella nunca leyó una palabra de poesía, pero así corría la historia… se había sentado. Mejor esperar a plantearles la cuestión que la preocupaba (hacer un llamamiento al público; y de ser así, en qué términos y demás); mejor esperar a que hayan tomado su café, pensó lady Bruton; y así dejó los claveles junto a su plato.

—¿Cómo está Clarissa? —preguntó ella abruptamente.

Clarissa siempre decía que no le caía bien a lady Bruton. De hecho, lady Bruton tenía fama de estar más interesada en la política que en la gente; de hablar como un hombre; de haber tenido algo que ver con alguna notoria intriga de los años ochenta, que ahora empezaba a mencionarse en las memorias. Ciertamente, había una alcoba en su salón, y una mesa en esa alcoba, y una fotografía sobre esa mesa del general sir Talbot Moore, ya fallecido, que había escrito allí (una noche de los años ochenta) en presencia de lady Bruton, con su conocimiento, tal vez bajo su consejo, un telegrama ordenando a las tropas británicas que avanzaran en una ocasión histórica. (Ella guardó la pluma y contó la historia). Así, cuando ella dijo, de manera despreocupada, «¿Cómo está Clarissa?», los maridos tuvieron dificultades para persuadir a sus esposas y, de hecho, por más devotos que fueran, dudaban secretamente ellos mismos de su interés por las mujeres que a menudo se interponían en el camino de sus maridos, les impedían aceptar puestos en el extranjero y tenían que ser llevadas a la playa en medio de la temporada social para

«How's Clarissa?» was known by women infallibly, to be a signal from a well-wisher, from an almost silent companion, whose utterances (half a dozen perhaps in the course of a lifetime) signified recognition of some feminine comradeship which went beneath masculine lunch parties and united Lady Bruton and Mrs. Dalloway, who seldom met, and appeared when they did meet indifferent and even hostile, in a singular bond.

«I met Clarissa in the Park this morning,» said Hugh Whitbread, diving into the casserole, anxious to pay himself this little tribute, for he had only to come to London and he met everybody at once; but greedy, one of the greediest men she had ever known, Milly Brush thought, who observed men with unflinching rectitude, and was capable of everlasting devotion, to her own sex in particular, being knobbed, scraped, angular, and entirely without feminine charm.

«D'you know who's in town?» said Lady Bruton suddenly bethinking her. «Our old friend, Peter Walsh.»

They all smiled. Peter Walsh! And Mr. Dalloway was genuinely glad, Milly Brush thought; and Mr. Whitbread thought only of his chicken.

Peter Walsh! All three, Lady Bruton, Hugh Whitbread, and Richard Dalloway, remembered the same thing — how passionately Peter had been in love; been rejected; gone to India; come a cropper; made a mess of things; and Richard Dalloway had a very great liking for the dear old fellow too. Milly Brush saw that; saw a depth in the brown of his eyes; saw him hesitate; consider; which interested her, as Mr. Dalloway always interested her, for what was he thinking, she wondered, about Peter Walsh?

That Peter Walsh had been in love with Clarissa; that he would go back directly after lunch and find Clarissa; that he would tell her, in so many words, that he loved her. Yes, he would say that.

Milly Brush once might almost have fallen in love with these silences; and Mr. Dalloway was always so dependable; such a gentleman too. Now, being forty, Lady Bruton had only to nod, or turn

recuperarse de la gripe. Sin embargo, las mujeres sabían infaliblemente que su pregunta «¿Cómo está Clarissa?» era la señal de una persona que deseaba el bien, de una compañera casi silenciosa, cuyas declaraciones (media docena quizás en el transcurso de la vida) significaban el reconocimiento de cierta camaradería femenina que iba más allá de los almuerzos masculinos y que unía a lady Bruton y a la señora Dalloway, que rara vez se encontraban, y que cuando se encontraban parecían indiferentes e incluso hostiles, en un vínculo singular.

—Me he encontrado con Clarissa en el parque esta mañana —dijo Hugh Whitbread, zambulléndose en la cazuela, ansioso por rendirse este pequeño homenaje, ya que cuando venía a Londres se encontraba con todo el mundo a la vez; pero codicioso, uno de los hombres más codiciosos que había conocido, pensó Milly Brush, que observaba a los hombres con una rectitud inquebrantable, y era capaz de una devoción eterna a su propio sexo en particular, siendo nudosa, áspera, angulosa y sin ningún encanto femenino.

—¿Saben quién está en la ciudad? —dijo lady Bruton recordando repentinamente—. Nuestro viejo amigo, Peter Walsh.

Todos sonrieron. ¡Peter Walsh! Y el señor Dalloway se alegró sinceramente, pensó Milly Brush; y el señor Whitbread solo pensó en su pollo.

¡Peter Walsh! Los tres —lady Bruton, Hugh Whitbread y Richard Dalloway— recordaban lo mismo: lo apasionadamente que Peter había estado enamorado, había sido rechazado, se había ido a la India, se había perdido, había hecho estragos; y Richard Dalloway también sentía un gran afecto por el querido compañero. Milly Brush vio eso, vio una profundidad en el color marrón de sus ojos, lo vio dudar, considerar, lo que le interesó, como el señor Dalloway siempre le interesó, porque ¿qué estaba pensando, se preguntó, sobre Peter Walsh?

Que Peter Walsh había estado enamorado de Clarissa; que él volvería directamente después del almuerzo y buscaría a Clarissa; que le diría, con pocas palabras, que la amaba. Sí, se lo diría.

Milly Brush casi podría haberse enamorado de estos silencios; y el señor Dalloway era siempre tan confiable, tan caballero también. Ahora, a los cuarenta años, lady Bruton solo tenía que asentir, o girar la cabeza

her head a little abruptly, and Milly Brush took the signal, however deeply she might be sunk in these reflections of a detached spirit, of an uncorrupted soul whom life could not bamboozle, because life had not offered her a trinket of the slightest value; not a curl, smile, lip, cheek, nose; nothing whatever; Lady Bruton had only to nod, and Perkins was instructed to quicken the coffee.

«Yes; Peter Walsh has come back,» said Lady Bruton. It was vaguely flattering to them all. He had come back, battered, unsuccessful, to their secure shores. But to help him, they reflected, was impossible; there was some flaw in his character. Hugh Whitbread said one might of course mention his name to So-and-so. He wrinkled lugubriously, consequentially, at the thought of the letters he would write to the heads of Government offices about «my old friend, Peter Walsh,» and so on. But it wouldn't lead to anything — not to anything permanent, because of his character.

«In trouble with some woman,» said Lady Bruton. They had all guessed that *that* was at the bottom of it.

«However,» said Lady Bruton, anxious to leave the subject, «we shall hear the whole story from Peter himself.»

(The coffee was very slow in coming.)

«The address?» murmured Hugh Whitbread; and there was at once a ripple in the grey tide of service which washed round Lady Bruton day in, day out, collecting, intercepting, enveloping her in a fine tissue which broke concussions, mitigated interruptions, and spread round the house in Brook Street a fine net where things lodged and were picked out accurately, instantly, by grey-haired Perkins, who had been with Lady Bruton these thirty years and now wrote down the address; handed it to Mr. Whitbread, who took out his pocket-book, raised his eyebrows, and slipping it in among documents of the highest importance, said that he would get Evelyn to ask him to lunch.

(They were waiting to bring the coffee until Mr. Whitbread had finished.)

un poco bruscamente, y Milly Brush tomaba la señal, por muy hundida que estuviera en estas reflexiones de un espíritu desprendido, de un alma incorrupta a la que la vida no podía embaucar, porque la vida no le había ofrecido una baratija del más mínimo valor; ni un rizo, ni una sonrisa, ni un labio, ni una mejilla, ni una nariz; nada de nada. Lady Bruton solo tenía que asentir, y Perkins recibía instrucciones diciendo que apresure la preparación del café.

—Sí; Peter Walsh ha vuelto —dijo lady Bruton. Fue vagamente halagador para todos. Había vuelto, maltrecho, sin éxito, a sus seguras costas. Pero ayudarlo, reflexionaron, era imposible; había algún defecto en su carácter. Hugh Whitbread dijo que, por supuesto, podía mencionar su nombre a Fulano de Tal. Se arrugó lúgubremente, en consecuencia, al pensar en las cartas que escribiría a los jefes de las oficinas del Gobierno sobre «mi viejo amigo, Peter Walsh», etc. Pero eso no conduciría a nada... a nada permanente, debido a su carácter.

—Metido en problemas con alguna mujer —dijo lady Bruton. Todos habían adivinado que *ese* era el fondo del asunto.

—Sin embargo —dijo lady Bruton, ansiosa por dejar el tema—, escucharemos toda la historia de los labios del propio Peter.

(El café tardaba mucho en llegar).

—¿La dirección? —murmuró Hugh Whitbread; y de inmediato se produjo una ondulación en la gris marea de servicio que rodeaba a lady Bruton día tras día, recogiendo, interceptando, envolviéndola en un fino tejido que rompía las conmociones, mitigaba las interrupciones y extendía alrededor de la casa de Brook Street una fina red donde las cosas se alojaban y eran recogidas con precisión, al instante, por el canoso Perkins, que había estado con lady Bruton estos treinta años y que ahora anotaba la dirección y se la entregaba al señor Whitbread, que sacó su libreta de bolsillo, enarcó las cejas y, deslizándola entre documentos de la mayor importancia, dijo que se encargaría de que Evelyn le invitara a almorzar.

(Estaban esperando hasta que el señor Whitbread hubiera terminado para traer el café).

Hugh was very slow, Lady Bruton thought. He was getting fat, she noticed. Richard always kept himself in the pink of condition. She was getting impatient; the whole of her being was setting positively, undeniably, domineeringly brushing aside all this unnecessary trifling (Peter Walsh and his affairs) upon that subject which engaged her attention, and not merely her attention, but that fibre which was the ramrod of her soul, that essential part of her without which Millicent Bruton would not have been Millicent Bruton; that project for emigrating young people of both sexes born of respectable parents and setting them up with a fair prospect of doing well in Canada. She exaggerated. She had perhaps lost her sense of proportion. Emigration was not to others the obvious remedy, the sublime conception. It was not to them (not to Hugh, or Richard, or even to devoted Miss Brush) the liberator of the pent egotism, which a strong martial woman, well nourished, well descended, of direct impulses, downright feelings, and little introspective power (broad and simple — why could not every one be broad and simple? she asked) feels rise within her, once youth is past, and must eject upon some object — it may be Emigration, it may be Emancipation; but whatever it be, this object round which the essence of her soul is daily secreted, becomes inevitably prismatic, lustrous, half looking-glass, half precious stone; now carefully hidden in case people should sneer at it; now proudly displayed. Emigration had become, in short, largely Lady Bruton.

But she had to write. And one letter to *The Times*, she used to say to Miss Brush, cost her more than to organise an expedition to South Africa (which she had done in the war). After a morning's battle beginning, tearing up, beginning again, she used to feel the futility of her own womanhood as she felt it on no other occasion, and would turn gratefully to the thought of Hugh Whitbread who possessed — no one could doubt it — the art of writing letters to *The Times*.

A being so differently constituted from herself, with such a command of language; able to put things as editors like them put; had passions which one could not call simply greed. Lady Bruton often suspended judgement upon men in deference to the mysterious accord in which they, but no woman, stood to the laws of the universe; knew how to put things; knew what was said; so that if Richard ad-

Hugh era muy lento, pensó lady Bruton. Estaba engordando, se dio cuenta. Richard siempre se mantenía en plena forma. Ella se estaba impacientando; todo su ser se estaba poniendo en marcha de forma positiva, innegable y dominante, dejando de lado todas estas nimiedades innecesarias (Peter Walsh y sus asuntos) para centrarse en el tema que atraía su atención, y no solo su atención, sino esa fibra que era el baluarte de su alma, esa parte esencial de ella sin la cual Millicent Bruton no habría sido Millicent Bruton; ese proyecto de emigración de jóvenes de ambos sexos nacidos de padres respetables y de establecerlos con una buena perspectiva para que les fuera bien en Canadá. Ella exageraba. Quizás había perdido el sentido de la proporción. La emigración no era para otros el remedio obvio, la concepción sublime. No era para ellos (ni para Hugh, ni para Richard, ni siquiera para la devota señorita Brush) el liberador del egoísmo reprimido, que una mujer fuerte y marcial, bien alimentada, de buena ascendencia, de impulsos directos, de sentimientos francos y de poco poder introspectivo (amplia y sencilla... ¿Por qué no puede ser todo el mundo amplio y sencillo?, se preguntaba ella) siente surgir en su interior, una vez pasada la juventud, y que debe expulsar sobre algún objetivo... Puede ser la emigración, puede ser la emancipación; pero sea lo que sea, este objeto en torno al cual se segrega diariamente la esencia de su alma, se hace inevitablemente prismático, lustroso, mitad espejo, mitad piedra preciosa; ahora cuidadosamente escondido por si la gente se burla de él; ahora orgullosamente exhibido. La emigración se había convertido, en resumen, en gran medida en lady Bruton.

Pero tenía que escribir. Y una carta al *Times*, solía decir a la señorita Brush, le costaba más que organizar una expedición a Sudáfrica (cosa que había hecho en la guerra). Después de batallar una mañana empezando, rompiendo y volviendo a empezar, solía sentir la inutilidad de su propia feminidad como no la sentía en ninguna otra ocasión, y se volvía agradecida al pensamiento de Hugh Whitbread, que poseía —nadie podía dudarlo— el arte de escribir cartas al *Times*.

Un ser de constitución tan diferente a la suya, con tal dominio del lenguaje; capaz de poner las cosas tal como a los editores les gusta que las pongan; tenía pasiones que no se podían llamar simplemente codicia. Lady Bruton a menudo suspendía el juicio sobre los hombres en deferencia a la misteriosa concordancia en la que ellos, como nunca lo hacía una mujer, se encontraban con las leyes del universo; sabían cómo ex-

vised her, and Hugh wrote for her, she was sure of being somehow right. So she let Hugh eat his soufflé; asked after poor Evelyn; waited until they were smoking, and then said,

«Milly, would you fetch the papers?»

And Miss Brush went out, came back; laid papers on the table; and Hugh produced his fountain pen; his silver fountain pen, which had done twenty years' service, he said, unscrewing the cap. It was still in perfect order; he had shown it to the makers; there was no reason, they said, why it should ever wear out; which was somehow to Hugh's credit, and to the credit of the sentiments which his pen expressed (so Richard Dalloway felt) as Hugh began carefully writing capital letters with rings round them in the margin, and thus marvellously reduced Lady Bruton's tangles to sense, to grammar such as the editor of *The Times*, Lady Bruton felt, watching the marvellous transformation, must respect. Hugh was slow. Hugh was pertinacious. Richard said one must take risks. Hugh proposed modifications in deference to people's feelings, which, he said rather tartly when Richard laughed, «had to be considered,» and read out «how, therefore, we are of opinion that the times are ripe . . . the superfluous youth of our ever-increasing population . . . what we owe to the dead . . .» which Richard thought all stuffing and bunkum, but no harm in it, of course, and Hugh went on drafting sentiments in alphabetical order of the highest nobility, brushing the cigar ash from his waistcoat, and summing up now and then the progress they had made until, finally, he read out the draft of a letter which Lady Bruton felt certain was a masterpiece. Could her own meaning sound like that?

Hugh could not guarantee that the editor would put it in; but he would be meeting somebody at luncheon.

Whereupon Lady Bruton, who seldom did a graceful thing, stuffed all Hugh's carnations into the front of her dress, and flinging her hands out called him «My Prime Minister!» What she would have done without them both she did not know. They rose. And Richard Dalloway strolled off as usual to have a look at the General's portrait, because he meant, whenever he had a moment of leisure, to write a

presar las cosas; sabían lo que se decía; de modo que si Richard la aconsejaba, y Hugh escribía para ella, estaba segura de tener algo de razón. Así que dejó que Hugh comiera su *soufflé;* preguntó por la pobre Evelyn; esperó a que estuvieran fumando, y entonces dijo:

—Milly, ¿podrías traer los papeles?

Y la señorita Brush salió, regresó, puso papeles sobre la mesa; y Hugh sacó su pluma estilográfica, su pluma estilográfica de plata, que había prestado veinte años de servicio, dijo, desenroscando el capuchón. Todavía estaba en perfecto estado; se la había enseñado a los fabricantes; no había ninguna razón, dijeron, para que se desgastara, lo que en cierto modo daba crédito a Hugh y a los sentimientos que su pluma expresaba (así lo sintió Richard Dalloway) cuando Hugh empezó a escribir cuidadosamente letras mayúsculas con anillos alrededor en el margen, y así redujo maravillosamente los enredos de lady Bruton a una gramática tal que el editor del *Times,* pensó lady Bruton, viendo la maravillosa transformación, debía respetar. Hugh era lento. Hugh era pertinaz. Richard decía que había que correr riesgos. Hugh propuso modificaciones en deferencia a los sentimientos de la gente, los cuales, dijo con bastante acritud cuando Richard se rio, «tenían que ser considerados», y leyó «cómo, por lo tanto, somos de la opinión de que los tiempos están maduros... la juventud superflua de nuestra siempre creciente población... lo que debemos a los muertos...», lo que a Richard le pareció una tontería, pero que no tenía nada de malo, por supuesto, y Hugh siguió redactando sentimientos por orden alfabético de la más alta nobleza, cepillando la ceniza del cigarro de su chaleco, y resumiendo de vez en cuando los progresos que habían hecho hasta que, finalmente, leyó el borrador de una carta que lady Bruton estaba segura de que era una obra maestra. ¿Podrían sonar así sus propias ideas?

Hugh no podía garantizar que el editor lo publicara, pero se encontraría con alguien para almorzar.

Entonces lady Bruton, que rara vez hacía algo con gracia, colocó todos los claveles de Hugh en la parte delantera de su vestido, y alzando las manos le llamó «¡Mi primer ministro!». No sabía qué haría ella sin los dos. Se levantaron. Y Richard Dalloway fue, como de costumbre, a echar un vistazo al retrato del general, porque tenía la intención, cuando tuviera un momento de ocio, de escribir la historia de la familia de lady

history of Lady Bruton's family.

And Millicent Bruton was very proud of her family. But they could wait, they could wait, she said, looking at the picture; meaning that her family, of military men, administrators, admirals, had been men of action, who had done their duty; and Richard's first duty was to his country, but it was a fine face, she said; and all the papers were ready for Richard down at Aldmixton whenever the time came; the Labour Government she meant. «Ah, the news from India!» she cried.

And then, as they stood in the hall taking yellow gloves from the bowl on the malachite table and Hugh was offering Miss Brush with quite unnecessary courtesy some discarded ticket or other compliment, which she loathed from the depths of her heart and blushed brick red, Richard turned to Lady Bruton, with his hat in his hand, and said,

«We shall see you at our party to-night?» whereupon Lady Bruton resumed the magnificence which letter-writing had shattered. She might come; or she might not come. Clarissa had wonderful energy. Parties terrified Lady Bruton. But then, she was getting old. So she intimated, standing at her doorway; handsome; very erect; while her chow stretched behind her, and Miss Brush disappeared into the background with her hands full of papers.

And Lady Bruton went ponderously, majestically, up to her room, lay, one arm extended, on the sofa. She sighed, she snored, not that she was asleep, only drowsy and heavy, drowsy and heavy, like a field of clover in the sunshine this hot June day, with the bees going round and about and the yellow butterflies. Always she went back to those fields down in Devonshire, where she had jumped the brooks on Patty, her pony, with Mortimer and Tom, her brothers. And there were the dogs; there were the rats; there were her father and mother on the lawn under the trees, with the tea-things out, and the beds of dahlias, the hollyhocks, the pampas grass; and they, little wretches, always up to some mischief! stealing back through the shrubbery, so as not to be seen, all bedraggled from some roguery. What old nurse

Bruton.

Y Millicent Bruton estaba muy orgullosa de su familia. Pero podían esperar, podían esperar, dijo, mirando el cuadro; queriendo decir que su familia, de militares, de administradores, de almirantes, estaba compuesta por hombres de acción, que habían cumplido con su deber; y el primer deber de Richard era para con su país, pero era una cara elegante, dijo; y todos los papeles estaban listos para Richard en Aldmixton cuando llegara el momento; se refería al gobierno laborista.

—¡Ah, las noticias que vienen de la India! —gritó.

Y entonces, mientras estaban en el vestíbulo cogiendo guantes amarillos del cuenco de la mesa de malaquita y Hugh ofrecía a la señorita Brush, con una cortesía bastante innecesaria, algún billete desechado o un cumplido, que ella aborrecía desde lo más profundo de su corazón y se sonrojaba de color rojo ladrillo, Richard se volvió hacia lady Bruton, con el sombrero en la mano, y dijo:

—¿Nos veremos en nuestra fiesta esta noche? —Lady Bruton volvió a recuperar la magnificencia que la escritura de cartas había destrozado. Quizás fuera; quizás no fuera. Clarissa tenía una energía maravillosa. Las fiestas aterrorizaban a lady Bruton. Pero, además, se estaba haciendo mayor. Así lo dio a entender, de pie en la puerta de su casa, muy guapa, muy erguida, mientras su perro chino se desperezaba detrás de ella y la señorita Brush desaparecía en el fondo con las manos llenas de papeles.

Y lady Bruton subió pesada, majestuosamente, a su habitación, y se tumbó, con un brazo extendido, en el sofá. Suspiraba, roncaba; no es que estuviera dormida, solo que estaba somnolienta y pesada, somnolienta y pesada, como un campo de tréboles bajo el sol de este caluroso día de junio, con las abejas dando vueltas y las mariposas amarillas. Siempre regresaba a aquellos campos de Devonshire, donde había saltado los arroyos en Patty, su poni, con Mortimer y Tom, sus hermanos. Y allí estaban los perros; allí estaban las ratas; allí estaban su padre y su madre sobre el césped, bajo los árboles; habían sacado las cosas para el té, y los macizos de dalias, las malvarrosas, la hierba de la pampa; y ellos, pequeños desgraciados, siempre haciendo alguna travesura, volviendo a hurtadillas a través de los arbustos, para no ser vistos, todos

used to say about her frocks!

Ah dear, she remembered — it was Wednesday in Brook Street. Those kind good fellows, Richard Dalloway, Hugh Whitbread, had gone this hot day through the streets whose growl came up to her lying on the sofa. Power was hers, position, income. She had lived in the forefront of her time. She had had good friends; known the ablest men of her day. Murmuring London flowed up to her, and her hand, lying on the sofa back, curled upon some imaginary baton such as her grandfathers might have held, holding which she seemed, drowsy and heavy, to be commanding battalions marching to Canada, and those good fellows walking across London, that territory of theirs, that little bit of carpet, Mayfair.

And they went further and further from her, being attached to her by a thin thread (since they had lunched with her) which would stretch and stretch, get thinner and thinner as they walked across London; as if one's friends were attached to one's body, after lunching with them, by a thin thread, which (as she dozed there) became hazy with the sound of bells, striking the hour or ringing to service, as a single spider's thread is blotted with rain-drops, and, burdened, sags down. So she slept.

And Richard Dalloway and Hugh Whitbread hesitated at the corner of Conduit Street at the very moment that Millicent Bruton, lying on the sofa, let the thread snap; snored. Contrary winds buffeted at the street corner. They looked in at a shop window; they did not wish to buy or to talk but to part, only with contrary winds buffeting the street corner, with some sort of lapse in the tides of the body, two forces meeting in a swirl, morning and afternoon, they paused. Some newspaper placard went up in the air, gallantly, like a kite at first, then paused, swooped, fluttered; and a lady's veil hung. Yellow awnings trembled. The speed of the morning traffic slackened, and single carts rattled carelessly down half-empty streets. In Norfolk, of which Richard Dalloway was half thinking, a soft warm wind blew back the petals; confused the waters; ruffled the flowering grasses. Haymakers, who had pitched beneath hedges to sleep away the morning toil, parted curtains of green blades; moved trembling globes of

desaliñados por alguna travesura. ¡Lo que la vieja niñera solía decir sobre sus vestimentas!

Ah, querida, recordó: era miércoles en Brook Street. Aquellos amables compañeros, Richard Dalloway, Hugh Whitbread, habían ido este caluroso día por las calles cuyo gruñido llegaba hasta ella, tumbada en el sofá. El poder era suyo, la posición, los ingresos. Había vivido en la vanguardia de su tiempo. Había tenido buenos amigos; había conocido a los hombres más hábiles de su época. El murmullo de Londres llegaba hasta ella, y su mano, tumbada en el respaldo del sofá, se enroscaba en un bastón de mando imaginario como el que podrían haber sostenido sus abuelos, con el que le parecía, somnolienta y pesada, estar comandando batallones que marchaban hacia Canadá, y a aquellos buenos compañeros que caminaban por Londres, ese territorio suyo, ese trocito de alfombra, Mayfair.

Y se alejaban cada vez más de ella, unidos a ella por un delgado hilo (dado que habían almorzado con ella) que se estiraba y se estiraba, haciéndose cada vez más delgado a medida que caminaban por Londres; como si los amigos de una estuvieran unidos a su cuerpo, después de almorzar con ellos, por un delgado hilo, que (mientras ella dormitaba allí) se volvía brumoso con el sonido de las campanas, que daban la hora o llamaban al servicio, como el hilo de una sola araña se mancha con las gotas de lluvia y, agobiado, se hunde. Así se durmió ella.

Y Richard Dalloway y Hugh Whitbread vacilaron en la esquina de Conduit Street en el mismo momento en que Millicent Bruton, tumbada en el sofá, dejaba escapar el hilo; roncaba. Los vientos contrarios azotaron la esquina de la calle. Se asomaron a un escaparate; no querían comprar ni hablar, sino separarse, solo que con los vientos contrarios azotando la esquina de la calle, con una especie de lapso en las mareas del cuerpo, dos fuerzas encontrándose en un remolino, mañana y tarde, se detuvieron. Alguna pancarta de periódico se elevó en el aire, gallardamente, como una cometa al principio; luego se detuvo, se abalanzó, revoloteó y el velo de una dama colgó. Los toldos amarillos temblaban. La velocidad del tráfico matutino disminuyó, y los carros aislados traquetearon descuidadamente por las calles semivacías. En Norfolk, sobre lo que Richard Dalloway pensaba a medias, un suave y cálido viento hacía retroceder los pétalos; confundía las aguas; erizaba las hierbas en flor. Los segadores de heno, que habían acampado bajo los setos para

cow parsley to see the sky; the blue, the steadfast, the blazing summer sky.

Aware that he was looking at a silver two-handled Jacobean mug, and that Hugh Whitbread admired condescendingly with airs of connoisseurship a Spanish necklace which he thought of asking the price of in case Evelyn might like it — still Richard was torpid; could not think or move. Life had thrown up this wreckage; shop windows full of coloured paste, and one stood stark with the lethargy of the old, stiff with the rigidity of the old, looking in. Evelyn Whitbread might like to buy this Spanish necklace — so she might. Yawn he must. Hugh was going into the shop.

«Right you are!» said Richard, following.

Goodness knows he didn't want to go buying necklaces with Hugh. But there are tides in the body. Morning meets afternoon. Borne like a frail shallop on deep, deep floods, Lady Bruton's great-grandfather and his memoir and his campaigns in North America were whelmed and sunk. And Millicent Bruton too. She went under. Richard didn't care a straw what became of Emigration; about that letter, whether the editor put it in or not. The necklace hung stretched between Hugh's admirable fingers. Let him give it to a girl, if he must buy jewels — any girl, any girl in the street. For the worthlessness of this life did strike Richard pretty forcibly — buying necklaces for Evelyn. If he'd had a boy he'd have said, Work, work. But he had his Elizabeth; he adored his Elizabeth.

«I should like to see Mr. Dubonnet,» said Hugh in his curt worldly way. It appeared that this Dubonnet had the measurements of Mrs. Whitbread's neck, or, more strangely still, knew her views upon Spanish jewellery and the extent of her possessions in that line (which Hugh could not remember). All of which seemed to Richard Dalloway awfully odd. For he never gave Clarissa presents, except a bracelet two or three years ago, which had not been a success. She never wore it. It pained him to remember that she never wore it. And as a single spider's thread after wavering here and there attaches itself to the point of a leaf, so Richard's mind, recovering from its lethargy, set now on his wife, Clarissa, whom Peter Walsh had loved so passiona-

dormir el trabajo de la mañana, abrieron las cortinas de hojas verdes; movieron los temblorosos globos de perifolio verde para ver el cielo; el azul, el firme, el resplandeciente cielo de verano.

Consciente de que estaba mirando una taza jacobina de plata de dos asas, y de que Hugh Whitbread admiraba condescendientemente, con aires de entendido, un collar español por el que pensaba preguntar el precio en caso de que le gustara a Evelyn..., Richard seguía aletargado; no podía pensar ni moverse. La vida había arrojado esta ruina: escaparates llenos de pasta de colores, y uno se quedaba mirando hacia dentro con el letargo de lo viejo, tieso con la rigidez de lo antiguo. Puede que Evelyn Whitbread quiera comprar este collar español... puede que lo haga. Debía bostezar. Hugh entraba en la tienda.

—¡Tienes razón! —dijo Richard, siguiéndolo.

Dios sabe que él no quería ir a comprar collares con Hugh. Pero hay mareas en el cuerpo. La mañana se encuentra con la tarde. Llevado como una frágil vieira en profundas, profundas inundaciones; el bisabuelo de lady Bruton y sus memorias y sus campañas en América del Norte fueron blanqueados y hundidos. Y Millicent Bruton también. Se hundió. A Richard no le importaba una pizca lo que ocurriera con la emigración; sobre esa carta, si el editor la publicaba o no. El collar colgaba estirado entre los admirables dedos de Hugh. Que se lo dé a una chica, si tiene que comprar joyas... cualquier chica, cualquier chica de la calle. Porque la inutilidad de esta vida golpeó a Richard con fuerza, comprando collares para Evelyn. Si hubiera tenido un hijo, le habría dicho: «Trabaja, trabaja». Pero él tenía a su Elizabeth; adoraba a su Elizabeth.

—Me gustaría ver al señor Dubonnet —dijo Hugh con su brusca manera mundana. Parecía que el tal Dubonnet tenía las medidas del cuello de la señora Whitbread o, lo que era más extraño, conocía la opinión de esta sobre las joyas españolas y la extensión de sus posesiones en ese rubro (que Hugh no podía recordar). Todo ello le parecía a Richard Dalloway terriblemente extraño. Porque nunca le hacía regalos a Clarissa, excepto una pulsera hace dos o tres años, que no había tenido éxito. Ella nunca se la ponía. Le dolía recordar que ella nunca se la ponía. Y como el hilo de una araña, después de vacilar aquí y allá, se adhiere a la punta de una hoja, así la mente de Richard, recuperándose de su letargo, se fijó ahora en su esposa, Clarissa, a quien Peter Walsh había amado tan

tely; and Richard had had a sudden vision of her there at luncheon; of himself and Clarissa; of their life together; and he drew the tray of old jewels towards him, and taking up first this brooch then that ring, «How much is that?» he asked, but doubted his own taste. He wanted to open the drawing-room door and come in holding out something; a present for Clarissa. Only what? But Hugh was on his legs again. He was unspeakably pompous. Really, after dealing here for thirty-five years he was not going to be put off by a mere boy who did not know his business. For Dubonnet, it seemed, was out, and Hugh would not buy anything until Mr. Dubonnet chose to be in; at which the youth flushed and bowed his correct little bow. It was all perfectly correct. And yet Richard couldn't have said that to save his life! Why these people stood that damned insolence he could not conceive. Hugh was becoming an intolerable ass. Richard Dalloway could not stand more than an hour of his society. And, flicking his bowler hat by way of farewell, Richard turned at the corner of Conduit Street eager, yes, very eager, to travel that spider's thread of attachment between himself and Clarissa; he would go straight to her, in Westminster.

But he wanted to come in holding something. Flowers? Yes, flowers, since he did not trust his taste in gold; any number of flowers, roses, orchids, to celebrate what was, reckoning things as you will, an event; this feeling about her when they spoke of Peter Walsh at luncheon; and they never spoke of it; not for years had they spoken of it; which, he thought, grasping his red and white roses together (a vast bunch in tissue paper), is the greatest mistake in the world. The time comes when it can't be said; one's too shy to say it, he thought, pocketing his sixpence or two of change, setting off with his great bunch held against his body to Westminster to say straight out in so many words (whatever she might think of him), holding out his flowers, «I love you.» Why not? Really it was a miracle thinking of the war, and thousands of poor chaps, with all their lives before them, shovelled together, already half forgotten; it was a miracle. Here he was walking across London to say to Clarissa in so many words that he loved her. Which one never does say, he thought. Partly one's lazy; partly one's shy. And Clarissa — it was difficult to think of her; except in starts, as at luncheon, when he saw her quite distinctly; their whole life. He stopped at the crossing; and repeated — being simple by nature, and undebauched, because he had tramped, and shot; being

apasionadamente; y Richard había tenido una repentina visión de ella allí, en el almuerzo; de él y Clarissa; de su vida en común; y atrajo hacia sí la bandeja de joyas antiguas, y tomando primero este broche y luego aquel anillo, preguntó «¿Cuánto cuesta?», pero dudó de su propio gusto. Quería abrir la puerta del salón y entrar con algo en la mano: un regalo para Clarissa. ¿Pero qué? Pero Hugh estaba de nuevo en pie. Era indeciblemente pomposo. Realmente, después de haber tratado aquí durante treinta y cinco años, no iba a dejarse intimidar por un simple muchacho que no conocía su negocio. Porque Dubonnet, al parecer, estaba fuera, y Hugh no compraría nada hasta que el señor Dubonnet decidiera estar presente, ante lo cual el joven se sonrojó e hizo su pequeña y correcta reverencia. Todo era perfectamente correcto. Y, sin embargo, ¡ni para salvar su vida Richard habría dicho eso! No podía concebir por qué esta gente soportaba esa maldita insolencia. Hugh se estaba convirtiendo en un asno intolerable. Richard Dalloway no podía soportar más que una hora de su compañía. Y, agitando su bombín a modo de despedida, Richard giró en la esquina de Conduit Street, deseoso, sí, muy deseoso, de recorrer ese hilo de araña que unía a él y a Clarissa; iría directamente a ella, a Westminster.

Pero quería entrar con algo en la mano. ¿Flores? Sí, flores, ya que no confiaba en su gusto por el oro; cualquier cantidad de flores, rosas, orquídeas, para celebrar lo que era, contando las cosas según se quiera, un acontecimiento; este sentimiento sobre ella cuando hablaban de Peter Walsh en el almuerzo; y nunca hablaban de ello; durante años no habían hablado de ello; lo cual, pensó, juntando sus rosas rojas y blancas (un vasto ramo en papel de seda), es el mayor error del mundo. Llega un momento en el que no se puede decir; uno es demasiado tímido para decirlo, pensó, embolsándose sus seis peniques o doce de cambio, y poniéndose en marcha con su gran ramo pegado al cuerpo hacia Westminster para decir directamente en pocas palabras (sea lo que sea lo que ella piense de él), sosteniendo sus flores: «Te amo». ¿Por qué no? Realmente era un milagro al pensar en la guerra, y en los miles de pobres muchachos, con toda su vida por delante, enterrados juntos, ya medio olvidados; era un milagro. Y aquí estaba, caminando por Londres, para decirle a Clarissa, con pocas palabras, que la amaba. Lo que uno nunca dice, pensó. En parte uno es perezoso; en parte uno es tímido. Y Clarissa... era difícil pensar en ella, excepto por ráfagas, como en el almuerzo, cuando la veía con toda claridad; su vida entera. Se detuvo en el cruce de la calle y repitió... siendo sencillo por naturaleza, y sin

pertinacious and dogged, having championed the down-trodden and followed his instincts in the House of Commons; being preserved in his simplicity yet at the same time grown rather speechless, rather stiff — he repeated that it was a miracle that he should have married Clarissa; a miracle — his life had been a miracle, he thought; hesitating to cross. But it did make his blood boil to see little creatures of five or six crossing Piccadilly alone. The police ought to have stopped the traffic at once. He had no illusions about the London police. Indeed, he was collecting evidence of their malpractices; and those costermongers, not allowed to stand their barrows in the streets; and prostitutes, good Lord, the fault wasn't in them, nor in young men either, but in our detestable social system and so forth; all of which he considered, could be seen considering, grey, dogged, dapper, clean, as he walked across the Park to tell his wife that he loved her.

For he would say it in so many words, when he came into the room. Because it is a thousand pities never to say what one feels, he thought, crossing the Green Park and observing with pleasure how in the shade of the trees whole families, poor families, were sprawling; children kicking up their legs; sucking milk; paper bags thrown about, which could easily be picked up (if people objected) by one of those fat gentlemen in livery; for he was of opinion that every park, and every square, during the summer months should be open to children (the grass of the park flushed and faded, lighting up the poor mothers of Westminster and their crawling babies, as if a yellow lamp were moved beneath). But what could be done for female vagrants like that poor creature, stretched on her elbow (as if she had flung herself on the earth, rid of all ties, to observe curiously, to speculate boldly, to consider the whys and the wherefores, impudent, loose-lipped, humorous), he did not know. Bearing his flowers like a weapon, Richard Dalloway approached her; intent he passed her; still there was time for a spark between them — she laughed at the sight of him, he smiled good-humouredly, considering the problem of the female vagrant; not that they would ever speak. But he would tell Clarissa that he loved her, in so many words. He had, once upon a time, been jealous of Peter Walsh; jealous of him and Clarissa. But she had often said to him that she had been right not to marry Peter Walsh; which, knowing Clarissa, was obviously true; she wanted sup-

engaños, porque se había dedicado a las excursiones y a la caza; siendo pertinaz y tenaz, habiendo defendido a los oprimidos y seguido sus instintos en la Cámara de los Comunes; siendo preservado en su sencillez y al mismo tiempo quedándose sin palabras, más bien rígido… repitió que era un milagro que se hubiera casado con Clarissa; un milagro… Su vida había sido un milagro, pensó, dudando en cruzar. Pero le hacía hervir la sangre ver a pequeñas criaturas de cinco o seis años cruzando solas Piccadilly. La policía debería haber detenido el tráfico de inmediato. No se hacía ilusiones con la policía londinense. De hecho, estaba recogiendo pruebas de sus malas prácticas; y de esos vendedores de productos, a los que no les estaba permitido colocar sus carros en las calles; y de las prostitutas, Dios mío, la culpa no era de ellas, ni de los hombres jóvenes tampoco, sino de nuestro detestable sistema social, etc.; todo lo cual, consideraba, mientras se lo podía ver a él gris, firme, elegante, limpio, mientras caminaba por el parque para decirle a su esposa que la amaba.

Porque lo diría con pocas palabras cuando entrara en la habitación. Porque es una pena no decir nunca lo que uno siente, pensó, cruzando Green Park y observando con placer cómo a la sombra de los árboles se desperezaban familias enteras, familias pobres; niños pataleando; bebiendo leche del pecho; bolsas de papel tiradas por ahí, que podían ser fácilmente recogidas (si alguien protestaba) por uno de esos gordos caballeros en librea; pues él era de la opinión de que todos los parques y todas las plazas, durante los meses de verano, debían estar abiertos a los niños (el césped del parque se encendía y se desvanecía, iluminando a las pobres madres de Westminster y a sus bebés que gateaban, como si una lámpara amarilla se moviera por debajo). Pero no sabía qué se podía hacer con las mujeres vagabundas como aquella pobre criatura, apoyada sobre el codo (como si se hubiera arrojado a la tierra, libre de toda atadura, para observar con curiosidad, para especular con audacia, para considerar los porqués, impúdica, de labios sueltos, humorística). Llevando sus flores como un arma, Richard Dalloway se acercó a ella; pasó a propósito por delante de ella; todavía hubo tiempo para una chispa entre ellos: ella se rio al verle, él sonrió con buen humor, considerando el problema de la mujer vagabunda; no es que fueran a hablar alguna vez. En otro tiempo había estado celoso de Peter Walsh; celoso de él y de Clarissa. Pero a menudo ella le había dicho que había hecho bien en no casarse con Peter Walsh, lo cual, conociendo a Clarissa, era obviamente cierto; ella quería apoyo. No es que fuera débil, pero quería

port. Not that she was weak; but she wanted support.

As for Buckingham Palace (like an old prima donna facing the audience all in white) you can't deny it a certain dignity, he considered, nor despise what does, after all, stand to millions of people (a little crowd was waiting at the gate to see the King drive out) for a symbol, absurd though it is; a child with a box of bricks could have done better, he thought; looking at the memorial to Queen Victoria (whom he could remember in her horn spectacles driving through Kensington), its white mound, its billowing motherliness; but he liked being ruled by the descendant of Horsa; he liked continuity; and the sense of handing on the traditions of the past. It was a great age in which to have lived. Indeed, his own life was a miracle; let him make no mistake about it; here he was, in the prime of life, walking to his house in Westminster to tell Clarissa that he loved her. Happiness is this he thought.

It is this, he said, as he entered Dean's Yard. Big Ben was beginning to strike, first the warning, musical; then the hour, irrevocable. Lunch parties waste the entire afternoon, he thought, approaching his door.

The sound of Big Ben flooded Clarissa's drawing-room, where she sat, ever so annoyed, at her writing-table; worried; annoyed. It was perfectly true that she had not asked Ellie Henderson to her party; but she had done it on purpose. Now Mrs. Marsham wrote «she had told Ellie Henderson she would ask Clarissa — Ellie so much wanted to come.»

But why should she invite all the dull women in London to her parties? Why should Mrs. Marsham interfere? And there was Elizabeth closeted all this time with Doris Kilman. Anything more nauseating she could not conceive. Prayer at this hour with that woman. And the sound of the bell flooded the room with its melancholy wave; which receded, and gathered itself together to fall once more, when she heard, distractingly, something fumbling, something scratching at the door. Who at this hour? Three, good Heavens! Three already! For with overpowering directness and dignity the clock struck three; and she heard nothing else; but the door handle slipped round and in came Richard! What a surprise! In came Richard, holding out flowers.

apoyo.

En cuanto al palacio de Buckingham (como una vieja prima donna que se enfrenta al público, toda de blanco) no se le puede negar cierta dignidad, consideró, ni despreciar lo que, después de todo, representa para millones de personas (una pequeña multitud esperaba en la puerta para ver salir al rey) un símbolo, por absurdo que sea; un niño con un montón de ladrillos podría haberlo hecho mejor, pensó; mirando el monumento a la reina Victoria (a quien podía recordar con sus gafas de concha pasando en coche por Kensington), su montículo blanco, su ondulante maternidad; pero le gustaba ser gobernado por el descendiente de Horsa; le gustaba la continuidad; y la sensación de ir pasando las tradiciones del pasado. Era una gran época en la que vivir. De hecho, su propia vida era un milagro; no se equivocaba; aquí estaba, en la flor de la vida, caminando hacia su casa en Westminster para decirle a Clarissa que la amaba. La felicidad es esto, pensó.

Es esto, dijo, mientras entraba en Dean's Yard. El Big Ben empezaba a dar la hora, primero el aviso... musical; luego la hora... irrevocable. Las invitaciones a almorzar desperdician toda la tarde, pensó, acercándose a su puerta.

El sonido del Big Ben inundó el salón de Clarissa, que estaba sentada, muy molesta, ante su mesa de escribir; preocupada, molesta. Era perfectamente cierto que no había invitado a Ellie Henderson a su fiesta; pero lo había hecho a propósito. Ahora la señora Marsham escribía: «Le había dicho a Ellie Henderson que le preguntaría a Clarissa... Ellie tenía muchas ganas de venir».

¿Pero por qué iba a invitar a todas las mujeres aburridas de Londres a sus fiestas? ¿Por qué debía interferir la señora Marsham? Y ahí estaba Elizabeth encerrada todo ese tiempo con Doris Kilman. No podía concebir nada más nauseabundo. Rezar a estas horas con esa mujer. Y el sonido de la campana inundó la habitación con su ola melancólica, que retrocedió y se reunió para caer de nuevo, cuando oyó, distraídamente, algo que tanteaba, algo que raspaba la puerta. ¿Quién, a esta hora? Las tres, ¡cielos! ¡Ya son las tres! Porque, con una franqueza y una dignidad abrumadoras, el reloj dio las tres, y ella no oyó nada más; pero el pomo de la puerta se deslizó y ¡entró Richard! ¡Qué sorpresa! Entró Richard, con flores en la mano. Ella le había fallado, una vez en Constantinopla;

She had failed him, once at Constantinople; and Lady Bruton, whose lunch parties were said to be extraordinarily amusing, had not asked her. He was holding out flowers — roses, red and white roses. (But he could not bring himself to say he loved her; not in so many words.)

But how lovely, she said, taking his flowers. She understood; she understood without his speaking; his Clarissa. She put them in vases on the mantelpiece. How lovely they looked! she said. And was it amusing, she asked? Had Lady Bruton asked after her? Peter Walsh was back. Mrs. Marsham had written. Must she ask Ellie Henderson? That woman Kilman was upstairs.

«But let us sit down for five minutes,» said Richard.

It all looked so empty. All the chairs were against the wall. What had they been doing? Oh, it was for the party; no, he had not forgotten, the party. Peter Walsh was back. Oh yes; she had had him. And he was going to get a divorce; and he was in love with some woman out there. And he hadn't changed in the slightest. There she was, mending her dress. . . .

«Thinking of Bourton,» she said.

«Hugh was at lunch,» said Richard. She had met him too! Well, he was getting absolutely intolerable. Buying Evelyn necklaces; fatter than ever; an intolerable ass.

«And it came over me 'I might have married you,'» she said, thinking of Peter sitting there in his little bow-tie; with that knife, opening it, shutting it. «Just as he always was, you know.»

They were talking about him at lunch, said Richard. (But he could not tell her he loved her. He held her hand. Happiness is this, he thought.) They had been writing a letter to *The Times* for Millicent Bruton. That was about all Hugh was fit for.

«And our dear Miss Kilman?» he asked. Clarissa thought the roses absolutely lovely; first bunched together; now of their own accord starting apart.

y lady Bruton, cuyos almuerzos se decía que eran extraordinariamente divertidos, no la había invitado. Llevaba flores... rosas, rosas rojas y blancas. (Pero no se atrevía a decir que la amaba; no en pocas palabras).

Pero qué encantador, dijo ella, tomando sus flores. Ella entendió; entendió sin que él hablara; su Clarissa. Las puso en jarrones sobre la chimenea. ¡Qué encantadoras son!, dijo ella. ¿Y fue divertido?, preguntó ella. ¿Había preguntado lady Bruton por ella? Peter Walsh había regresado. La señora Marsham había escrito. ¿Debía invitar a Ellie Henderson? Esa mujer, Kilman, estaba arriba.

—Pero sentémonos cinco minutos —dijo Richard.

Todo parecía tan vacío. Todas las sillas estaban contra la pared. ¿Qué habían estado haciendo? Oh, era para la fiesta; no, no lo había olvidado, la fiesta. Peter Walsh había regresado. Oh, sí; había recibido su visita. Y él se iba a divorciar; y estaba enamorado de alguna mujer por ahí. Y él no había cambiado en lo más mínimo. Allí estaba ella, arreglando su vestido...

—Pensando en Bourton —dijo ella.

—Hugh estaba en el almuerzo —dijo Richard. ¡Ella también se había encontrado con él! Bueno, se estaba volviendo absolutamente intolerable. Comprando collares a Evelyn; más gordo que nunca; un imbécil intolerable.

—Y me vino a la mente «podría haberme casado contigo» —dijo ella, pensando en Peter sentado allí con su moño; con esa navaja, abriéndola, cerrándola—. Como siempre ha sido, ya sabes.

Estuvieron hablando de él en la comida, dijo Richard. (Pero no pudo decirle que la amaba. La cogió de la mano. La felicidad es esto, pensó). Habían estado escribiendo una carta al *Times* a petición de Millicent Bruton. Eso era todo lo que Hugh sabía hacer.

—¿Y nuestra querida señorita Kilman? —preguntó él. Clarissa pensó que las rosas eran absolutamente encantadoras; primero, en un ramo; ahora, por voluntad propia, separadas.

«Kilman arrives just as we've done lunch,» she said. «Elizabeth turns pink. They shut themselves up. I suppose they're praying.»

Lord! He didn't like it; but these things pass over if you let them.

«In a mackintosh with an umbrella,» said Clarissa.

He had not said «I love you»; but he held her hand. Happiness is this, is this, he thought.

«But why should I ask all the dull women in London to my parties?» said Clarissa. And if Mrs. Marsham gave a party, did *she* invite her guests?

«Poor Ellie Henderson,» said Richard — it was a very odd thing how much Clarissa minded about her parties, he thought.

But Richard had no notion of the look of a room. However — what was he going to say?

If she worried about these parties he would not let her give them. Did she wish she had married Peter? But he must go.

He must be off, he said, getting up. But he stood for a moment as if he were about to say something; and she wondered what? Why? There were the roses.

«Some Committee?» she asked, as he opened the door.

«Armenians,» he said; or perhaps it was «Albanians.»

And there is a dignity in people; a solitude; even between husband and wife a gulf; and that one must respect, thought Clarissa, watching him open the door; for one would not part with it oneself, or take it, against his will, from one's husband, without losing one's independence, one's self-respect — something, after all, priceless.

He returned with a pillow and a quilt.

—Kilman llega justo cuando acabamos de almorzar —dijo—. Elizabeth se pone colorada. Se encierran. Supongo que están rezando.

¡Señor! A él no le gustaba esto; pero estas cosas se pasan si uno las deja.

—En un abrigo de gabardina, con un paraguas —dijo Clarissa.

No había dicho «te amo», pero le tomó la mano. La felicidad es esto, es esto, pensó.

—Pero, ¿por qué iba a invitar a mis fiestas a todas las mujeres aburridas de Londres? —dijo Clarissa. Y si la señora Marsham daba una fiesta, ¿invitaba *ella* a las acompañantes de Clarissa?

—Pobre Ellie Henderson —dijo Richard; era muy extraño lo mucho que le importaban a Clarissa sus fiestas, pensó.

Pero Richard no tenía ni siquiera idea del aspecto que debía tener una sala. Sin embargo... ¿Qué estaba por decir?

Si ella se preocupaba por estas fiestas, él iba a permitirle que las diera. ¿Desearía ella haberse casado con Peter? Pero él debía irse.

Tiene que irse, dijo él, levantándose. Pero él se detuvo un momento, como si fuera a decir algo; y ella se preguntó: «¿Qué?». ¿Por qué? Ahí estaban las rosas.

—¿Algún comité? —preguntó ella, mientras él abría la puerta.

—Armenios —dijo; o tal vez eran «albaneses».

Y hay una dignidad en las personas; una soledad; incluso entre marido y mujer hay un abismo; y eso hay que respetarlo, pensó Clarissa, viéndole abrir la puerta; porque uno mismo no se separaría de ella, ni se la quitaría, contra su voluntad, a su marido, sin perder su independencia, su autoestima... algo, al fin y al cabo, que no tiene precio.

Él regresó con una almohada y un edredón.

«An hour's complete rest after luncheon,» he said. And he went.

How like him! He would go on saying «An hour's complete rest after luncheon» to the end of time, because a doctor had ordered it once. It was like him to take what doctors said literally; part of his adorable, divine simplicity, which no one had to the same extent; which made him go and do the thing while she and Peter frittered their time away bickering. He was already halfway to the House of Commons, to his Armenians, his Albanians, having settled her on the sofa, looking at his roses. And people would say, «Clarissa Dalloway is spoilt.» She cared much more for her roses than for the Armenians. Hunted out of existence, maimed, frozen, the victims of cruelty and injustice (she had heard Richard say so over and over again) — no, she could feel nothing for the Albanians, or was it the Armenians? but she loved her roses (didn't that help the Armenians?) — the only flowers she could bear to see cut. But Richard was already at the House of Commons; at his Committee, having settled all her difficulties. But no; alas, that was not true. He did not see the reasons against asking Ellie Henderson. She would do it, of course, as he wished it. Since he had brought the pillows, she would lie down. . . . But — but — why did she suddenly feel, for no reason that she could discover, desperately unhappy? As a person who has dropped some grain of pearl or diamond into the grass and parts the tall blades very carefully, this way and that, and searches here and there vainly, and at last spies it there at the roots, so she went through one thing and another; no, it was not Sally Seton saying that Richard would never be in the Cabinet because he had a second-class brain (it came back to her); no, she did not mind that; nor was it to do with Elizabeth either and Doris Kilman; those were facts. It was a feeling, some unpleasant feeling, earlier in the day perhaps; something that Peter had said, combined with some depression of her own, in her bedroom, taking off her hat; and what Richard had said had added to it, but what had he said? There were his roses. Her parties! That was it! Her parties! Both of them criticised her very unfairly, laughed at her very unjustly, for her parties. That was it! That was it!

Well, how was she going to defend herself? Now that she knew what it was, she felt perfectly happy. They thought, or Peter at any rate thought, that she enjoyed imposing herself; liked to have famous people about her; great names; was simply a snob in short. Well, Pe-

—Una hora de reposo absoluto después del almuerzo —dijo. Y se fue.

¡Tal como él! Seguiría diciendo «Una hora de reposo absoluto después del almuerzo» hasta el fin de los tiempos, porque un médico lo había ordenado una vez. Era propio de él tomarse al pie de la letra lo que decían los médicos; parte de su adorable y divina sencillez, que nadie tenía en la misma medida, lo que le hacía ir a hacer lo que fuera necesario mientras ella y Peter perdían el tiempo discutiendo. Él ya estaba a medio camino hacia la Cámara de los Comunes, hacia sus armenios, sus albaneses, habiéndola acomodado en el sofá, mirando sus rosas. Y la gente decía: «Clarissa Dalloway es una consentida». Se preocupaba mucho más por sus rosas que por los armenios. Cazados hasta la muerte, mutilados, congelados, víctimas de la crueldad y la injusticia (se lo había oído decir a Richard una y otra vez)... no, no podía sentir nada por los albaneses, ¿o eran los armenios? Pero amaba sus rosas (¿no ayudaba eso a los armenios?), las únicas flores que soportaba ver cortadas. Pero Richard ya estaba en la Cámara de los Comunes; en su Comité, habiendo resuelto todas las dificultades de ella. Pero no; por desgracia, eso no era cierto. Él no vio razón para no invitar a Ellie Henderson. Ella lo haría, por supuesto, como él lo deseaba. Dado que él había traído las almohadas, ella se recostaría... Pero... pero... ¿Por qué se sentía de repente, sin razón que pudiera descubrir, desesperadamente infeliz? Como una persona a la que se le ha caído un trozo de perla o de diamante en la hierba, y que separa las briznas más altas con mucho cuidado, por aquí y por allá, y busca en vano aquí y allá, y al final la espía allí, en las raíces, así revisó ella una cosa y otra; no, no era Sally Seton diciendo que Richard nunca estaría en el gabinete porque tenía un cerebro de segunda clase (se acordó de ello); no, no le importaba eso; tampoco tenía que ver con Elizabeth y Doris Kilman; esos eran hechos. Fue una sensación, una sensación desagradable, tal vez de ese mismo día; algo que Peter había dicho, combinado con una depresión propia, en su habitación, quitándose el sombrero; y lo que Richard había dicho se había sumado a ello, pero ¿qué había dicho él? Allí estaban sus rosas. ¡Sus fiestas! ¡Eso era! ¡Sus fiestas! Ambos la criticaron muy injustamente, se rieron de ella muy injustamente, por sus fiestas. ¡Eso era! ¡Eso es todo!

Bueno, ¿cómo iba a defenderse? Ahora que sabía lo que era, se sentía perfectamente feliz. Ellos pensaban, o Peter en todo caso pensaba, que a ella le gustaba imponerse; le gustaba tener gente famosa a su alrededor; grandes nombres; era simplemente una esnob, en resumen. Bueno, Pe-

ter might think so. Richard merely thought it foolish of her to like excitement when she knew it was bad for her heart. It was childish, he thought. And both were quite wrong. What she liked was simply life.

«That's what I do it for,» she said, speaking aloud, to life.

Since she was lying on the sofa, cloistered, exempt, the presence of this thing which she felt to be so obvious became physically existent; with robes of sound from the street, sunny, with hot breath, whispering, blowing out the blinds. But suppose Peter said to her, «Yes, yes, but your parties — what's the sense of your parties?» all she could say was (and nobody could be expected to understand): They're an offering; which sounded horribly vague. But who was Peter to make out that life was all plain sailing? — Peter always in love, always in love with the wrong woman? What's your love? she might say to him. And she knew his answer; how it is the most important thing in the world and no woman possibly understood it. Very well. But could any man understand what she meant either? about life? She could not imagine Peter or Richard taking the trouble to give a party for no reason whatever.

But to go deeper, beneath what people said (and these judgements, how superficial, how fragmentary they are!) in her own mind now, what did it mean to her, this thing she called life? Oh, it was very queer. Here was So-and-so in South Kensington; some one up in Bayswater; and somebody else, say, in Mayfair. And she felt quite continuously a sense of their existence; and she felt what a waste; and she felt what a pity; and she felt if only they could be brought together; so she did it. And it was an offering; to combine, to create; but to whom?

An offering for the sake of offering, perhaps. Anyhow, it was her gift. Nothing else had she of the slightest importance; could not think, write, even play the piano. She muddled Armenians and Turks; loved success; hated discomfort; must be liked; talked oceans of nonsense: and to this day, ask her what the Equator was, and she did not know. All the same, that one day should follow another; Wednesday, Thursday, Friday, Saturday; that one should wake up in the morning; see the sky; walk in the park; meet Hugh Whitbread; then suddenly in came Peter; then these roses; it was enough. After that, how unbelie-

ter podría pensar eso. Richard simplemente pensó que era una tontería que a ella le gustara la excitación cuando sabía que era perjudicial para su corazón. Era infantil, pensó. Y ambos estaban muy equivocados. Lo que a ella le gustaba era simplemente la vida.

—Por eso lo hago —dijo ella, hablando en voz alta, a la vida.

Dado que estaba acostada en el sofá, enclaustrada, exenta, la presencia de esta cosa que le parecía tan obvia como existencia física; vestida con los sonidos de la calle, soleada, con cálido aliento, susurrando, soplando las persianas. Pero supongamos que Peter le dijera: «Sí, sí, pero tus fiestas... ¿Cuál es el sentido de tus fiestas?». Todo lo que ella pudo decir fue (y no se podía esperar que alguien lo entendiera): son una ofrenda; lo que sonaba horriblemente vago. Pero, ¿quién era Peter para hacer creer que la vida era un camino de rosas?... ¿Peter siempre enamorado, siempre enamorado de la mujer equivocada? ¿Qué es tu amor?, podría decirle ella. Y ella sabía su respuesta; cómo es la cosa más importante del mundo y ninguna mujer podía entenderlo. Muy bien. Pero, ¿podría algún hombre entender lo que ella quería decir? ¿Sobre la vida? No podía imaginarse a Peter o a Richard tomándose la molestia de dar una fiesta sin motivo alguno.

Pero para profundizar, más allá de lo que la gente decía (y estos juicios, ¡qué superficiales, qué fragmentarios son!), en su propia mente ahora, ¿qué significaba para ella esta cosa que llamaba vida? Oh, era muy extraño. Aquí estaba Fulano en South Kensington; otra persona en Bayswater; y otra, digamos, en Mayfair. Y ella sentía continuamente un sentido de su existencia; y sentía que era un desperdicio; y sentía que era una pena; y sentía que si tan solo pudieran reunirse... así que ella lo hacía. Y era una ofrenda: combinar, crear; pero ¿para quién?

Una ofrenda por el hecho de hacer una ofrenda, tal vez. En cualquier caso, era su don. Nada más tenía ella que tuviera la menor importancia; no sabía pensar, escribir, ni siquiera tocar el piano. Confundía a los armenios y a los turcos; amaba el éxito; odiaba la incomodidad; tenía que caer bien; decía océanos de tonterías; y hasta el día de hoy, pregúntele a ella qué era el ecuador, y no lo sabía. De todos modos, que un día se sucediera a otro; miércoles, jueves, viernes, sábado; que uno se despertara por la mañana; que viera el cielo; que paseara por el parque; que se encontrara con Hugh Whitbread; y que de repente llegara Peter;

vable death was! — that it must end; and no one in the whole world would know how she had loved it all; how, every instant . . .

The door opened. Elizabeth knew that her mother was resting. She came in very quietly. She stood perfectly still. Was it that some Mongol had been wrecked on the coast of Norfolk (as Mrs. Hilbery said), had mixed with the Dalloway ladies, perhaps, a hundred years ago? For the Dalloways, in general, were fair-haired; blue-eyed; Elizabeth, on the contrary, was dark; had Chinese eyes in a pale face; an Oriental mystery; was gentle, considerate, still. As a child, she had had a perfect sense of humour; but now at seventeen, why, Clarissa could not in the least understand, she had become very serious; like a hyacinth, sheathed in glossy green, with buds just tinted, a hyacinth which has had no sun.

She stood quite still and looked at her mother; but the door was ajar, and outside the door was Miss Kilman, as Clarissa knew; Miss Kilman in her mackintosh, listening to whatever they said.

Yes, Miss Kilman stood on the landing, and wore a mackintosh; but had her reasons. First, it was cheap; second, she was over forty; and did not, after all, dress to please. She was poor, moreover; degradingly poor. Otherwise she would not be taking jobs from people like the Dalloways; from rich people, who liked to be kind. Mr. Dalloway, to do him justice, had been kind. But Mrs. Dalloway had not. She had been merely condescending. She came from the most worthless of all classes — the rich, with a smattering of culture. They had expensive things everywhere; pictures, carpets, lots of servants. She considered that she had a perfect right to anything that the Dalloways did for her.

She had been cheated. Yes, the word was no exaggeration, for surely a girl has a right to some kind of happiness? And she had never been happy, what with being so clumsy and so poor. And then, just as she might have had a chance at Miss Dolby's school, the war came; and she had never been able to tell lies. Miss Dolby thought she would be happier with people who shared her views about the Germans.

y luego esas rosas; era suficiente. Después de eso, ¡qué increíble era la muerte!... que debía terminar; y nadie en todo el mundo sabría cómo ella había amado todo; cómo, a cada instante...

La puerta se abrió. Elizabeth sabía que su madre estaba descansando. Entró sin hacer ruido. Se quedó perfectamente quieta. ¿Era que algún mongol había naufragado en la costa de Norfolk (como dijo la señora Hilbery), se había mezclado con las señoras Dalloway, tal vez, cien años atrás? Porque las Dalloway, en general, eran rubias; de ojos azules; Elizabeth, por el contrario, era morena; tenía ojos achinados en un rostro pálido; un misterio oriental; era gentil, considerada, tranquila. De niña había tenido un perfecto sentido del humor; pero ahora, a los diecisiete años, Clarissa no podía entender en absoluto por qué se había vuelto muy seria; como un jacinto, enfundado en un verde brillante, con los capullos apenas teñidos, un jacinto que no ha tenido sol.

Se quedó quieta y miró a su madre; pero la puerta estaba entreabierta, y al otro lado de la puerta estaba la señorita Kilman, como Clarissa sabía; la señorita Kilman con su abrigo de gabardina, escuchando todo lo que decían.

Sí, la señorita Kilman estaba en el rellano y llevaba un abrigo de gabardina; pero tenía sus razones. En primer lugar, era barato; en segundo lugar, tenía más de cuarenta años y, después de todo, no se vestía para agradar. Además, era pobre; degradantemente pobre. De lo contrario, no estaría aceptando trabajos de gente como los Dalloway; de gente rica, a la que le gustaba ser amable. El señor Dalloway, para hacerle justicia, había sido amable. Pero la señora Dalloway no lo había sido. Había sido simplemente condescendiente. Ella provenía de la más despreciable de todas las clases... los ricos, con una pizca de cultura. Tenían cosas caras por todas partes: cuadros, alfombras, muchos sirvientes. Ella consideraba que tenía perfecto derecho a cualquier cosa que los Dalloway hicieran por ella.

Había sido engañada. Sí, la palabra no era una exageración, porque seguramente una muchacha tiene derecho a algún tipo de felicidad. Y ella nunca había sido feliz, siendo tan torpe y tan pobre. Y entonces, justo cuando podría haber tenido una oportunidad en la escuela de la señorita Dolby, llegó la guerra; y ella nunca había sido capaz de mentir. La señorita Dolby pensó que sería más feliz con gente que compartiera su

She had had to go. It was true that the family was of German origin; spelt the name Kiehlman in the eighteenth century; but her brother had been killed. They turned her out because she would not pretend that the Germans were all villains — when she had German friends, when the only happy days of her life had been spent in Germany! And after all, she could read history. She had had to take whatever she could get. Mr. Dalloway had come across her working for the Friends. He had allowed her (and that was really generous of him) to teach his daughter history. Also she did a little Extension lecturing and so on. Then Our Lord had come to her (and here she always bowed her head). She had seen the light two years and three months ago. Now she did not envy women like Clarissa Dalloway; she pitied them.

She pitied and despised them from the bottom of her heart, as she stood on the soft carpet, looking at the old engraving of a little girl with a muff. With all this luxury going on, what hope was there for a better state of things? Instead of lying on a sofa — «My mother is resting,» Elizabeth had said — she should have been in a factory; behind a counter; Mrs. Dalloway and all the other fine ladies!

Bitter and burning, Miss Kilman had turned into a church two years three months ago. She had heard the Rev. Edward Whittaker preach; the boys sing; had seen the solemn lights descend, and whether it was the music, or the voices (she herself when alone in the evening found comfort in a violin; but the sound was excruciating; she had no ear), the hot and turbulent feelings which boiled and surged in her had been assuaged as she sat there, and she had wept copiously, and gone to call on Mr. Whittaker at his private house in Kensington. It was the hand of God, he said. The Lord had shown her the way. So now, whenever the hot and painful feelings boiled within her, this hatred of Mrs. Dalloway, this grudge against the world, she thought of God. She thought of Mr. Whittaker. Rage was succeeded by calm. A sweet savour filled her veins, her lips parted, and, standing formidable upon the landing in her mackintosh, she looked with steady and sinister serenity at Mrs. Dalloway, who came out with her daughter.

Elizabeth said she had forgotten her gloves. That was because Miss

opinión sobre los alemanes. Ella tenía que irse. Era cierto que la familia era de origen alemán; el apellido se escribía Kiehlman en el siglo XVIII; pero su hermano había muerto. La echaron porque no quería fingir que todos los alemanes eran villanos, cuando tenía amigos alemanes, cuando los únicos días felices de su vida los había pasado en Alemania. Y después de todo, ella pudo estudiar historia. Tuvo que aceptar todo lo que pudo. El señor Dalloway la había conocido trabajando para los Friends. Le había permitido (y eso fue realmente generoso por su parte) enseñar historia a su hija. También le enseñaba cultura general y otros sujetos similares. Entonces Nuestro Señor vino a ella (y aquí siempre inclinaba la cabeza). Ella había visto la luz hacía dos años y tres meses. Ahora no envidiaba a las mujeres como Clarissa Dalloway; las compadecía.

Las compadecía y despreciaba desde el fondo de su corazón, mientras estaba de pie en la suave alfombra, mirando el viejo grabado de una niña con manguitos. Con todo este lujo, ¿qué esperanza había de un mejor estado de cosas? En lugar de estar tumbada en un sofá... «Mi madre está descansando», había dicho Elizabeth... debería haber estado en una fábrica; detrás de un mostrador; ¡la señora Dalloway y todas las demás buenas damas de sociedad!

Amarga y ardiente, la señorita Kilman había entrado en la iglesia hacía dos años y tres meses. Había oído predicar al reverendo Edward Whittaker; los niños cantaban; había visto descender las luces solemnes, y ya fuera por la música o por las voces (ella misma, cuando estaba sola por la noche, encontraba consuelo en un violín, pero el sonido era insoportable; no tenía oído), los sentimientos calientes y turbulentos que hervían y surgían en ella se habían apaciguado mientras estaba allí sentada, y había llorado copiosamente, y había ido a visitar al señor Whittaker a su residencia privada en Kensington. Fue la mano de Dios, dijo. El Señor le había mostrado el camino. Así que ahora, cada vez que los sentimientos calientes y dolorosos hervían dentro de ella, este odio hacia la señora Dalloway, este rencor contra el mundo, ella pensaba en Dios. Pensaba en el señor Whittaker. A la rabia le sucedía la calma. Un dulce sabor llenó sus venas; sus labios se separaron y, de pie, formidable en el rellano y en su abrigo de gabardina, miró con firme y siniestra serenidad a la señora Dalloway, que apareció con su hija.

Elizabeth dijo que había olvidado sus guantes. Eso era porque la se-

Kilman and her mother hated each other. She could not bear to see them together. She ran upstairs to find her gloves.

But Miss Kilman did not hate Mrs. Dalloway. Turning her large gooseberry-coloured eyes upon Clarissa, observing her small pink face, her delicate body, her air of freshness and fashion, Miss Kilman felt, Fool! Simpleton! You who have known neither sorrow nor pleasure; who have trifled your life away! And there rose in her an over-mastering desire to overcome her; to unmask her. If she could have felled her it would have eased her. But it was not the body; it was the soul and its mockery that she wished to subdue; make feel her mastery. If only she could make her weep; could ruin her; humiliate her; bring her to her knees crying, You are right! But this was God's will, not Miss Kilman's. It was to be a religious victory. So she glared; so she glowered.

Clarissa was really shocked. This a Christian — this woman! This woman had taken her daughter from her! She in touch with invisible presences! Heavy, ugly, commonplace, without kindness or grace, she know the meaning of life!

«You are taking Elizabeth to the Stores?» Mrs. Dalloway said.

Miss Kilman said she was. They stood there. Miss Kilman was not going to make herself agreeable. She had always earned her living. Her knowledge of modern history was thorough in the extreme. She did out of her meagre income set aside so much for causes she believed in; whereas this woman did nothing, believed nothing; brought up her daughter — but here was Elizabeth, rather out of breath, the beautiful girl.

So they were going to the Stores. Odd it was, as Miss Kilman stood there (and stand she did, with the power and taciturnity of some prehistoric monster armoured for primeval warfare), how, second by second, the idea of her diminished, how hatred (which was for ideas, not people) crumbled, how she lost her malignity, her size, became second by second merely Miss Kilman, in a mackintosh, whom Heaven knows Clarissa would have liked to help.

ñorita Kilman y su madre se odiaban. No podía soportar verlas juntas. Subió corriendo a buscar sus guantes.

Pero la señorita Kilman no odiaba a la señora Dalloway. Volviendo sus grandes ojos color grosella sobre Clarissa, observando su pequeño rostro rosado, su delicado cuerpo, su aire de frescura y a la moda, la señorita Kilman sintió: ¡Tonta! ¡Simplona! Tú, que no has conocido el dolor ni el placer, que has desperdiciado tu vida. Y surgió en ella un deseo irrefrenable de vencerla, de desenmascararla. Si hubiera podido derribarla, la habría aliviado. Pero no era el cuerpo; era el alma y su burla lo que deseaba someter; hacer sentir su dominio. Si pudiera hacerla llorar, arruinarla, humillarla, ponerla de rodillas gritando: ¡Tienes razón! Pero esa era la voluntad de Dios, no la de la señorita Kilman. Iba a ser una victoria religiosa. Así que ella miró con desprecio; así que miró de soslayo.

Clarissa estaba realmente sorprendida. ¿Era esta una cristiana?... ¡Esta mujer! ¡Esta mujer le había quitado a su hija! ¡Ella, en contacto con presencias invisibles! Pesada, fea, vulgar, sin bondad ni gracia, ¡ella conoce el sentido de la vida!

—¿Va a llevar a Elizabeth a los almacenes? —dijo la señora Dalloway.

La señorita Kilman dijo que así era. Se quedaron allí. La señorita Kilman no iba a mostrarse agradable. Siempre se había ganado la vida. Su conocimiento de la historia moderna era profundo en extremo. Con sus escasos ingresos, destinaba mucho a las causas en las que creía; mientras que esta mujer no hacía nada, no creía en nada; criaba a su hija... pero ahí estaba Elizabeth, más bien sin aliento, la hermosa muchacha.

Así que iban a los almacenes. Resultaba extraño, mientras la señorita Kilman se mantenía en pie (y así lo hacía, con el poder y la taciturnidad de algún monstruo prehistórico acorazado para la guerra primitiva), cómo, segundo a segundo, la idea de ella disminuía, cómo el odio (que estaba destinado a las ideas, no a las personas) se desmoronaba, cómo perdía su malignidad, su tamaño, y se convertía segundo a segundo en una simple señorita Kilman, con un abrigo de gabardina, a la que Dios sabe que a Clarissa le hubiera gustado ayudar.

At this dwindling of the monster, Clarissa laughed. Saying good-bye, she laughed.

Off they went together, Miss Kilman and Elizabeth, downstairs.

With a sudden impulse, with a violent anguish, for this woman was taking her daughter from her, Clarissa leant over the bannisters and cried out, «Remember the party! Remember our party tonight!»

But Elizabeth had already opened the front door; there was a van passing; she did not answer.

Love and religion! thought Clarissa, going back into the drawing-room, tingling all over. How detestable, how detestable they are! For now that the body of Miss Kilman was not before her, it overwhelmed her — the idea. The cruelest things in the world, she thought, seeing them clumsy, hot, domineering, hypocritical, eavesdropping, jealous, infinitely cruel and unscrupulous, dressed in a mackintosh coat, on the landing; love and religion. Had she ever tried to convert any one herself? Did she not wish everybody merely to be themselves? And she watched out of the window the old lady opposite climbing upstairs. Let her climb upstairs if she wanted to; let her stop; then let her, as Clarissa had often seen her, gain her bedroom, part her curtains, and disappear again into the background. Somehow one respected that — that old woman looking out of the window, quite unconscious that she was being watched. There was something solemn in it — but love and religion would destroy that, whatever it was, the privacy of the soul. The odious Kilman would destroy it. Yet it was a sight that made her want to cry.

Love destroyed too. Everything that was fine, everything that was true went. Take Peter Walsh now. There was a man, charming, clever, with ideas about everything. If you wanted to know about Pope, say, or Addison, or just to talk nonsense, what people were like, what things meant, Peter knew better than any one. It was Peter who had helped her; Peter who had lent her books. But look at the women he loved — vulgar, trivial, commonplace. Think of Peter in love — he came to see her after all these years, and what did he talk about? Himself. Hor-

Ante esta reducción del monstruo, Clarissa se echó a reír. Al despedirse, se rio.

Salieron juntas, la señorita Kilman y Elizabeth, escaleras abajo.

Con un repentino impulso, con una violenta angustia, pues aquella mujer le estaba arrebatando a su hija, Clarissa se inclinó sobre las barandillas y gritó:

—¡Recuerda la fiesta! ¡Recuerda nuestra fiesta esta noche!

Pero Elizabeth ya había abierto la puerta principal; pasaba una furgoneta; no contestó.

¡El amor y la religión!, pensó Clarissa, volviendo a entrar en el salón, con un cosquilleo en todo el cuerpo. ¡Qué detestables, qué detestables son! Porque ahora que el cuerpo de la señorita Kilman no estaba ante ella, la abrumaba... la idea. Las cosas más crueles del mundo, pensó, viéndolas torpes, acaloradas, dominantes, hipócritas, fisgonas, celosas, infinitamente crueles y sin escrúpulos, vestidas con un abrigo de gabardina, en el rellano: el amor y la religión. ¿Había intentado alguna vez convertir a alguien ella misma? ¿No deseaba que todos fueran simplemente ellos mismos? Y observó por la ventana a la dama de enfrente, ya anciana, subiendo las escaleras. Que subiera si quería; que se detuviera; luego que, como Clarissa la había visto a menudo, llegara a su dormitorio, descorriera las cortinas y volviera a desaparecer en el fondo. De alguna manera, uno respetaba eso: esa anciana mirando por la ventana, totalmente inconsciente de que estaba siendo observada. Había algo solemne en ello... pero el amor y la religión destruirían eso, lo que fuera, la intimidad del alma. La odiosa Kilman la destruiría. Sin embargo, era una visión que le daba ganas de llorar.

El amor también destruía. Todo lo que estaba bien, todo lo que era verdadero desaparecía. Tomemos a Peter Walsh como ejemplo. Había un hombre, encantador, inteligente, con ideas sobre todo. Si querías saber sobre Pope, digamos, o Addison, o simplemente hablar de tonterías, de cómo era la gente, de lo que significaban las cosas, Peter lo sabía mejor que nadie. Era Peter quien la había ayudado; Peter quien le había prestado libros. Pero mira a las mujeres que amaba... vulgares, triviales, comunes. Piensa en Peter enamorado: él vino a verla después de todos

rible passion! she thought. Degrading passion! she thought, thinking of Kilman and her Elizabeth walking to the Army and Navy Stores.

Big Ben struck the half-hour.

How extraordinary it was, strange, yes, touching, to see the old lady (they had been neighbours ever so many years) move away from the window, as if she were attached to that sound, that string. Gigantic as it was, it had something to do with her. Down, down, into the midst of ordinary things the finger fell making the moment solemn. She was forced, so Clarissa imagined, by that sound, to move, to go — but where? Clarissa tried to follow her as she turned and disappeared, and could still just see her white cap moving at the back of the bedroom. She was still there moving about at the other end of the room. Why creeds and prayers and mackintoshes? when, thought Clarissa, that's the miracle, that's the mystery; that old lady, she meant, whom she could see going from chest of drawers to dressing-table. She could still see her. And the supreme mystery which Kilman might say she had solved, or Peter might say he had solved, but Clarissa didn't believe either of them had the ghost of an idea of solving, was simply this: here was one room; there another. Did religion solve that, or love?

Love — but here the other clock, the clock which always struck two minutes after Big Ben, came shuffling in with its lap full of odds and ends, which it dumped down as if Big Ben were all very well with his majesty laying down the law, so solemn, so just, but she must remember all sorts of little things besides — Mrs. Marsham, Ellie Henderson, glasses for ices — all sorts of little things came flooding and lapping and dancing in on the wake of that solemn stroke which lay flat like a bar of gold on the sea. Mrs. Marsham, Ellie Henderson, glasses for ices. She must telephone now at once.

Volubly, troublously, the late clock sounded, coming in on the wake of Big Ben, with its lap full of trifles. Beaten up, broken up by the assault of carriages, the brutality of vans, the eager advance of myriads of angular men, of flaunting women, the domes and spires of offices and hospitals, the last relics of this lap full of odds and ends seemed

estos años, ¿y de qué habló? De sí mismo. ¡Horrible pasión!, pensó ella. ¡Una pasión degradante!, pensó, pensando también en Kilman y en su Elizabeth caminando hacia los almacenes Army and Navy.

El Big Ben marcó la media hora.

Qué extraordinario fue, extraño, sí, conmovedor, ver a la anciana (habían sido vecinas durante tantos años) alejarse de la ventana, como si estuviera unida a ese sonido por un hilo. Por gigantesco que fuera, tenía algo que ver con ella. Abajo, abajo, en medio de las cosas ordinarias, el dedo descendió, hizo solemne el momento. Aquel sonido la obligó, según imaginó Clarissa, a moverse, a ir... ¿Pero a dónde? Clarissa trató de seguirla mientras se volvía y desaparecía, y aún podía ver su gorro blanco moviéndose al fondo del dormitorio. Seguía moviéndose en el otro extremo de la habitación. ¿Por qué los credos y las oraciones y los impermeables? Cuando, pensó Clarissa, ese es el milagro, ese es el misterio; esa anciana, quería decir, a la que podía ver yendo de la cómoda al tocador. Todavía podía verla. Y el misterio supremo que Kilman podría decir que había resuelto, o Peter podría decir que había resuelto, pero Clarissa no creía que ninguno de ellos tuviera el más mínimo indicio de poder resolverlo, era simplemente este: aquí había una habitación; allí otra. ¿Lo resolvía la religión o el amor?

Amor... pero aquí el otro reloj, el reloj que siempre tocaba dos minutos después que el Big Ben, llegó arrastrando los pies con su regazo lleno de chismes, que dejó caer como si el Big Ben estuviera muy bien con su majestad, estableciendo la ley, tan solemne, tan justo, pero tenía que recordar toda clase de pequeñas cosas además... la señora Marsham, Ellie Henderson, los vasos para los sorbetes... toda clase de pequeñas cosas se agolpaban, chapoteaban y bailaban en la estela de aquel solemne golpe que se extendía como un lingote de oro sobre el mar. La señora Marsham, Ellie Henderson, vasos para sorbetes. Tenía que hacer una llamada telefónica de inmediato.

Voluble, turbulento, sonó el reloj tardío, llegando a la cola del Big Ben, con su regazo lleno de bagatelas. Golpeado, deshecho por el asalto de los carruajes, la brutalidad de las furgonetas, el ansioso avance de miríadas de hombres angulosos, de mujeres ostentosas, las cúpulas y agujas de las oficinas y los hospitales, las últimas reliquias de este regazo repleto

to break, like the spray of an exhausted wave, upon the body of Miss Kilman standing still in the street for a moment to mutter «It is the flesh.»

It was the flesh that she must control. Clarissa Dalloway had insulted her. That she expected. But she had not triumphed; she had not mastered the flesh. Ugly, clumsy, Clarissa Dalloway had laughed at her for being that; and had revived the fleshly desires, for she minded looking as she did beside Clarissa. Nor could she talk as she did. But why wish to resemble her? Why? She despised Mrs. Dalloway from the bottom of her heart. She was not serious. She was not good. Her life was a tissue of vanity and deceit. Yet Doris Kilman had been overcome. She had, as a matter of fact, very nearly burst into tears when Clarissa Dalloway laughed at her. «It is the flesh, it is the flesh,» she muttered (it being her habit to talk aloud) trying to subdue this turbulent and painful feeling as she walked down Victoria Street. She prayed to God. She could not help being ugly; she could not afford to buy pretty clothes. Clarissa Dalloway had laughed — but she would concentrate her mind upon something else until she had reached the pillar-box. At any rate she had got Elizabeth. But she would think of something else; she would think of Russia; until she reached the pillar-box.

How nice it must be, she said, in the country, struggling, as Mr. Whittaker had told her, with that violent grudge against the world which had scorned her, sneered at her, cast her off, beginning with this indignity — the infliction of her unlovable body which people could not bear to see. Do her hair as she might, her forehead remained like an egg, bald, white. No clothes suited her. She might buy anything. And for a woman, of course, that meant never meeting the opposite sex. Never would she come first with any one. Sometimes lately it had seemed to her that, except for Elizabeth, her food was all that she lived for; her comforts; her dinner, her tea; her hot-water bottle at night. But one must fight; vanquish; have faith in God. Mr. Whittaker had said she was there for a purpose. But no one knew the agony! He said, pointing to the crucifix, that God knew. But why should she have to suffer when other women, like Clarissa Dalloway, escaped? Knowledge comes through suffering, said Mr. Whittaker.

de cachivaches parecían romper, como el rocío de una ola agotada, sobre el cuerpo de la señorita Kilman que se quedaba quieta en la calle por un momento para murmurar «Es la carne».

Era la carne lo que debía controlar. Clarissa Dalloway la había insultado. Eso lo esperaba. Pero no había triunfado; no había dominado la carne. Fea, torpe, Clarissa Dalloway se había reído de ella por serlo; y había reavivado los deseos carnales, porque le importaba cómo lucía al lado de Clarissa. Tampoco ella podía hablar como lo hizo. Pero, ¿por qué desear parecerse a ella? ¿Por qué? Despreciaba a la señora Dalloway desde el fondo de su corazón. No era seria. No era buena. Su vida era un tejido de vanidad y engaño. Sin embargo, Doris Kilman se había dejado vencer. De hecho, estuvo a punto de romper en llanto cuando Clarissa Dalloway se rio de ella.

—Es la carne, es la carne —murmuró (era su costumbre hablar en voz alta) tratando de dominar este sentimiento turbulento y doloroso mientras caminaba por Victoria Street. Rezaba a Dios. No podía evitar ser fea; no podía permitirse comprar ropa bonita. Clarissa Dalloway se había reído, pero se concentraría en otra cosa hasta llegar al buzón. En cualquier caso, tenía a Elizabeth. Pero pensaría en otra cosa; pensaría en Rusia; hasta que llegara al buzón.

Qué bonito debe ser, dijo, en el campo, luchando, como le había dicho el señor Whittaker, con ese violento rencor contra el mundo que la había despreciado, se había mofado de ella, la había desechado, empezando por esta indignidad: la imposición de su cuerpo antipático que la gente no soportaba ver. Haga lo que haga con su cabello, su frente permanecía como un huevo, calva, blanca. Ninguna ropa le quedaba bien. Cualquiera que fuese la ropa que comprase. Y para una mujer, por supuesto, eso significaba no conocer nunca al sexo opuesto. Nunca sería la primera elección para nadie. A veces le parecía que, excepto por Elizabeth, su comida era lo único por lo que vivía: sus comodidades, su cena, su té, su bolsa de agua caliente por la noche. Pero hay que luchar, vencer, tener fe en Dios. El señor Whittaker había dicho que estaba aquí con un propósito. ¡Pero nadie sabía la agonía! Él dijo, señalando el crucifijo, que Dios la sabía. ¿Pero por qué tenía que sufrir ella cuando otras mujeres, como Clarissa Dalloway, se lo ahorraban? El conocimiento viene a través del sufrimiento, dijo el señor Whittaker.

She had passed the pillar-box, and Elizabeth had turned into the cool brown tobacco department of the Army and Navy Stores while she was still muttering to herself what Mr. Whittaker had said about knowledge coming through suffering and the flesh. «The flesh,» she muttered.

What department did she want? Elizabeth interrupted her.

«Petticoats,» she said abruptly, and stalked straight on to the lift.

Up they went. Elizabeth guided her this way and that; guided her in her abstraction as if she had been a great child, an unwieldy battleship. There were the petticoats, brown, decorous, striped, frivolous, solid, flimsy; and she chose, in her abstraction, portentously, and the girl serving thought her mad.

Elizabeth rather wondered, as they did up the parcel, what Miss Kilman was thinking. They must have their tea, said Miss Kilman, rousing, collecting herself. They had their tea.

Elizabeth rather wondered whether Miss Kilman could be hungry. It was her way of eating, eating with intensity, then looking, again and again, at a plate of sugared cakes on the table next them; then, when a lady and a child sat down and the child took the cake, could Miss Kilman really mind it? Yes, Miss Kilman did mind it. She had wanted that cake — the pink one. The pleasure of eating was almost the only pure pleasure left her, and then to be baffled even in that!

When people are happy, they have a reserve, she had told Elizabeth, upon which to draw, whereas she was like a wheel without a tyre (she was fond of such metaphors), jolted by every pebble, so she would say staying on after the lesson standing by the fire-place with her bag of books, her «satchel,» she called it, on a Tuesday morning, after the lesson was over. And she talked too about the war. After all, there were people who did not think the English invariably right. There were books. There were meetings. There were other points of view. Would Elizabeth like to come with her to listen to So-and-so (a most extraordinary looking old man)? Then Miss Kilman took her to some church in Kensington and they had tea with a clergyman.

Había pasado el buzón y Elizabeth había entrado en la marrón y fría sección de tabaco de los almacenes Navy and Army mientras seguía murmurando para sí misma lo que el señor Whittaker había dicho sobre el conocimiento que llega a través del sufrimiento y la carne. «La carne», murmuró.

¿A qué sección quería ir? Elizabeth la interrumpió.

—Enaguas —dijo bruscamente, y se dirigió directamente al ascensor.

Subieron. Elizabeth la guiaba por aquí y por allá; la guiaba en su abstracción como si hubiera sido un gran niño, un acorazado poco manejable. Allí estaban las enaguas, marrones, decorosas, a rayas, frívolas, sólidas, endebles; y ella elegía, en su abstracción, portentosamente, y la chica que atendía la creyó loca.

Mientras hacían el paquete, Elizabeth se preguntaba en qué estaría pensando la señorita Kilman. Tenían que tomar el té, dijo la señorita Kilman, levantándose y recuperándose. Tomaron el té.

Elizabeth se preguntaba si la señorita Kilman podía tener hambre. Era su manera de comer, comiendo con intensidad, y luego de mirar, una y otra vez, un plato de pasteles azucarados en la mesa de al lado; luego, cuando una señora y un niño se sentaban y el niño tomaba el pastel, ¿podía realmente importarle a la señorita Kilman? Sí, a la señorita Kilman le importaba. Ella había querido ese pastel... el rosa. El placer de comer era casi el único placer puro que le quedaba, ¡y luego ser frustrada hasta en eso!

Cuando la gente es feliz, tiene una reserva, le había dicho a Elizabeth, en la que apoyarse, mientras que ella era como una rueda sin neumático (le gustaban esas metáforas), sacudida por cada piedra, según decía, al quedarse después de la lección junto a la chimenea con su bolsa de libros, su «mochila», como la llamaba, un martes por la mañana, cuando la lección había terminado. Y también hablaba de la guerra. Al fin y al cabo, había gente que no creía que los ingleses tuvieran siempre la razón. Había libros. Había reuniones. Había otros puntos de vista. ¿Le gustaría a Elizabeth acompañarla a escuchar a Fulano (un anciano de aspecto extraordinario)? Luego la señorita Kilman la llevó a una iglesia en Kensington y tomaron el té con un clérigo. Ella le había prestado

She had lent her books. Law, medicine, politics, all professions are open to women of your generation, said Miss Kilman. But for herself, her career was absolutely ruined and was it her fault? Good gracious, said Elizabeth, no.

And her mother would come calling to say that a hamper had come from Bourton and would Miss Kilman like some flowers? To Miss Kilman she was always very, very nice, but Miss Kilman squashed the flowers all in a bunch, and hadn't any small talk, and what interested Miss Kilman bored her mother, and Miss Kilman and she were terrible together; and Miss Kilman swelled and looked very plain. But then Miss Kilman was frightfully clever. Elizabeth had never thought about the poor. They lived with everything they wanted, — her mother had breakfast in bed every day; Lucy carried it up; and she liked old women because they were Duchesses, and being descended from some Lord. But Miss Kilman said (one of those Tuesday mornings when the lesson was over), «My grandfather kept an oil and colour shop in Kensington.» Miss Kilman made one feel so small.

Miss Kilman took another cup of tea. Elizabeth, with her oriental bearing, her inscrutable mystery, sat perfectly upright; no, she did not want anything more. She looked for her gloves — her white gloves. They were under the table. Ah, but she must not go! Miss Kilman could not let her go! this youth, that was so beautiful, this girl, whom she genuinely loved! Her large hand opened and shut on the table.

But perhaps it was a little flat somehow, Elizabeth felt. And really she would like to go.

But said Miss Kilman, «I've not quite finished yet.»

Of course, then, Elizabeth would wait. But it was rather stuffy in here.

«Are you going to the party to-night?» Miss Kilman said. Elizabeth supposed she was going; her mother wanted her to go. She must not let parties absorb her, Miss Kilman said, fingering the last two inches

sus libros a Elizabeth. Derecho, medicina, política, todas las profesiones están abiertas a las mujeres de su generación, dijo la señorita Kilman. Pero para ella, su carrera estaba absolutamente arruinada, pero ¿era su culpa? Por Dios, dijo Elizabeth, no.

Y su madre venía a decir que había llegado una cesta de Bourton y preguntaba si la señorita Kilman quería unas flores. Pero la señorita Kilman era siempre muy, muy amable, pero la señorita Kilman hacía un ramo de flores bien apretadas, y no mantenía ninguna conversación trivial, y lo que interesaba a la señorita Kilman aburría a su madre, y la señorita Kilman y ella eran terribles juntas; y la señorita Kilman se hinchaba y parecía muy sencilla. Pero la señorita Kilman era terriblemente inteligente. Elizabeth nunca había pensado en los pobres. Ellos vivían con todo lo que querían... Su madre desayunaba en la cama todos los días; Lucy le llevaba el desayuno; y a ella le gustaban las ancianas porque eran duquesas, y por ser descendientes de algún lord. Pero la señorita Kilman dijo (una de esas mañanas de martes, cuando la lección había terminado):

—Mi abuelo tenía una tienda de aceites y pinturas en Kensington. —La señorita Kilman hacía que una se sienta tan pequeña.

La señorita Kilman tomó otra taza de té. Elizabeth, con su porte oriental, su inescrutable misterio, se sentó perfectamente erguida; no, no quería nada más. Buscó sus guantes, sus guantes blancos. Estaban debajo de la mesa. ¡Ah, pero no debía irse! ¡La señorita Kilman no quería que se marchara! Esta juventud, que era tan hermosa, esta chica, a la que amaba de verdad. Su gran mano se abrió y se cerró sobre la mesa.

Pero tal vez era un poco plana de alguna manera, Elizabeth sintió. Y realmente le gustaría irse.

—Todavía no he terminado —dijo la señorita Kilman.

Por supuesto, entonces, Elizabeth esperaría. Pero el ambiente era bastante sofocante.

—¿Vas a ir a la fiesta esta noche? —dijo la señorita Kilman. Elizabeth supuso que iba a ir; su madre quería que fuera. No debía dejar que las fiestas la absorbieran, dijo la señorita Kilman, mientras tocaba los últi-

of a chocolate éclair.

She did not much like parties, Elizabeth said. Miss Kilman opened her mouth, slightly projected her chin, and swallowed down the last inches of the chocolate éclair, then wiped her fingers, and washed the tea round in her cup.

She was about to split asunder, she felt. The agony was so terrific. If she could grasp her, if she could clasp her, if she could make her hers absolutely and forever and then die; that was all she wanted. But to sit here, unable to think of anything to say; to see Elizabeth turning against her; to be felt repulsive even by her — it was too much; she could not stand it. The thick fingers curled inwards.

«I never go to parties,» said Miss Kilman, just to keep Elizabeth from going. «People don't ask me to parties» — and she knew as she said it that it was this egotism that was her undoing; Mr. Whittaker had warned her; but she could not help it. She had suffered so horribly. «Why should they ask me?» she said. «I'm plain, I'm unhappy.» She knew it was idiotic. But it was all those people passing — people with parcels who despised her, who made her say it. However, she was Doris Kilman. She had her degree. She was a woman who had made her way in the world. Her knowledge of modern history was more than respectable.

«I don't pity myself,» she said. «I pity» — she meant to say «your mother» but no, she could not, not to Elizabeth. «I pity other people,» she said, «more.»

Like some dumb creature who has been brought up to a gate for an unknown purpose, and stands there longing to gallop away, Elizabeth Dalloway sat silent. Was Miss Kilman going to say anything more?

«Don't quite forget me,» said Doris Kilman; her voice quivered. Right away to the end of the field the dumb creature galloped in terror.

The great hand opened and shut.

mos cinco centímetros de un *éclair* de chocolate.

No le gustaban mucho las fiestas, dijo Elizabeth. La señorita Kilman abrió la boca, proyectó ligeramente la barbilla y se tragó los últimos centímetros del *éclair* de chocolate; luego se limpió los dedos y revolvió el té en su taza.

Sintió que estaba a punto de partirse en dos. La agonía era tan terrible. Si pudiera agarrarla, si pudiera abrazarla, si pudiera hacerla suya absolutamente y para siempre y luego morir; eso era todo lo que quería. Pero estar sentada aquí, sin poder pensar en nada que decir; ver a Elizabeth volverse contra ella; sentirse repulsiva, incluso para ella... era demasiado; no podía soportarlo. Los gruesos dedos se curvaron hacia dentro.

—Nunca voy a fiestas —dijo la señorita Kilman para evitar que Elizabeth se fuera—. La gente no me invita a sus fiestas... —Y ella sabía, mientras lo decía, que ese egoísmo era su perdición; el señor Whittaker se lo había advertido; pero no podía evitarlo. Había sufrido mucho—. ¿Por qué iban a invitarme? —dijo—. Soy simple, soy infeliz. —Sabía que era una idiotez. Pero era toda esa gente que pasaba... gente con paquetes, que la despreciaba, la que le hizo decirlo. Sin embargo, ella era Doris Kilman. Tenía un título. Era una mujer que se había abierto camino en el mundo. Su conocimiento de la historia moderna era más que respetable.

»No me compadezco —dijo ella—. Me compadezco... —Quería decir «de tu madre», pero no, no podía, no a Elizabeth—. Me compadezco más de otras personas —dijo.

Como una criatura atontada que ha sido llevada hasta una puerta con un propósito desconocido, y que se queda allí anhelando salir al galope, Elizabeth Dalloway permaneció sentada en silencio. ¿La señorita Kilman iba a decir algo más?

—No te olvides del todo de mí —dijo Doris Kilman; su voz temblaba. De inmediato, la criatura atontada galopó aterrorizada hasta el límite del campo.

La gran mano se abrió y se cerró.

Elizabeth turned her head. The waitress came. One had to pay at the desk, Elizabeth said, and went off, drawing out, so Miss Kilman felt, the very entrails in her body, stretching them as she crossed the room, and then, with a final twist, bowing her head very politely, she went.

She had gone. Miss Kilman sat at the marble table among the éclairs, stricken once, twice, thrice by shocks of suffering. She had gone. Mrs. Dalloway had triumphed. Elizabeth had gone. Beauty had gone, youth had gone.

So she sat. She got up, blundered off among the little tables, rocking slightly from side to side, and somebody came after her with her petticoat, and she lost her way, and was hemmed in by trunks specially prepared for taking to India; next got among the accouchement sets, and baby linen; through all the commodities of the world, perishable and permanent, hams, drugs, flowers, stationery, variously smelling, now sweet, now sour she lurched; saw herself thus lurching with her hat askew, very red in the face, full length in a looking-glass; and at last came out into the street.

The tower of Westminster Cathedral rose in front of her, the habitation of God. In the midst of the traffic, there was the habitation of God. Doggedly she set off with her parcel to that other sanctuary, the Abbey, where, raising her hands in a tent before her face, she sat beside those driven into shelter too; the variously assorted worshippers, now divested of social rank, almost of sex, as they raised their hands before their faces; but once they removed them, instantly reverent, middle class, English men and women, some of them desirous of seeing the wax works.

But Miss Kilman held her tent before her face. Now she was deserted; now rejoined. New worshippers came in from the street to replace the strollers, and still, as people gazed round and shuffled past the tomb of the Unknown Warrior, still she barred her eyes with her fingers and tried in this double darkness, for the light in the Abbey was bodiless, to aspire above the vanities, the desires, the commodities, to rid herself both of hatred and of love. Her hands twitched. She seemed to struggle. Yet to others God was accessible and the path to Him smooth. Mr. Fletcher, retired, of the Treasury, Mrs. Gorham,

Elizabeth giró la cabeza. Vino la camarera. Tenía que pagar en el mostrador, dijo Elizabeth, y se marchó, sacando, así lo sintió la señorita Kilman, las propias entrañas de su cuerpo, estirándolas mientras cruzaba la habitación, y luego, con un último giro, inclinando la cabeza muy educadamente, ella se fue.

Se había ido. La señorita Kilman estaba sentada en la mesa de mármol entre los *éclairs,* golpeada una, dos, tres veces por choques de sufrimiento. Se había ido. La señora Dalloway había triunfado. Elizabeth se había ido. La belleza se había ido, la juventud se había ido.

Así que se quedó sentada. Se levantó, se metió entre las mesitas, balanceándose ligeramente de un lado a otro, y alguien le alcanzó su enagua, y se perdió, y fue acorralada por los baúles especialmente preparados para viajar a la India; a continuación se metió entre los juegos de bebé y la ropa de bebé; entre todas las mercancías del mundo, perecederas y permanentes, jamones, medicinas, flores, artículos de papelería, con olores variados, ahora dulces, ahora agrios, andando con torpeza. Se vio a sí misma con su torpeza, con el sombrero torcido, con la cara muy roja, de cuerpo entero en un espejo; y por fin salió a la calle.

Frente a ella se alzaba la torre de la catedral de Westminster, la morada de Dios. En medio del tráfico, estaba la morada de Dios. Se dirigió tenazmente con su paquete a ese otro santuario, la abadía, donde, levantando las manos como una carpa ante su rostro, se sentó junto a los que también se habían visto obligados a refugiarse; los adoradores de diversa índole, ahora despojados de su rango social, casi de su sexo, cuando cubrían el rostro con sus manos; pero una vez que las retiraban, instantáneamente reverentes, de clase media, hombres y mujeres ingleses, algunos de ellos deseosos de ver las obras de cera.

Pero la señorita Kilman mantuvo su carpa ante su cara. Ahora estaba abandonada; ahora acompañada. Nuevos fieles llegaban de la calle para sustituir a los paseantes y, aun así, mientras la gente miraba y pasaba arrastrando los pies por delante de la tumba del Guerrero Desconocido, ella seguía ella tapándose los ojos con los dedos e intentando, en esta doble oscuridad, pues la luz de la abadía no tenía cuerpo, superar las vanidades, los deseos, las mercancías, librarse tanto del odio como del amor. Sus manos se agitaron. Parecía luchar. Sin embargo, para otros Dios era accesible y el camino hacia Él era fácil. El señor Fletcher, jubi-

widow of the famous K.C., approached Him simply, and having done their praying, leant back, enjoyed the music (the organ pealed sweetly), and saw Miss Kilman at the end of the row, praying, praying, and, being still on the threshold of their underworld, thought of her sympathetically as a soul haunting the same territory; a soul cut out of immaterial substance; not a woman, a soul.

But Mr. Fletcher had to go. He had to pass her, and being himself neat as a new pin, could not help being a little distressed by the poor lady's disorder; her hair down; her parcel on the floor. She did not at once let him pass. But, as he stood gazing about him, at the white marbles, grey window panes, and accumulated treasures (for he was extremely proud of the Abbey), her largeness, robustness, and power as she sat there shifting her knees from time to time (it was so rough the approach to her God — so tough her desires) impressed him, as they had impressed Mrs. Dalloway (she could not get the thought of her out of her mind that afternoon), the Rev. Edward Whittaker, and Elizabeth too.

And Elizabeth waited in Victoria Street for an omnibus. It was so nice to be out of doors. She thought perhaps she need not go home just yet. It was so nice to be out in the air. So she would get on to an omnibus. And already, even as she stood there, in her very well cut clothes, it was beginning. . . . People were beginning to compare her to poplar trees, early dawn, hyacinths, fawns, running water, and garden lilies; and it made her life a burden to her, for she so much preferred being left alone to do what she liked in the country, but they would compare her to lilies, and she had to go to parties, and London was so dreary compared with being alone in the country with her father and the dogs.

Buses swooped, settled, were off — garish caravans, glistening with red and yellow varnish. But which should she get on to? She had no preferences. Of course, she would not push her way. She inclined to be passive. It was expression she needed, but her eyes were fine, Chinese, oriental, and, as her mother said, with such nice shoulders and holding herself so straight, she was always charming to look at; and lately, in the evening especially, when she was interested, for she

lado del Tesoro, y la señora Gorham, viuda del famoso consejero real, se acercaron a Él con sencillez, y habiendo hecho su oración, se recostaron, disfrutaron de la música (el órgano repicaba dulcemente) y vieron a la señorita Kilman al final de la fila, rezando, rezando, y, estando todavía en el umbral de su inframundo, pensaron en ella con simpatía como un alma que rondaba el mismo territorio; un alma hecha de sustancia inmaterial; no una mujer, un alma.

Pero el señor Fletcher tenía que irse. Tenía que pasar por delante de ella y, siendo él mismo pulcro como un alfiler, no pudo evitar sentirse un poco angustiado por el desorden de la pobre señora: su pelo suelto, su paquete en el suelo. Ella no lo dejó pasar de inmediato. Pero, mientras él miraba a su alrededor, los mármoles blancos, los cristales grises de las ventanas y los tesoros acumulados (pues se sentía extremadamente orgulloso de la abadía), su corpulencia, su robustez y su fuerza, mientras ella estaba sentada moviendo las rodillas de vez en cuando (era tan áspero el acercamiento a su Dios... eran tan duros sus deseos), le impresionaron, como habían impresionado a la señora Dalloway (quien no podía quitarse de la cabeza el pensamiento de ella aquella tarde), al reverendo Edward Whittaker y también a Elizabeth.

Y Elizabeth esperó en Victoria Street por un ómnibus. Era tan agradable estar fuera de casa. Pensó que tal vez no era necesario volver a casa todavía. Era tan agradable estar al aire libre. Así que se subiría a un ómnibus. Y ya, mientras estaba allí, con su ropa perfectamente cortada, empezaba... La gente empezaba a compararla con los álamos, los amaneceres, los jacintos, los cervatillos, el agua corriente y los lirios de jardín; y eso hacía que su vida fuera una carga para ella, pues prefería tanto estar sola para hacer lo que le gustaba en el campo, pero la comparaban con los lirios, y tenía que ir a fiestas, y Londres era tan monótono comparado con estar sola en el campo con su padre y los perros.

Los autobuses descendieron a gran velocidad, se detenían y se ponían nuevamente en marcha: caravanas de colores brillantes con barniz rojo y amarillo. Pero, ¿a cuál debía subir? No tenía preferencias. Por supuesto, no había que precipitarse. Se inclinaba hacia la pasividad. Era la expresión lo que necesitaba, pero sus ojos eran finos, achinados, orientales, y, como decía su madre, con unos hombros tan bonitos y manteniéndose tan erguida, siempre era encantador mirarla; y, última-

never seemed excited, she looked almost beautiful, very stately, very serene. What could she be thinking? Every man fell in love with her, and she was really awfully bored. For it was beginning. Her mother could see that — the compliments were beginning. That she did not care more about it — for instance for her clothes — sometimes worried Clarissa, but perhaps it was as well with all those puppies and guinea pigs about having distemper, and it gave her a charm. And now there was this odd friendship with Miss Kilman. Well, thought Clarissa about three o'clock in the morning, reading Baron Marbot for she could not sleep, it proves she has a heart.

Suddenly Elizabeth stepped forward and most competently boarded the omnibus, in front of everybody. She took a seat on top. The impetuous creature — a pirate — started forward, sprang away; she had to hold the rail to steady herself, for a pirate it was, reckless, unscrupulous, bearing down ruthlessly, circumventing dangerously, boldly snatching a passenger, or ignoring a passenger, squeezing eel-like and arrogant in between, and then rushing insolently all sails spread up Whitehall. And did Elizabeth give one thought to poor Miss Kilman who loved her without jealousy, to whom she had been a fawn in the open, a moon in a glade? She was delighted to be free. The fresh air was so delicious. It had been so stuffy in the Army and Navy Stores. And now it was like riding, to be rushing up Whitehall; and to each movement of the omnibus the beautiful body in the fawn-coloured coat responded freely like a rider, like the figure-head of a ship, for the breeze slightly disarrayed her; the heat gave her cheeks the pallor of white painted wood; and her fine eyes, having no eyes to meet, gazed ahead, blank, bright, with the staring incredible innocence of sculpture.

It was always talking about her own sufferings that made Miss Kilman so difficult. And was she right? If it was being on committees and giving up hours and hours every day (she hardly ever saw him in London) that helped the poor, her father did that, goodness knows, — if that was what Miss Kilman meant about being a Christian; but it was so difficult to say. Oh, she would like to go a little further. Another penny was it to the Strand? Here was another penny then. She would go up the Strand.

mente, sobre todo al atardecer, cuando se mostraba interesada, pues nunca parecía excitada, parecía casi hermosa, muy majestuosa, muy serena. ¿En qué podía estar pensando? Todos los hombres se enamoraban de ella, y ella estaba realmente aburrida. Porque estaba empezando. Su madre se daba cuenta... los cumplidos estaban empezando. El hecho de que no se preocupara más por ello —por ejemplo, por su ropa— a veces preocupaba a Clarissa, pero tal vez fuera así con todos esos cachorros y cobayas a punto de tener moquillo, y le daba un encanto. Y ahora estaba esa extraña amistad con la señorita Kilman. Bueno, pensó Clarissa a eso de las tres de la mañana, leyendo al barón Marbot porque no podía dormir; eso demuestra que tiene corazón.

De repente, Elizabeth se adelantó y subió al ómnibus con gran destreza, delante de todos. Tomó asiento en la parte superior. La impetuosa criatura —un pirata— se lanzó hacia delante, se alejó de un salto; ella tuvo que sujetar la barandilla para estabilizarse, porque era un pirata, temerario, sin escrúpulos, que se lanzaba sin piedad, sorteando peligrosamente, arrebatando audazmente a un pasajero o ignorando a un pasajero, apretujándose como una anguila y con arrogancia en el medio, para luego precipitarse insolentemente con todas las velas desplegadas hacia Whitehall. ¿Y acaso Elizabeth pensó en la pobre señorita Kilman, que la amaba sin celos, para quien había sido un cervatillo en la naturaleza, una luna en un claro? Estaba encantada de ser libre. El aire fresco era tan delicioso. Había sido tan sofocante en los almacenes Army and Navy. Y ahora era como cabalgar, subir a toda prisa por Whitehall; y a cada movimiento del ómnibus, el hermoso cuerpo en el abrigo color leonado respondía libremente como un jinete, como el mascarón de proa de un barco, pues la brisa lo desordenaba ligeramente; el calor daba a sus mejillas la palidez de la madera pintada de blanco; y sus finos ojos, al no tener ojos que encontrar, miraban hacia delante, en blanco, brillantes, con la increíble inocencia de la escultura.

Era el hecho de hablar siempre de sus propios sufrimientos lo que hacía el trato con la señorita Kilman tan difícil. ¿Y tenía razón? Si lo que ayudaba a los pobres era estar en los comités y renunciar a horas y horas todos los días (ella apenas lo veía en Londres), su padre lo hacía, Dios lo sabe... si eso era lo que la señorita Kilman quería decir con lo de ser cristiano; pero era tan difícil de decir. Oh, le gustaría ir un poco más allá. ¿Otro penique era para Strand? Aquí había otro penique entonces. Ella iría hasta Strand.

She liked people who were ill. And every profession is open to the women of your generation, said Miss Kilman. So she might be a doctor. She might be a farmer. Animals are often ill. She might own a thousand acres and have people under her. She would go and see them in their cottages. This was Somerset House. One might be a very good farmer — and that, strangely enough though Miss Kilman had her share in it, was almost entirely due to Somerset House. It looked so splendid, so serious, that great grey building. And she liked the feeling of people working. She liked those churches, like shapes of grey paper, breasting the stream of the Strand. It was quite different here from Westminster, she thought, getting off at Chancery Lane. It was so serious; it was so busy. In short, she would like to have a profession. She would become a doctor, a farmer, possibly go into Parliament, if she found it necessary, all because of the Strand.

The feet of those people busy about their activities, hands putting stone to stone, minds eternally occupied not with trivial chatterings (comparing women to poplars — which was rather exciting, of course, but very silly), but with thoughts of ships, of business, of law, of administration, and with it all so stately (she was in the Temple), gay (there was the river), pious (there was the Church), made her quite determined, whatever her mother might say, to become either a farmer or a doctor. But she was, of course, rather lazy.

And it was much better to say nothing about it. It seemed so silly. It was the sort of thing that did sometimes happen, when one was alone — buildings without architects' names, crowds of people coming back from the city having more power than single clergymen in Kensington, than any of the books Miss Kilman had lent her, to stimulate what lay slumbrous, clumsy, and shy on the mind's sandy floor to break surface, as a child suddenly stretches its arms; it was just that, perhaps, a sigh, a stretch of the arms, an impulse, a revelation, which has its effects for ever, and then down again it went to the sandy floor. She must go home. She must dress for dinner. But what was the time? — where was a clock?

She looked up Fleet Street. She walked just a little way towards St. Paul's, shyly, like some one penetrating on tiptoe, exploring a strange house by night with a candle, on edge lest the owner should suddenly

Le gustaba la gente que estaba enferma. Y todas las profesiones están abiertas a las mujeres de su generación, dijo la señorita Kilman. Así que podría ser médica. Podría ser granjera. Los animales suelen estar enfermos. Podría ser dueña de mil acres y tener gente a su cargo. Ella iría a verlos en sus casas de campo. Esto era Somerset House. Una podía ser una granjera muy buena... y eso, aunque la señorita Kilman tuviera su parte, se debía casi por completo a Somerset House. Se veía tan espléndido, tan serio, ese gran edificio gris. Y le gustaba la sensación de gente trabajando. Le gustaban esas iglesias, como formas de papel gris, que pechaban en la corriente de Strand. Al bajar en Chancery Lane, pensó que era muy diferente a Westminster. Era tan serio, tan activo. En resumen, le gustaría tener una profesión. Se convertiría en médica, en granjera, posiblemente entraría en el parlamento, si lo consideraba necesario, todo a causa de Strand.

Los pies de aquella gente ocupada en sus actividades, las manos poniendo piedra sobre piedra, las mentes eternamente ocupadas no en charlas triviales (comparando a las mujeres con los álamos, lo cual era bastante excitante, por supuesto, pero muy tonto), sino en pensamientos de barcos, de negocios, de leyes, de administración, y con todo ello tan majestuoso (allí estaba Temple), alegre (allí estaba el río), piadoso (allí estaba la iglesia), la hicieron sentirse bastante decidida, dijera lo que dijera su madre, a convertirse en granjera o en médica. Pero, por supuesto, era bastante perezosa.

Y era mucho mejor no decir nada al respecto. Parecía una tontería. Era el tipo de cosas que ocurren a veces, cuando una está sola: edificios sin el nombre del arquitecto, multitudes que regresan de la ciudad y que tienen más poder que los clérigos solteros de Kensington, que cualquiera de los libros que la señorita Kilman le había prestado, para estimular lo que yacía en el suelo arenoso de la mente, torpe y tímido, para que salga a la superficie, como un niño estira de repente los brazos; era solo eso, tal vez, un suspiro, un estiramiento de los brazos, un impulso, una revelación, que tiene sus efectos para siempre, y luego bajaba de nuevo al suelo arenoso. Debía ir a casa. Debía vestirse para la cena. ¿Pero qué hora era?... ¿Dónde había un reloj?

Miró hacia Fleet Street. Caminó un poco hacia San Pablo, tímidamente, como alguien que penetra de puntillas, explorando una casa extraña por la noche con una vela, con el temor de que el propietario abriera de

fling wide his bedroom door and ask her business, nor did she dare wander off into queer alleys, tempting bye-streets, any more than in a strange house open doors which might be bedroom doors, or sitting-room doors, or lead straight to the larder. For no Dalloways came down the Strand daily; she was a pioneer, a stray, venturing, trusting.

In many ways, her mother felt, she was extremely immature, like a child still, attached to dolls, to old slippers; a perfect baby; and that was charming. But then, of course, there was in the Dalloway family the tradition of public service. Abbesses, principals, head mistresses, dignitaries, in the republic of women — without being brilliant, any of them, they were that. She penetrated a little further in the direction of St. Paul's. She liked the geniality, sisterhood, motherhood, brotherhood of this uproar. It seemed to her good. The noise was tremendous; and suddenly there were trumpets (the unemployed) blaring, rattling about in the uproar; military music; as if people were marching; yet had they been dying — had some woman breathed her last and whoever was watching, opening the window of the room where she had just brought off that act of supreme dignity, looked down on Fleet Street, that uproar, that military music would have come triumphing up to him, consolatory, indifferent.

It was not conscious. There was no recognition in it of one fortune, or fate, and for that very reason even to those dazed with watching for the last shivers of consciousness on the faces of the dying, consoling. Forgetfulness in people might wound, their ingratitude corrode, but this voice, pouring endlessly, year in year out, would take whatever it might be; this vow; this van; this life; this procession, would wrap them all about and carry them on, as in the rough stream of a glacier the ice holds a splinter of bone, a blue petal, some oak trees, and rolls them on.

But it was later than she thought. Her mother would not like her to be wandering off alone like this. She turned back down the Strand.

A puff of wind (in spite of the heat, there was quite a wind) blew a thin black veil over the sun and over the Strand. The faces faded; the omnibuses suddenly lost their glow. For although the clouds were of

repente la puerta de su habitación y le preguntara qué quería, y no se atrevió a adentrarse en extraños callejones, en tentadoras callejuelas, como tampoco se atrevía a abrir en una casa extraña puertas que pudieran ser las del dormitorio, o las de una sala de estar, o llevar directamente a la despensa. Porque los Dalloway no bajaban a diario a Strand; ella era una pionera, una descarriada, aventurera, confiada.

En muchos sentidos, su madre consideraba que ella era extremadamente inmadura, como una niña todavía, apegada a las muñecas, a las zapatillas viejas; un bebé perfecto; y eso era encantador. Pero, por supuesto, en la familia Dalloway existía la tradición del servicio público. Abadesas, directoras, jefas de estudios, autoridades, en la república de las mujeres... sin ser brillantes, ninguna de ellas, eso eran. Penetró un poco más en la dirección de San Pablo. Le gustaba la genialidad, la sororidad, la maternidad, la hermandad de este alboroto. Le parecía bueno. El ruido era tremendo; y de repente se oyeron trompetas (de los desempleados) sonando, traqueteando en el alboroto; música militar; como si la gente marchara; sin embargo, si hubieran estado muriendo... si alguna mujer hubiera exhalado su último suspiro y quien estuviera observando, abriendo la ventana de la habitación donde se acababa de realizar aquel acto de suprema dignidad, mirara hacia Fleet Street, aquel alboroto, aquella música militar habrían llegado triunfante hasta él, reconfortante, indiferente.

No era algo consciente. No había en ella ningún reconocimiento de una fortuna o de un destino, y por eso mismo, incluso para aquellos aturdidos por la contemplación de los últimos escalofríos de la conciencia en los rostros de los moribundos, era consoladora. El olvido en la gente podría herir, su ingratitud corroer, pero esta voz, vertida sin cesar, año tras año, tomaría lo que fuera; este voto, esta furgoneta, esta vida, esta procesión los envolvería a todos y los llevaría adelante, como en la áspera corriente de un glaciar el hielo sostiene una astilla de hueso, un pétalo azul, algunos robles y los arrastra con ella.

Pero era más tarde de lo que pensaba. A su madre no le gustaría que anduviera sola por ahí. Volvió a bajar por Strand.

Una ráfaga de viento (a pesar del calor, había bastante viento) sopló un fino velo negro sobre el sol y sobre Strand. Los rostros se desvanecieron; los omnibuses perdieron repentinamente su brillo. Porque aunque

mountainous white so that one could fancy hacking hard chips off with a hatchet, with broad golden slopes, lawns of celestial pleasure gardens, on their flanks, and had all the appearance of settled habitations assembled for the conference of gods above the world, there was a perpetual movement among them. Signs were interchanged, when, as if to fulfil some scheme arranged already, now a summit dwindled, now a whole block of pyramidal size which had kept its station inalterably advanced into the midst or gravely led the procession to fresh anchorage. Fixed though they seemed at their posts, at rest in perfect unanimity, nothing could be fresher, freer, more sensitive superficially than the snow-white or gold-kindled surface; to change, to go, to dismantle the solemn assemblage was immediately possible; and in spite of the grave fixity, the accumulated robustness and solidity, now they struck light to the earth, now darkness.

Calmly and competently, Elizabeth Dalloway mounted the Westminster omnibus.

Going and coming, beckoning, signalling, so the light and shadow which now made the wall grey, now the bananas bright yellow, now made the Strand grey, now made the omnibuses bright yellow, seemed to Septimus Warren Smith lying on the sofa in the sitting-room; watching the watery gold glow and fade with the astonishing sensibility of some live creature on the roses, on the wall-paper. Outside the trees dragged their leaves like nets through the depths of the air; the sound of water was in the room and through the waves came the voices of birds singing. Every power poured its treasures on his head, and his hand lay there on the back of the sofa, as he had seen his hand lie when he was bathing, floating, on the top of the waves, while far away on shore he heard dogs barking and barking far away. Fear no more, says the heart in the body; fear no more.

He was not afraid. At every moment Nature signified by some laughing hint like that gold spot which went round the wall — there, there, there — her determination to show, by brandishing her plumes, shaking her tresses, flinging her mantle this way and that, beautifully, always beautifully, and standing close up to breathe through her hollowed hands Shakespeare's words, her meaning.

las nubes eran montañosamente blancas, tal que una podía imaginarse cortando duras astillas con un hacha, con amplias laderas doradas, céspedes de jardines de placer celestiales en sus flancos, y tenían toda la apariencia de asentamientos reunidos para la conferencia de los dioses por encima del mundo, se percibía un movimiento perpetuo entre ellas. Se intercambiaban las señales cuando, como si se cumpliera algún esquema ya dispuesto, ahora una cima menguaba, ahora todo un bloque de tamaño piramidal que había mantenido su estadía inalterable avanzaba hacia el centro o dirigía gravemente la procesión hacia un nuevo anclaje. Aunque parezcan fijos en sus puestos, descansando en perfecta unanimidad, nada puede ser más fresco, más libre, más sensible superficialmente que esa superficie blanca como la nieve o dorada; cambiar, ir, desmontar el solemne conjunto era inmediatamente posible; y a pesar de la grave fijeza, de la robustez y solidez acumuladas, ahora daban luz a la tierra, ahora daban paso a la oscuridad.

Con calma y competencia, Elizabeth Dalloway subió al ómnibus hacia Westminster.

Yendo y viniendo, llamando, señalando, así la luz y la sombra que ahora tornaban la pared gris, ahora los plátanos amarillo brillante, ahora tornaban Strand gris, ahora tornaban los ómnibus amarillo brillante, le parecían a Septimus Warren Smith, acostado en el sofá de la sala de estar; viendo el oro acuoso brillar y desvanecerse con la asombrosa sensibilidad de alguna criatura viva en las rosas, en el empapelado. Afuera los árboles arrastraban sus hojas como redes por las profundidades del aire; el sonido del agua estaba en la habitación y a través de las olas llegaban las voces de los pájaros cantando. Todas las potencias derramaban sus tesoros sobre su cabeza, y su mano yacía allí, sobre el respaldo del sofá, como había visto su mano yacer cuando se bañaba, flotando, sobre la cima de las olas, mientras a lo lejos, en la orilla, oía a los perros ladrar y ladrar, a lo lejos. No temas más, dice el corazón en el cuerpo; no temas más.

No tenía miedo. A cada momento, la Naturaleza le indicaba, con alguna insinuación risueña, como aquella mancha de oro que recorría la pared —allá, allá, allá—, su determinación de mostrar, blandiendo sus penachos, sacudiendo sus trenzas, agitando su manto de un lado a otro, bellamente, siempre bellamente, y poniéndose de pie para exhalar a través de sus manos ahuecadas las palabras de Shakespeare, su signi-

Rezia, sitting at the table twisting a hat in her hands, watched him; saw him smiling. He was happy then. But she could not bear to see him smiling. It was not marriage; it was not being one's husband to look strange like that, always to be starting, laughing, sitting hour after hour silent, or clutching her and telling her to write. The table drawer was full of those writings; about war; about Shakespeare; about great discoveries; how there is no death. Lately he had become excited suddenly for no reason (and both Dr. Holmes and Sir William Bradshaw said excitement was the worst thing for him), and waved his hands and cried out that he knew the truth! He knew everything! That man, his friend who was killed, Evans, had come, he said. He was singing behind the screen. She wrote it down just as he spoke it. Some things were very beautiful; others sheer nonsense. And he was always stopping in the middle, changing his mind; wanting to add something; hearing something new; listening with his hand up.

But she heard nothing.

And once they found the girl who did the room reading one of these papers in fits of laughter. It was a dreadful pity. For that made Septimus cry out about human cruelty — how they tear each other to pieces. The fallen, he said, they tear to pieces. «Holmes is on us,» he would say, and he would invent stories about Holmes; Holmes eating porridge; Holmes reading Shakespeare — making himself roar with laughter or rage, for Dr. Holmes seemed to stand for something horrible to him. «Human nature,» he called him. Then there were the visions. He was drowned, he used to say, and lying on a cliff with the gulls screaming over him. He would look over the edge of the sofa down into the sea. Or he was hearing music. Really it was only a barrel organ or some man crying in the street. But «Lovely!» he used to cry, and the tears would run down his cheeks, which was to her the most dreadful thing of all, to see a man like Septimus, who had fought, who was brave, crying. And he would lie listening until suddenly he would cry that he was falling down, down into the flames! Actually she would look for flames, it was so vivid. But there was nothing. They were alone in the room. It was a dream, she would tell him and so quiet him at last, but sometimes she was frightened

ficado.

Rezia, sentada a la mesa, retorciendo un sombrero en sus manos, lo observó; lo vio sonreír. Entonces él era feliz. Pero ella no podía soportar verle sonreír. No era un matrimonio; ser el marido de una no consistía en parecer extraño de esa manera, estar siempre sobresaltándose, riendo, sentándose hora tras hora en silencio o tomándola de la mano, diciéndole que escribiera. El cajón de la mesa estaba lleno de esos escritos: sobre la guerra, sobre Shakespeare, sobre grandes descubrimientos, sobre cómo no hay muerte. Últimamente se había excitado, repentinamente, sin motivo alguno (y tanto el doctor Holmes como sir William Bradshaw decían que la excitación era lo peor para él), y agitaba las manos y gritaba que ¡sabía la verdad! ¡Lo sabía todo! Ese hombre, su amigo asesinado, Evans, había venido, dijo. Estaba cantando detrás del biombo. Lo escribió tal como él lo dijo. Algunas cosas eran muy hermosas; otras, puras tonterías. Y siempre se detenía a la mitad, cambiando de opinión; queriendo añadir algo; escuchando algo nuevo; escuchando con la mano levantada.

Pero ella no oía nada.

Y una vez encontraron a la muchacha que limpiaba la habitación leyendo uno de estos papeles en un ataque de risa. Daba una pena espantosa. Porque eso hizo que Septimus gritara sobre la crueldad humana... cómo se despedazan unos a otros. A los caídos, dijo, los hacen pedazos. «Holmes está sobre nosotros», decía, e inventaba historias sobre Holmes: Holmes comiendo gachas, Holmes leyendo a Shakespeare... haciéndolo gritar de risa o de rabia, porque el doctor Holmes parecía representar algo horrible para él. «La naturaleza humana», le llamaba. Luego estaban las visiones. Solía decir que estaba ahogado y que yacía en un acantilado con las gaviotas gritando sobre él. Miraba por encima del borde del sofá hacia el mar. O escuchaba música. En realidad, solo era un organillo o un hombre que gritaba en la calle. Pero «¡Encantador!» solía gritar, y las lágrimas corrían por sus mejillas, lo que era para ella lo más terrible de todo, ver a un hombre como Septimus, que había luchado, que era valiente, llorar. Y él se quedaba escuchando hasta que, de repente, gritaba que se estaba cayendo, ¡a las llamas! En realidad, ella buscaba las llamas; era tan vívido. Pero no había nada. Estaban solos en la habitación. Era un sueño, le decía ella y así lo calmaba al fin, pero a veces ella también se asustaba. Suspiraba mientras se sentaba a coser.

too. She sighed as she sat sewing.

Her sigh was tender and enchanting, like the wind outside a wood in the evening. Now she put down her scissors; now she turned to take something from the table. A little stir, a little crinkling, a little tapping built up something on the table there, where she sat sewing. Through his eyelashes he could see her blurred outline; her little black body; her face and hands; her turning movements at the table, as she took up a reel, or looked (she was apt to lose things) for her silk. She was making a hat for Mrs. Filmer's married daughter, whose name was — he had forgotten her name.

«What is the name of Mrs. Filmer's married daughter?» he asked.

«Mrs. Peters,» said Rezia. She was afraid it was too small, she said, holding it before her. Mrs. Peters was a big woman; but she did not like her. It was only because Mrs. Filmer had been so good to them. «She gave me grapes this morning,» she said — that Rezia wanted to do something to show that they were grateful. She had come into the room the other evening and found Mrs. Peters, who thought they were out, playing the gramophone.

«Was it true?» he asked. She was playing the gramophone? Yes; she had told him about it at the time; she had found Mrs. Peters playing the gramophone.

He began, very cautiously, to open his eyes, to see whether a gramophone was really there. But real things — real things were too exciting. He must be cautious. He would not go mad. First he looked at the fashion papers on the lower shelf, then, gradually at the gramophone with the green trumpet. Nothing could be more exact. And so, gathering courage, he looked at the sideboard; the plate of bananas; the engraving of Queen Victoria and the Prince Consort; at the mantelpiece, with the jar of roses. None of these things moved. All were still; all were real.

«She is a woman with a spiteful tongue,» said Rezia.

«What does Mr. Peters do?» Septimus asked.

Su suspiro era tierno y encantador, como el viento fuera de un bosque al atardecer. Ahora dejaba las tijeras; ahora se volvía para coger algo de la mesa. Un leve movimiento, un leve crujido, un leve golpeteo hacían que se acumulara algo en la mesa sobre la que estaba sentada cosiendo. A través de sus pestañas él podía ver su contorno borroso; su pequeño cuerpo negro; su cara y sus manos; sus movimientos giratorios en la mesa, mientras tomaba un carrete o buscaba (era propensa a perder cosas) su seda. Estaba haciendo un sombrero para la hija casada de la señora Filmer, cuyo nombre era... había olvidado su nombre.

—¿Cómo se llama la hija casada de la señora Filmer? —preguntó él.

—La señora Peters —dijo Rezia. Temía que fuera demasiado pequeño, dijo, sosteniéndolo ante ella. La señora Peters era una mujer grande; pero a ella no le gustaba. Era solo porque la señora Filmer había sido tan buena con ellos—. Me dio uvas esta mañana —dijo... y Rezia quería hacer algo para demostrar que estaban agradecidos. La otra noche había entrado en la habitación y se encontró a la señora Peters, que creía que habían salido, escuchando el gramófono.

—¿En serio? —preguntó él. ¿Estaba escuchando el gramófono? Sí; ella se lo había contado en su momento; había encontrado a la señora Peters escuchando el gramófono.

Comenzó, con mucha cautela, a abrir los ojos, para ver si realmente había un gramófono. Pero las cosas reales... las cosas reales eran demasiado excitantes. Debía ser cauteloso. No quería volverse loco. Primero miró los periódicos de moda en el estante inferior, luego, gradualmente, el gramófono con la trompeta verde. Nada podía ser más exacto. Y así, armándose de valor, miró el aparador; el plato de bananas; el grabado de la reina Victoria y el príncipe consorte; la repisa de la chimenea, con el jarrón de rosas. Ninguna de estas cosas se movía. Todas estaban quietas; todas eran reales.

—Es una mujer con una lengua maliciosa —dijo Rezia.

—¿A qué se dedica el señor Peters? —preguntó Septimus.

«Ah,» said Rezia, trying to remember. She thought Mrs. Filmer had said that he travelled for some company. «Just now he is in Hull,» she said.

«Just now!» She said that with her Italian accent. She said that herself. He shaded his eyes so that he might see only a little of her face at a time, first the chin, then the nose, then the forehead, in case it were deformed, or had some terrible mark on it. But no, there she was, perfectly natural, sewing, with the pursed lips that women have, the set, the melancholy expression, when sewing. But there was nothing terrible about it, he assured himself, looking a second time, a third time at her face, her hands, for what was frightening or disgusting in her as she sat there in broad daylight, sewing? Mrs. Peters had a spiteful tongue. Mr. Peters was in Hull. Why then rage and prophesy? Why fly scourged and outcast? Why be made to tremble and sob by the clouds? Why seek truths and deliver messages when Rezia sat sticking pins into the front of her dress, and Mr. Peters was in Hull? Miracles, revelations, agonies, loneliness, falling through the sea, down, down into the flames, all were burnt out, for he had a sense, as he watched Rezia trimming the straw hat for Mrs. Peters, of a coverlet of flowers.

«It's too small for Mrs. Peters,» said Septimus.

For the first time for days he was speaking as he used to do! Of course it was — absurdly small, she said. But Mrs. Peters had chosen it.

He took it out of her hands. He said it was an organ grinder's monkey's hat.

How it rejoiced her that! Not for weeks had they laughed like this together, poking fun privately like married people. What she meant was that if Mrs. Filmer had come in, or Mrs. Peters or anybody they would not have understood what she and Septimus were laughing at.

«There,» she said, pinning a rose to one side of the hat. Never had she felt so happy! Never in her life!

—Ah —dijo Rezia, tratando de recordar. Pensó que la señora Filmer había dicho que era viajante de alguna empresa—. Ahora mismo está en Hull —dijo.

»¡Ahora mismo! —dijo ella con su acento italiano. Lo dijo ella misma. Él hizo sombra sobre sus ojos para poder ver solo un poco de su cara a la vez, primero la barbilla, luego la nariz, después la frente, por si ella era deforme o tenía alguna marca terrible. Pero no, allí estaba ella, perfectamente natural, cosiendo, con los labios fruncidos que tienen las mujeres, el conjunto, la expresión melancólica cuando cosen. Pero no había nada terrible en ello, se aseguró, mirando por segunda y tercera vez su rostro, sus manos, pues ¿qué había de aterrador o repugnante en ella mientras estaba sentada a plena luz del día, cosiendo? La señora Peters tenía una lengua maliciosa. El señor Peters estaba en Hull. ¿Por qué entonces rabiar y profetizar? ¿Por qué huir, azotado y desterrado? ¿Por qué temblar y sollozar por las nubes? ¿Por qué buscar verdades y entregar mensajes cuando Rezia estaba sentada clavando alfileres en la parte delantera de su vestido, y el señor Peters estaba en Hull? Los milagros, las revelaciones, las agonías, la soledad, la caída a través del mar, hacia abajo, hacia las llamas, todo se consumía, pues tenía la sensación, mientras observaba a Rezia recortando el sombrero de paja para la señora Peters, de un manto de flores.

—Es demasiado pequeño para la señora Peters —dijo Septimus.

Por primera vez en días hablaba como solía hacerlo. Por supuesto que era… absurdamente pequeño, dijo ella. Pero la señora Peters lo había elegido.

Él se lo quitó de las manos. Dijo que era un sombrero de mono de organillero.

¡Cómo le alegró eso a ella! Hacía semanas que no se reían así, burlándose en privado como personas casadas. Lo que quería decir era que si la señora Filmer hubiera entrado, o la señora Peters, o cualquiera, no habrían entendido de qué se reían ella y Septimus.

—Ya está —dijo ella, prendiendo una rosa a un lado del sombrero. ¡Nunca se había sentido tan feliz! ¡Nunca en su vida!

But that was still more ridiculous, Septimus said. Now the poor woman looked like a pig at a fair. (Nobody ever made her laugh as Septimus did.)

What had she got in her work-box? She had ribbons and beads, tassels, artificial flowers. She tumbled them out on the table. He began putting odd colours together — for though he had no fingers, could not even do up a parcel, he had a wonderful eye, and often he was right, sometimes absurd, of course, but sometimes wonderfully right.

«She shall have a beautiful hat!» he murmured, taking up this and that, Rezia kneeling by his side, looking over his shoulder. Now it was finished — that is to say the design; she must stitch it together. But she must be very, very careful, he said, to keep it just as he had made it.

So she sewed. When she sewed, he thought, she made a sound like a kettle on the hob; bubbling, murmuring, always busy, her strong little pointed fingers pinching and poking; her needle flashing straight. The sun might go in and out, on the tassels, on the wall-paper, but he would wait, he thought, stretching out his feet, looking at his ringed sock at the end of the sofa; he would wait in this warm place, this pocket of still air, which one comes on at the edge of a wood sometimes in the evening, when, because of a fall in the ground, or some arrangement of the trees (one must be scientific above all, scientific), warmth lingers, and the air buffets the cheek like the wing of a bird.

«There it is,» said Rezia, twirling Mrs. Peters' hat on the tips of her fingers. «That'll do for the moment. Later . . .» her sentence bubbled away drip, drip, drip, like a contented tap left running.

It was wonderful. Never had he done anything which made him feel so proud. It was so real, it was so substantial, Mrs. Peters' hat.

«Just look at it,» he said.

Pero eso era aún más ridículo, dijo Septimus. Ahora la pobre mujer parecería un cerdo en una feria. (Nunca nadie la hizo reír como Septimus).

¿Qué tenía en su cesta de labores? Tenía cintas y cuentas, borlas, flores artificiales. Ella las colocó sobre la mesa. Él empezó a combinar colores extraños... pues aunque no era bueno con los dedos, ni siquiera podía hacer un paquete, tenía un ojo maravilloso, y a menudo acertaba; a veces era absurdo, por supuesto, pero a veces acertaba de forma maravillosa.

—Tendrá un hermoso sombrero —murmuró él, tomando esto y aquello, Rezia arrodillada a su lado, mirando por encima de su hombro. Ahora estaba terminado... es decir, el diseño; ella debía coserlo. Pero debía ser muy, muy cuidadosa, dijo; debía mantenerlo tal como él lo había hecho.

Así que ella cosió. Cuando cosía, pensó él, hacía un ruido como el de una tetera sobre la hornalla; burbujeando, murmurando, siempre ocupada, con sus pequeños y fuertes dedos puntiagudos pellizcando y pinchando; su aguja destellando en línea recta. El sol podría entrar y salir en las borlas, en el empapelado, pero él esperaría, pensó, estirando los pies, mirando su calcetín con anillos en el extremo del sofá; esperaría en este lugar cálido, esta bolsa de aire quieto, que uno encuentra en el borde de un bosque a veces al atardecer, cuando, a causa de una bajada del terreno o de alguna disposición de los árboles (hay que ser, sobre todo, científico), el calor se mantiene, y el aire acaricia la mejilla como el ala de un pájaro.

—Ya está —dijo Rezia, haciendo girar el sombrero de la señora Peters en la punta de los dedos—. Está bien por el momento. Más tarde... —Su frase se desvaneció goteando, goteando, goteando, como un grifo satisfecho que ha quedado abierto.

Era maravilloso. Él nunca había hecho nada que le hiciera sentir tan orgulloso. Era tan real, era tan sustancial, el sombrero de la señora Peters.

—Solo míralo —dijo él.

Yes, it would always make her happy to see that hat. He had become himself then, he had laughed then. They had been alone together. Always she would like that hat.

He told her to try it on.

«But I must look so queer!» she cried, running over to the glass and looking first this side then that. Then she snatched it off again, for there was a tap at the door. Could it be Sir William Bradshaw? Had he sent already?

No! it was only the small girl with the evening paper.

What always happened, then happened — what happened every night of their lives. The small girl sucked her thumb at the door; Rezia went down on her knees; Rezia cooed and kissed; Rezia got a bag of sweets out of the table drawer. For so it always happened. First one thing, then another. So she built it up, first one thing and then another. Dancing, skipping, round and round the room they went. He took the paper. Surrey was all out, he read. There was a heat wave. Rezia repeated: Surrey was all out. There was a heat wave, making it part of the game she was playing with Mrs. Filmer's grandchild, both of them laughing, chattering at the same time, at their game. He was very tired. He was very happy. He would sleep. He shut his eyes. But directly he saw nothing the sounds of the game became fainter and stranger and sounded like the cries of people seeking and not finding, and passing further and further away. They had lost him!

He started up in terror. What did he see? The plate of bananas on the sideboard. Nobody was there (Rezia had taken the child to its mother. It was bedtime). That was it: to be alone forever. That was the doom pronounced in Milan when he came into the room and saw them cutting out buckram shapes with their scissors; to be alone forever.

He was alone with the sideboard and the bananas. He was alone, exposed on this bleak eminence, stretched out — but not on a hilltop; not on a crag; on Mrs. Filmer's sitting-room sofa. As for the visions, the faces, the voices of the dead, where were they? There was a screen in front of him, with black bulrushes and blue swallows.

Sí, a ella siempre le haría feliz ver ese sombrero. Había vuelto a ser él entonces, se había reído entonces. Habían estado juntos a solas. A ella siempre le gustaría ese sombrero.

Le dijo que se lo probara.

—¡Pero qué aspecto más raro debo tener! —gritó ella, corriendo hacia el espejo y mirando primero a un lado y luego a otro. Luego se lo quitó, porque se oyó un golpecito en la puerta. ¿Sería sir William Bradshaw? ¿Había enviado ya a alguien?

¡No! Era solo la niña con el periódico de la tarde.

Lo que siempre ocurría, ocurrió entonces... lo que ocurría cada noche de sus vidas. La pequeña se chupaba el pulgar en la puerta; Rezia se arrodillaba; Rezia arrullaba y besaba; Rezia sacaba una bolsa de caramelos del cajón de la mesa. Porque así sucedía siempre. Primero una cosa, luego otra. Y así ella lo fue construyendo, primero una cosa y luego otra. Bailando, saltando, daban vueltas y vueltas a la habitación. Él tomó el periódico. Surrey jugaba con toda su fuerza, leyó. Había una ola de calor. Repitió Rezia: Surrey jugaba con toda su fuerza. Había una ola de calor, haciéndolo parte del juego que estaba jugando con la nieta de la señora Filmer, ambas riendo, charlando al mismo tiempo, en su juego. Él estaba muy cansado. Estaba muy contento. Quería dormir. Cerró los ojos. Pero cuando no vio nada, los sonidos del juego se hicieron más débiles y extraños y sonaron como gritos de gente que buscaba y no encontraba, y que pasaba cada vez más lejos. ¡Le habían perdido!

Se levantó aterrorizado. ¿Qué vio? El plato de bananas en el aparador. No había nadie (Rezia había llevado a la niña con su madre. Era la hora de acostarse). Eso era todo: estar solo para siempre. Esa fue la condena pronunciada en Milán cuando entró en la habitación y las vio recortando formas de bucarán con sus tijeras: estar solo para siempre.

Estaba solo con el aparador y las bananas. Estaba solo, expuesto en esta sombría eminencia, estirado... pero no en la cima de una colina; no en un peñasco; sino en el sofá del salón de la señora Filmer. En cuanto a las visiones, los rostros y las voces de los muertos, ¿dónde estaban? Había un biombo frente a él, con eneas negras y golondrinas azules. Donde

Where he had once seen mountains, where he had seen faces, where he had seen beauty, there was a screen.

«Evans!» he cried. There was no answer. A mouse had squeaked, or a curtain rustled. Those were the voices of the dead. The screen, the coalscuttle, the sideboard remained to him. Let him then face the screen, the coal-scuttle and the sideboard . . . but Rezia burst into the room chattering.

Some letter had come. Everybody's plans were changed. Mrs. Filmer would not be able to go to Brighton after all. There was no time to let Mrs. Williams know, and really Rezia thought it very, very annoying, when she caught sight of the hat and thought . . . perhaps . . . she . . . might just make a little. . . . Her voice died out in contented melody.

«Ah, damn!» she cried (it was a joke of theirs, her swearing), the needle had broken. Hat, child, Brighton, needle. She built it up; first one thing, then another, she built it up, sewing.

She wanted him to say whether by moving the rose she had improved the hat. She sat on the end of the sofa.

They were perfectly happy now, she said, suddenly, putting the hat down. For she could say anything to him now. She could say whatever came into her head. That was almost the first thing she had felt about him, that night in the café when he had come in with his English friends. He had come in, rather shyly, looking round him, and his hat had fallen when he hung it up. That she could remember. She knew he was English, though not one of the large Englishmen her sister admired, for he was always thin; but he had a beautiful fresh colour; and with his big nose, his bright eyes, his way of sitting a little hunched made her think, she had often told him, of a young hawk, that first evening she saw him, when they were playing dominoes, and he had come in — of a young hawk; but with her he was always very gentle. She had never seen him wild or drunk, only suffering sometimes through this terrible war, but even so, when she came in, he would put it all away. Anything, anything in the whole world, any little bother with her work, anything that struck her to say she would tell him, and he understood at once. Her own family even were not the

antes había visto montañas, donde había visto rostros, donde había visto belleza, había un biombo.

—¡Evans! —gritó. No hubo respuesta. Un ratón había chillado, o una cortina había crujido. Eran las voces de los muertos. El biombo, la carbonera y el aparador quedaban con él. Que él se enfrente al biombo, a la carbonera y al aparador... pero Rezia irrumpió en la habitación, charlando.

Había llegado una carta. Los planes de todos habían cambiado. La señora Filmer no podría ir a Brighton después de todo. No había tiempo para avisar a la señora Williams, y realmente Rezia pensó que era muy, muy molesto cuando vio el sombrero y pensó... quizás... ella... podría hacer un pequeño... Su voz se apagó con una melodía de satisfacción.

—¡Ah, maldición! —gritó ella (era una broma de ellos, sus maldiciones); la aguja se había roto. Sombrero, niño, Brighton, aguja. Ella lo construía; primero una cosa, luego otra, lo construía, cosiendo.

Ella quería que él dijera si al mover la rosa había mejorado el sombrero. Ella se sentó en el extremo del sofá.

Ahora eran perfectamente felices, dijo ella, de repente, dejando el sombrero. Porque ahora podía decirle cualquier cosa. Podía decir lo que se le ocurriera. Eso fue casi lo primero que sintió por él, aquella noche en el café, cuando él entró con sus amigos ingleses. Él había entrado con cierta timidez, mirando a su alrededor, y su sombrero se había caído al colgarlo. Eso sí lo recordaba ella. Sabía que era inglés, aunque no uno de los ingleses corpulentos que su hermana admiraba, pues siempre fue delgado; pero tenía un hermoso y fresco color; y con su gran nariz, sus ojos brillantes, su forma de sentarse un poco encorvada, le hacían pensar, según le había dicho a menudo, en un joven halcón, aquella primera tarde que ella le vio, cuando estaban jugando al dominó, y él había entrado... en un joven halcón; pero con ella siempre fue muy amable. Ella nunca lo había visto enfurecido o borracho, solo sufriendo a veces por esta terrible guerra, pero aun así, cuando ella entraba, él lo dejaba todo de lado. Cualquier cosa, cualquier cosa en el mundo entero, cualquier pequeña molestia con su trabajo, cualquier cosa que le pareciera decir se lo decía a él, y él lo entendía enseguida. Ni siquiera su propia familia

same. Being older than she was and being so clever — how serious he was, wanting her to read Shakespeare before she could even read a child's story in English! — being so much more experienced, he could help her. And she too could help him.

But this hat now. And then (it was getting late) Sir William Bradshaw.

She held her hands to her head, waiting for him to say did he like the hat or not, and as she sat there, waiting, looking down, he could feel her mind, like a bird, falling from branch to branch, and always alighting, quite rightly; he could follow her mind, as she sat there in one of those loose lax poses that came to her naturally and, if he should say anything, at once she smiled, like a bird alighting with all its claws firm upon the bough.

But he remembered Bradshaw said, «The people we are most fond of are not good for us when we are ill.» Bradshaw said, he must be taught to rest. Bradshaw said they must be separated.

«Must,» «must,» why «must»? What power had Bradshaw over him? «What right has Bradshaw to say 'must' to me?» he demanded.

«It is because you talked of killing yourself,» said Rezia. (Mercifully, she could now say anything to Septimus.)

So he was in their power! Holmes and Bradshaw were on him! The brute with the red nostrils was snuffing into every secret place! «Must» it could say! Where were his papers? the things he had written?

She brought him his papers, the things he had written, things she had written for him. She tumbled them out on to the sofa. They looked at them together. Diagrams, designs, little men and women brandishing sticks for arms, with wings — were they? — on their backs; circles traced round shillings and sixpences — the suns and stars; zigzagging precipices with mountaineers ascending roped together,

era así. Siendo mayor que ella y siendo tan inteligente —¡qué serio era él, queriendo que ella leyera a Shakespeare antes de que pudiera leer siquiera un cuento para niños en inglés!—, siendo mucho más experimentado, podía ayudarla. Y ella también podía ayudarle a él.

Pero ahora estaba el sombrero. Y luego (se hacía tarde), sir William Bradshaw.

Ella se llevó las manos a la cabeza, esperando que él dijera si le gustaba el sombrero o no, y mientras estaba sentada allí, esperando, mirando hacia abajo, él podía sentir su mente, como un pájaro, cayendo de rama en rama y siempre posándose a la perfección; él podía seguir su mente mientras estaba sentada allí en una de esas poses sueltas y laxas que le salían naturalmente y, si él decía algo, al instante ella sonreía, como un pájaro posándose con todas sus patas en la rama.

Pero él recordó que Bradshaw dijo: «Las personas que más queremos no son buenas para nosotros cuando estamos enfermos». Bradshaw dijo que había que enseñarle a descansar. Bradshaw dijo que debían separarse.

«Debían», «debían», ¿por qué «debían»? ¿Qué poder tenía Bradshaw sobre él?

—¿Qué derecho tiene Bradshaw a decirme «debían»? —preguntó él.

—Es porque has hablado de suicidarte —dijo Rezia. (Afortunadamente, ahora podía decir cualquier cosa a Septimus).

¡Así que estaba en su poder! ¡Holmes y Bradshaw estaban tras él! ¡El bruto de las fosas nasales rojas estaba husmeando en todos los lugares secretos! ¡«Debía», podía decir! ¿Dónde estaban sus papeles? ¿Las cosas que había escrito?

Ella le trajo sus papeles, las cosas que había escrito, las cosas que ella había escrito bajo su dictado. Los dejó caer sobre el sofá. Los miraron juntos. Diagramas, diseños, hombrecitos y mujeres con palos a modo de brazos, con alas —¿o no?— en la espalda; círculos trazados alrededor de chelines y monedas de seis peniques —los soles y las estrellas—; precipicios en zigzag con alpinistas ascendiendo atados entre sí, exac-

exactly like knives and forks; sea pieces with little faces laughing out of what might perhaps be waves: the map of the world. Burn them! he cried. Now for his writings; how the dead sing behind rhododendron bushes; odes to Time; conversations with Shakespeare; Evans, Evans, Evans — his messages from the dead; do not cut down trees; tell the Prime Minister. Universal love: the meaning of the world. Burn them! he cried.

But Rezia laid her hands on them. Some were very beautiful, she thought. She would tie them up (for she had no envelope) with a piece of silk.

Even if they took him, she said, she would go with him. They could not separate them against their wills, she said.

Shuffling the edges straight, she did up the papers, and tied the parcel almost without looking, sitting beside him, he thought, as if all her petals were about her. She was a flowering tree; and through her branches looked out the face of a lawgiver, who had reached a sanctuary where she feared no one; not Holmes; not Bradshaw; a miracle, a triumph, the last and greatest. Staggering he saw her mount the appalling staircase, laden with Holmes and Bradshaw, men who never weighed less than eleven stone six, who sent their wives to Court, men who made ten thousand a year and talked of proportion; who different in their verdicts (for Holmes said one thing, Bradshaw another), yet judges they were; who mixed the vision and the sideboard; saw nothing clear, yet ruled, yet inflicted. «Must» they said. Over them she triumphed.

«There!» she said. The papers were tied up. No one should get at them. She would put them away.

And, she said, nothing should separate them. She sat down beside him and called him by the name of that hawk or crow which being malicious and a great destroyer of crops was precisely like him. No one could separate them, she said.

Then she got up to go into the bedroom to pack their things, but hearing voices downstairs and thinking that Dr. Holmes had perhaps called, ran down to prevent him coming up.

tamente como cuchillos y tenedores; partes del mar con caritas riendo de lo que tal vez fueran olas: el mapa del mundo. ¡Quémalos!, gritó él. Y ahora sus escritos; cómo los muertos cantan detrás de los arbustos de rododendro; odas al Tiempo; conversaciones con Shakespeare; Evans, Evans, Evans... sus mensajes de los muertos; no derribar los árboles; decírselo al primer ministro. El amor universal: el sentido del mundo. ¡Quémalos!, gritó él.

Pero Rezia los tomó en sus manos. Algunos eran muy hermosos, pensó. Los ataría (pues no tenía sobre) con un trozo de seda.

Aunque se lo llevaran, dijo, ella se iría con él. No podían separarlos contra su voluntad, dijo ella.

Arreglando los bordes, ella acomodó los papeles y ató el paquete casi sin mirar, sentada a su lado, pensó él, como si todos sus pétalos la rodearan. Ella era un árbol en flor; y a través de sus ramas se veía el rostro de una legisladora, que había llegado a un santuario donde no temía a nadie; ni a Holmes, ni a Bradshaw; un milagro, un triunfo, el último y el más grande. Tambaleándose la vio subir la espantosa escalera, cargada de personas como Holmes y Bradshaw, hombres que nunca pesaban menos de ochenta kilos, que enviaban a sus esposas a la corte, hombres que ganaban diez mil libras al año y hablaban de proporción; que diferían en sus veredictos (pues Holmes decía una cosa, Bradshaw otra) y sin embargo eran jueces; que mezclaban las visiones y el aparador; no veían nada claro, y sin embargo dictaminaban, y sin embargo infligían. «Debía», decían. Sobre ellos triunfaba ella.

—¡Ya está! —dijo ella. Los papeles estaban atados. Nadie debería cogerlos. Ella los guardaría.

Y, según ella, nada podía separarlos. Se sentó a su lado y le llamó por el nombre de aquel halcón o cuervo que, siendo malicioso y gran destructor de cosechas, era precisamente como él. Nadie podría separarlos, dijo ella.

Luego se levantó para ir al dormitorio a recoger sus cosas, pero al oír voces en el piso inferior y pensar que tal vez el doctor Holmes había llegado, bajó corriendo para evitar que subiera.

Septimus could hear her talking to Holmes on the staircase.

«My dear lady, I have come as a friend,» Holmes was saying.

«No. I will not allow you to see my husband,» she said.

He could see her, like a little hen, with her wings spread barring his passage. But Holmes persevered.

«My dear lady, allow me . . .» Holmes said, putting her aside (Holmes was a powerfully built man).

Holmes was coming upstairs. Holmes would burst open the door. Holmes would say «In a funk, eh?» Holmes would get him. But no; not Holmes; not Bradshaw. Getting up rather unsteadily, hopping indeed from foot to foot, he considered Mrs. Filmer's nice clean bread knife with «Bread» carved on the handle. Ah, but one mustn't spoil that. The gas fire? But it was too late now. Holmes was coming. Razors he might have got, but Rezia, who always did that sort of thing, had packed them. There remained only the window, the large Bloomsbury-lodging house window, the tiresome, the troublesome, and rather melodramatic business of opening the window and throwing himself out. It was their idea of tragedy, not his or Rezia's (for she was with him). Holmes and Bradshaw like that sort of thing. (He sat on the sill.) But he would wait till the very last moment. He did not want to die. Life was good. The sun hot. Only human beings — what did they want? Coming down the staircase opposite an old man stopped and stared at him. Holmes was at the door. «I'll give it you!» he cried, and flung himself vigorously, violently down on to Mrs. Filmer's area railings.

«The coward!» cried Dr. Holmes, bursting the door open. Rezia ran to the window, she saw; she understood. Dr. Holmes and Mrs. Filmer collided with each other. Mrs. Filmer flapped her apron and made her hide her eyes in the bedroom. There was a great deal of running up and down stairs. Dr. Holmes came in — white as a sheet, shaking all over, with a glass in his hand. She must be brave and drink something, he said (What was it? Something sweet), for her husband

Septimus pudo oírla hablar con Holmes en la escalera.

—Mi querida señora, he venido como amigo —decía Holmes.

—No. No le permitiré ver a mi marido —dijo ella.

Él podía verla, como una gallinita, con las alas desplegadas impidiéndole el paso. Pero Holmes perseveró.

—Mi querida señora, permítame... —dijo Holmes, haciéndola a un lado (Holmes era un hombre fornido).

Holmes subía las escaleras. Holmes abriría la puerta de golpe. Holmes diría: «Así que está decaído, ¿eh?». Holmes lo ataparía. Pero no; ni Holmes, ni Bradshaw. Levantándose con cierta inestabilidad, saltando de hecho de un pie a otro, consideró el bonito y limpio cuchillo de pan de la señora Filmer con la palabra «Pan» grabada en el mango. Ah, pero no hay que estropear algo así. ¿El gas? Ya era demasiado tarde. Holmes estaba llegando. Podría haber conseguido unas navajas de afeitar, pero Rezia, que siempre hacía ese tipo de cosas, las había empacado. Solo quedaba la ventana, la gran ventana de la casa de huéspedes de Bloomsbury, el fastidioso, el molesto y bastante melodramático asunto de abrir la ventana y arrojarse por ella. Era la idea que ellos tenían de la tragedia, no la suya ni la de Rezia (pues ella estaba con él). A Holmes y a Bradshaw les gusta ese tipo de cosas. (Él se sentó en el alféizar). Pero esperaría hasta el último momento. No quería morir. La vida era buena. El sol calentaba. Solo los seres humanos... ¿Qué querían? Al bajar la escalera de enfrente, un anciano se detuvo y lo miró fijamente. Holmes estaba en la puerta.

—¡Debo entrar! —gritó él, y se arrojó con fuerza, con violencia, sobre la barandilla de la sala de la señora Filmer.

—¡El cobarde! —gritó el doctor Holmes, abriendo la puerta de golpe. Rezia corrió hacia la ventana, vio; comprendió. El doctor Holmes y la señora Filmer chocaron entre sí. La señora Filmer agitó su delantal e hizo que ella ocultara sus ojos en el dormitorio. Hubo una gran cantidad de corridas hacia arriba y debajo de las escaleras. El doctor Holmes entró... blanco como una sábana, temblando todo su cuerpo, con un vaso en la mano. Ella debía ser valiente y beber algo, dijo él. (¿Qué era? Algo

was horribly mangled, would not recover consciousness, she must not see him, must be spared as much as possible, would have the inquest to go through, poor young woman. Who could have foretold it? A sudden impulse, no one was in the least to blame (he told Mrs. Filmer). And why the devil he did it, Dr. Holmes could not conceive.

It seemed to her as she drank the sweet stuff that she was opening long windows, stepping out into some garden. But where? The clock was striking — one, two, three: how sensible the sound was; compared with all this thumping and whispering; like Septimus himself. She was falling asleep. But the clock went on striking, four, five, six and Mrs. Filmer waving her apron (they wouldn't bring the body in here, would they?) seemed part of that garden; or a flag. She had once seen a flag slowly rippling out from a mast when she stayed with her aunt at Venice. Men killed in battle were thus saluted, and Septimus had been through the War. Of her memories, most were happy.

She put on her hat, and ran through cornfields — where could it have been? — on to some hill, somewhere near the sea, for there were ships, gulls, butterflies; they sat on a cliff. In London too, there they sat, and, half dreaming, came to her through the bedroom door, rain falling, whisperings, stirrings among dry corn, the caress of the sea, as it seemed to her, hollowing them in its arched shell and murmuring to her laid on shore, strewn she felt, like flying flowers over some tomb.

«He is dead,» she said, smiling at the poor old woman who guarded her with her honest light-blue eyes fixed on the door. (They wouldn't bring him in here, would they?) But Mrs. Filmer pooh-poohed. Oh no, oh no! They were carrying him away now. Ought she not to be told? Married people ought to be together, Mrs. Filmer thought. But they must do as the doctor said.

«Let her sleep,» said Dr. Holmes, feeling her pulse. She saw the large outline of his body standing dark against the window. So that was Dr. Holmes.

dulce). Pues su marido estaba horriblemente destrozado, no recuperaría el conocimiento, ella no debía verlo, debía evitarlo en la medida de lo posible, tendría que pasar por la investigación, pobre mujer. ¿Quién podría haberlo predicho? Un impulso repentino, nadie tenía la menor culpa (le dijo a la señora Filmer). Y por qué demonios lo hizo, el doctor Holmes no podía concebirlo.

Mientras bebía el dulce líquido, le parecía que estaba abriendo largas ventanas, saliendo a algún jardín. ¿Pero dónde? El reloj sonaba… una, dos, tres: qué sensato era el sonido, comparado con todos estos golpes y susurros; como el propio Septimus. Se estaba quedando dormida. Pero el reloj seguía sonando, cuatro, cinco, seis, y la señora Filmer agitando su delantal (¿no traerían el cuerpo aquí, verdad?) parecía parte de ese jardín; o una bandera. Una vez había visto una bandera ondeando lentamente desde un mástil cuando se quedó con su tía en Venecia. Los hombres muertos en batalla eran saludados así, y Septimus había pasado por la guerra. De sus recuerdos, la mayoría eran felices.

Se puso el sombrero y corrió a través de los campos de maíz —¿dónde podría haber sido?— hasta alguna colina, en algún lugar cerca del mar, pues había barcos, gaviotas, mariposas; se sentaron en un acantilado. También en Londres, allí se sentaron y, medio soñando, llegaban a ella a través de la puerta de la habitación: la lluvia cayendo, los susurros, las agitaciones entre el maíz seco, la caricia del mar, así le parecía a ella; alojándolos en su concha arqueada y murmurando al oído, eran depositados en la orilla; ella se sentía como derramada, como flores volando sobre alguna tumba.

—Está muerto —dijo ella, sonriendo a la pobre anciana que la custodiaba con sus honestos ojos azul claro fijos en la puerta. (¿No lo traerían aquí, verdad?). Pero la señora Filmer se desgañitó. ¡Oh, no; oh, no! Se lo llevaban ahora. ¿No deberían decírselo? Los casados deben estar juntos, pensó la señora Filmer. Pero debían hacer lo que decía el médico.

—Déjela dormir —dijo el doctor Holmes, palpando su pulso. Ella vio la gran silueta de su cuerpo que se recortaba contra la ventana. Así que ese era el doctor Holmes.

***

One of the triumphs of civilisation, Peter Walsh thought. It is one of the triumphs of civilisation, as the light high bell of the ambulance sounded. Swiftly, cleanly the ambulance sped to the hospital, having picked up instantly, humanely, some poor devil; some one hit on the head, struck down by disease, knocked over perhaps a minute or so ago at one of these crossings, as might happen to oneself. That was civilisation. It struck him coming back from the East — the efficiency, the organisation, the communal spirit of London. Every cart or carriage of its own accord drew aside to let the ambulance pass. Perhaps it was morbid; or was it not touching rather, the respect which they showed this ambulance with its victim inside — busy men hurrying home yet instantly bethinking them as it passed of some wife; or presumably how easily it might have been them there, stretched on a shelf with a doctor and a nurse. . . . Ah, but thinking became morbid, sentimental, directly one began conjuring up doctors, dead bodies; a little glow of pleasure, a sort of lust too over the visual impression warned one not to go on with that sort of thing any more — fatal to art, fatal to friendship. True. And yet, thought Peter Walsh, as the ambulance turned the corner though the light high bell could be heard down the next street and still farther as it crossed the Tottenham Court Road, chiming constantly, it is the privilege of loneliness; in privacy one may do as one chooses. One might weep if no one saw. It had been his undoing — this susceptibility — in Anglo-Indian society; not weeping at the right time, or laughing either. I have that in me, he thought standing by the pillar-box, which could now dissolve in tears. Why, Heaven knows. Beauty of some sort probably, and the weight of the day, which beginning with that visit to Clarissa had exhausted him with its heat, its intensity, and the drip, drip, of one impression after another down into that cellar where they stood, deep, dark, and no one would ever know. Partly for that reason, its secrecy, complete and inviolable, he had found life like an unknown garden, full of turns and corners, surprising, yes; really it took one's breath away, these moments; there coming to him by the pillar-box opposite the British Museum one of them, a moment, in which things came together; this ambulance; and life and death. It was as if he were sucked up to some very high roof by that rush of emotion and the rest of him, like a white shell-sprinkled beach, left bare. It had been his undoing in Anglo-Indian society — this susceptibility.

***

Uno de los triunfos de la civilización, pensó Peter Walsh. Es uno de los triunfos de la civilización, mientras sonaba la sirena, alta y clara, de la ambulancia. La ambulancia se dirigió rápida y limpiamente al hospital, habiendo recogido al instante, humanamente, a algún pobre diablo; alguien golpeado en la cabeza, abatido por la enfermedad, atropellado tal vez hace un minuto en uno de estos cruces, como podría ocurrirle a uno mismo. Eso era la civilización. Le sorprendió volver de Oriente… la eficiencia, la organización, el espíritu comunitario de Londres. Todos los carros o carruajes se apartaban para dejar pasar a la ambulancia. Tal vez fuera morboso, o más bien conmovedor, el respeto que mostraban a esta ambulancia con su víctima dentro… hombres ocupados que se apresuraban a volver a casa, pero que al pasar la ambulancia se acordaban al instante de alguna esposa; o presumiblemente, con qué facilidad podrían haber sido ellos los que estuvieran allí, estirados en una camilla con un médico y una enfermera… Ah, pero el pensamiento se volvía morboso, sentimental, en cuanto uno empezaba a evocar a los médicos, a los cadáveres; un pequeño resplandor de placer, una especie de lujuria también sobre la impresión visual, le advertía a uno para no seguir con ese tipo de cosas… fatal para el arte, fatal para la amistad. Es cierto. Y sin embargo, pensó Peter Walsh, mientras la ambulancia doblaba la esquina, aunque la sirena alta y ligera se oía en la próxima calle y aún más lejos, cuando cruzaba Tottenham Court Road, sonando constantemente, es el privilegio de la soledad; en la intimidad uno puede hacer lo que quiera. Uno podía llorar si nadie lo veía. Esta susceptibilidad había sido su perdición en la sociedad anglo-india: no llorar en el momento adecuado, ni reír tampoco. Tengo eso en mí, pensó de pie junto al buzón, que ahora podría disolverse en lágrimas. Por qué, Dios sabe. Por algún tipo de belleza, probablemente, y por el peso del día, que a partir de aquella visita a Clarissa le había agotado con su calor, su intensidad, y el goteo, el goteo, de una impresión tras otra hasta aquel sótano en el que reposaban, profundo, oscuro, y que nadie conocería jamás. En parte por eso, por su secreto, completo e inviolable, había encontrado la vida como un jardín desconocido, lleno de giros y rincones, sorprendentes, sí; realmente le dejaban a uno sin aliento estos momentos. Allí le llegó junto al buzón frente al Museo Británico uno de ellos, un momento en el que las cosas se unieron: esta ambulancia y la vida y la muerte. Era como si aquel torrente de emociones lo hubiera aspirado hacia arriba, hasta un techo muy alto, y el resto de él, como una playa blanca salpica-

Clarissa once, going on top of an omnibus with him somewhere, Clarissa superficially at least, so easily moved, now in despair, now in the best of spirits, all aquiver in those days and such good company, spotting queer little scenes, names, people from the top of a bus, for they used to explore London and bring back bags full of treasures from the Caledonian market — Clarissa had a theory in those days — they had heaps of theories, always theories, as young people have. It was to explain the feeling they had of dissatisfaction; not knowing people; not being known. For how could they know each other? You met every day; then not for six months, or years. It was unsatisfactory, they agreed, how little one knew people. But she said, sitting on the bus going up Shaftesbury Avenue, she felt herself everywhere; not «here, here, here»; and she tapped the back of the seat; but everywhere. She waved her hand, going up Shaftesbury Avenue. She was all that. So that to know her, or any one, one must seek out the people who completed them; even the places. Odd affinities she had with people she had never spoken to, some woman in the street, some man behind a counter — even trees, or barns. It ended in a transcendental theory which, with her horror of death, allowed her to believe, or say that she believed (for all her scepticism), that since our apparitions, the part of us which appears, are so momentary compared with the other, the unseen part of us, which spreads wide, the unseen might survive, be recovered somehow attached to this person or that, or even haunting certain places after death ... perhaps — perhaps.

Looking back over that long friendship of almost thirty years her theory worked to this extent. Brief, broken, often painful as their actual meetings had been what with his absences and interruptions (this morning, for instance, in came Elizabeth, like a long-legged colt, handsome, dumb, just as he was beginning to talk to Clarissa) the effect of them on his life was immeasurable. There was a mystery about it. You were given a sharp, acute, uncomfortable grain — the actual meeting; horribly painful as often as not; yet in absence, in the most unlikely places, it would flower out, open, shed its scent, let you touch, taste, look about you, get the whole feel of it and unders-

da de conchas, hubiera quedado al descubierto. Había sido su perdición en la sociedad anglo-india... esta susceptibilidad.

Clarissa, una vez, subiendo a un ómnibus con él en algún lugar, Clarissa, al menos superficialmente, tan fácil de conmover, ahora desesperada, ahora de buen humor, toda animada en aquellos días y siendo tan buena compañía, descubriendo pequeñas escenas extrañas, nombres, personas desde el techo del ómnibus, ya que solían explorar Londres y traer bolsas llenas de tesoros de Caledonian Market... Clarissa tenía una teoría en aquellos días... tenían montones de teorías, siempre teorías, como tienen los jóvenes. Era para explicar la sensación de insatisfacción que tenían; no conocer a la gente; no ser conocidos. Porque, ¿cómo podrían conocerse? Se veían todos los días; luego no se veían por seis meses o años. Era insatisfactorio, estaban de acuerdo, lo poco que se conocía a la gente. Pero ella decía que, sentada en el autobús subiendo por Shaftesbury Avenue, se sentía en todas partes; no «aquí, aquí, aquí»; y daba golpecitos en el respaldo del asiento; sino en todas partes. Agitaba la mano, subiendo por Shaftesbury Avenue. Ella era todo eso. De modo que para conocerla, a ella o a cualquiera, había que buscar a las personas que la completaban; incluso los lugares. Tenía extrañas afinidades con personas con las que nunca había hablado, alguna mujer en la calle, algún hombre detrás de un mostrador... incluso árboles o graneros. Terminaba en una teoría trascendental que, con su horror a la muerte, le permitía creer, o decir que creía (a pesar de todo su escepticismo), que puesto que nuestras apariciones, la parte de nosotros que aparece, son tan momentáneas comparadas con la otra, la parte invisible de nosotros, que se extiende ampliamente, lo invisible podría sobrevivir, recuperarse de algún modo unido a esta persona o a aquella, o incluso rondar ciertos lugares después de la muerte... quizás... quizás.

Mirando hacia atrás en esa larga amistad de casi treinta años, su teoría funcionaba hasta este punto. A pesar de lo breve, interrumpido y a menudo doloroso que habían sido sus encuentros reales, con sus ausencias e interrupciones (esta mañana, por ejemplo, llegó Elizabeth, como una potranca de piernas largas, guapa y muda, justo cuando empezaba a hablar con Clarissa), el efecto que tuvieron en su vida era inconmensurable. Había un misterio en ello. Te daban una semilla aguda, punzante, incómoda... el encuentro real; horriblemente doloroso a menudo; sin embargo, en ausencia, en los lugares más inverosímiles, florecía, se abría, derramaba su aroma, te permitía tocar, saborear, mi-

tanding, after years of lying lost. Thus she had come to him; on board ship; in the Himalayas; suggested by the oddest things (so Sally Seton, generous, enthusiastic goose! thought of *him* when she saw blue hydrangeas). She had influenced him more than any person he had ever known. And always in this way coming before him without his wishing it, cool, lady-like, critical; or ravishing, romantic, recalling some field or English harvest. He saw her most often in the country, not in London. One scene after another at Bourton. . . .

He had reached his hotel. He crossed the hall, with its mounds of reddish chairs and sofas, its spike-leaved, withered-looking plants. He got his key off the hook. The young lady handed him some letters. He went upstairs — he saw her most often at Bourton, in the late summer, when he stayed there for a week, or fortnight even, as people did in those days. First on top of some hill there she would stand, hands clapped to her hair, her cloak blowing out, pointing, crying to them — she saw the Severn beneath. Or in a wood, making the kettle boil — very ineffective with her fingers; the smoke curtseying, blowing in their faces; her little pink face showing through; begging water from an old woman in a cottage, who came to the door to watch them go. They walked always; the others drove. She was bored driving, disliked all animals, except that dog. They tramped miles along roads. She would break off to get her bearings, pilot him back across country; and all the time they argued, discussed poetry, discussed people, discussed politics (she was a Radical then); never noticing a thing except when she stopped, cried out at a view or a tree, and made him look with her; and so on again, through stubble fields, she walking ahead, with a flower for her aunt, never tired of walking for all her delicacy; to drop down on Bourton in the dusk. Then, after dinner, old Breitkopf would open the piano and sing without any voice, and they would lie sunk in arm-chairs, trying not to laugh, but always breaking down and laughing, laughing — laughing at nothing. Breitkopf was supposed not to see. And then in the morning, flirting up and down like a wagtail in front of the house. . . .

Oh it was a letter from her! This blue envelope; that was her hand. And he would have to read it. Here was another of those meetings, bound to be painful! To read her letter needed the devil of an effort.

rar a tu alrededor, tener toda la sensación y entender, después de años de estar perdido. Así había llegado a él: a bordo de un barco, en el Himalaya, sugerido por las cosas más extrañas (así es como Sally Seton pensó en *él* —¡ganso generoso y entusiasta!— cuando vio hortensias azules). Ella había influido en él más que cualquier otra persona que hubiera conocido. Y siempre se presentaba ante él sin que él lo deseara, fría, femenina, crítica; o encantadora, romántica, recordando algún campo o cosecha inglesa. La veía más a menudo en el campo, no en Londres. Una escena tras otra en Bourton…

Había llegado a su hotel. Cruzó el vestíbulo, con sus montones de sillas y sofás rojizos, sus plantas de hojas de espiga y aspecto marchito. Sacó la llave del gancho. La joven le entregó unas cartas. Subió las escaleras; la veía con más frecuencia en Bourton, a finales del verano, cuando se quedaba allí una semana, o incluso quince días, como hacía la gente en aquella época. Primero, en la cima de alguna colina, ella se ponía de pie, con las manos agarradas al pelo, con la capa al aire, señalando, gritando hacia ellos… Ella veía el Severn por debajo. O en un bosque, haciendo hervir la tetera… muy torpe con sus dedos; el humo haciendo reverencias, soplando en sus caras; su carita rosada asomando; pidiendo agua a una anciana en una cabaña, que se acercaba a la puerta para verlos partir. Siempre iban a pie; los demás iban en coche. A ella le aburría conducir, le disgustaban todos los animales, excepto aquel perro. Recorrieron kilómetros por los caminos. Ella se apartaba para orientarse, y lo guiaba de vuelta a través del campo; y todo el tiempo discutían, hablaban de poesía, hablaban de la gente, hablaban de política (ella era radical en ese entonces); sin darse cuenta de nada, excepto cuando ella se detenía, gritaba al ver un paisaje o un árbol, y le hacía mirar con ella; y así, de nuevo, a través de los rastrojos, ella caminando delante, con una flor para su tía, nunca se cansaba de caminar a pesar de su delicadeza, para dejarse caer en Bourton en el crepúsculo. Luego, después de la cena, el viejo Breitkopf abría el piano y cantaba sin voz, y ellos se recostaban, hundidos en los sillones, tratando de no reírse, pero siempre rompían a reír, a reír… a reírse de nada. Se suponía que Breitkopf no debía verlos reír. Y luego, por la mañana, coqueteando arriba y abajo como un ave lavandera frente a la casa…

¡Oh, era una carta de ella! Este sobre azul; era su letra. Y él tendría que leerla. Era otro de esos encuentros, ¡seguramente doloroso! Leer su carta requería un gran esfuerzo. «Qué celestial fue verlo a él. Ella debía

«How heavenly it was to see him. She must tell him that.» That was all.

But it upset him. It annoyed him. He wished she hadn't written it. Coming on top of his thoughts, it was like a nudge in the ribs. Why couldn't she let him be? After all, she had married Dalloway, and lived with him in perfect happiness all these years.

These hotels are not consoling places. Far from it. Any number of people had hung up their hats on those pegs. Even the flies, if you thought of it, had settled on other people's noses. As for the cleanliness which hit him in the face, it wasn't cleanliness, so much as bareness, frigidity; a thing that had to be. Some arid matron made her rounds at dawn sniffing, peering, causing blue-nosed maids to scour, for all the world as if the next visitor were a joint of meat to be served on a perfectly clean platter. For sleep, one bed; for sitting in, one armchair; for cleaning one's teeth and shaving one's chin, one tumbler, one looking-glass. Books, letters, dressing-gown, slipped about on the impersonality of the horsehair like incongruous impertinences. And it was Clarissa's letter that made him see all this. «Heavenly to see you. She must say so!» He folded the paper; pushed it away; nothing would induce him to read it again!

To get that letter to him by six o'clock she must have sat down and written it directly he left her; stamped it; sent somebody to the post. It was, as people say, very like her. She was upset by his visit. She had felt a great deal; had for a moment, when she kissed his hand, regretted, envied him even, remembered possibly (for he saw her look it) something he had said — how they would change the world if she married him perhaps; whereas, it was this; it was middle age; it was mediocrity; then forced herself with her indomitable vitality to put all that aside, there being in her a thread of life which for toughness, endurance, power to overcome obstacles, and carry her triumphantly through he had never known the like of. Yes; but there would come a reaction directly he left the room. She would be frightfully sorry for him; she would think what in the world she could do to give him pleasure (short always of the one thing) and he could see her with the tears running down her cheeks going to her writing-table and dashing off that one line which he was to find greeting him. . . . «Heavenly to see you!» And she meant it.

decírselo». Eso era todo.

Pero le molestó. Le molestó. Deseó que no lo hubiera escrito. Luego de sus pensamientos fue como un codazo en las costillas. ¿Por qué no podía dejarlo en paz? Después de todo, ella se había casado con Dalloway, y había vivido con él en perfecta felicidad todos estos años.

Estos hoteles no son lugares de consuelo. Ni mucho menos. Cualquier cantidad de gente había colgado sus sombreros en esas clavijas. Incluso las moscas, si lo pensaba, se habían posado en las narices de otras personas. En cuanto a la limpieza que le golpeaba en la cara, no era limpieza, sino desnudez, frigidez; una cosa que tenía que ser. Alguna matrona árida hacía su ronda al amanecer, olfateando, escudriñando, haciendo que las sirvientas de nariz azul fregaran, por todas partes, como si el próximo visitante fuera un trozo de carne que se iba a servir en una bandeja perfectamente limpia. Para dormir, una cama; para sentarse, un sillón; para limpiarse los dientes y afeitarse la barbilla, un vaso, un espejo. Los libros, las cartas, la bata se deslizaban sobre la impersonalidad de la crin como impertinencias incongruentes. Y fue la carta de Clarissa la que le hizo ver todo esto. «Qué celestial fue verte. ¡Ella debía decirlo!». Dobló el papel; lo apartó; ¡nada le induciría a leerlo de nuevo!

Para hacerle llegar esa carta antes de las seis, ella debió de sentarse y escribirla directamente cuando él la dejó; la selló; envió a alguien al correo. Era, como dice la gente, muy propio de ella. La visita de él la había perturbado. Había tenido un fuerte sentimiento; por un momento, cuando él le besó la mano, había lamentado, envidiado incluso, recordado posiblemente (porque él la vio mirar) algo que él había dicho... cómo cambiarían el mundo si se casaba con él, tal vez; mientras que ahora era esto, era la mediana edad, era la mediocridad. Entonces ella se obligó a sí misma con su indomable vitalidad a dejar todo eso de lado, habiendo en ella un hilo de vida que, a causa de la dureza, la resistencia, el poder de superar los obstáculos, de llevarla triunfalmente a través de todo, superaba todo lo que él había conocido. Sí, pero habría una reacción cuando él saliera de la habitación. Ella se sentiría terriblemente apenada por él; pensaría en lo que podría hacer para darle placer (a falta siempre de una cosa) y él podría verla con las lágrimas corriendo por sus mejillas, yendo a su escritorio y escribiendo rápidamente esa única línea que él iba a encontrar, saludándole... «¡Qué celestial verte!». Y lo decía en serio.

Peter Walsh had now unlaced his boots.

But it would not have been a success, their marriage. The other thing, after all, came so much more naturally.

It was odd; it was true; lots of people felt it. Peter Walsh, who had done just respectably, filled the usual posts adequately, was liked, but thought a little cranky, gave himself airs — it was odd that *he* should have had, especially now that his hair was grey, a contented look; a look of having reserves. It was this that made him attractive to women who liked the sense that he was not altogether manly. There was something unusual about him, or something behind him. It might be that he was bookish — never came to see you without taking up the book on the table (he was now reading, with his bootlaces trailing on the floor); or that he was a gentleman, which showed itself in the way he knocked the ashes out of his pipe, and in his manners of course to women. For it was very charming and quite ridiculous how easily some girl without a grain of sense could twist him round her finger. But at her own risk. That is to say, though he might be ever so easy, and indeed with his gaiety and good-breeding fascinating to be with, it was only up to a point. She said something — no, no; he saw through that. He wouldn't stand that — no, no. Then he could shout and rock and hold his sides together over some joke with men. He was the best judge of cooking in India. He was a man. But not the sort of man one had to respect — which was a mercy; not like Major Simmons, for instance; not in the least like that, Daisy thought, when, in spite of her two small children, she used to compare them.

He pulled off his boots. He emptied his pockets. Out came with his pocket-knife a snapshot of Daisy on the verandah; Daisy all in white, with a fox-terrier on her knee; very charming, very dark; the best he had ever seen of her. It did come, after all so naturally; so much more naturally than Clarissa. No fuss. No bother. No finicking and fidgeting. All plain sailing. And the dark, adorably pretty girl on the verandah exclaimed (he could hear her). Of course, of course she would give him everything! she cried (she had no sense of discretion) everything he wanted! she cried, running to meet him, whoever might be looking. And she was only twenty-four. And she had two children.

Peter Walsh se había desatado las botas.

Pero su matrimonio no habría sido un éxito. Lo otro, después de todo, era mucho más natural.

Era extraño, era cierto, mucha gente lo sentía. Peter Walsh, que se había desempeñado respetablemente, ocupando adecuadamente los puestos habituales, era querido, pero se consideraba un poco cascarrabias, se daba aires... Era extraño que *él* tuviera, sobre todo ahora que su cabello era gris, una mirada de satisfacción; una mirada manifestando sus reservas. Era esto lo que lo hacía atractivo para las mujeres, a quienes les gustaba la sensación de que no era del todo varonil. Había algo inusual en él, o algo detrás de él. Podía ser que fuera aficionado a los libros, que nunca viniera a verte sin coger el libro que había sobre la mesa (ahora estaba leyendo, con los cordones de las botas arrastrándose por el suelo); o que fuera un caballero, lo cual se manifestaba en la forma en que sacaba la ceniza de su pipa y en sus modales, por supuesto, con las mujeres. Porque era muy encantador y bastante ridículo la facilidad con la que una chica sin un ápice de sentido común podía hacerle girar alrededor de su dedo. Pero bajo su propio riesgo. Es decir, aunque fuera muy fácil, y de hecho con su jovialidad y su buena educación era fascinante estar con él, solo lo era hasta cierto punto. Ella dijo algo... no, no; él vio a través de eso. No lo soportaría... no, no. A continuación podía gritar y mecerse y sostenerse las costillas por alguna broma con los otros hombres. Era el mejor juez de cocina de la India. Era un hombre. Pero no el tipo de hombre al que había que respetar —lo que era un alivio—; no como el comandante Simmons, por ejemplo; no, en lo más mínimo, pensaba Daisy cuando, a pesar de sus dos hijos pequeños, solía compararlos.

Se quitó las botas. Vació sus bolsillos. Sacó junto con su navaja una foto de Daisy en la veranda; Daisy toda de blanco, con un fox terrier en la rodilla; muy encantadora, muy oscura; nunca la había visto mejor. Al fin y al cabo, era tan natural; mucho más natural que Clarissa. Sin aspavientos. Sin molestias. Sin remilgos ni inquietudes. Todo era fácil. Y la chica morena y adorablemente bonita de la veranda exclamó (él podía oírla). ¡Por supuesto, por supuesto que le daría todo!, gritó (no tenía sentido de la discreción). ¡Todo lo que él quisiera!, gritó, corriendo a su encuentro, quienquiera que estuviera mirando. Y solo tenía veinticuatro años. Y tenía dos hijos. ¡Vaya, vaya!

Well, well!

Well indeed he had got himself into a mess at his age. And it came over him when he woke in the night pretty forcibly. Suppose they did marry? For him it would be all very well, but what about her? Mrs. Burgess, a good sort and no chatterbox, in whom he had confided, thought this absence of his in England, ostensibly to see lawyers might serve to make Daisy reconsider, think what it meant. It was a question of her position, Mrs. Burgess said; the social barrier; giving up her children. She'd be a widow with a past one of these days, draggling about in the suburbs, or more likely, indiscriminate (you know, she said, what such women get like, with too much paint). But Peter Walsh pooh-poohed all that. He didn't mean to die yet. Anyhow she must settle for herself; judge for herself, he thought, padding about the room in his socks, smoothing out his dress-shirt, for he might go to Clarissa's party, or he might go to one of the Halls, or he might settle in and read an absorbing book written by a man he used to know at Oxford. And if he did retire, that's what he'd do — write books. He would go to Oxford and poke about in the Bodleian. Vainly the dark, adorably pretty girl ran to the end of the terrace; vainly waved her hand; vainly cried she didn't care a straw what people said. There he was, the man she thought the world of, the perfect gentleman, the fascinating, the distinguished (and his age made not the least difference to her), padding about a room in an hotel in Bloomsbury, shaving, washing, continuing, as he took up cans, put down razors, to poke about in the Bodleian, and get at the truth about one or two little matters that interested him. And he would have a chat with whoever it might be, and so come to disregard more and more precise hours for lunch, and miss engagements, and when Daisy asked him, as she would, for a kiss, a scene, fail to come up to the scratch (though he was genuinely devoted to her) — in short it might be happier, as Mrs. Burgess said, that she should forget him, or merely remember him as he was in August 1922, like a figure standing at the cross roads at dusk, which grows more and more remote as the dog-cart spins away, carrying her securely fastened to the back seat, though her arms are outstretched, and as she sees the figure dwindle and disappear still she cries out how she would do anything in the world, anything, anything, anything. . . .

En efecto, a su edad se había metido en un lío. Y se le vino encima cuando se despertó por la noche de forma bastante forzada. ¿Supongamos que se casan? Para él estaría muy bien, pero ¿qué pasaría con ella? La señora Burgess, una buena persona y nada charlatana, en la que él había confiado, pensó que esta ausencia suya en Inglaterra, aparentemente para ver a los abogados, podría servir para que Daisy recapacitara, pensara en lo que significaba. Era una cuestión de su posición, dijo la señora Burgess; la barrera social, renunciar a sus hijos. Uno de estos días sería una viuda con un pasado, arrastrándose por los suburbios, o más probablemente, sin criterio (ya sabes, dijo, cómo se ponen esas mujeres, pintándose demasiado). Pero Peter Walsh desestimó todo eso. No tenía intención de morir todavía. De todos modos, ella debía decidir por sí misma; juzgar por sí misma, pensó él, paseándose por la habitación en calcetines, alisándose la camisa de vestir, porque podría ir a la fiesta de Clarissa, o podría ir a uno de los salones, o podría ponerse cómodo y leer un libro absorbente escrito por un hombre que solía conocer en Oxford. Y si se retiraba, eso es lo que haría... escribir libros. Iba a ir a Oxford y husmear en la Bodleian. En vano la muchacha morena y adorablemente bonita corrió hasta el final de la terraza; en vano agitó la mano; en vano gritó que no le importaba un bledo lo que dijera la gente. Allí estaba él, el hombre que ella consideraba todo su mundo, el perfecto caballero, el fascinante, el distinguido (y su edad no suponía la menor diferencia para ella), recorriendo una habitación de un hotel de Bloomsbury, afeitándose, lavándose, continuando, mientras cogía latas, dejaba las maquinillas de afeitar, husmeando en la Bodleian y llegando a la verdad acerca de uno o dos pequeños asuntos que le interesaban. Y él tendría una charla con quienquiera que fuera, y así llegaría a ignorar más y más los horarios precisos para el almuerzo, y faltaría a los compromisos, y cuando Daisy le pidiera, como lo haría, un beso, una escena, no estaría a la altura (aunque él estaba genuinamente dedicado a ella)... en resumen, podría brindar más felicidad, como dijo la señora Burgess, que ella lo olvidara, o que simplemente lo recordara tal como era en agosto de 1922, como una figura de pie en el cruce de caminos al anochecer, que se va alejando cada vez más a medida que la carreta se aleja, llevándola bien sujeta al asiento trasero, aunque con los brazos extendidos, y mientras ve que la figura se reduce y desaparece todavía grita cómo haría cualquier cosa en el mundo, cualquier cosa, cualquier cosa...

He never knew what people thought. It became more and more difficult for him to concentrate. He became absorbed; he became busied with his own concerns; now surly, now gay; dependent on women, absent-minded, moody, less and less able (so he thought as he shaved) to understand why Clarissa couldn't simply find them a lodging and be nice to Daisy; introduce her. And then he could just — just do what? just haunt and hover (he was at the moment actually engaged in sorting out various keys, papers), swoop and taste, be alone, in short, sufficient to himself; and yet nobody of course was more dependent upon others (he buttoned his waistcoat); it had been his undoing. He could not keep out of smoking-rooms, liked colonels, liked golf, liked bridge, and above all women's society, and the fineness of their companionship, and their faithfulness and audacity and greatness in loving which though it had its drawbacks seemed to him (and the dark, adorably pretty face was on top of the envelopes) so wholly admirable, so splendid a flower to grow on the crest of human life, and yet he could not come up to the scratch, being always apt to see round things (Clarissa had sapped something in him permanently), and to tire very easily of mute devotion and to want variety in love, though it would make him furious if Daisy loved anybody else, furious! for he was jealous, uncontrollably jealous by temperament. He suffered tortures! But where was his knife; his watch; his seals, his note-case, and Clarissa's letter which he would not read again but liked to think of, and Daisy's photograph? And now for dinner.

They were eating.

Sitting at little tables round vases, dressed or not dressed, with their shawls and bags laid beside them, with their air of false composure, for they were not used to so many courses at dinner, and confidence, for they were able to pay for it, and strain, for they had been running about London all day shopping, sightseeing; and their natural curiosity, for they looked round and up as the nice-looking gentleman in horn-rimmed spectacles came in, and their good nature, for they would have been glad to do any little service, such as lend a time-table or impart useful information, and their desire, pulsing in them, tugging at them subterraneously, somehow to establish connections if it were only a birthplace (Liverpool, for example) in common or friends of the same name; with their furtive glances,

Nunca supo lo que pensaba la gente. Cada vez le resultaba más difícil concentrarse. Se abstraía; se ocupaba de sus propias preocupaciones; ahora huraño, ahora alegre; pendiente de las mujeres, distraído, malhumorado, cada vez menos capaz (así lo pensaba mientras se afeitaba) de entender por qué Clarissa no podía simplemente encontrarles un alojamiento y ser amable con Daisy; presentarla. Y entonces podía simplemente... ¿Hacer qué? Simplemente rondar y revolotear (en ese momento se dedicaba a organizar varias llaves, papeles), abalanzarse y saborear, estar solo, en definitiva, bastarse a sí mismo; y sin embargo nadie, por supuesto, dependía más de los demás (se abotonó el chaleco); había sido su perdición. No podía mantenerse alejado de las salas de fumadores, le gustaban los coroneles, el golf, el *bridge* y, sobre todo, la sociedad de las mujeres, y la finura de su compañía, y su fidelidad y audacia y grandeza en el amor que, aunque tenía sus inconvenientes, le parecía (y la cara oscura y adorablemente bonita estaba encima de los sobres) tan enteramente admirable, una flor tan espléndida para crecer en la cresta de la vida humana, y sin embargo él no podía llegar a la altura, siendo siempre propenso a ver cosas circundantes (Clarissa había minado algo en él permanentemente) y a cansarse muy fácilmente de la devoción muda, y a querer variedad en el amor, aunque lo pondría furioso si Daisy amara a cualquier otro, ¡furioso! Porque era celoso, incontrolablemente celoso por temperamento. ¡Era una tortura! Pero ¿dónde estaban su navaja, su reloj, sus sellos, su maletín de notas y la carta de Clarissa, que no volvería a leer pero le gustaba pensar en ella, y la fotografía de Daisy? Y ahora la cena.

Estaban comiendo.

Sentados en mesitas alrededor de jarrones, vestidos de etiqueta o no, con sus chales y bolsos colocados al lado, con su aire de falsa compostura, pues no estaban acostumbrados a tantos platos en la cena, y de confianza, pues podían pagarla, y de cansancio, pues habían estado todo el día corriendo por Londres, de compras, haciendo turismo, y su curiosidad natural, ya que miraban a su alrededor y hacia arriba cuando entraba el apuesto caballero con gafas de carey, y su buen carácter, ya que habrían estado encantados de hacer cualquier pequeño servicio, como prestar un horario o impartir información útil, y su deseo, que latía en ellos, tirando de ellos subterráneamente, de establecer de alguna manera conexiones, aunque solo fuera un lugar de nacimiento (Liverpool, por ejemplo) en común o amigos del mismo nombre; con sus miradas

odd silences, and sudden withdrawals into family jocularity and isolation; there they sat eating dinner when Mr. Walsh came in and took his seat at a little table by the curtain.

It was not that he said anything, for being solitary he could only address himself to the waiter; it was his way of looking at the menu, of pointing his forefinger to a particular wine, of hitching himself up to the table, of addressing himself seriously, not gluttonously to dinner, that won him their respect; which, having to remain unexpressed for the greater part of the meal, flared up at the table where the Morrises sat when Mr. Walsh was heard to say at the end of the meal, «Bartlett pears.» Why he should have spoken so moderately yet firmly, with the air of a disciplinarian well within his rights which are founded upon justice, neither young Charles Morris, nor old Charles, neither Miss Elaine nor Mrs. Morris knew. But when he said, «Bartlett pears,» sitting alone at his table, they felt that he counted on their support in some lawful demand; was champion of a cause which immediately became their own, so that their eyes met his eyes sympathetically, and when they all reached the smoking-room simultaneously, a little talk between them became inevitable.

It was not very profound — only to the effect that London was crowded; had changed in thirty years; that Mr. Morris preferred Liverpool; that Mrs. Morris had been to the Westminster flower-show, and that they had all seen the Prince of Wales. Yet, thought Peter Walsh, no family in the world can compare with the Morrises; none whatever; and their relations to each other are perfect, and they don't care a hang for the upper classes, and they like what they like, and Elaine is training for the family business, and the boy has won a scholarship at Leeds, and the old lady (who is about his own age) has three more children at home; and they have two motor cars, but Mr. Morris still mends the boots on Sunday: it is superb, it is absolutely superb, thought Peter Walsh, swaying a little backwards and forwards with his liqueur glass in his hand among the hairy red chairs and ash-trays, feeling very well pleased with himself, for the Morrises liked him. Yes, they liked a man who said, «Bartlett pears.» They liked him, he felt.

He would go to Clarissa's party. (The Morrises moved off; but they

furtivas, sus extraños silencios y sus repentinos repliegues hacia la jocosidad y el aislamiento familiar; allí estaban sentados cenando cuando el señor Walsh entró y tomó asiento en una mesita junto a la cortina.

No es que él dijera algo en particular, pues al estar solo únicamente podía dirigirse al camarero; fue su forma de mirar el menú, de señalar con el dedo índice un vino en particular, de acomodarse a la mesa, de dirigirse con seriedad y no con glotonería a la comida lo que les hizo ganarse su respeto; el cual, al tener que permanecer inexpresado durante la mayor parte de la comida, se encendió en la mesa donde se sentaban los Morris cuando se oyó al señor Walsh decir al final de la comida: «peras Bartlett». No sabían por qué había hablado con tanta moderación, pero con firmeza, con el aire de un juez disciplinario que está en su derecho, basado en la justicia; ni el joven Charles Morris, ni el viejo Charles, ni la señorita Elaine ni la señora Morris lo sabían. Pero cuando él dijo: «peras Bartlett», sentado a solas en su mesa, sintieron que él contaba con su apoyo en alguna demanda legítima; era el campeón de una causa que inmediatamente se convirtió en la suya, de modo que sus ojos se encontraron con los de él con simpatía, y cuando todos llegaron simultáneamente a la sala de fumadores, una pequeña charla entre ellos se hizo inevitable.

No fue muy profunda, solo que Londres estaba atestado, que había cambiado en estos treinta años, que el señor Morris prefería Liverpool, que la señora Morris había estado en la exposición de flores de Westminster y que todos habían visto al príncipe de Gales. Sin embargo, pensó Peter Walsh, ninguna familia del mundo puede compararse con los Morris; ninguna en absoluto; y sus relaciones entre sí son perfectas, y no les importa un bledo la clase alta, y les gusta lo que les gusta, y Elaine se está formando para el negocio familiar, y el chico ha ganado una beca en Leeds, y la señora mayor (que tiene más o menos su misma edad) tiene tres hijos más en casa; y tienen dos automóviles, pero el señor Morris sigue remendando las botas los domingos: es magnífico, es absolutamente magnífico, pensó Peter Walsh, balanceándose un poco hacia atrás y hacia delante con su copa de licor en la mano entre las peludas sillas rojas y los ceniceros, sintiéndose muy satisfecho consigo mismo, pues los Morris le apreciaban. Sí, tenían simpatía por alguien que decía «peras Bartlett». Le tenían simpatía, sentía.

Iría a la fiesta de Clarissa. (Los Morris se marcharon; pero se volverían

would meet again.) He would go to Clarissa's party, because he wanted to ask Richard what they were doing in India — the conservative duffers. And what's being acted? And music. . . . Oh yes, and mere gossip.

For this is the truth about our soul, he thought, our self, who fish-like inhabits deep seas and plies among obscurities threading her way between the boles of giant weeds, over sun-flickered spaces and on and on into gloom, cold, deep, inscrutable; suddenly she shoots to the surface and sports on the wind-wrinkled waves; that is, has a positive need to brush, scrape, kindle herself, gossiping. What did the Government mean — Richard Dalloway would know — to do about India?

Since it was a very hot night and the paper boys went by with placards proclaiming in huge red letters that there was a heat-wave, wicker chairs were placed on the hotel steps and there, sipping, smoking, detached gentlemen sat. Peter Walsh sat there. One might fancy that day, the London day, was just beginning. Like a woman who had slipped off her print dress and white apron to array herself in blue and pearls, the day changed, put off stuff, took gauze, changed to evening, and with the same sigh of exhilaration that a woman breathes, tumbling petticoats on the floor, it too shed dust, heat, colour; the traffic thinned; motor cars, tinkling, darting, succeeded the lumber of vans; and here and there among the thick foliage of the squares an intense light hung. I resign, the evening seemed to say, as it paled and faded above the battlements and prominences, moulded, pointed, of hotel, flat, and block of shops, I fade, she was beginning, I disappear, but London would have none of it, and rushed her bayonets into the sky, pinioned her, constrained her to partnership in her revelry.

For the great revolution of Mr. Willett's summer time had taken place since Peter Walsh's last visit to England. The prolonged evening was new to him. It was inspiriting, rather. For as the young people went by with their despatch-boxes, awfully glad to be free, proud too, dumbly, of stepping this famous pavement, joy of a kind, cheap, tinselly, if you like, but all the same rapture, flushed their faces. They dressed well too; pink stockings; pretty shoes. They would now have two hours at the pictures. It sharpened, it refined them, the

a encontrar). Iba a la fiesta de Clarissa, porque quería preguntarle a Richard qué hacían en la India... los inútiles conservadores. ¿Y qué obras teatrales se están representando? Y la música... Ah, sí, y meros cotilleos.

Porque esta es la verdad sobre nuestra alma, pensó, nuestro yo, que como un pez habita en los mares profundos y surca las oscuridades, enhebrando su camino entre los brotes de las gigantescas hierbas, sobre los espacios centelleantes por el sol y las tinieblas, fría, profunda, inescrutable; de repente sale a la superficie y se divierte en las olas rizadas por el viento; es decir, tiene una clara necesidad de acicalarse, de rozarse con otros, de estar al calor de los otros, de cotillear. ¿Qué pretendía el gobierno —Richard Dalloway lo sabría— hacer con la India?

Dado que era una noche muy calurosa y los repartidores de periódicos pasaban con pancartas que proclamaban en enormes letras rojas que había una ola de calor, se colocaron sillas de mimbre en las escaleras del hotel y allí, bebiendo y fumando, se sentaron los caballeros indiferentes. Peter Walsh se sentó allí. Uno podría imaginar que el día, el día de Londres, acababa de empezar. Como una mujer que se ha despojado de su vestido estampado y de su delantal blanco para vestirse de azul y perlas, el día cambió, se despojó de sus cosas, tomó gasas, se transformó en tarde y, con el mismo suspiro de alborozo que exhala una mujer, tirando las enaguas al suelo, se desprendió también del polvo, del calor, del color; el tráfico se redujo; los automóviles, tintineantes, zumbantes, sucedieron a los maderos de las furgonetas; y aquí y allá, entre el espeso follaje de las plazas, pendía una luz intensa. Renuncio, parecía decir la tarde, mientras palidecía y se desvanecía por encima de las almenas y las prominencias, moldeadas, puntiagudas, del hotel, del piso y del bloque de tiendas. Me desvanezco, ella insinuaba, desaparezco, pero Londres no lo quiso, y se precipitó con sus bayonetas hacia el cielo, la inmovilizó, la obligó a asociarse en su jolgorio.

Pues la gran revolución del horario de verano del señor Willett había tenido lugar desde la última visita de Peter Walsh a Inglaterra. La prolongada velada era algo nuevo para él. Más bien era inspiradora. Porque los jóvenes pasaban con sus cajas de envío, terriblemente contentos de estar libres, orgullosos también, tontamente, de pisar esta famosa acera; la alegría de una clase, barata, de oropel, si se quiere, pero era una alegría intensa, sonrojaba sus rostros. También iban bien vestidas: medias rosas, bonitos zapatos. Ahora tendrían dos horas en el cine. La

yellow-blue evening light; and on the leaves in the square shone lurid, livid — they looked as if dipped in sea water — the foliage of a submerged city. He was astonished by the beauty; it was encouraging too, for where the returned Anglo-Indian sat by rights (he knew crowds of them) in the Oriental Club biliously summing up the ruin of the world, here was he, as young as ever; envying young people their summer time and the rest of it, and more than suspecting from the words of a girl, from a housemaid's laughter — intangible things you couldn't lay your hands on — that shift in the whole pyramidal accumulation which in his youth had seemed immovable. On top of them it had pressed; weighed them down, the women especially, like those flowers Clarissa's Aunt Helena used to press between sheets of grey blotting-paper with Littré's dictionary on top, sitting under the lamp after dinner. She was dead now. He had heard of her, from Clarissa, losing the sight of one eye. It seemed so fitting — one of nature's masterpieces — that old Miss Parry should turn to glass. She would die like some bird in a frost gripping her perch. She belonged to a different age, but being so entire, so complete, would always stand up on the horizon, stone-white, eminent, like a lighthouse marking some past stage on this adventurous, long, long voyage, this interminable (he felt for a copper to buy a paper and read about Surrey and Yorkshire — he had held out that copper millions of times. Surrey was all out once more) — this interminable life. But cricket was no mere game. Cricket was important. He could never help reading about cricket. He read the scores in the stop press first, then how it was a hot day; then about a murder case. Having done things millions of times enriched them, though it might be said to take the surface off. The past enriched, and experience, and having cared for one or two people, and so having acquired the power which the young lack, of cutting short, doing what one likes, not caring a rap what people say and coming and going without any very great expectations (he left his paper on the table and moved off), which however (and he looked for his hat and coat) was not altogether true of him, not to-night, for here he was starting to go to a party, at his age, with the belief upon him that he was about to have an experience. But what?

Beauty anyhow. Not the crude beauty of the eye. It was not beauty pure and simple — Bedford Place leading into Russell Square. It

luz amarilla y azul del atardecer los afinaba, los refinaba, y entre las hojas de la plaza brillaban lívidos, vívidos —parecían sumergidos en el agua del mar—; el follaje de una ciudad sumergida. Estaba asombrado por la belleza; también era alentador, pues mientras los angloindios de retorno estaban sentados por derecho (conocía a multitud de ellos) en el Oriental Club, resumiendo biliosamente la ruina del mundo, allí estaba él, tan joven como siempre; envidiando a los jóvenes su tiempo de verano y el resto de ello, y más que sospechando de las palabras de una chica, de la risa de una criada —cosas intangibles que no se podían aprehender— ese cambio en toda la acumulación piramidal que en su juventud había parecido inamovible. Había ejercido presión; les había aplastado, especialmente a las mujeres, como aquellas flores que la tía de Clarissa, Helena, solía apretar entre hojas de papel secante gris con el diccionario de Littré encima, sentadas bajo la lámpara después de cenar. Ahora estaba muerta. Había oído hablar de ella, por Clarissa, diciendo que había perdido la vista de un ojo. Parecía tan apropiado —una de las obras maestras de la naturaleza— que la vieja señorita Parry se convirtiera en cristal. Moriría como un pájaro en una helada, agarrado a su percha. Pertenecía a una época diferente, pero al ser tan entera, tan completa, siempre se alzaría en el horizonte, blanca como la piedra, eminente, como un faro que marcara alguna etapa pasada en este aventurero, largo, largo viaje, esta interminable (buscó una moneda de cobre para comprar un periódico y leer sobre Surrey y Yorkshire... había sostenido esa moneda millones de veces. El Surrey jugaba con toda su fuerza una vez más)... Esta interminable vida. Pero el críquet no era un simple juego. El críquet era importante. Nunca podía dejar de leer sobre el críquet. Primero leía los resultados, luego cómo era un día caluroso; después sobre un caso de asesinato. Haber hecho las cosas millones de veces las enriquecía, aunque podría decirse que les quitaba la superficie. El pasado enriquecido, y la experiencia, y el haber querido a una o dos personas, y así haber adquirido el poder del que carecen los jóvenes, de abreviar, de hacer lo que a uno le gusta, de no importarle un bledo lo que diga la gente y de ir y venir sin grandes expectativas (dejó su periódico sobre la mesa y se alejó), lo que sin embargo (y buscó su sombrero y su abrigo) no era del todo cierto en él, no esta noche, pues aquí estaba partiendo para ir a una fiesta, a su edad, con la creencia a cuestas de que iba a tener una experiencia. ¿Pero cuál?

La belleza, en todo caso. No la cruda belleza del ojo. No era la belleza pura y simple: Bedford Place desembocando en Russell Square. Era rec-

was straightness and emptiness of course; the symmetry of a corridor; but it was also windows lit up, a piano, a gramophone sounding; a sense of pleasure-making hidden, but now and again emerging when, through the uncurtained window, the window left open, one saw parties sitting over tables, young people slowly circling, conversations between men and women, maids idly looking out (a strange comment theirs, when work was done), stockings drying on top ledges, a parrot, a few plants. Absorbing, mysterious, of infinite richness, this life. And in the large square where the cabs shot and swerved so quick, there were loitering couples, dallying, embracing, shrunk up under the shower of a tree; that was moving; so silent, so absorbed, that one passed, discreetly, timidly, as if in the presence of some sacred ceremony to interrupt which would have been impious. That was interesting. And so on into the flare and glare.

His light overcoat blew open, he stepped with indescribable idiosyncrasy, lent a little forward, tripped, with his hands behind his back and his eyes still a little hawklike; he tripped through London, towards Westminster, observing.

Was everybody dining out, then? Doors were being opened here by a footman to let issue a high-stepping old dame, in buckled shoes, with three purple ostrich feathers in her hair. Doors were being opened for ladies wrapped like mummies in shawls with bright flowers on them, ladies with bare heads. And in respectable quarters with stucco pillars through small front gardens lightly swathed with combs in their hair (having run up to see the children), women came; men waited for them, with their coats blowing open, and the motor started. Everybody was going out. What with these doors being opened, and the descent and the start, it seemed as if the whole of London were embarking in little boats moored to the bank, tossing on the waters, as if the whole place were floating off in carnival. And Whitehall was skated over, silver beaten as it was, skated over by spiders, and there was a sense of midges round the arc lamps; it was so hot that people stood about talking. And here in Westminster was a retired Judge, presumably, sitting four square at his house door dressed all in white. An Anglo-Indian presumably.

titud y vacío, por supuesto; la simetría de un pasillo; pero también eran ventanas iluminadas, un piano, un gramófono sonando; una sensación de placer oculta, pero que de vez en cuando emergía cuando, a través de la ventana sin cortinas, la ventana dejada abierta, se veían grupos sentados sobre las mesas, jóvenes circulando lentamente, conversaciones entre hombres y mujeres, criadas mirando ociosamente hacia fuera (un extraño comentario el suyo, cuando el trabajo estaba hecho), medias secándose en las cornisas superiores, un loro, algunas plantas. Absorbente, misteriosa, de infinita riqueza, esta vida. Y en la gran plaza donde los taxis avanzaban y se desviaban tan rápidamente, había parejas que holgazaneaban, que se abrazaban, encogidas bajo la lluvia de un árbol; eso era conmovedor; tan silencioso, tan absorto, que uno pasaba, discretamente, tímidamente, como si estuviera en presencia de alguna ceremonia sagrada; interrumpirla hubiera sido impío. Eso era interesante. Y así hasta el resplandor y el brillo.

Su ligero abrigo se abrió; él caminó con una idiosincrasia indescriptible, se inclinó un poco hacia delante, inclinado, con las manos a la espalda y los ojos con un poco de halcón; avanzó por Londres, hacia Westminster, observando.

¿Acaso todo el mundo estaba cenando fuera? Aquí un lacayo abría las puertas para dejar pasar a una vieja dama de andar decidido, con zapatos abrochados y tres plumas de avestruz moradas en el pelo. Las puertas se abrían para damas envueltas como momias en chales con flores brillantes, damas con la cabeza descubierta. Y en los respetables barrios con pilares de estuco, a través de pequeños jardines delanteros, ligeramente ataviadas con peinetas en el pelo (habiendo subido corriendo a ver a los niños), llegaban las mujeres; los hombres las esperaban, con los abrigos abiertos y el motor puesto en marcha. Todo el mundo salía. Con la apertura de las puertas, la bajada y la salida, parecía que todo Londres se embarcaba en barquitas amarradas a la orilla, que se agitaban en las aguas, como si todo el lugar flotara en carnaval. Y Whitehall parecía cubierto de hielo, golpeado por la plata, con una finísima capa de hielo, y había una sensación de mosquitos alrededor de las lámparas de arco; hacía tanto calor que la gente se quedaba de pie hablando. Y aquí, en Westminster, se encontraba un juez jubilado, presumiblemente, sentado a la puerta de su casa, vestido todo de blanco. Un angloindio, presumiblemente.

And here a shindy of brawling women, drunken women; here only a policeman and looming houses, high houses, domed houses, churches, parliaments, and the hoot of a steamer on the river, a hollow misty cry. But it was her street, this, Clarissa's; cabs were rushing round the corner, like water round the piers of a bridge, drawn together, it seemed to him because they bore people going to her party, Clarissa's party.

The cold stream of visual impressions failed him now as if the eye were a cup that overflowed and let the rest run down its china walls unrecorded. The brain must wake now. The body must contract now, entering the house, the lighted house, where the door stood open, where the motor cars were standing, and bright women descending: the soul must brave itself to endure. He opened the big blade of his pocket-knife.

***

Lucy came running full tilt downstairs, having just nipped in to the drawing-room to smooth a cover, to straighten a chair, to pause a moment and feel whoever came in must think how clean, how bright, how beautifully cared for, when they saw the beautiful silver, the brass fire-irons, the new chair-covers, and the curtains of yellow chintz: she appraised each; heard a roar of voices; people already coming up from dinner; she must fly!

The Prime Minister was coming, Agnes said: so she had heard them say in the dining-room, she said, coming in with a tray of glasses. Did it matter, did it matter in the least, one Prime Minister more or less? It made no difference at this hour of the night to Mrs. Walker among the plates, saucepans, cullenders, frying-pans, chicken in aspic, ice-cream freezers, pared crusts of bread, lemons, soup tureens, and pudding basins which, however hard they washed up in the scullery seemed to be all on top of her, on the kitchen table, on chairs, while the fire blared and roared, the electric lights glared, and still supper had to be laid. All she felt was, one Prime Minister more or less made not a scrap of difference to Mrs. Walker.

The ladies were going upstairs already, said Lucy; the ladies were

Y aquí un grupo de mujeres que se pelean, mujeres borrachas; y aquí solo un policía y casas que se asoman, casas altas, casas con cúpula, iglesias, parlamentos y el ulular de un barco de vapor en el río, un grito hueco y nebuloso. Pero esta era su calle, la de Clarissa; los taxis se apresuraban a doblar la esquina, como el agua alrededor de los pilares de un puente, arrastrados todos juntos, le parecía, porque llevaban gente que iba a su fiesta, la fiesta de Clarissa.

La fría corriente de impresiones visuales le fallaba ahora como si el ojo fuera una copa que se desbordara y dejara correr el resto por sus paredes de porcelana, sin registrarlo. El cerebro debe despertar ahora. El cuerpo debe contraerse ahora, entrando en la casa, la casa iluminada, donde la puerta estaba abierta, donde los automóviles estaban parados y las mujeres descendían, brillantes: el alma debe ser valiente para soportar. Abrió la gran hoja de su navaja.

***

Lucy bajó corriendo a toda velocidad, después de haber entrado en el salón para alisar una funda, enderezar una silla, detenerse un momento y sentir que quien entraba debía pensar en lo limpio, en lo brillante, en lo bien cuidado, al ver la hermosa platería, los atizadores de bronce, las nuevas fundas para las sillas y las cortinas de cretona amarilla: valoró cada una de estas cosas; oyó un estruendo de voces; la gente ya subía, después de cenar; ¡tenía que irse volando!

El primer ministro iba a venir, dijo Agnes: así lo había oído decir en el comedor, dijo, entrando con una bandeja llena de copas. ¿Importaba, importaba lo más mínimo, un primer ministro más o menos? A esas horas de la noche, a la señora Walker no le importaba nada. Entre los platos, las cacerolas, los coladores, las sartenes, el pollo en aspic, los congeladores de helados, las cortezas de pan cortadas, los limones, las soperas y las fuentes de pudín que, por mucho que se lavaran en la fregadera, parecían estar todos encima de ella, en la mesa de la cocina, en las sillas, mientras el fuego ardía y rugía, las luces eléctricas brillaban, y todavía había que servir la cena. Todo lo que sentía era que un primer ministro más o menos no suponía ninguna diferencia para la señora Walker.

Las señoras ya estaban subiendo, dijo Lucy; las señoras subían, una

going up, one by one, Mrs. Dalloway walking last and almost always sending back some message to the kitchen, «My love to Mrs. Walker,» that was it one night. Next morning they would go over the dishes — the soup, the salmon; the salmon, Mrs. Walker knew, as usual underdone, for she always got nervous about the pudding and left it to Jenny; so it happened, the salmon was always underdone. But some lady with fair hair and silver ornaments had said, Lucy said, about the entrée, was it really made at home? But it was the salmon that bothered Mrs. Walker, as she spun the plates round and round, and pulled in dampers and pulled out dampers; and there came a burst of laughter from the dining-room; a voice speaking; then another burst of laughter — the gentlemen enjoying themselves when the ladies had gone. The tokay, said Lucy running in. Mr. Dalloway had sent for the tokay, from the Emperor's cellars, the Imperial Tokay.

It was borne through the kitchen. Over her shoulder Lucy reported how Miss Elizabeth looked quite lovely; she couldn't take her eyes off her; in her pink dress, wearing the necklace Mr. Dalloway had given her. Jenny must remember the dog, Miss Elizabeth's fox-terrier, which, since it bit, had to be shut up and might, Elizabeth thought, want something. Jenny must remember the dog. But Jenny was not going upstairs with all those people about. There was a motor at the door already! There was a ring at the bell — and the gentlemen still in the dining-room, drinking tokay!

There, they were going upstairs; that was the first to come, and now they would come faster and faster, so that Mrs. Parkinson (hired for parties) would leave the hall door ajar, and the hall would be full of gentlemen waiting (they stood waiting, sleeking down their hair) while the ladies took their cloaks off in the room along the passage; where Mrs. Barnet helped them, old Ellen Barnet, who had been with the family for forty years, and came every summer to help the ladies, and remembered mothers when they were girls, and though very unassuming did shake hands; said «milady» very respectfully, yet had a humorous way with her, looking at the young ladies, and ever so tactfully helping Lady Lovejoy, who had some trouble with her underbodice. And they could not help feeling, Lady Lovejoy and Miss Alice, that some little privilege in the matter of brush and comb, was awarded them having known Mrs. Barnet — «thirty years, milady,» Mrs. Barnet supplied her. Young ladies did not use to rouge, said Lady

por una, la señora Dalloway caminando la última y casi siempre enviando de vuelta algún mensaje a la cocina. «Mi cariño a la señora Walker», así decía una noche. A la mañana siguiente repasaban los platos: la sopa, el salmón; el salmón, la señora Walker lo sabía, como siempre poco cocido, pues siempre se ponía nerviosa con el pudín y se lo dejaba a Jenny; así sucedía, el salmón siempre estaba poco cocido. Pero una señora de pelo rubio y ornamentos de plata había dicho, dijo Lucy, sobre el plato principal, ¿estaba realmente hecho en casa? Pero era el salmón lo que molestaba a la señora Walker, mientras daba vueltas a los platos, y abría y cerraba las compuertas; y se oyó una carcajada en el comedor; una voz que hablaba; luego otra carcajada: los caballeros se divertían cuando las damas se habían retirado. El *tokay,* dijo Lucy entrando, corriendo. El señor Dalloway había mandado traer el *tokay,* de las bodegas del emperador, el Tokay Imperial.

Lo llevaron a través de la cocina. Por encima de su hombro, Lucy informó de que la señorita Elizabeth estaba encantadora; no podía apartar los ojos de ella, con su vestido rosa, llevando el collar que le había regalado el señor Dalloway. Jenny debía acordarse del perro, el fox terrier de la señorita Elizabeth, que, dado que mordía, tenía que estar encerrado y podría, pensó Elizabeth, necesitar algo. Jenny debía acordarse del perro. Pero Jenny no iba a subir las escaleras con toda esa gente alrededor. ¡Ya había un automóvil en la puerta! Llamaron al timbre... ¡Y los caballeros seguían en el comedor, bebiendo *tokay!*

Allí subían; eran los primeros en llegar, y ahora vendrían cada vez más deprisa, de modo que la señora Parkinson (contratada para las fiestas) dejaba la puerta del vestíbulo entreabierta, y la sala se llenaba de caballeros esperando (se quedaban esperando, alisándose el cabello) mientras las damas se quitaban los abrigos en la habitación del pasillo; donde la señora Barnet las ayudaba, la vieja Ellen Barnet, que llevaba cuarenta años con la familia y venía todos los veranos a ayudar a las señoras, y recordaba a las madres cuando eran niñas, y aunque era muy modesta, les daba la mano; decía «milady» muy respetuosamente, pero tenía una forma humorística de mirar a las jóvenes, y siempre con mucho tacto ayudaba a lady Lovejoy, que tenía algún problema con su ropa interior. Y no podían evitar sentir, lady Lovejoy y la señorita Alice, que algún pequeño privilegio en materia de cepillo y peine se les concedía por haber conocido a la señora Barnet...

Lovejoy, when they stayed at Bourton in the old days. And Miss Alice didn't need rouge, said Mrs. Barnet, looking at her fondly. There Mrs. Barnet would sit, in the cloakroom, patting down the furs, smoothing out the Spanish shawls, tidying the dressing-table, and knowing perfectly well, in spite of the furs and the embroideries, which were nice ladies, which were not. The dear old body, said Lady Lovejoy, mounting the stairs, Clarissa's old nurse.

And then Lady Lovejoy stiffened. «Lady and Miss Lovejoy,» she said to Mr. Wilkins (hired for parties). He had an admirable manner, as he bent and straightened himself, bent and straightened himself and announced with perfect impartiality «Lady and Miss Lovejoy . . . Sir John and Lady Needham . . . Miss Weld . . . Mr. Walsh.» His manner was admirable; his family life must be irreproachable, except that it seemed impossible that a being with greenish lips and shaven cheeks could ever have blundered into the nuisance of children.

«How delightful to see you!» said Clarissa. She said it to every one. How delightful to see you! She was at her worst — effusive, insincere. It was a great mistake to have come. He should have stayed at home and read his book, thought Peter Walsh; should have gone to a music hall; he should have stayed at home, for he knew no one.

Oh dear, it was going to be a failure; a complete failure, Clarissa felt it in her bones as dear old Lord Lexham stood there apologising for his wife who had caught cold at the Buckingham Palace garden party. She could see Peter out of the tail of her eye, criticising her, there, in that corner. Why, after all, did she do these things? Why seek pinnacles and stand drenched in fire? Might it consume her anyhow! Burn her to cinders! Better anything, better brandish one's torch and hurl it to earth than taper and dwindle away like some Ellie Henderson! It was extraordinary how Peter put her into these states just by coming and standing in a corner. He made her see herself; exagge-

—Por treinta años, milady —le ayudó diciendo la señora Barnet. Las señoritas no solían ponerse colorete, dijo lady Lovejoy, cuando se quedaban en Bourton, en los viejos tiempos. Y la señorita Alice no necesitaba colorete, dijo la señora Barnet, mirándola con cariño. Allí se sentaba la señora Barnet, en el guardarropa, dando palmaditas a las pieles, alisando los chales españoles, ordenando el tocador, y sabiendo perfectamente, a pesar de las pieles y los bordados, quiénes eran buenas señoras y quiénes no. El viejo y querido cuerpo, dijo lady Lovejoy, subiendo las escaleras, de la vieja niñera de Clarissa.

Y entonces lady Lovejoy se irguió.

—Lady Lovejoy y la señorita Lovejoy —le dijo al señor Wilkins (contratado para las fiestas).

Él tenía unos modales admirables, pues se inclinó y se enderezó, se inclinó y se enderezó y anunció con perfecta imparcialidad:

—Lady Lovejoy y la señorita Lovejoy... sir John y lady Needham... la señorita Weld... el señor Walsh. —Sus modales eran admirables; su vida familiar debía ser irreprochable, si no fuera porque parecía imposible que un ser de labios verdosos y mejillas afeitadas pudiera haberse tomado el fastidio que suponen los niños.

—¡Qué alegría verte! —dijo Clarissa. Se lo decía a todo el mundo. ¡Qué alegría verte! Estaba en su peor momento... esquiva, insincera. Fue un gran error haber venido. Debería haberse quedado en casa leyendo su libro, pensó Peter Walsh; debería haber ido a un music hall; debería haberse quedado en casa, pues no conocía a nadie.

Oh, Dios, iba a ser un fracaso; un completo fracaso, Clarissa lo sintió en sus huesos mientras el querido y viejo Lord Lexham estaba allí, disculpándose por su esposa, que había cogido frío en la fiesta del jardín del palacio de Buckingham. Podía ver a Peter de reojo, criticándola, allí, en aquella esquina. ¿Por qué, después de todo, hacía ella estas cosas? ¿Por qué buscar los pináculos y permanecer en el fuego? ¡Puede consumirla de todos modos! ¡Quemarla hasta hacerla cenizas! Mejor cualquier cosa, mejor blandir la antorcha y arrojarla al suelo que encenderla y consumirse como una Ellie Henderson. Era extraordinario cómo Peter la ponía en esos estados con solo venir y quedarse en un

rate. It was idiotic. But why did he come, then, merely to criticise? Why always take, never give? Why not risk one's one little point of view? There he was wandering off, and she must speak to him. But she would not get the chance. Life was that — humiliation, renunciation. What Lord Lexham was saying was that his wife would not wear her furs at the garden party because «my dear, you ladies are all alike» — Lady Lexham being seventy-five at least! It was delicious, how they petted each other, that old couple. She did like old Lord Lexham. She did think it mattered, her party, and it made her feel quite sick to know that it was all going wrong, all falling flat. Anything, any explosion, any horror was better than people wandering aimlessly, standing in a bunch at a corner like Ellie Henderson, not even caring to hold themselves upright.

Gently the yellow curtain with all the birds of Paradise blew out and it seemed as if there were a flight of wings into the room, right out, then sucked back. (For the windows were open.) Was it draughty, Ellie Henderson wondered? She was subject to chills. But it did not matter that she should come down sneezing to-morrow; it was the girls with their naked shoulders she thought of, being trained to think of others by an old father, an invalid, late vicar of Bourton, but he was dead now; and her chills never went to her chest, never. It was the girls she thought of, the young girls with their bare shoulders, she herself having always been a wisp of a creature, with her thin hair and meagre profile; though now, past fifty, there was beginning to shine through some mild beam, something purified into distinction by years of self-abnegation but obscured again, perpetually, by her distressing gentility, her panic fear, which arose from three hundred pounds' income, and her weaponless state (she could not earn a penny) and it made her timid, and more and more disqualified year by year to meet well-dressed people who did this sort of thing every night of the season, merely telling their maids «I'll wear so and so,» whereas Ellie Henderson ran out nervously and bought cheap pink flowers, half a dozen, and then threw a shawl over her old black dress. For her invitation to Clarissa's party had come at the last moment. She was not quite happy about it. She had a sort of feeling that Clarissa had not meant to ask her this year.

Why should she? There was no reason really, except that they had

rincón. Le hacía verse a sí misma; exagerar. Fue una idiotez. ¿Pero por qué vino, entonces, solo a criticar? ¿Por qué siempre tomar, nunca dar? ¿Por qué no arriesgar su pequeño punto de vista? Allí estaba él, alejándose, y ella debía hablar con él. Pero no tendría la oportunidad. La vida era eso: la humillación, la renuncia. Lo que lord Lexham decía era que su esposa no se puso sus pieles en la fiesta del jardín porque «querida, las damas son todas iguales»... ¡Lady Lexham tenía setenta y cinco años, por lo menos! Era delicioso cómo se consentían el uno al otro, esa vieja pareja. A ella le gustaba el viejo Lord Lexham. Ella creía que su fiesta era importante, y la hacía sentir bastante mal saber que todo iba mal, que todo se desvanecía. Cualquier cosa, cualquier explosión, cualquier horror era mejor que la gente que vagaba sin rumbo, que se agrupaba en una esquina, como lo hacía Ellie Henderson, sin preocuparse siquiera de mantenerse erguida.

Suavemente, la cortina amarilla con todas las aves del paraíso se descorrió y pareció que un vuelo de alas entraba en la habitación, salía y volvía a ser aspirado. (Porque las ventanas estaban abiertas). Ellie Henderson se preguntaba si había corrientes de aire. Ella tenía escalofríos con frecuencia. Pero no importaba que mañana bajara estornudando; era en las chicas con los hombros desnudos en lo que pensaba, ya que había sido entrenada para pensar en los demás por un viejo padre, un inválido, último vicario de Bourton, pero que ya estaba muerto; y sus escalofríos nunca llegaban al pecho, nunca. Pensaba en las muchachas, en las jóvenes de hombros desnudos; ella misma había sido siempre una criatura insignificante, con su pelo delgado y su perfil exiguo; aunque ahora, pasados los cincuenta, empezaba a brillar algún leve rayo, algo purificado en la distinción por los años de abnegación, pero oscurecido de nuevo, perpetuamente, por su lamentable amabilidad, su miedo pánico, que surgía de su renta de trescientas libras, y de su indefensión (no podía ganar un centavo) y eso la hacía tímida, y más descalificada año tras año al conocer a gente bien vestida que hacía este tipo de cosas cada noche de la temporada, limitándose a decir a sus criadas «Me pondré esto y aquello», mientras que Ellie Henderson salió corriendo nerviosa y compraba flores rosas baratas, media docena, y luego se echaba un chal sobre su viejo vestido negro. Porque su invitación a la fiesta de Clarissa había llegado a último momento. No estaba muy contenta. Tenía la sensación de que Clarissa no había querido invitarla este año.

¿Por qué iba a hacerlo? En realidad no había ninguna razón, salvo

always known each other. Indeed, they were cousins. But naturally they had rather drifted apart, Clarissa being so sought after. It was an event to her, going to a party. It was quite a treat just to see the lovely clothes. Wasn't that Elizabeth, grown up, with her hair done in the fashionable way, in the pink dress? Yet she could not be more than seventeen. She was very, very handsome. But girls when they first came out didn't seem to wear white as they used. (She must remember everything to tell Edith.) Girls wore straight frocks, perfectly tight, with skirts well above the ankles. It was not becoming, she thought.

So, with her weak eyesight, Ellie Henderson craned rather forward, and it wasn't so much she who minded not having any one to talk to (she hardly knew anybody there), for she felt that they were all such interesting people to watch; politicians presumably; Richard Dalloway's friends; but it was Richard himself who felt that he could not let the poor creature go on standing there all the evening by herself.

«Well, Ellie, and how's the world treating *you?*» he said in his genial way, and Ellie Henderson, getting nervous and flushing and feeling that it was extraordinarily nice of him to come and talk to her, said that many people really felt the heat more than the cold.

«Yes, they do,» said Richard Dalloway. «Yes.»

But what more did one say?

«Hullo, Richard,» said somebody, taking him by the elbow, and, good Lord, there was old Peter, old Peter Walsh. He was delighted to see him — ever so pleased to see him! He hadn't changed a bit. And off they went together walking right across the room, giving each other little pats, as if they hadn't met for a long time, Ellie Henderson thought, watching them go, certain she knew that man's face. A tall man, middle aged, rather fine eyes, dark, wearing spectacles, with a look of John Burrows. Edith would be sure to know.

The curtain with its flight of birds of Paradise blew out again. And Clarissa saw — she saw Ralph Lyon beat it back, and go on talking. So it wasn't a failure after all! it was going to be all right now — her party.

que siempre se habían conocido. De hecho, eran primas. Pero, naturalmente, se habían distanciado un poco, ya que Clarissa era tan solicitada. Para ella era un acontecimiento ir a una fiesta. Era todo un acontecimiento, solo por el hecho de ver los preciosos vestidos. ¿No era aquella Elizabeth, ya crecida, con el pelo arreglado a la moda, con el vestido rosa? Sin embargo, no podía tener más de diecisiete años. Era muy, muy guapa. Pero las chicas, cuando debutaban, no parecían vestir de blanco como antes. (Debía recordar todo para decírselo a Edith). Las muchachas llevaban vestidos rectos, perfectamente ajustados, con faldas muy por encima de los tobillos. Les sentaban bien, pensó.

Así que, con su débil vista, Ellie Henderson se inclinó bastante hacia delante, y no era tanto que le importara no tener a nadie con quien hablar (casi no conocía a nadie allí), sino que le parecía que todas eran personas tan interesantes para observar; políticos, presumiblemente; los amigos de Richard Dalloway; pero era el propio Richard quien sentía que no podía dejar que la pobre criatura estuviera de pie allí toda la noche sola.

—Bueno, Ellie, ¿y cómo *te* trata el mundo? —dijo con su manera gentil, y Ellie Henderson, poniéndose nerviosa y sonrojada y sintiendo que era extraordinariamente amable de su parte venir a hablar con ella, dijo que mucha gente realmente sentía el calor más que el frío.

—Sí, así es —dijo Richard Dalloway—. Sí.

¿Pero qué más se puede decir?

—Hola, Richard —dijo alguien, tomándolo por el codo, y, Dios mío, allí estaba el viejo Peter, el viejo Peter Walsh. Él estaba encantado de verle... ¡Tan encantado de verle! No había cambiado en nada. Y se fueron juntos caminando por la sala, dándose pequeñas palmaditas, como si no se hubieran visto en mucho tiempo, pensó Ellie Henderson, viéndolos partir, segura de que conocía la cara de aquel hombre. Un hombre alto, de mediana edad, de ojos más bien finos, moreno, con gafas, con aspecto de John Burrows. Edith estaba segura de conocerlo.

La cortina con su vuelo de aves del paraíso volvió a volar. Y Clarissa vio... vio que Ralph Lyon la detenía y seguía hablando. Así que, después de todo, no era un fracaso. Ahora todo iba a salir bien... su fiesta. Había

It had begun. It had started. But it was still touch and go. She must stand there for the present. People seemed to come in a rush.

Colonel and Mrs. Garrod . . . Mr. Hugh Whitbread . . . Mr. Bowley . . . Mrs. Hilbery . . . Lady Mary Maddox . . . Mr. Quin . . . intoned Wilkin. She had six or seven words with each, and they went on, they went into the rooms; into something now, not nothing, since Ralph Lyon had beat back the curtain.

And yet for her own part, it was too much of an effort. She was not enjoying it. It was too much like being — just anybody, standing there; anybody could do it; yet this anybody she did a little admire, couldn't help feeling that she had, anyhow, made this happen, that it marked a stage, this post that she felt herself to have become, for oddly enough she had quite forgotten what she looked like, but felt herself a stake driven in at the top of her stairs. Every time she gave a party she had this feeling of being something not herself, and that every one was unreal in one way; much more real in another. It was, she thought, partly their clothes, partly being taken out of their ordinary ways, partly the background, it was possible to say things you couldn't say anyhow else, things that needed an effort; possible to go much deeper. But not for her; not yet anyhow.

«How delightful to see you!» she said. Dear old Sir Harry! He would know every one.

And what was so odd about it was the sense one had as they came up the stairs one after another, Mrs. Mount and Celia, Herbert Ainsty, Mrs. Dakers — oh and Lady Bruton!

«How awfully good of you to come!» she said, and she meant it — it was odd how standing there one felt them going on, going on, some quite old, some . . .

What name? Lady Rosseter? But who on earth was Lady Rosseter?

«Clarissa!» That voice! It was Sally Seton! Sally Seton! after all these years! She loomed through a mist. For she hadn't looked like *that*, Sally Seton, when Clarissa grasped the hot water can, to think of her under this roof, under this roof! Not like that!

comenzado. Había comenzado. Pero todavía estaba en peligro. Debía quedarse allí por el momento. La gente parecía venir en bandadas.

El coronel Garrod y la señora Garrod... el señor Hugh Whitbread... el señor Bowley... la señora Hilbery... lady Mary Maddox... el señor Quin... entonó Wilkin. Ella tenía seis o siete palabras con cada uno, y seguían, entraban en las habitaciones; en algo ahora, no en nada, ya que Ralph Lyon había detenido la cortina.

Y sin embargo, para ella, era un esfuerzo demasiado grande. No lo disfrutaba. Era demasiado parecido a ser... una persona cualquiera, allí de pie; cualquiera podía hacerlo; sin embargo, admiraba un poco a esta persona; no podía evitar sentir que ella, de todos modos, había hecho que esto ocurriera, que marcaba una etapa, este puesto en el que se sentía convertida, pues curiosamente había olvidado por completo su aspecto, pero se sentía una estaca clavada en lo alto de su escalera. Cada vez que daba una fiesta tenía la sensación de ser algo que no era ella misma, y que cada uno era irreal en un sentido; mucho más real en otro. Pensó que, en parte por su ropa, en parte por estar fuera de sus costumbres habituales, en parte por el fondo, era posible decir cosas que no se podían decir de ninguna otra manera, cosas que necesitaban un esfuerzo; era posible ir mucho más profundo. Pero no para ella, todavía no.

—¡Qué alegría verle! —dijo. ¡El viejo y querido sir Harry! Él conocería a todos.

Y lo que resultaba tan extraño era la sensación que una tenía cuando subían las escaleras, uno tras otro, la señora Mount y Celia, Herbert Ainsty, la señora Dakers... ¡Oh, y lady Bruton!

—¡Cuánto le agradezco que haya venido! —dijo, y lo decía en serio; era extraño cómo, estando allí, una sentía que seguían y seguían viniendo, algunos bastante viejos, otros...

¿Qué nombre? ¿Lady Rosseter? ¿Pero quién podría ser lady Rosseter?

—¡Clarissa!

¡Esa voz! ¡Era Sally Seton! ¡Sally Seton! ¡Después de todos estos años! Se asomó como a través de una niebla. Porque no tenía *este* aspecto, Sa-

All on top of each other, embarrassed, laughing, words tumbled out — passing through London; heard from Clara Haydon; what a chance of seeing you! So I thrust myself in — without an invitation. . . .

One might put down the hot water can quite composedly. The lustre had gone out of her. Yet it was extraordinary to see her again, older, happier, less lovely. They kissed each other, first this cheek then that, by the drawing-room door, and Clarissa turned, with Sally's hand in hers, and saw her rooms full, heard the roar of voices, saw the candlesticks, the blowing curtains, and the roses which Richard had given her.

«I have five enormous boys,» said Sally.

She had the simplest egotism, the most open desire to be thought first always, and Clarissa loved her for being still like that. «I can't believe it!» she cried, kindling all over with pleasure at the thought of the past.

But alas, Wilkins; Wilkins wanted her; Wilkins was emitting in a voice of commanding authority as if the whole company must be admonished and the hostess reclaimed from frivolity, one name:

«The Prime Minister,» said Peter Walsh.

The Prime Minister? Was it really? Ellie Henderson marvelled. What a thing to tell Edith!

One couldn't laugh at him. He looked so ordinary. You might have stood him behind a counter and bought biscuits — poor chap, all rigged up in gold lace. And to be fair, as he went his rounds, first with Clarissa then with Richard escorting him, he did it very well. He tried to look somebody. It was amusing to watch. Nobody looked at him. They just went on talking, yet it was perfectly plain that they all knew, felt to the marrow of their bones, this majesty passing; this symbol of what they all stood for, English society. Old Lady Bruton, and she

lly Seton, cuando Clarissa sostenía el termo de agua caliente. ¡Pensar que Sally Seton estaba bajo este techo, bajo este techo! ¡No puede ser!

Una encima de la otra, avergonzadas, riendo, las palabras salieron a borbotones... pasando por Londres; escuché de Clara Haydon; ¡qué oportunidad de verte! Así que vine, sin invitación...

Una debía dejar el termo de agua caliente con toda tranquilidad. El brillo había desaparecido de ella. Sin embargo, era extraordinario verla de nuevo, más vieja, más feliz, menos encantadora. Se besaron, primero en esta mejilla y luego en la otra, junto a la puerta del salón, y Clarissa se volvió, con la mano de Sally en la suya, y vio sus habitaciones llenas, oyó el estruendo de las voces, vio los candelabros, las cortinas al viento y las rosas que Richard le había regalado.

—Tengo cinco chicos enormes —dijo Sally.

Tenía el egoísmo más simple, el deseo más abierto de ser considerada siempre la primera, y Clarissa la amaba por seguir siendo así.

—¡No puedo creerlo! —gritó, encendiéndose de placer al pensar en el pasado.

Pero, ay, Wilkins; Wilkins la buscaba; Wilkins emitía con voz de mando como si hubiera que amonestar a toda la compañía y reclamar a la anfitriona de la frivolidad, un nombre:

—El primer ministro —dijo Peter Walsh.

¿El primer ministro? ¿De verdad?, se maravilló Ellie Henderson. ¡Qué cosa para contarle a Edith!

Uno no podía reírse de él. Parecía tan ordinario. Se le podría haber colocado detrás de un mostrador para comprar galletas... pobre hombre, todo ataviado con bordados de oro. Y, para ser justos, mientras hacía sus rondas, primero con Clarissa y luego con Richard acompañándolo, lo hacía muy bien. Intentó parecer alguien. Era divertido verlo. Nadie lo miraba. Siguieron hablando, pero era perfectamente evidente que todos sabían, sentían hasta el tuétano de sus huesos, que esta majestad pasaba; este símbolo de lo que todos representaban, la sociedad ingle-

looked very fine too, very stalwart in her lace, swam up, and they withdrew into a little room which at once became spied upon, guarded, and a sort of stir and rustle rippled through every one, openly: the Prime Minister!

Lord, lord, the snobbery of the English! thought Peter Walsh, standing in the corner. How they loved dressing up in gold lace and doing homage! There! That must be, by Jove it was, Hugh Whitbread, snuffing round the precincts of the great, grown rather fatter, rather whiter, the admirable Hugh!

He looked always as if he were on duty, thought Peter, a privileged, but secretive being, hoarding secrets which he would die to defend, though it was only some little piece of tittle-tattle dropped by a court footman, which would be in all the papers tomorrow. Such were his rattles, his baubles, in playing with which he had grown white, come to the verge of old age, enjoying the respect and affection of all who had the privilege of knowing this type of the English public school man. Inevitably one made up things like that about Hugh; that was his style; the style of those admirable letters which Peter had read thousands of miles across the sea in *The Times*, and had thanked God he was out of that pernicious hubble-bubble if it were only to hear baboons chatter and coolies beat their wives. An olive-skinned youth from one of the Universities stood obsequiously by. Him he would patronise, initiate, teach how to get on. For he liked nothing better than doing kindnesses, making the hearts of old ladies palpitate with the joy of being thought of in their age, their affliction, thinking themselves quite forgotten, yet here was dear Hugh driving up and spending an hour talking of the past, remembering trifles, praising the home-made cake, though Hugh might eat cake with a Duchess any day of his life, and, to look at him, probably did spend a good deal of time in that agreeable occupation. The All-judging, the All-merciful, might excuse. Peter Walsh had no mercy. Villains there must be, and God knows the rascals who get hanged for battering the brains of a girl out in a train do less harm on the whole than Hugh Whitbread and his kindness. Look at him now, on tiptoe, dancing forward, bowing and scraping, as the Prime Minister and Lady Bruton emerged, intimating for all the world to see that he was privileged to say something, something private, to Lady Bruton as she passed. She stopped. She

sa. La anciana lady Bruton, que también tenía un aspecto muy fino, muy robusto con sus bordados, se acercó a hurtadillas, y se retiraron a una pequeña habitación que enseguida se convirtió en un lugar espiado, vigilado, y una especie de revuelo y crujido se extendió por todos, abiertamente: ¡el primer ministro!

¡Señor, señor, el esnobismo de los ingleses!, pensó Peter Walsh, de pie en la esquina. ¡Cómo les gustaba vestirse con bordados de oro y hacer homenajes! ¡Allí! Ese debe ser, por Dios, Hugh Whitbread, que se pasea por los recintos de los grandes, algo más gordo, algo más blanco, ¡el admirable Hugh!

Parecía estar siempre de servicio, pensó Peter, un ser privilegiado, pero reservado, que atesoraba secretos que moriría por defender, aunque solo se tratara de algún chisme soltado por un lacayo de la corte, que mañana saldría en todos los periódicos. Tales eran sus cascabeles, sus chucherías, en cuyo juego se había vuelto blanco, llegado al borde de la vejez, gozando del respeto y el afecto de todos los que tenían el privilegio de conocer a este ejemplar de hombre de la escuela privada inglesa. Inevitablemente, uno se inventaba cosas así sobre Hugh; ese era su estilo, el estilo de esas admirables cartas que Peter había leído a miles de kilómetros de distancia en el *Times,* y había dado gracias a Dios por estar fuera de esa perniciosa burbuja, aunque solo fuera para oír a los babuinos parlotear y a los culis golpear a sus esposas. Un joven de piel aceitunada, de la universidad, se mantuvo obsequioso. A él lo trataría con condescendencia, lo iniciaría, le enseñaría a desenvolverse. Porque no había nada que le gustara más que hacer favores, hacer que los corazones de las ancianas palpitaran con la alegría de ser consideradas a su edad, en su aflicción, creyéndose bastante olvidadas y, sin embargo, ahí estaba el querido Hugh yendo en su automóvil y pasando una hora hablando del pasado, recordando nimiedades, alabando la tarta casera, aunque Hugh podría comer tarta con una duquesa cualquier día de su vida y, mirándolo bien, probablemente pasaba una buena cantidad de tiempo en esa agradable ocupación. El que todo lo juzga, el que todo lo compadece, podría excusar. Peter Walsh no tenía piedad. Villanos debe haber, y Dios sabe que los bribones que son colgados por golpear los sesos de una chica en un tren hacen menos daño en general que Hugh Whitbread y su amabilidad. Mírenlo ahora, de puntillas, bailando hacia delante, inclinándose y rascándose, mientras el primer ministro y lady Bruton se acercan, dando a entender a todo el mundo que tenía el pri-

wagged her fine old head. She was thanking him presumably for some piece of servility. She had her toadies, minor officials in Government offices who ran about putting through little jobs on her behalf, in return for which she gave them luncheon. But she derived from the eighteenth century. She was all right.

And now Clarissa escorted her Prime Minister down the room, prancing, sparkling, with the stateliness of her grey hair. She wore ear-rings, and a silver-green mermaid's dress. Lolloping on the waves and braiding her tresses she seemed, having that gift still; to be; to exist; to sum it all up in the moment as she passed; turned, caught her scarf in some other woman's dress, unhitched it, laughed, all with the most perfect ease and air of a creature floating in its element. But age had brushed her; even as a mermaid might behold in her glass the setting sun on some very clear evening over the waves. There was a breath of tenderness; her severity, her prudery, her woodenness were all warmed through now, and she had about her as she said good-bye to the thick gold-laced man who was doing his best, and good luck to him, to look important, an inexpressible dignity; an exquisite cordiality; as if she wished the whole world well, and must now, being on the very verge and rim of things, take her leave. So she made him think. (But he was not in love.)

Indeed, Clarissa felt, the Prime Minister had been good to come. And, walking down the room with him, with Sally there and Peter there and Richard very pleased, with all those people rather inclined, perhaps, to envy, she had felt that intoxication of the moment, that dilatation of the nerves of the heart itself till it seemed to quiver, steeped, upright; — yes, but after all it was what other people felt, that; for, though she loved it and felt it tingle and sting, still these semblances, these triumphs (dear old Peter, for example, thinking her so brilliant), had a hollowness; at arm's length they were, not in the heart; and it might be that she was growing old but they satisfied her no longer as they used; and suddenly, as she saw the Prime Minister go down the stairs, the gilt rim of the Sir Joshua picture of the little girl with a muff brought back Kilman with a rush; Kilman her enemy. That was satisfying; that was real. Ah, how she hated her — hot, hypocritical, corrupt; with all that power; Elizabeth's seducer; the woman who had crept in to steal and defile (Richard would say, What nonsense!).

vilegio de decir algo, algo privado, a lady Bruton cuando esta pasaba. Ella se detuvo. Meneaba su vieja y fina cabeza. Le estaba agradeciendo, presumiblemente, algún acto de servilismo. Tenía sus aduladores, funcionarios menores en las oficinas del gobierno que corrían de un lado a otro haciendo pequeños trabajos en su nombre, a cambio de los cuales ella les daba el almuerzo. Pero ella provenía del siglo XVIII. Estaba bien.

Y ahora Clarissa acompañó a su primer ministro por la sala, contoneándose, chispeando, con la majestuosidad de su pelo gris. Llevaba pendientes y un vestido de sirena de color verde plateado. Se balanceaba sobre las olas y se trenzaba la melena; parecía tener ese don todavía: ser, existir, resumirlo todo en el momento en que pasaba; se volvía, atrapaba su pañuelo en el vestido de alguna otra mujer, lo desenganchaba, reía, todo con la más perfecta facilidad y el aire de una criatura que flota en su elemento. Pero la edad la había rozado; igual que una sirena podría contemplar en su copa el sol poniente en alguna tarde diáfana sobre las olas. Había un soplo de ternura; su severidad, su recato y su lejanía se habían avivado ahora, y al despedirse del grueso hombre de los bordados de oro, que hacía lo posible, y buena suerte para él, para parecer importante, tenía una dignidad inexpresable; una cordialidad exquisita; como si deseara lo mejor para el mundo entero, y debiera ahora, estando en el borde mismo de las cosas, despedirse. Así le hizo pensar. (Pero él no estaba enamorado).

En efecto, Clarissa sentía que el primer ministro había hecho bien en venir. Y, caminando por la sala con él, con Sally allí y Peter allí y Richard muy complacido, con toda esa gente más bien inclinada, quizás, a la envidia, ella había sentido esa embriaguez del momento, esa dilatación de los nervios del propio corazón hasta que parecía temblar, empinado, erguido... Sí, pero al fin y al cabo era lo que sentían los demás, eso; porque, aunque lo amaba y lo sentía como un cosquilleo y un aguijón, todavía esas apariencias, esos triunfos (el querido y viejo Peter, por ejemplo, pensando que ella era tan brillante), tenían un vacío; a la distancia, no en el corazón; y tal vez fuera que se estaba haciendo vieja, pero ya no la satisfacían como antes; y de repente, cuando vio al primer ministro bajar las escaleras, el borde dorado del cuadro de sir Joshua, de la niña con sus manguitos, le devolvió a Kilman de golpe; Kilman era su enemigo. Eso era satisfactorio; eso era real. Ah, cómo la odiaba... Caliente, hipócrita, corrupta; con todo ese poder; la seductora de Elizabeth; la mujer que se había colado para robar y mancillar (Richard diría: ¡Qué tonte-

She hated her: she loved her. It was enemies one wanted, not friends — not Mrs. Durrant and Clara, Sir William and Lady Bradshaw, Miss Truelock and Eleanor Gibson (whom she saw coming upstairs). They must find her if they wanted her. She was for the party!

There was her old friend Sir Harry.

«Dear Sir Harry!» she said, going up to the fine old fellow who had produced more bad pictures than any other two Academicians in the whole of St. John's Wood (they were always of cattle, standing in sunset pools absorbing moisture, or signifying, for he had a certain range of gesture, by the raising of one foreleg and the toss of the antlers, «the Approach of the Stranger» — all his activities, dining out, racing, were founded on cattle standing absorbing moisture in sunset pools).

«What are you laughing at?» she asked him. For Willie Titcomb and Sir Harry and Herbert Ainsty were all laughing. But no. Sir Harry could not tell Clarissa Dalloway (much though he liked her; of her type he thought her perfect, and threatened to paint her) his stories of the music hall stage. He chaffed her about her party. He missed his brandy. These circles, he said, were above him. But he liked her; respected her, in spite of her damnable, difficult upper-class refinement, which made it impossible to ask Clarissa Dalloway to sit on his knee. And up came that wandering will-o'-the-wisp, that vagulous phosphorescence, old Mrs. Hilbery, stretching her hands to the blaze of his laughter (about the Duke and the Lady), which, as she heard it across the room, seemed to reassure her on a point which sometimes bothered her if she woke early in the morning and did not like to call her maid for a cup of tea; how it is certain we must die.

«They won't tell us their stories,» said Clarissa.

«Dear Clarissa!» exclaimed Mrs. Hilbery. She looked to-night, she said, so like her mother as she first saw her walking in a garden in a grey hat.

And really Clarissa's eyes filled with tears. Her mother, walking in a garden! But alas, she must go.

ría!). La odiaba: la amaba. Lo que una quiere son enemigos, no amigos... no la señora Durrant y Clara, sir William y lady Bradshaw, la señorita Truelock y Eleanor Gibson (a quien vio subir). Debían encontrarla si la querían. ¡Ella existía para la fiesta!

Allí estaba su viejo amigo, sir Harry.

—¡Querido sir Harry! —dijo ella, acercándose al buen anciano que había producido más cuadros malos que cualquier otro de los dos académicos en todo St. John's Wood (siempre eran de ganado, de pie en charcos al atardecer absorbiendo humedad, o significando, ya que tenía una cierta gama de gestos, mediante el levantamiento de una pata delantera y la sacudida de la cornamenta, «El acercamiento del forastero»... todas sus actividades, las cenas, las carreras, se basaban en el ganado de pie absorbiendo humedad en charcos al atardecer).

—¿De qué se ríen? —le preguntó ella. Porque Willie Titcomb y sir Harry y Herbert Ainsty se estaban riendo. Pero no. Sir Harry no podía contarle a Clarissa Dalloway (por mucho que le gustara; por su tipología, la consideraba perfecta, y amenazaba con pintarla) sus historias del escenario del music hall. La regañó por su fiesta. Echaba de menos su *brandy*. Estos círculos, decía, estaban por encima de él. Pero a ella le gustaba; la respetaba, a pesar de su maldito y difícil refinamiento de clase alta, que hacía imposible pedirle a Clarissa Dalloway que se sentara en sus rodillas. Y surgió esa voluntad errante, esa vagabunda fosforescencia, la vieja señora Hilbery, alargando las manos al resplandor de su risa (sobre el duque y la dama), que, al oírla al otro lado de la habitación, parecía tranquilizarla con respecto a algo que a veces la molestaba si se despertaba temprano por la mañana y no quería llamar a su criada para que le diera una taza de té: cómo es cierto que debemos morir.

—No nos contarán sus historias —dijo Clarissa.

—¡Querida Clarissa! —exclamó la señora Hilbery. Esta noche se parecía tanto, dijo, a su madre cuando la vio por primera vez paseando por un jardín con un sombrero gris.

Y realmente los ojos de Clarissa se llenaron de lágrimas. Su madre, paseando por un jardín. Pero, por desgracia, tenía que irse.

For there was Professor Brierly, who lectured on Milton, talking to little Jim Hutton (who was unable even for a party like this to compass both tie and waistcoat or make his hair lie flat), and even at this distance they were quarrelling, she could see. For Professor Brierly was a very queer fish. With all those degrees, honours, lectureships between him and the scribblers he suspected instantly an atmosphere not favourable to his queer compound; his prodigious learning and timidity; his wintry charm without cordiality; his innocence blent with snobbery; he quivered if made conscious by a lady's unkempt hair, a youth's boots, of an underworld, very creditable doubtless, of rebels, of ardent young people; of would-be geniuses, and intimated with a little toss of the head, with a sniff — Humph! — the value of moderation; of some slight training in the classics in order to appreciate Milton. Professor Brierly (Clarissa could see) wasn't hitting it off with little Jim Hutton (who wore red socks, his black being at the laundry) about Milton. She interrupted.

She said she loved Bach. So did Hutton. That was the bond between them, and Hutton (a very bad poet) always felt that Mrs. Dalloway was far the best of the great ladies who took an interest in art. It was odd how strict she was. About music she was purely impersonal. She was rather a prig. But how charming to look at! She made her house so nice if it weren't for her Professors. Clarissa had half a mind to snatch him off and set him down at the piano in the back room. For he played divinely.

«But the noise!» she said. «The noise!»

«The sign of a successful party.» Nodding urbanely, the Professor stepped delicately off.

«He knows everything in the whole world about Milton,» said Clarissa.

«Does he indeed?» said Hutton, who would imitate the Professor throughout Hampstead; the Professor on Milton; the Professor on moderation; the Professor stepping delicately off.

But she must speak to that couple, said Clarissa, Lord Gayton and

Porque allí estaba el profesor Brierly, que daba lecciones sobre Milton, hablando con el pequeño Jim Hutton (que era incapaz, incluso para una fiesta como esta, de combinar corbata y chaleco o de alisarse el pelo), e incluso a esta distancia ella podía ver que estaban discutiendo. Porque el profesor Brierly era un pez muy raro. Con todos esos títulos, honores y cátedras entre él y los escribientes, sospechaba al instante una atmósfera no favorable a su extraño compuesto; su prodigiosa erudición y su timidez; su encanto invernal sin cordialidad; su inocencia mezclada con esnobismo. Se estremecía, si se daba cuenta, por los cabellos desordenados de una dama, por las botas de un joven, de un submundo, muy creíble sin duda, de rebeldes, de jóvenes ardientes, de aspirantes a genios, e insinuaba con una pequeña sacudida de cabeza, con un olfateo —¡uf!— el valor de la moderación; de una ligera formación en los clásicos para apreciar a Milton. El profesor Brierly (Clarissa pudo ver) no estaba haciendo buenas migas con el pequeño Jim Hutton (que llevaba calcetines rojos; los negros estaban en la lavandería) sobre Milton. Ella interrumpió.

Dijo que amaba a Bach. También lo hacía Hutton. Ese era el vínculo entre ellos, y Hutton (un poeta muy malo) siempre sintió que la señora Dalloway era sin duda la mejor de las grandes damas que se interesaban por el arte. Era extraño lo estricta que era. En cuanto a la música, era puramente impersonal. Era más bien una remilgada. ¡Pero qué encantador es su aspecto! Tenía una casa tan bonita si no fuera por sus profesores. Clarissa tenía ganas de quitárselo de encima y ponerlo al piano en la sala de atrás. Porque tocaba divinamente.

—¡Pero el ruido! —dijo ella—. ¡El ruido!

—La señal de una fiesta exitosa. —Asintiendo urbanamente, el profesor se alejó con delicadeza.

—Sabe todo en el mundo sobre Milton —dijo Clarissa.

—¿Ah, sí? —dijo Hutton, que imitaba al profesor continuamente; el profesor sobre Milton; el profesor sobre la moderación; el profesor alejándose delicadamente.

Pero ella debía hablar con esa pareja, dijo Clarissa, Lord Gayton y

Nancy Blow.

Not that *they* added perceptibly to the noise of the party. They were not talking (perceptibly) as they stood side by side by the yellow curtains. They would soon be off elsewhere, together; and never had very much to say in any circumstances. They looked; that was all. That was enough. They looked so clean, so sound, she with an apricot bloom of powder and paint, but he scrubbed, rinsed, with the eyes of a bird, so that no ball could pass him or stroke surprise him. He struck, he leapt, accurately, on the spot. Ponies' mouths quivered at the end of his reins. He had his honours, ancestral monuments, banners hanging in the church at home. He had his duties; his tenants; a mother and sisters; had been all day at Lords, and that was what they were talking about — cricket, cousins, the movies — when Mrs. Dalloway came up. Lord Gayton liked her most awfully. So did Miss Blow. She had such charming manners.

«It is angelic — it is delicious of you to have come!» she said. She loved Lords; she loved youth, and Nancy, dressed at enormous expense by the greatest artists in Paris, stood there looking as if her body had merely put forth, of its own accord, a green frill.

«I had meant to have dancing,» said Clarissa.

For the young people could not talk. And why should they? Shout, embrace, swing, be up at dawn; carry sugar to ponies; kiss and caress the snouts of adorable chows; and then all tingling and streaming, plunge and swim. But the enormous resources of the English language, the power it bestows, after all, of communicating feelings (at their age, she and Peter would have been arguing all the evening), was not for them. They would solidify young. They would be good beyond measure to the people on the estate, but alone, perhaps, rather dull.

«What a pity!» she said. «I had hoped to have dancing.»

It was so extraordinarily nice of them to have come! But talk of dancing! The rooms were packed.

Nancy Blow.

No es que *ellos* aumentaran perceptiblemente el ruido de la fiesta. No hablaban (de forma perceptible) mientras permanecían uno al lado del otro junto a las cortinas amarillas. Pronto se irían a otra parte, juntos; y nunca tenían mucho que decir en ninguna circunstancia. Se lucían; eso era todo. Eso era suficiente. Se veían tan limpios, tan sanos, ella como una flor de albaricoque hecha de polvo y pintura, pero él lavado y enjuagado, con ojos de pájaro, de manera que no había pelota que pudiera pasarle desapercibida, ni golpe que pudiera sorprenderle. Golpeó, saltó con precisión, en el acto. Las bocas de los ponis temblaban al final de sus riendas. Tenía sus honores, monumentos ancestrales, estandartes colgados en la iglesia, en su casa. Tenía sus deberes; sus inquilinos; una madre y hermanas; había estado todo el día en Lord's, y de eso hablaban —del críquet, de los primos, del cine— cuando la señora Dalloway se acercó. Ella le gustaba mucho a lord Gayton. También a la señorita Blow. Tenía unos modales encantadores.

—Es angelical… ¡Es delicioso que hayan venido! —dijo ella. Amaba Lord's; amaba a la juventud, y Nancy, vestida con enormes gastos por los mejores artistas de París, estaba allí como si su cuerpo se hubiera limitado a producir, por sí mismo, unos volantes verdes.

—Tenía la intención de que se bailara —dijo Clarissa.

Porque los jóvenes no podían hablar. ¿Y por qué habrían de hacerlo? Gritar, abrazarse, columpiarse, estar despiertos al amanecer; darles azúcar a los ponis; besar y acariciar los hocicos de los adorables perros chinos; y luego, todo hormigueo y flujo, zambullirse y nadar. Pero los enormes recursos de la lengua inglesa, el poder que otorga, después de todo, de comunicar sentimientos (a su edad, ella y Peter habrían estado discutiendo toda la tarde), no eran para ellos. Se consolidarían jóvenes. Serían buenos sin medida para la gente de la finca, pero a solas, tal vez, bastante aburridos.

—¡Qué lástima! —dijo ella—. Esperaba que hubiera baile.

¡Fue tan extraordinariamente amable de su parte haber venido! ¡Pero ni hablar de baile! Las habitaciones estaban repletas.

There was old Aunt Helena in her shawl. Alas, she must leave them — Lord Gayton and Nancy Blow. There was old Miss Parry, her aunt.

For Miss Helena Parry was not dead: Miss Parry was alive. She was past eighty. She ascended staircases slowly with a stick. She was placed in a chair (Richard had seen to it). People who had known Burma in the 'seventies were always led up to her. Where had Peter got to? They used to be such friends. For at the mention of India, or even Ceylon, her eyes (only one was glass) slowly deepened, became blue, beheld, not human beings — she had no tender memories, no proud illusions about Viceroys, Generals, Mutinies — it was orchids she saw, and mountain passes and herself carried on the backs of coolies in the 'sixties over solitary peaks; or descending to uproot orchids (startling blossoms, never beheld before) which she painted in water-colour; an indomitable Englishwoman, fretful if disturbed by the War, say, which dropped a bomb at her very door, from her deep meditation over orchids and her own figure journeying in the 'sixties in India — but here was Peter.

«Come and talk to Aunt Helena about Burma,» said Clarissa.

And yet he had not had a word with her all the evening!

«We will talk later,» said Clarissa, leading him up to Aunt Helena, in her white shawl, with her stick.

«Peter Walsh,» said Clarissa.

That meant nothing.

Clarissa had asked her. It was tiring; it was noisy; but Clarissa had asked her. So she had come. It was a pity that they lived in London — Richard and Clarissa. If only for Clarissa's health it would have been better to live in the country. But Clarissa had always been fond of society.

«He has been in Burma,» said Clarissa.

Allí estaba la vieja tía Helena con su chal. Por desgracia, debía dejarlos... a lord Gayton y a Nancy Blow. Allí estaba la vieja señorita Parry, su tía.

Porque la señorita Helena Parry no estaba muerta: la señorita Parry estaba viva. Tenía más de ochenta años. Subía las escaleras lentamente con un bastón. La colocaron en una silla (Richard se había encargado de ello). La gente que había conocido Birmania en los años setenta siempre era conducida hacia ella. ¿Dónde se había metido Peter? Solían ser tan amigos. Porque ante la mención de la India, o incluso de Ceilán, sus ojos (solo uno de ellos era de cristal) se profundizaban lentamente, se volvían azules, contemplaban, no seres humanos... no tenía tiernos recuerdos, ni orgullosas ilusiones sobre virreyes, generales, motines... veía las orquídeas y los pasos de montaña y a ella misma llevada a lomos de los culis en los años sesenta sobre picos solitarios; o bajando a arrancar orquídeas (flores sorprendentes, nunca antes contempladas) que pintaba en acuarela; una inglesa indomable, inquieta cuando la guerra la disturbaba, digamos, cuando dejó caer una bomba a su misma puerta, arrancándola de su profunda meditación sobre las orquídeas y su propia figura viajando en los años sesenta por la India... pero aquí estaba Peter.

—Ven a hablar con la tía Helena sobre Birmania —dijo Clarissa.

Y sin embargo, ¡no había hablado con ella en toda la noche!

—Hablaremos más tarde —dijo Clarissa, llevándolo hasta la tía Helena, con su chal blanco, con su bastón.

—Peter Walsh —dijo Clarissa.

Eso no significaba nada.

Clarissa se lo había pedido. Era agotador; era ruidoso; pero Clarissa se lo había pedido. Así que ella había venido. Era una pena que vivieran en Londres... Richard y Clarissa. Aunque solo fuera por la salud de Clarissa, habría sido mejor vivir en el campo. Pero a Clarissa siempre le había gustado la sociedad.

—Ha estado en Birmania —dijo Clarissa.

Ah. She could not resist recalling what Charles Darwin had said about her little book on the orchids of Burma.

(Clarissa must speak to Lady Bruton.)

No doubt it was forgotten now, her book on the orchids of Burma, but it went into three editions before 1870, she told Peter. She remembered him now. He had been at Bourton (and he had left her, Peter Walsh remembered, without a word in the drawing-room that night when Clarissa had asked him to come boating).

«Richard so much enjoyed his lunch party,» said Clarissa to Lady Bruton.

«Richard was the greatest possible help,» Lady Bruton replied. «He helped me to write a letter. And how are you?»

«Oh, perfectly well!» said Clarissa. (Lady Bruton detested illness in the wives of politicians.)

«And there's Peter Walsh!» said Lady Bruton (for she could never think of anything to say to Clarissa; though she liked her. She had lots of fine qualities; but they had nothing in common — she and Clarissa. It might have been better if Richard had married a woman with less charm, who would have helped him more in his work. He had lost his chance of the Cabinet). «There's Peter Walsh!» she said, shaking hands with that agreeable sinner, that very able fellow who should have made a name for himself but hadn't (always in difficulties with women), and, of course, old Miss Parry. Wonderful old lady!

Lady Bruton stood by Miss Parry's chair, a spectral grenadier, draped in black, inviting Peter Walsh to lunch; cordial; but without small talk, remembering nothing whatever about the flora or fauna of India. She had been there, of course; had stayed with three Viceroys; thought some of the Indian civilians uncommonly fine fellows; but what a tragedy it was — the state of India! The Prime Minister had just been telling her (old Miss Parry huddled up in her shawl, did not care what the Prime Minister had just been telling her), and Lady Bruton would like to have Peter Walsh's opinion, he being fresh from the centre, and she would get Sir Sampson to meet him, for really it

Ah. No pudo resistirse a recordar lo que Charles Darwin había dicho de su pequeño libro sobre las orquídeas de Birmania.

(Clarissa debía hablar con lady Bruton).

Sin duda, su libro sobre las orquídeas de Birmania estaba olvidado ahora, pero tuvo tres ediciones antes de 1870, le dijo a Peter. Ella se acordaba ahora de él. Había estado en Bourton (y la había dejado, recordó Peter Walsh, sin decir una palabra en el salón aquella noche en que Clarissa le había pedido que viniera a navegar).

—Richard disfrutó mucho de su almuerzo —dijo Clarissa a lady Bruton.

—Richard fue de la mayor ayuda posible —respondió lady Bruton—. Me ayudó a escribir una carta. ¿Y cómo estás tú?

—¡Oh, perfectamente bien! —dijo Clarissa. (Lady Bruton detestaba las enfermedades en las esposas de los políticos).

—¡Y ahí está Peter Walsh! —dijo lady Bruton (porque nunca se le ocurría nada que decirle a Clarissa, aunque le gustaba. Tenía muchas buenas cualidades, pero no tenían nada en común... ella y Clarissa. Hubiera sido mejor que Richard se casara con una mujer con menos encanto, que le hubiera ayudado más en su trabajo. Él había perdido su oportunidad en el Gabinete)—. ¡Ahí está Peter Walsh! —dijo ella, estrechando la mano de ese agradable pecador, ese tipo tan hábil que debería haberse hecho un nombre, pero no lo hizo (siempre en dificultades con las mujeres) y, por supuesto, la vieja señorita Parry. ¡Maravillosa anciana!

Lady Bruton estaba de pie junto a la silla de la señorita Parry, como una granadera espectral, vestida de negro, invitando a Peter Walsh a almorzar; cordial, pero sin charlar, sin recordar nada sobre la flora o la fauna de la India. Había estado allí, por supuesto; se había alojado con tres virreyes; pensaba que algunos de los civiles indios eran personas extraordinariamente buenas; pero qué tragedia era... ¡El estado de la India! El primer ministro acababa de decírselo (la vieja señorita Parry, acurrucada en su chal, no se preocupaba de lo que el primer ministro acababa de decirle), y lady Bruton querría contar con la opinión de Peter Walsh, recién llegado del mismo centro, y haría que sir Sampson se re-

prevented her from sleeping at night, the folly of it, the wickedness she might say, being a soldier's daughter. She was an old woman now, not good for much. But her house, her servants, her good friend Milly Brush — did he remember her? — were all there only asking to be used if — if they could be of help, in short. For she never spoke of England, but this isle of men, this dear, dear land, was in her blood (without reading Shakespeare), and if ever a woman could have worn the helmet and shot the arrow, could have led troops to attack, ruled with indomitable justice barbarian hordes and lain under a shield noseless in a church, or made a green grass mound on some primeval hillside, that woman was Millicent Bruton. Debarred by her sex and some truancy, too, of the logical faculty (she found it impossible to write a letter to *The Times*), she had the thought of Empire always at hand, and had acquired from her association with that armoured goddess her ramrod bearing, her robustness of demeanour, so that one could not figure her even in death parted from the earth or roaming territories over which, in some spiritual shape, the Union Jack had ceased to fly. To be not English even among the dead — no, no! Impossible!

But was it Lady Bruton (whom she used to know)? Was it Peter Walsh grown grey? Lady Rosseter asked herself (who had been Sally Seton). It was old Miss Parry certainly — the old aunt who used to be so cross when she stayed at Bourton. Never should she forget running along the passage naked, and being sent for by Miss Parry! And Clarissa! oh Clarissa! Sally caught her by the arm.

Clarissa stopped beside them.

«But I can't stay,» she said. «I shall come later. Wait,» she said, looking at Peter and Sally. They must wait, she meant, until all these people had gone.

«I shall come back,» she said, looking at her old friends, Sally and Peter, who were shaking hands, and Sally, remembering the past no doubt, was laughing.

But her voice was wrung of its old ravishing richness; her eyes not aglow as they used to be, when she smoked cigars, when she ran down

uniera con él, pues realmente le impedía dormir por la noche la locura que suponía, la maldad, podría decirse... siendo la hija de un soldado. Ya era una mujer mayor; no servía para mucho. Pero su casa, sus sirvientes, su buena amiga Milly Brush —¿se acordaba de ella?— estaban todos allí pidiendo que se les utilizara si... si podían ser de ayuda, en definitiva. Porque ella nunca hablaba de Inglaterra, sino de esta isla de los hombres, esta querida, querida tierra, que estaba en su sangre (sin leer a Shakespeare), y si alguna vez una mujer hubiera podido llevar el casco y disparar la flecha, hubiera podido dirigir tropas al ataque, gobernar con indomable justicia hordas bárbaras y yacer bajo un escudo, sin nariz, en una iglesia, o merecer un montículo de hierba verde en alguna ladera primitiva, esa mujer era Millicent Bruton. Privada por su sexo y por una cierta ausencia de la facultad lógica (le resultaba imposible escribir una carta al *Times),* tenía siempre presente el pensamiento del imperio, y había adquirido de su asociación con esa diosa acorazada su porte de buey, su robustez de conducta, de modo que uno no podía imaginársela ni siquiera en la muerte separada de la tierra o vagando por territorios sobre los que, en alguna forma espiritual, la Union Jack había dejado de ondear. No ser inglesa ni siquiera entre los muertos... ¡No, no! Imposible.

¿Pero era lady Bruton (a quien conocía)? ¿Era Peter Walsh el que había encanecido?, se preguntó lady Rosseter (que había sido Sally Seton). Era la vieja señorita Parry, sin duda, la vieja tía que se enfadaba tanto cuando ella se hospedaba en Bourton. Nunca olvidará que ella corrió desnuda por el pasillo y que la señorita Parry la mandó llamar. ¡Y Clarissa! ¡Oh, Clarissa! Sally la cogió del brazo.

Clarissa se detuvo junto a ellas.

—Pero no puedo quedarme —dijo ella—. Vendré más tarde. Esperen —dijo, mirando a Peter y a Sally. Deben esperar, quiso decir, hasta que toda esa gente se haya ido.

—Volveré —dijo ella, mirando a sus viejos amigos, Sally y Peter, que se daban la mano, y Sally, recordando el pasado sin duda, se reía.

Pero su voz estaba despojada de su antigua y arrebatadora riqueza; sus ojos no brillaban como antes, cuando fumaba puros, cuando co-

the passage to fetch her sponge bag, without a stitch of clothing on her, and Ellen Atkins asked, What if the gentlemen had met her? But everybody forgave her. She stole a chicken from the larder because she was hungry in the night; she smoked cigars in her bedroom; she left a priceless book in the punt. But everybody adored her (except perhaps Papa). It was her warmth; her vitality — she would paint, she would write. Old women in the village never to this day forgot to ask after «your friend in the red cloak who seemed so bright.» She accused Hugh Whitbread, of all people (and there he was, her old friend Hugh, talking to the Portuguese Ambassador), of kissing her in the smoking-room to punish her for saying that women should have votes. Vulgar men did, she said. And Clarissa remembered having to persuade her not to denounce him at family prayers — which she was capable of doing with her daring, her recklessness, her melodramatic love of being the centre of everything and creating scenes, and it was bound, Clarissa used to think, to end in some awful tragedy; her death; her martyrdom; instead of which she had married, quite unexpectedly, a bald man with a large buttonhole who owned, it was said, cotton mills at Manchester. And she had five boys!

She and Peter had settled down together. They were talking: it seemed so familiar — that they should be talking. They would discuss the past. With the two of them (more even than with Richard) she shared her past; the garden; the trees; old Joseph Breitkopf singing Brahms without any voice; the drawing-room wallpaper; the smell of the mats. A part of this Sally must always be; Peter must always be. But she must leave them. There were the Bradshaws, whom she disliked. She must go up to Lady Bradshaw (in grey and silver, balancing like a sea-lion at the edge of its tank, barking for invitations, Duchesses, the typical successful man's wife), she must go up to Lady Bradshaw and say . . .

But Lady Bradshaw anticipated her.

«We are shockingly late, dear Mrs. Dalloway, we hardly dared to come in,» she said.

And Sir William, who looked very distinguished, with his grey hair and blue eyes, said yes; they had not been able to resist the temptation. He was talking to Richard about that Bill probably, which they

rría por el pasillo a buscar su bolsa de esponjas, sin una hebra de ropa encima, y Ellen Atkins se preguntaba: ¿Y si los caballeros la hubieran encontrado? Pero todos la perdonaban. Robó un pollo de la despensa porque tenía hambre por la noche; fumaba puros en su dormitorio; dejó un libro de valor incalculable en la batea. Pero todo el mundo la adoraba (excepto quizá papá). Era su calidez, su vitalidad: pintaba, escribía. Las ancianas del pueblo nunca dejaron de preguntar por «tu amiga de la capa roja que parecía tan brillante». Acusó a Hugh Whitbread, de entre toda la gente (y allí estaba su viejo amigo Hugh, hablando con el embajador portugués), de besarla en el salón de fumadores para castigarla por decir que las mujeres deberían poder votar. Los hombres vulgares podían votar, decía ella. Y Clarissa recordaba haber tenido que persuadirla de que no lo denunciara en las oraciones familiares... lo que era capaz de hacer con su atrevimiento, su temeridad, su amor melodramático por ser el centro de todo y crear escenas, y estaba destinada, pensaba Clarissa, a terminar en alguna tragedia horrible: su muerte, su martirio; en lugar de lo cual se había casado, de forma bastante inesperada, con un hombre calvo con una gran flor en el ojal que poseía, según se decía, fábricas de algodón en Manchester. ¡Y tenía cinco hijos!

Ella y Peter se habían sentado juntos. Estaban hablando: parecía tan familiar... que estuvieran hablando. Hablaban del pasado. Con ellos dos (más incluso que con Richard) compartía su pasado: el jardín, los árboles, el viejo Joseph Breitkopf cantando Brahms sin voz, el papel pintado del salón, el olor de las alfombras. Sally siempre sería parte de eso; Peter también lo sería. Pero ella debía dejarlos. Estaban los Bradshaw, que no le gustaban. Debía acercarse a lady Bradshaw (vestida de gris y plata, balanceándose como un león marino al borde de su tanque, ladrando para recibir invitaciones, duquesas, la típica esposa de un hombre exitoso); debía acercarse a lady Bradshaw y decir...

Pero lady Bradshaw se anticipó a ella.

—Llegamos escandalosamente tarde, querida señora Dalloway, apenas si nos atrevimos a entrar —dijo.

Y sir William, que parecía muy distinguido, con su pelo gris y sus ojos azules, dijo que sí; no habían podido resistir la tentación. Estaba hablando con Richard sobre el proyecto de ley que querían aprobar en la

wanted to get through the Commons. Why did the sight of him, talking to Richard, curl her up? He looked what he was, a great doctor. A man absolutely at the head of his profession, very powerful, rather worn. For think what cases came before him — people in the uttermost depths of misery; people on the verge of insanity; husbands and wives. He had to decide questions of appalling difficulty. Yet — what she felt was, one wouldn't like Sir William to see one unhappy. No; not that man.

«How is your son at Eton?» she asked Lady Bradshaw.

He had just missed his eleven, said Lady Bradshaw, because of the mumps. His father minded even more than he did, she thought «being,» she said, «nothing but a great boy himself.»

Clarissa looked at Sir William, talking to Richard. He did not look like a boy — not in the least like a boy. She had once gone with some one to ask his advice. He had been perfectly right; extremely sensible. But Heavens — what a relief to get out to the street again! There was some poor wretch sobbing, she remembered, in the waiting-room. But she did not know what it was — about Sir William; what exactly she disliked. Only Richard agreed with her, «didn't like his taste, didn't like his smell.» But he was extraordinarily able. They were talking about this Bill. Some case, Sir William was mentioning, lowering his voice. It had its bearing upon what he was saying about the deferred effects of shell shock. There must be some provision in the Bill.

Sinking her voice, drawing Mrs. Dalloway into the shelter of a common femininity, a common pride in the illustrious qualities of husbands and their sad tendency to overwork, Lady Bradshaw (poor goose — one didn't dislike her) murmured how, «just as we were starting, my husband was called up on the telephone, a very sad case. A young man (that is what Sir William is telling Mr. Dalloway) had killed himself. He had been in the army.» Oh! thought Clarissa, in the middle of my party, here's death, she thought.

She went on, into the little room where the Prime Minister had

Cámara de los Comunes. ¿Por qué la visión de él, hablando con Richard, la enervaba? Parecía lo que era, un gran médico. Un hombre absolutamente a la cabeza de su profesión, muy poderoso, bastante desgastado. Porque si una piensa en los casos que se le presentaban... gente en las profundidades de la miseria; gente al borde de la locura; maridos y esposas. Tenía que decidir cuestiones de una dificultad atroz. Sin embargo... lo que ella sentía era que a una no le gustaría que sir William la viera infeliz. No; ese hombre no.

—¿Cómo está su hijo en Eton? —preguntó a lady Bradshaw.

Acababa de perder su oportunidad de jugar en el equipo de fútbol, dijo lady Bradshaw, a causa de las paperas. A su padre le importaba aún más que a él, pensó, «siendo», dijo, «no más que un chico grande él mismo».

Clarissa miró a sir William, que hablaba con Richard. No parecía un chico, ni mucho menos. Una vez había ido con alguien a pedirle consejo. Él había tenido toda la razón; extremadamente sensato. Pero, cielos, ¡qué alivio salir a la calle nuevamente! Recordó que en la sala de espera había un pobre desdichado sollozando. Pero no sabía qué era... acerca de sir William; qué era exactamente lo que le disgustaba. Solo Richard estaba de acuerdo con ella: «No le gustaba su sabor, no le gustaba su olor». Pero era extraordinariamente capaz. Estaban hablando de este proyecto de ley. Un caso, mencionaba sir William, bajando la voz. Tenía su relación con lo que estaba diciendo sobre los efectos diferidos de la neurosis de guerra. Debe haber alguna disposición en el proyecto de ley.

Hundiendo la voz, atrayendo a la señora Dalloway al abrigo de una feminidad común, de un orgullo común por las ilustres cualidades de los maridos y su triste tendencia al exceso de trabajo, lady Bradshaw (pobre gallina... a una no le disgustaba) murmuró:

—Justo cuando estábamos preparándonos, llamaron a mi marido por teléfono, un caso muy triste. Un joven (eso es lo que le cuenta sir William al señor Dalloway) se había suicidado. Había estado en el ejército. —¡Oh!, pensó Clarissa, en medio de mi fiesta, aquí está la muerte, pensó ella.

Siguió adelante, hacia la pequeña habitación donde el primer minis-

gone with Lady Bruton. Perhaps there was somebody there. But there was nobody. The chairs still kept the impress of the Prime Minister and Lady Bruton, she turned deferentially, he sitting four-square, authoritatively. They had been talking about India. There was nobody. The party's splendour fell to the floor, so strange it was to come in alone in her finery.

What business had the Bradshaws to talk of death at her party? A young man had killed himself. And they talked of it at her party — the Bradshaws, talked of death. He had killed himself — but how? Always her body went through it first, when she was told, suddenly, of an accident; her dress flamed, her body burnt. He had thrown himself from a window. Up had flashed the ground; through him, blundering, bruising, went the rusty spikes. There he lay with a thud, thud, thud in his brain, and then a suffocation of blackness. So she saw it. But why had he done it? And the Bradshaws talked of it at her party!

She had once thrown a shilling into the Serpentine, never anything more. But he had flung it away. They went on living (she would have to go back; the rooms were still crowded; people kept on coming). They (all day she had been thinking of Bourton, of Peter, of Sally), they would grow old. A thing there was that mattered; a thing, wreathed about with chatter, defaced, obscured in her own life, let drop every day in corruption, lies, chatter. This he had preserved. Death was defiance. Death was an attempt to communicate; people feeling the impossibility of reaching the centre which, mystically, evaded them; closeness drew apart; rapture faded, one was alone. There was an embrace in death.

But this young man who had killed himself — had he plunged holding his treasure? «If it were now to die, 'twere now to be most happy,» she had said to herself once, coming down in white.

Or there were the poets and thinkers. Suppose he had had that passion, and had gone to Sir William Bradshaw, a great doctor yet to her obscurely evil, without sex or lust, extremely polite to women, but capable of some indescribable outrage — forcing your soul, that was it — if this young man had gone to him, and Sir William had impressed him, like that, with his power, might he not then have said (indeed

tro había ido con lady Bruton. Tal vez había alguien allí. Pero no había nadie. Las sillas seguían manteniendo la impronta del primer ministro y de lady Bruton, ella volteada con deferencia, él, firmemente sentado, con autoridad. Habían estado hablando de la India. No había nadie. El esplendor de la fiesta cayó al suelo; tan extraño era entrar, sola, con sus galas.

¿Qué interés tenían los Bradshaw en hablar de la muerte en su fiesta? Un joven se había suicidado. Y hablaron de ello en su fiesta… los Bradshaw… hablaron de la muerte. Se había suicidado, pero ¿cómo? Siempre su cuerpo lo sufría primero, cuando le contaban, de repente, un accidente; su vestido ardía, su cuerpo se quemaba. Se había lanzado desde una ventana. Hacia arriba había relampagueado el suelo; a través de él, dando tumbos, magullando, iban las púas oxidadas. Allí yacía con un ruido sordo, sordo, sordo en el cerebro, y luego una asfixia de negrura. Así lo vio ella. Pero, ¿por qué lo había hecho? ¡Y los Bradshaw hablaron de ello en su fiesta!

Una vez había arrojado un chelín al Serpentine, nunca nada más. Pero ese hombre lo había tirado todo. Siguieron viviendo (ella tenía que volver; las habitaciones seguían llenas; la gente seguía viniendo). Ellos (todo el día había estado pensando en Bourton, en Peter, en Sally); ellos envejecerían. Había una cosa que importaba; una cosa, envuelta en el parloteo, desfigurada, oscurecida en su propia vida, dejada caer cada día en la corrupción, la mentira, el parloteo. Ese joven la había conservado. La muerte era un desafío. La muerte era un intento de comunicación; las personas sentían la imposibilidad de alcanzar el centro que, místicamente, les evadía; la cercanía se alejaba; el arrebato se desvanecía; una estaba sola. Había un abrazo en la muerte.

Pero este joven que se había suicidado… ¿Se había sumergido sosteniendo su tesoro? «Si fuera ahora el momento de morir, sería ahora el más feliz», se había dicho una vez ella, bajando vestida de blanco.

O estaban los poetas y pensadores. Supongamos que hubiera tenido una pasión así, y que hubiera acudido a sir William Bradshaw, un gran médico pero para ella oscuramente malvado, sin sexo ni lujuria, extremadamente cortés con las mujeres, pero capaz de algún ultraje indescriptible —forzar su alma, eso era—. Si este joven hubiera acudido a él, y sir William le hubiera impresionado, así, con su poder, ¿no podría haber

she felt it now), Life is made intolerable; they make life intolerable, men like that?

Then (she had felt it only this morning) there was the terror; the overwhelming incapacity, one's parents giving it into one's hands, this life, to be lived to the end, to be walked with serenely; there was in the depths of her heart an awful fear. Even now, quite often if Richard had not been there reading *The Times*, so that she could crouch like a bird and gradually revive, send roaring up that immeasurable delight, rubbing stick to stick, one thing with another, she must have perished. But that young man had killed himself.

Somehow it was her disaster — her disgrace. It was her punishment to see sink and disappear here a man, there a woman, in this profound darkness, and she forced to stand here in her evening dress. She had schemed; she had pilfered. She was never wholly admirable. She had wanted success. Lady Bexborough and the rest of it. And once she had walked on the terrace at Bourton.

It was due to Richard; she had never been so happy. Nothing could be slow enough; nothing last too long. No pleasure could equal, she thought, straightening the chairs, pushing in one book on the shelf, this having done with the triumphs of youth, lost herself in the process of living, to find it, with a shock of delight, as the sun rose, as the day sank. Many a time had she gone, at Bourton when they were all talking, to look at the sky; or seen it between people's shoulders at dinner; seen it in London when she could not sleep. She walked to the window.

It held, foolish as the idea was, something of her own in it, this country sky, this sky above Westminster. She parted the curtains; she looked. Oh, but how surprising! — in the room opposite the old lady stared straight at her! She was going to bed. And the sky. It will be a solemn sky, she had thought, it will be a dusky sky, turning away its cheek in beauty. But there it was — ashen pale, raced over quickly by tapering vast clouds. It was new to her. The wind must have risen. She was going to bed, in the room opposite. It was fascinating to watch her, moving about, that old lady, crossing the room, coming to the window. Could she see her? It was fascinating, with people still laughing and shouting in the drawing-room, to watch that old wo-

dicho entonces (de hecho, lo sentía ahora): la vida se hace intolerable; ¿no hacen la vida intolerable, hombres así?

Luego (lo había sentido solo esta mañana) estaba el terror; la incapacidad abrumadora, los padres de una entregándola en sus propias manos esta vida, para ser vivida hasta el final, para ser caminada con serenidad; había en el fondo de su corazón un miedo espantoso. Incluso ahora, muy a menudo, si Richard no hubiera estado allí leyendo el *Times*, para que ella pudiera agazaparse como un pájaro y revivir poco a poco, enviar, rugiendo, ese inconmensurable deleite, frotando palo a palo, una cosa con otra, ella habría muerto. Pero aquel joven se había suicidado.

De alguna manera este era su desastre… su desgracia. Era su castigo ver hundirse y desaparecer aquí a un hombre, allí a una mujer, en esta profunda oscuridad, y ella obligada a estar aquí con su vestido de noche. Había planeado; había robado. Nunca fue del todo admirable. Había querido tener éxito. Lady Bexborough y todo lo demás. Y una vez había caminado por la terraza en Bourton.

Se debía a Richard; nunca había sido más feliz. Nada podía ser lo suficientemente lento; nada duraba demasiado. Ningún placer podría igualar, pensó, enderezando las sillas, empujando un libro en el estante, este haber terminado con los triunfos de la juventud, perderse en el proceso de vivir, para encontrarlo, con una sacudida de deleite, al salir el sol, al hundirse el día. Muchas veces había ido, en Bourton, cuando todos hablaban, a mirar el cielo; o lo había visto entre los hombros de la gente durante la cena; lo había visto en Londres cuando no podía dormir. Se acercó a la ventana.

Aunque la idea era absurda, contenía algo suyo, este cielo del campo, este cielo sobre Westminster. Abrió las cortinas y miró. ¡Oh, qué sorpresa! ¡En la habitación de enfrente la anciana la miraba fijamente! Se iba a la cama. Y el cielo. Será un cielo solemne, había pensado ella, será un cielo oscuro, apartando con belleza su mejilla. Pero allí estaba… pálido como la ceniza, atravesado rápidamente por vastas nubes que se estrechaban. Era algo nuevo para ella. El viento debía de haberse levantado. Ella se iba a la cama, en la habitación de enfrente. Era fascinante verla, moviéndose, aquella anciana, cruzando la habitación, acercándose a la ventana. ¿Podía verla? Era fascinante, mientras la gente seguía riendo y gritando en el salón, ver a aquella anciana, en silencio, irse a la cama.

man, quite quietly, going to bed. She pulled the blind now. The clock began striking. The young man had killed himself; but she did not pity him; with the clock striking the hour, one, two, three, she did not pity him, with all this going on. There! the old lady had put out her light! the whole house was dark now with this going on, she repeated, and the words came to her, Fear no more the heat of the sun. She must go back to them. But what an extraordinary night! She felt somehow very like him — the young man who had killed himself. She felt glad that he had done it; thrown it away. The clock was striking. The leaden circles dissolved in the air. He made her feel the beauty; made her feel the fun. But she must go back. She must assemble. She must find Sally and Peter. And she came in from the little room.

***

«But where is Clarissa?» said Peter. He was sitting on the sofa with Sally. (After all these years he really could not call her «Lady Rosseter.») «Where's the woman gone to?» he asked. «Where's Clarissa?»

Sally supposed, and so did Peter for the matter of that, that there were people of importance, politicians, whom neither of them knew unless by sight in the picture papers, whom Clarissa had to be nice to, had to talk to. She was with them. Yet there was Richard Dalloway not in the Cabinet. He hadn't been a success, Sally supposed? For herself, she scarcely ever read the papers. She sometimes saw his name mentioned. But then — well, she lived a very solitary life, in the wilds, Clarissa would say, among great merchants, great manufacturers, men, after all, who did things. She had done things too!

«I have five sons!» she told him.

Lord, Lord, what a change had come over her! the softness of motherhood; its egotism too. Last time they met, Peter remembered, had been among the cauliflowers in the moonlight, the leaves «like rough bronze» she had said, with her literary turn; and she had picked a rose. She had marched him up and down that awful night, after the scene by the fountain; he was to catch the midnight train. Heavens, he had wept!

That was his old trick, opening a pocket-knife, thought Sally,

Ahora corrió la persiana. El reloj comenzó a sonar. El joven se había suicidado, pero ella no se compadecía de él; con el reloj marcando la hora, una, dos, tres, no se compadecía de él, con todo lo que estaba pasando. La anciana había apagado la luz. Toda la casa estaba a oscuras, con todo esto ocurriendo, repitió, y las palabras le vinieron a la mente: «No temas más el calor del sol». Debía volver con ellos. Pero ¡qué noche tan extraordinaria! Se sintió de alguna manera muy parecida a él, al joven que se había suicidado. Se alegró de que lo hubiera hecho; de que lo hubiera tirado todo por la borda. El reloj sonaba. Los círculos de plomo se disolvieron en el aire. Él le hizo sentir la belleza; le hizo sentir la diversión. Pero ella debía volver. Debía reunirse. Debía encontrar a Sally y a Peter. Y entró desde la pequeña habitación.

***

—¿Pero dónde está Clarissa? —dijo Peter. Estaba sentado en el sofá con Sally. (Después de todos estos años no podía llamarla «lady Rosseter»)—. ¿Dónde se ha metido esta mujer? —preguntó—. ¿Dónde está Clarissa?

Sally suponía, y Peter también, que había gente importante, políticos, a los que ninguno de los dos conocía si no era de vista en los periódicos ilustrados, con los que Clarissa tenía que ser amable, tenía que hablar. Ella estaba con ellos. Sin embargo, estaba Richard Dalloway, que no pertenecía al gabinete. No había tenido éxito, supuso Sally. En cuanto a ella, apenas si leía los periódicos. A veces veía mencionar su nombre. Pero entonces... bueno, vivía una vida muy solitaria, en lo salvaje, diría Clarissa, entre grandes comerciantes, grandes fabricantes, hombres, al fin y al cabo, que hacían cosas. Ella también había hecho cosas.

—¡Tengo cinco hijos! —le dijo.

Señor, Señor, ¡qué cambio se había producido en ella! La suavidad de la maternidad; su egoísmo también. La última vez que se vieron, recordó Peter, había sido entre las coliflores a la luz de la luna, las hojas «como bronce áspero», había dicho ella, con su estilo literario; y ella había cogido una rosa. Ella lo había llevado de un lado a otro aquella horrible noche, después de la escena junto a la fuente; él debía tomar el tren de medianoche. ¡Cielos, y había llorado!

Ese era su viejo truco, abrir una navaja, pensó Sally, siempre abriendo

always opening and shutting a knife when he got excited. They had been very, very intimate, she and Peter Walsh, when he was in love with Clarissa, and there was that dreadful, ridiculous scene over Richard Dalloway at lunch. She had called Richard «Wickham.» Why not call Richard «Wickham»? Clarissa had flared up! and indeed they had never seen each other since, she and Clarissa, not more than half a dozen times perhaps in the last ten years. And Peter Walsh had gone off to India, and she had heard vaguely that he had made an unhappy marriage, and she didn't know whether he had any children, and she couldn't ask him, for he had changed. He was rather shrivelled-looking, but kinder, she felt, and she had a real affection for him, for he was connected with her youth, and she still had a little Emily Brontë he had given her, and he was to write, surely? In those days he was to write.

«Have you written?» she asked him, spreading her hand, her firm and shapely hand, on her knee in a way he recalled.

«Not a word!» said Peter Walsh, and she laughed.

She was still attractive, still a personage, Sally Seton. But who was this Rosseter? He wore two camellias on his wedding day — that was all Peter knew of him. «They have myriads of servants, miles of conservatories,» Clarissa wrote; something like that. Sally owned it with a shout of laughter.

«Yes, I have ten thousand a year» — whether before the tax was paid or after, she couldn't remember, for her husband, «whom you must meet,» she said, «whom you would like,» she said, did all that for her.

And Sally used to be in rags and tatters. She had pawned her grandmother's ring which Marie Antoinette had given her great-grandfather to come to Bourton.

Oh yes, Sally remembered; she had it still, a ruby ring which Marie Antoinette had given her great-grandfather. She never had a penny to her name in those days, and going to Bourton always meant some frightful pinch. But going to Bourton had meant so much to her — had kept her sane, she believed, so unhappy had she been at home. But that was all a thing of the past — all over now, she said. And Mr. Parry

y cerrando una navaja cuando se excitaba. Habían sido muy, muy íntimos, ella y Peter Walsh, cuando él estaba enamorado de Clarissa, y hubo aquella espantosa y ridícula escena acerca de Richard Dalloway en el almuerzo. Ella había llamado a Richard «Wickham». ¿Por qué no llamar a Richard «Wickham»? ¡Clarissa se había enfurecido! Y, de hecho, nunca se habían vuelto a ver, ella y Clarissa, no más de media docena de veces quizás en los últimos diez años. Y Peter Walsh se había ido a la India, y ella había oído vagamente que había tenido un matrimonio infeliz, y no sabía si tenía hijos, y no podía preguntarle, porque él había cambiado. Tenía un aspecto más bien encogido, pero más amable, según ella, y sentía un verdadero afecto por él, ya que estaba relacionado con su juventud, y todavía tenía un pequeño libro de Emily Brontë que él le había regalado, y él iba a ser escritor, seguramente. En aquellos días, él iba a ser escritor.

—¿Has escrito? —le preguntó ella, extendiendo su mano, su mano firme y torneada, sobre su rodilla de una manera que él recordaba.

—¡Ni una palabra! —dijo Peter Walsh, y ella se rio.

Seguía siendo atractiva, seguía siendo un personaje, Sally Seton. ¿Pero quién era este Rosseter? Llevaba dos camelias el día de su boda; eso era todo lo que Peter sabía de él. «Tienen miríadas de sirvientes, kilómetros de invernaderos», escribió Clarissa; algo así. Sally lo reconoció con una carcajada.

—Sí, tengo diez mil libras al año... —Si antes de pagar los impuestos o después, no lo recordaba, pues su marido— al que debes conocer —dijo—, quien te gustaría —dijo, hacía todo eso por ella.

Y Sally estaba siempre en las últimas. Había empeñado el anillo de su abuela que María Antonieta le había regalado a su bisabuelo para venir a Bourton.

Oh, sí, Sally lo recordaba; aún lo tenía, un anillo de rubí que María Antonieta había regalado a su bisabuelo. En aquella época no tenía ni un céntimo e ir a Bourton siempre significaba un terrible inconveniente. Pero ir a Bourton había significado mucho para ella; la había mantenido cuerda, creía, de tan infeliz que había sido en casa. Pero todo eso era cosa del pasado... ya se había acabado, dijo. Y el señor Parry estaba

was dead; and Miss Parry was still alive. Never had he had such a shock in his life! said Peter. He had been quite certain she was dead. And the marriage had been, Sally supposed, a success? And that very handsome, very self-possessed young woman was Elizabeth, over there, by the curtains, in red.

(She was like a poplar, she was like a river, she was like a hyacinth, Willie Titcomb was thinking. Oh how much nicer to be in the country and do what she liked! She could hear her poor dog howling, Elizabeth was certain.) She was not a bit like Clarissa, Peter Walsh said.

«Oh, Clarissa!» said Sally.

What Sally felt was simply this. She had owed Clarissa an enormous amount. They had been friends, not acquaintances, friends, and she still saw Clarissa all in white going about the house with her hands full of flowers — to this day tobacco plants made her think of Bourton. But — did Peter understand? — she lacked something. Lacked what was it? She had charm; she had extraordinary charm. But to be frank (and she felt that Peter was an old friend, a real friend — did absence matter? did distance matter? She had often wanted to write to him, but torn it up, yet felt he understood, for people understand without things being said, as one realises growing old, and old she was, had been that afternoon to see her sons at Eton, where they had the mumps), to be quite frank then, how could Clarissa have done it? — married Richard Dalloway? a sportsman, a man who cared only for dogs. Literally, when he came into the room he smelt of the stables. And then all this? She waved her hand.

Hugh Whitbread it was, strolling past in his white waistcoat, dim, fat, blind, past everything he looked, except self-esteem and comfort.

«He's not going to recognise *us*,» said Sally, and really she hadn't the courage — so that was Hugh! the admirable Hugh!

«And what does he do?» she asked Peter.

He blacked the King's boots or counted bottles at Windsor, Peter told her. Peter kept his sharp tongue still! But Sally must be frank, Peter said. That kiss now, Hugh's.

muerto; y la señorita Parry seguía viva. ¡Nunca había tenido un susto tan grande en su vida!, dijo Peter. Estaba seguro de que ella había muerto. ¿Y el matrimonio había sido, suponía Sally, un éxito? Y esa joven tan guapa y tan dueña de sí misma era Elizabeth, allí, junto a las cortinas, de rojo.

(Ella era como un álamo, era como un río, era como un jacinto, pensaba Willie Titcomb. Oh, ¡cuánto más agradable es estar en el campo y hacer lo que a una le gusta! Podía oír a su pobre perro aullando, Elizabeth estaba segura). No se parecía en nada a Clarissa, dijo Peter Walsh.

—¡Oh, Clarissa! —dijo Sally.

Lo que Sally sentía era simplemente esto. Le debía mucho a Clarissa. Habían sido amigas, no conocidas, amigas, y todavía veía a Clarissa, vestida de blanco, yendo por la casa con las manos llenas de flores... Hasta el día de hoy las plantas de tabaco le hacían pensar en Bourton. Pero —¿entendía Peter?— a ella le faltaba algo. ¿Qué le faltaba? Tenía encanto; tenía un encanto extraordinario. Pero para ser sincera (y ella sentía que Peter era un viejo amigo, un verdadero amigo... ¿Importaba la ausencia? ¿Importaba la distancia? A menudo había querido escribirle, pero rompía la carta, pero sentía que él entendía, porque la gente entiende sin que se le digan las cosas, como uno se da cuenta al envejecer, y vieja era ella; había ido esa tarde a ver a sus hijos a Eton, donde tenían paperas). Para ser franca, entonces, ¿cómo pudo Clarissa hacerlo?... Se casó con Richard Dalloway... un deportista, un hombre que solo se preocupaba por los perros. Literalmente, cuando entró en la habitación, olía a establos. ¿Y luego todo esto? Ella agitó la mano.

Era Hugh Whitbread, paseando con su chaleco blanco, tenue, gordo, ciego, ajeno a todo lo que veía, excepto la autoestima y la comodidad.

—No *nos* va a reconocer —dijo Sally, y realmente no tuvo el valor... ¡Así que era Hugh! ¡El admirable Hugh!

—¿Y qué hace él? —le preguntó a Peter.

Peter le dijo que lustraba las botas del rey o que contaba las botellas en Windsor. Peter mantenía su lengua afilada todavía. Pero Sally debía ser franca, dijo Peter. ¿Ese beso, el de Hugh?

On the lips, she assured him, in the smoking-room one evening. She went straight to Clarissa in a rage. Hugh didn't do such things! Clarissa said, the admirable Hugh! Hugh's socks were without exception the most beautiful she had ever seen — and now his evening dress. Perfect! And had he children?

«Everybody in the room has six sons at Eton,» Peter told her, except himself. He, thank God, had none. No sons, no daughters, no wife. Well, he didn't seem to mind, said Sally. He looked younger, she thought, than any of them.

But it had been a silly thing to do, in many ways, Peter said, to marry like that; «a perfect goose she was,» he said, but, he said, «we had a splendid time of it,» but how could that be? Sally wondered; what did he mean? and how odd it was to know him and yet not know a single thing that had happened to him. And did he say it out of pride? Very likely, for after all it must be galling for him (though he was an oddity, a sort of sprite, not at all an ordinary man), it must be lonely at his age to have no home, nowhere to go to. But he must stay with them for weeks and weeks. Of course he would; he would love to stay with them, and that was how it came out. All these years the Dalloways had never been once. Time after time they had asked them. Clarissa (for it was Clarissa of course) would not come. For, said Sally, Clarissa was at heart a snob — one had to admit it, a snob. And it was that that was between them, she was convinced. Clarissa thought she had married beneath her, her husband being — she was proud of it — a miner's son. Every penny they had he had earned. As a little boy (her voice trembled) he had carried great sacks.

(And so she would go on, Peter felt, hour after hour; the miner's son; people thought she had married beneath her; her five sons; and what was the other thing — plants, hydrangeas, syringas, very, very rare hibiscus lilies that never grow north of the Suez Canal, but she, with one gardener in a suburb near Manchester, had beds of them, positively beds! Now all that Clarissa had escaped, unmaternal as she was.)

En los labios, le aseguró ella, en el salón de fumadores una noche. Ella se dirigió directamente a Clarissa, furiosa. ¡Hugh no hacía esas cosas!, dijo Clarissa, ¡el admirable Hugh! Los calcetines de Hugh eran, sin excepción, los más hermosos que ella había visto nunca... y su traje de etiqueta. ¡Perfecto! ¿Y tenía hijos?

—Todos los presentes tienen seis hijos en Eton —le dijo Peter, excepto él mismo. Él, gracias a Dios, no tenía ninguno. Ni hijos, ni hijas, ni esposa. Bueno, a él no parecía importarle, dijo Sally. Parecía más joven, pensó ella, que cualquiera de ellos.

Pero había sido una tontería, en muchos sentidos, dijo Peter, casarse así.

—Ella era una perfecta gallina —dijo él, pero, dijo él—, lo pasamos espléndidamente. —Pero ¿cómo podía ser eso?, se preguntaba Sally; ¿qué quería decir? Y qué extraño era conocerlo y, sin embargo, no saber nada de lo que le había sucedido. ¿Y lo decía por orgullo? Es muy probable, porque después de todo debe de haber sido muy doloroso para él (aunque era una rareza, una especie de duende, no un hombre ordinario); debe de ser solitario a su edad no tener un hogar, ningún lugar al que ir. Pero él debía quedarse con ellos durante semanas y semanas. Por supuesto que lo haría; le encantaría quedarse con ellos, y así fue. En todos estos años los Dalloway no habían ido ni una sola vez. Una y otra vez se lo había pedido. Clarissa (porque era Clarissa, por supuesto) no quería venir. Porque, dijo Sally, Clarissa era en el fondo una esnob... había que admitirlo, una esnob. Y estaba convencida de que eso era lo que las separaba. Clarissa pensaba que ella se había casado con alguien inferior a ella, ya que su marido era —y ella se sentía orgullosa de ello— hijo de un minero. Cada céntimo que tenían se lo había ganado él. De pequeño (le temblaba la voz) había cargado grandes sacos.

(Y así continuaba, según Peter, hora tras hora; el hijo del minero; la gente creía que ella se había casado con alguien inferior a ella; sus cinco hijos; y qué era lo otro... plantas, hortensias, siringas, lirios de hibisco muy, muy raros que nunca crecen al norte del canal de Suez, pero que ella, con un jardinero en un suburbio cerca de Manchester, tenía parterres de ellos, ¡verdaderamente parterres! Ahora bien, todo eso se le escapaba a Clarissa, poco maternal como lo era).

A snob was she? Yes, in many ways. Where was she, all this time? It was getting late.

«Yet,» said Sally, «when I heard Clarissa was giving a party, I felt I couldn't *not* come — must see her again (and I'm staying in Victoria Street, practically next door). So I just came without an invitation. But,» she whispered, «tell me, do. Who is this?»

It was Mrs. Hilbery, looking for the door. For how late it was getting! And, she murmured, as the night grew later, as people went, one found old friends; quiet nooks and corners; and the loveliest views. Did they know, she asked, that they were surrounded by an enchanted garden? Lights and trees and wonderful gleaming lakes and the sky. Just a few fairy lamps, Clarissa Dalloway had said, in the back garden! But she was a magician! It was a park. . . . And she didn't know their names, but friends she knew they were, friends without names, songs without words, always the best. But there were so many doors, such unexpected places, she could not find her way.

«Old Mrs. Hilbery,» said Peter; but who was that? that lady standing by the curtain all the evening, without speaking? He knew her face; connected her with Bourton. Surely she used to cut up underclothes at the large table in the window? Davidson, was that her name?

«Oh, that is Ellie Henderson,» said Sally. Clarissa was really very hard on her. She was a cousin, very poor. Clarissa was hard on people.

She was rather, said Peter. Yet, said Sally, in her emotional way, with a rush of that enthusiasm which Peter used to love her for, yet dreaded a little now, so effusive she might become — how generous to her friends Clarissa was! and what a rare quality one found it, and how sometimes at night or on Christmas Day, when she counted up her blessings, she put that friendship first. They were young; that was it. Clarissa was pure-hearted; that was it. Peter would think her sentimental. So she was. For she had come to feel that it was the only thing worth saying — what one felt. Cleverness was silly. One must say simply what one felt.

«But I do not know,» said Peter Walsh, «what I feel.»

¿Era una esnob? Sí, en muchos sentidos. ¿Dónde estaba todo este tiempo? Se estaba haciendo tarde.

—Sin embargo —dijo Sally—, cuando me enteré de que Clarissa daba una fiesta, sentí que *no* podía dejar de venir... tenía que volver a verla (y me hospedo en Victoria Street, prácticamente al lado). Así que vine sin invitación. Pero —susurró—, dime, hazlo. ¿Quién es esta?

Era la señora Hilbery, buscando la puerta. Porque ¡qué tarde se hacía! Y, murmuró, a medida que se hacía más tarde en la noche, a medida que la gente se iba, una encontraba viejos amigos, rincones y esquinas tranquilas y las vistas más hermosas. ¿Sabían —preguntó— que estaban rodeados de un jardín encantado? Luces y árboles y maravillosos lagos brillantes y el cielo. Solo unas linternas japonesas, había dicho Clarissa Dalloway, en el jardín trasero. ¡Pero ella era una maga! Era un parque... Y no sabía sus nombres, pero sabía que eran amigos, amigos sin nombres, canciones sin palabras, siempre las mejores. Pero había tantas puertas, lugares tan inesperados, que no podía encontrar el camino.

—La vieja señora Hilbery —dijo Peter; pero ¿quién era esa señora que estuvo toda la noche junto a la cortina, sin hablar? Él conocía su rostro; la relacionaba con Bourton. Seguro que solía cortar ropa interior en la gran mesa junto a la ventana. Davidson, ¿no se llamaba así?

—Oh, esa es Ellie Henderson —dijo Sally. Clarissa era realmente muy dura con ella. Era una prima, muy pobre. Clarissa era dura con la gente.

Sí, bastante, dijo Peter. Sin embargo, dijo Sally, con su emotiva actitud, con una ráfaga de ese entusiasmo por el que Peter solía quererla, pero que ahora temía un poco, por lo efusiva que podía llegar a ser... ¡Qué generosa era Clarissa con sus amigos! Y qué cualidad tan rara se encontraba, y cómo a veces, por la noche o el día de Navidad, cuando contaba sus bendiciones, ponía esa amistad en primer lugar. Eran jóvenes; eso era todo. Clarissa era de corazón puro; eso era todo. Peter la consideraría una sentimental. Y así era. Porque había llegado a sentir que era lo único que valía la pena decir... lo que uno sentía. La inteligencia era una tontería. Una debe decir simplemente lo que siente.

—Pero no sé —dijo Peter Walsh— lo que siento.

Poor Peter, thought Sally. Why did not Clarissa come and talk to them? That was what he was longing for. She knew it. All the time he was thinking only of Clarissa, and was fidgeting with his knife.

He had not found life simple, Peter said. His relations with Clarissa had not been simple. It had spoilt his life, he said. (They had been so intimate — he and Sally Seton, it was absurd not to say it.) One could not be in love twice, he said. And what could she say? Still, it is better to have loved (but he would think her sentimental — he used to be so sharp). He must come and stay with them in Manchester. That is all very true, he said. All very true. He would love to come and stay with them, directly he had done what he had to do in London.

And Clarissa had cared for him more than she had ever cared for Richard. Sally was positive of that.

«No, no, no!» said Peter (Sally should not have said that — she went too far). That good fellow — there he was at the end of the room, holding forth, the same as ever, dear old Richard. Who was he talking to? Sally asked, that very distinguished-looking man? Living in the wilds as she did, she had an insatiable curiosity to know who people were. But Peter did not know. He did not like his looks, he said, probably a Cabinet Minister. Of them all, Richard seemed to him the best, he said — the most disinterested.

«But what has he done?» Sally asked. Public work, she supposed. And were they happy together? Sally asked (she herself was extremely happy); for, she admitted, she knew nothing about them, only jumped to conclusions, as one does, for what can one know even of the people one lives with every day? she asked. Are we not all prisoners? She had read a wonderful play about a man who scratched on the wall of his cell, and she had felt that was true of life — one scratched on the wall. Despairing of human relationships (people were so difficult), she often went into her garden and got from her flowers a peace which men and women never gave her. But no; he did not like cabbages; he preferred human beings, Peter said. Indeed, the young are beautiful, Sally said, watching Elizabeth cross the room. How unlike Clarissa at her age! Could he make anything of her? She would not open her lips. Not much, not yet, Peter admitted. She was like a lily, Sally said, a lily by the side of a pool. But Peter did not agree

Pobre Peter, pensó Sally. ¿Por qué no venía Clarissa a hablar con ellos? Eso era lo que él anhelaba. Ella lo sabía. Todo el tiempo pensaba solo en Clarissa, y jugueteaba con su navaja.

La vida no le había parecido sencilla, dijo Peter. Sus relaciones con Clarissa no habían sido sencillas. Le había estropeado la vida, dijo. (Habían sido tan íntimos... él y Sally Seton, era absurdo no decirlo). Uno no podía estar enamorado dos veces, dijo. ¿Y qué podía decir ella? Aun así, es mejor haber amado (pero él la consideraría una sentimental... solía ser tan agudo). Él debe venir y quedarse con ellos en Manchester. Eso es muy cierto, dijo él. Es muy cierto. Le encantaría ir y quedarse con ellos, en cuanto hubiera hecho lo que tenía que hacer en Londres.

Y Clarissa se había preocupado por él más de lo que se había preocupado por Richard. Sally estaba segura de ello.

—¡No, no, no! —dijo Peter (Sally no debería haber dicho eso... se pasó de la raya). Aquel buen compañero... allí estaba, al final de la habitación, conversando, el mismo de siempre, el querido Richard. ¿Con quién estaba hablando?, preguntó Sally, aquel hombre de aspecto tan distinguido. Viviendo en lo salvaje como lo hacía, tenía una insaciable curiosidad por saber quién era cada uno. Pero Peter no lo sabía. No le gustaba su aspecto, dijo, probablemente un ministro. De todos ellos, Richard le parecía el mejor, dijo... el más desinteresado.

«¿Pero qué ha hecho?», preguntó Sally. Trabajo público, supuso. ¿Y eran felices juntos?, preguntó Sally (ella misma era extremadamente feliz); porque, admitió, no sabía nada de ellos, solo sacaba conclusiones, como hace uno, porque ¿qué puede saber uno incluso de la gente con la que vive cada día?, preguntó. ¿No somos todos prisioneros? Había leído una obra de teatro maravillosa sobre un hombre que arañaba en la pared de su celda, y había sentido que eso era cierto con respecto a la vida... un arañazo en la pared. Decepcionada de las relaciones humanas (la gente era tan difícil), a menudo iba a su jardín y obtenía de sus flores una paz que los hombres y las mujeres nunca le daban. Pero no; no le gustaban las coles; prefería los seres humanos, dijo Peter. En efecto, los jóvenes son hermosos, dijo Sally, viendo a Elizabeth cruzar la habitación. ¡Qué diferencia con Clarissa a su edad! ¿Podría hacer algo con ella? Ella no abría los labios. No mucho, todavía no, admitió Peter. Era como un lirio, dijo Sally, un lirio al lado de un estanque. Pero Peter no estaba

that we know nothing. We know everything, he said; at least he did.

But these two, Sally whispered, these two coming now (and really she must go, if Clarissa did not come soon), this distinguished-looking man and his rather common-looking wife who had been talking to Richard — what could one know about people like that?

«That they're damnable humbugs,» said Peter, looking at them casually. He made Sally laugh.

But Sir William Bradshaw stopped at the door to look at a picture. He looked in the corner for the engraver's name. His wife looked too. Sir William Bradshaw was so interested in art.

When one was young, said Peter, one was too much excited to know people. Now that one was old, fifty-two to be precise (Sally was fifty-five, in body, she said, but her heart was like a girl's of twenty); now that one was mature then, said Peter, one could watch, one could understand, and one did not lose the power of feeling, he said. No, that is true, said Sally. She felt more deeply, more passionately, every year. It increased, he said, alas, perhaps, but one should be glad of it — it went on increasing in his experience. There was some one in India. He would like to tell Sally about her. He would like Sally to know her. She was married, he said. She had two small children. They must all come to Manchester, said Sally — he must promise before they left.

There's Elizabeth, he said, she feels not half what we feel, not yet. But, said Sally, watching Elizabeth go to her father, one can see they are devoted to each other. She could feel it by the way Elizabeth went to her father.

For her father had been looking at her, as he stood talking to the Bradshaws, and he had thought to himself, Who is that lovely girl? And suddenly he realised that it was his Elizabeth, and he had not recognised her, she looked so lovely in her pink frock! Elizabeth had felt him looking at her as she talked to Willie Titcomb. So she went to him and they stood together, now that the party was almost over, looking at the people going, and the rooms getting emptier and emptier, with

de acuerdo en que no sabemos nada. Lo sabemos todo, dijo; al menos él lo sabía.

Pero estos dos, susurró Sally, estos dos que venían ahora (y realmente tenía que irse, si Clarissa no venía pronto), este hombre de aspecto distinguido y su esposa de aspecto más bien vulgar que habían estado hablando con Richard... ¿Qué se podía saber de gente así?

—Que son unos malditos bichos —dijo Peter, mirándolos despreocupadamente. Hizo reír a Sally.

Pero sir William Bradshaw se detuvo en la puerta para mirar un cuadro. Buscó en la esquina el nombre del grabador. Su esposa también miró. El arte interesaba mucho a sir William Bradshaw.

Cuando uno era joven, dijo Peter, se excitaba demasiado por conocer a la gente. Ahora que uno era viejo, cincuenta y dos para ser preciso (Sally tenía cincuenta y cinco, en cuerpo, dijo, pero su corazón era como el de una chica de veinte); ahora que uno era maduro, entonces, dijo Peter, uno podía mirar, podía entender, y no perdía el poder de sentir, dijo. No es cierto, dijo Sally. Ella sentía más profundamente, más apasionadamente, cada año. Aumentaba, dijo, por desgracia, tal vez, pero uno debería alegrarse de ello... No cesaba de aumentar, según la experiencia de él. Había alguien en la India. Le gustaría hablarle a Sally de ella. Le gustaría que Sally la conociera. Estaba casada, dijo. Tenía dos hijos pequeños. Deben venir todos a Manchester, dijo Sally... él debía prometerlo antes de que se vayan.

Ahí está Elizabeth, dijo, ella no siente ni la mitad de lo que sentimos nosotros, todavía no. Pero, dijo Sally, al ver a Elizabeth ir hacia su padre, una puede ver que se quieren el uno al otro. Podía sentirlo por la forma en que Elizabeth se dirigía a su padre.

Su padre la había mirado mientras hablaba con los Bradshaw, y había pensado: ¿Quién es esa chica tan bonita? Y de repente se dio cuenta de que era su Elizabeth, y no la había reconocido, ¡estaba tan guapa con su vestido rosa! Elizabeth había sentido que él la miraba mientras hablaba con Willie Titcomb. Así que se acercó a él y se quedaron juntos, ahora que la fiesta estaba a punto de terminar, mirando a la gente que se iba y las habitaciones cada vez más vacías, con cosas desparramadas por

things scattered on the floor. Even Ellie Henderson was going, nearly last of all, though no one had spoken to her, but she had wanted to see everything, to tell Edith. And Richard and Elizabeth were rather glad it was over, but Richard was proud of his daughter. And he had not meant to tell her, but he could not help telling her. He had looked at her, he said, and he had wondered, Who is that lovely girl? and it was his daughter! That did make her happy. But her poor dog was howling.

«Richard has improved. You are right,» said Sally. «I shall go and talk to him. I shall say goodnight. What does the brain matter,» said Lady Rosseter, getting up, «compared with the heart?»

«I will come,» said Peter, but he sat on for a moment. What is this terror? what is this ecstasy? he thought to himself. What is it that fills me with extraordinary excitement?

It is Clarissa, he said.

For there she was.

el suelo. Incluso Ellie Henderson se iba, casi la última de todas, aunque nadie había hablado con ella, pero había querido verlo todo, para contárselo a Edith. Y Richard y Elizabeth se alegraron de que todo hubiera terminado, pero Richard estaba orgulloso de su hija. Y no había querido decírselo, pero no pudo evitar hacerlo. La había mirado, dijo, y se había preguntado: ¿Quién es esa chica tan bonita? ¡Y era su hija! Eso la hizo feliz. Pero su pobre perro aullaba.

—Richard ha mejorado. Tienes razón —dijo Sally—. Iré a hablar con él. Le daré las buenas noches. ¿Qué importa el cerebro —dijo lady Rosseter, levantándose—, comparado con el corazón?

—Ya voy —dijo Peter, pero se quedó sentado un momento. ¿Qué es este terror? ¿Qué es este éxtasis? ¿Qué es lo que me llena de extraordinaria excitación?

Es Clarissa, dijo.

Porque allí estaba ella.

CLÁSICOS EN ESPAÑOL

Esperamos que haya disfrutado esta lectura. ¿Quiere leer otra obra de nuestra colección de *Clásicos en español*?

En nuestro Club del Libro encontrarás artículos relacionados con los libros que publicamos y la literatura en general. ¡Suscríbete en nuestra página web y te ofrecemos un ebook gratis por mes!

Recibe tu copia totalmente gratuita de nuestro *Club del libro* en rosettaedu.com/pages/club-del-libro

CLÁSICOS EN ESPAÑOL

Relatos de Poe, incluyendo «El corazón delator», donde la culpa cobra vida en un latido implacable;«William Wilson», una inquietante historia sobre identidad y conciencia; «El escarabajo de oro», un intrigante relato de criptogramas y tesoros escondidos y «La cita», un trágico enigma ambientado en la decadente Venecia.

Un escándalo delicioso salido de la pluma de Jane Austen, *Lady Susan* presenta a una heroína audaz, encantadora y manipuladora. A través de cartas llenas de ingenio y sarcasmo, esta novela breve revela los juegos sociales y amorosos de una viuda decidida a salirse siempre con la suya. Lectura imprescindible para amantes del drama y la literatura clásica.

Un clásico gótico de amor, venganza y redención. En *La clarisa,* de Elizabeth Gaskell, un cruel acto desata una maldición sobrenatural que solo la fe y el sacrificio pueden romper. Con una atmósfera inquietante y una profunda reflexión moral, esta obra cautivará a amantes de la literatura victoriana y el terror gótico.

rosettaedu.com

EDICIONES BILINGÜES

Conoce a Arsène Lupin: elegante, brillante y el cerebro criminal más encantador de Francia. Con una mezcla de misterio y ficción policíaca, estas historias son perfectas para los fans de Sherlock Holmes, los detectives clásicos y los antihéroes inteligentes.

Sigue el camino de baldosas amarillas hacia una aventura mágica. *El mago de Oz* de L. Frank Baum es un clásico eterno de amistad, valentía e imaginación. Acompaña a Dorothy, Toto y sus entrañables compañeros en su viaje por el Reino de Oz, una historia inolvidable para niños y adultos.

Adéntrate en el mundo íntimo de Jane Austen contado por quienes la conocieron mejor. *Recuerdos de Jane Austen* (1870), escrito por su sobrino James Edward Austen-Leigh, ofrece un retrato cercano y afectuoso de la famosa autora. Un testimonio esencial para comprender a la mujer detrás de las novelas que conquistaron el mundo.

rosettaedu.com